À PROPOS DE L'AUTRICE

Après avoir travaillé comme professeure de fitness et développeuse informatique, Gayle Callen a trouvé sa voie dans l'écriture de romances. Mère de trois enfants, habile de ses mains, chanteuse du dimanche, amatrice du grand air, elle vit à New York avec son chien Uma et son mari et héros, Jim.

Envoûtante innocence

Collection : VICTORIA

Titre original :
SURRENDER TO THE EARL

HARPERCOLLINS FRANCE
83-85, boulevard Vincent-Auriol, 75646 PARIS CEDEX 13
Service Lectrices — Tél. : 01 45 82 47 47 - www.harlequin.fr
ISBN 978-2-2804-7263-0 — ISSN 2493-013X

Composé et édité par HarperCollins France.
Imprimé en septembre 2022 par CPI Black Print (Barcelone)
en utilisant 100% d'électricité renouvelable.
Dépôt légal : octobre 2022.

FSC www.fsc.org MIXTE Papier issu de sources responsables FSC® C159065

Pour limiter l'empreinte environnementale de ses livres, HarperCollins France s'engage à n'utiliser que du papier fabriqué à partir de bois provenant de forêts gérées durablement et de manière responsable.

GAYLE CALLEN

Envoûtante innocence

Traduit de l'anglais (États-Unis) par
Juliette Fuhs

Victoria

HARLEQUIN

À Molly Herwood, collègue de chez Purple, amie chère. Ce livre me rappellera toujours les rires qui ont accompagné nos sessions de brainstorming. *Merci pour le temps que tu m'as accordé, pour ton esprit créatif, et pour m'avoir montré que la persévérance et l'amour de son art sont indispensables au bonheur d'une autrice.*

Chapitre 1

Oxfordshire, Angleterre
1843

Robert Henslow, comte de Knightsbridge et, jusqu'à tout récemment, soldat de l'armée de la reine, allait et venait dans le salon d'été du modeste manoir des Collins.

Sa présence en ces lieux lui paraissait soudain incongrue. Comment proposer son assistance à la fille du baron Collins, sans l'avoir jamais vue, et sans lui révéler le rôle qu'il avait joué dans sa triste situation ?

Robert avait passé l'essentiel des six semaines qu'avait duré son voyage depuis lesIndes à tenter de résoudre cette épineuse question. Hélas, il n'était pas plus avancé qu'à son départ.

Il espérait de tout cœur qu'elle ne l'interrogerait pas sur le véritable motif de sa venue : une décision militaire – à laquelle il avait participé – avait coûté la vie à son époux, Martin Blake.

La culpabilité qui étreignait son cœur ne le quitterait jamais, mais au moins pouvait-il s'estimer heureux que les cauchemars aient enfin cessé au cours de l'année écoulée.

Blake n'avait pas été le seul à perdre la vie en ce funeste jour. Deux autres hommes de leur régiment avaient péri, y compris leur commandant, si bien qu'il n'était resté que Robert et deux de ses plus proches amis pour tenter de réparer les erreurs commises.

Il avait fait de Mrs Blake une veuve et il entendait bien payer sa dette, même s'il n'avait aucune idée de comment s'y prendre.

Robert regardait sans les voir l'herbe encore grasse et les feuilles rouge et or des arbres du parc quand il entendit soudain les notes cristallines d'un piano. La mélodie, toute proche, s'épanouit, légère et dansante, comme si le printemps avait brusquement surgi au cœur de cette journée d'automne.

Et Lord Collins n'arrivait toujours pas !

Sa curiosité piquée, il décida de jeter un coup d'œil à la pièce voisine. Ce n'était sans doute pas très poli, mais, après tout, il était comte et avait été élevé dans l'aisance que conférait un tel titre : on pardonnait sans peine ce genre d'indiscrétion à un noble de haut rang.

Bien sûr, il n'avait pas fallu longtemps à l'armée pour le départir de son arrogance d'aristocrate, néanmoins, il savait encore user de ses privilèges de naissance quand l'envie lui en prenait.

Aussi retourna-t-il vers le petit hall d'entrée avant de pousser la porte de la pièce d'où s'échappaient les notes légères. Une jeune femme était assise au piano, les yeux clos, le visage radieux tandis qu'elle semblait savourer la musique virevoltante qui naissait sous ses doigts.

Ses cheveux d'une chaude couleur noisette étaient simplement retenus sur sa nuque et brillaient délicatement sous les rayons du soleil qui entraient par la fenêtre.

Sa silhouette mince était délicatement serrée dans une robe d'un bleu profond, rehaussé seulement par la blancheur immaculée de son corsage. Malgré lui, Robert détailla ses traits : le petit menton en pointe, les longs sourcils élégamment arqués et les joues délicates sous les pommettes hautes donnaient à son visage une beauté plus frappante que véritablement harmonieuse.

C'est alors que sa voix s'éleva dans un trille angélique. Son expression se fit plus distante, comme si sa musique l'éloignait de la vie réelle et de ses douleurs.

Fasciné, Robert fit un pas dans la pièce. La jeune femme dut percevoir sa présence, car son chant cessa aussitôt. Il était pourtant certain de n'avoir pas fait le moindre bruit.

Elle tourna la tête vers la porte, mais son regard se posa un peu plus loin sur le côté.

— Il y a quelqu'un ?

Elle était aveugle. Cette jeune femme ne pouvait être Mrs Blake. Au cours des six mois pendant lesquels ils avaient servi la Couronne côte à côte, Blake aurait forcément mentionné la cécité de sa femme, non ? Ce devait être une sœur ou une amie de sa veuve.

Pourtant, il sentit son ventre se nouer, comme à chaque fois que son instinct, qu'il avait appris à écouter dans l'armée, se manifestait.

— Pardonnez mon intrusion, dit-il enfin avant de toussoter pour s'éclaircir la gorge. Je suis Knightsbridge, je suis venu voir Lord Collins et Mrs Blake.

Passé la surprise, son visage étonnamment expressif arbora une expression polie :

— Le comte de Knightsbridge ? L'officier de Martin Blake ?

— Il… il vous a parlé de moi dans ses lettres ?

— Oh ! mon mari n'était pas homme à écrire de longues missives, répondit-elle avec candeur, néanmoins j'ai bien souvent entendu votre nom.

Entendu… Évidemment, les lettres devaient lui être lues.

S'il fallait en croire la perfection tranquille de ses traits, la blessure ou la maladie qui lui avaient coûté la vue n'étaient pas récentes. Était-elle née ainsi ?

Robert se découvrait curieux de tout ce qui concernait cette femme. C'était bien naturel, après tout… Elle était une invalide aveugle qui n'avait jamais joui d'une vie normale. Et cela lui offrait un regard nouveau sur Blake qui, bien que d'un naturel aimable et jovial, était aussi relativement superficiel. Or, épouser une jeune femme aveugle démontrait au contraire que Blake devait receler des trésors d'empathie que Robert n'avait pas su déceler chez lui.

Avant qu'ils puissent échanger un mot de plus, un homme toussa poliment dans son dos, afin de l'avertir de sa présence. Robert s'écarta prestement de l'encadrement, comme la jeune femme saluait d'un ton curieusement impassible :

— Bon après-midi, père.

Ainsi, il avait devant lui Lord Collins. Ce dernier était un homme corpulent, au visage rouge barré de longs favoris gris. Sans répondre au salut de sa fille, il observa son visiteur avec un intérêt non dissimulé :

— Knightsbridge ?

Robert s'inclina brièvement :

— Nous n'avons pas eu le plaisir de nous rencontrer par le passé. C'est un plaisir, sir.

— Allons, venez vous asseoir, l'invita son hôte après une inclination courtoise.

Son accueil chaleureux contrastait d'autant plus avec l'indifférence qu'il avait réservée à sa fille.

Celle-ci se leva sans hésitation du piano pour traverser la pièce. Elle se déplaçait avec grâce, sans l'aide d'aucune canne, se guidant simplement d'une main légère qu'elle laissait glisser le long des surfaces qu'elle rencontrait. Elle tira la corde pour appeler un domestique, avant de venir avec la même aisance s'asseoir sur un petit sofa en face de lui.

Robert se retint de justesse de la mettre en garde contre le guéridon qui se trouvait entre eux, car elle savait de toute évidence qu'il était là. Quant à son père, il ne tourna pas une seule fois le regard vers elle, comme s'il n'avait pas même remarqué sa présence.

— Audrey, ton frère et ta sœur ne sont pas ici ? demanda-t-il avec une certaine brusquerie.

— Edwin est parti chasser cet après-midi, et Blythe rend visite à une amie au village.

Robert perçut une légère déception dans l'expression de Lord Collins. Sans doute aurait-il voulu que ses deux filles soient présentées à un comte, ou seulement celle qui n'avait pas perdu la vue…

Un jeune valet de pied en livrée noire entra dans la pièce et s'inclina. Mrs Blake prit aussitôt la parole d'une voix pleine de douceur :

— Richard, demandez au cuisinier de préparer un plateau pour le thé, je vous prie.

Robert fut impressionné par l'autorité tranquille qui émanait d'elle et par la vélocité avec laquelle le domestique s'exécuta. De toute évidence, elle connaissait les rouages de la maisonnée à la perfection.

— À quoi devons-nous le plaisir de votre visite, milord ? s'enquit Lord Collins qui posait sur lui un regard spéculatif.

— Comme je le disais à votre fille, sir, j'ai servi la Couronne aux Indes, aux côtés de Mr Blake. Je sais que deux ans sont passés depuis son décès, mais je viens tout juste de rentrer en Angleterre pour de bon et je souhaitais vous présenter mes condoléances en personne.

— Vous avez donc vendu votre charge ? demanda Lord Collins sans se préoccuper des respects qu'il venait d'exprimer pour la perte de sa fille.

— Oui, je suis rentré pour de bon, confirma-t-il.

Après toutes ces années, il était de retour à la maison et il ne s'était jamais senti aussi... désœuvré de toute son existence. En effet, le domaine prospérait sans lui. L'intendant qu'il avait nommé avant son départ pour les Indes avait parfaitement accompli sa tâche, si bien qu'à présent Robert ne savait trop comment il allait s'occuper, tant il paraissait évident que sa présence était inutile. D'autant que le Parlement ne siégerait plus à la Chambre des lords pour tout l'automne, aussi se retrouvait-il véritablement sans occupation.

Or, pour un homme comme lui, habitué à de lourdes responsabilités et à une dangereuse vie d'aventures, c'était là le pire des supplices.

Bien sûr, il avait été convié à nombre de parties de campagne ou de chasse dès son retour, seulement, il n'avait pensé qu'à sa rencontre avec Mrs Blake.

Il jeta un coup d'œil discret dans sa direction. Discrétion plutôt inutile puisqu'elle ne pouvait se rendre compte de son attention. Plonger dans ses prunelles était une expérience des plus désarmantes. Rien ne trahissait sa cécité, sinon l'expression vague qui émanait de son regard. Non seulement ses iris ne révélaient aucun défaut visible, mais ils étaient en outre d'une couleur tout à fait inhabituelle : un ambre clair qui semblait briller de l'intérieur, à travers ses longs cils noirs.

Robert se perdit un instant dans la contemplation de ses iris magnifiques. Il émanait de ce regard tourné vers l'âme plutôt que vers le monde une beauté étrange entièrement nouvelle pour lui.

— Merci pour vos aimables condoléances, Votre Grâce, dit-elle avec une calme dignité. Vous avez donc servi dans le même régiment que mon mari ?

— Il nous a effectivement rejoints. Beaucoup des hommes de notre paroisse servaient dans le 8e régiment des dragons.

— Un régiment de cavalerie, fit remarquer Lord Collins avec un sourire approbateur.

Robert hocha la tête avant d'ajouter à l'attention de Mrs Blake, qui ne pouvait le voir :

— En effet.

Par la porte restée entrouverte, une servante entra, poussant un chariot sur lequel avaient été déposées la théière et les tasses. Robert vit avec stupeur Mrs Blake se lever pour faire elle-même le service. Fasciné, il la regarda transvaser le liquide brûlant sans en verser une goutte à côté. Elle posait un doigt léger sur le bord de la tasse et elle s'arrêtait de verser bien avant que le liquide fumant n'atteigne sa peau. Apparemment, la chaleur qui en émanait suffisait à lui indiquer quand arrêter son geste.

— Comment prenez-vous votre thé, Lord Knightsbridge ?

— Sans rien, je vous remercie.

Elle tendit la soucoupe vers lui et il la prit. Puis elle servit son père et elle-même, ajoutant exactement les quantités de lait et de sucre en fonction de leurs goûts respectifs. Tandis que son admiration pour l'habileté de la jeune femme grandissait, il fut encore une fois surpris de voir que son père posait à peine les yeux sur elle tandis qu'elle disposait une assiette de petits gâteaux devant eux avant de se rasseoir.

Robert s'était toujours imaginé que les aveugles ne pouvaient être qu'invalides. Mais il l'avait entendue jouer du piano à la perfection, il l'avait vue se déplacer avec grâce dans l'espace et servir le thé comme la plus accomplie des hôtesses.

En plus d'une admiration certaine, il ressentait une pitié d'autant plus forte en songeant qu'une telle jeune femme ne connaîtrait jamais une existence normale.

— Ma question vous paraîtra peut-être étrange, milord, mais… étiez-vous avec mon époux… à la fin ?

Sa demande éveilla aussitôt de douloureux souvenirs. Il se revit au cœur de l'épaisse forêt tropicale, plongé dans l'obscurité nocturne, cerné par d'invisibles dangers.

— Oui, madame, j'étais avec lui.

— Est-ce qu'il… est-ce qu'il a souffert ?

— Je ne le crois pas. La blessure qu'il a reçue à la tête a été immédiatement fatale.

Blake avait poussé son dernier souffle dans ses bras ; c'était donc lui qui avait trouvé la dernière lettre envoyée par sa femme encore cachetée. Blake n'avait pas eu le temps de la lire, alors Robert l'avait fait. Il avait précieusement conservé cette missive au cours des deux années écoulées et il en relisait parfois les mots innocents qui parlaient avec entrain des détails du foyer.

Mrs Blake gardait les yeux baissés sur sa tasse de thé. Une tasse qu'elle ne pouvait voir, se rappela-t-il. Quelles émotions se cachaient derrière ce beau visage ? Du chagrin, du désespoir peut-être ?

— Je suis heureuse qu'il n'ait pas souffert, dit-elle enfin dans un souffle.

— Un tel chagrin appartient au passé, s'impatienta son père avec une raideur qui laissa Robert médusé. Maintenant que la période de deuil est derrière nous, inutile de nous y attarder.

Cachant du mieux qu'il put sa stupéfaction, Robert remarqua la légère crispation de la bouche de la jeune femme. De toute évidence, elle et son père n'avaient pas réagi de la même façon au décès de Martin.

Lord Collins tourna la tête vers la fenêtre comme le bruit caractéristique des sabots se faisait entendre. Une petite voiture, conduite par un valet et transportant une jeune femme, passa devant le manoir et tourna au coin.

— Ah, voilà ma fille cadette, s'exclama Lord Collins avec satisfaction. Elle sera ravie de faire votre connaissance, Knightsbridge. Je vais lui dire de se hâter.

Sur ce, il se leva et quitta vivement la pièce, sans se préoccuper de laisser sa fille seule. Mrs Blake but une gorgée de thé avant de lui adresser un sourire quelque peu figé.

— Ma sœur a fait son entrée dans le monde voilà quelque temps, milord.

— Je vois. Et cela n'a pas eu le succès escompté par votre père, s'il faut en croire son départ précipité pour aller la quérir.

Il eut le plaisir de voir l'expression de la jeune femme s'égayer et un mince sourire véritable apparaître sur ses lèvres.

Aussitôt, il saisit ce moment de complicité pour reprendre :

— Pendant que nous avons un moment seuls, Mrs

Blake, je tenais à vous dire qu'en tant que compagnon de votre défunt époux, je suis à votre disposition pour vous aider de quelque manière que ce soit. Blake m'a autrefois sauvé la vie et je n'ai pas été en mesure de lui rendre la pareille. J'ai une dette envers lui et cela apaiserait grandement ma conscience de pouvoir vous assister d'une façon ou d'une autre.

Il s'attendait à ce qu'elle ignore cette proposition. Après tout, elle était une veuve aveugle qui menait une vie confortable auprès de sa famille.

Elle reposa lentement sa tasse sur la table et, pour la première fois depuis qu'il était entré dans la pièce, il sentit véritablement son attention se concentrer avec intensité sur lui, alors même qu'elle ne se tournait pas dans sa direction. Il perçut la tension nouvelle qui habitait son corps tandis que lui-même s'abandonnait à la contemplation de ses iris d'ambre.

— Voulez-vous dire, milord, que je peux vous demander une faveur ? N'importe quelle faveur ?

Robert reposa sa tasse à son tour et se pencha légèrement vers elle. Son cœur battait soudain plus vite comme il murmurait :

— Tout ce qu'il sera en mon pouvoir de vous accorder, Mrs Blake. Je m'y engage sur l'honneur.

Elle pencha la tête de côté et il nota, troublé, le dessin sensuel de sa lèvre inférieure, légèrement plus charnue que la supérieure.

— Je suis prise au piège entre ses murs, dit-elle d'un ton impassible en dépit de la violence de ses mots. J'ai hérité du domaine de mon époux, Rose Cottage, seulement, mon père me refuse le droit d'y vivre bien que j'aie vingt-cinq ans et que je me sois occupée de la gestion de sa domesticité depuis de nombreuses années. Personne, parmi les miens, n'osera s'élever contre sa volonté. *Vous* le pouvez, milord, vous êtes un lord puissant. M'aiderez-vous ?

Chapitre 2

Audrey avait parfaitement conscience que sa demande était trop brusque, trop directe, pour n'être pas impolie et déplacée. Seulement, elle ne s'en souciait plus guère. Elle était dans une situation désespérée, et l'arrivée de Lord Knightsbridge était sans doute sa dernière chance.

Elle avait tout de suite aimé sa voix grave et profonde. Elle y avait immédiatement perçu de la compassion et de la bonté. Sans compter qu'il devait nécessairement être porté par un fort sentiment de justice, s'il était venu jusqu'ici, à peine débarqué des Indes, pour lui offrir son aide.

Elle n'avait pour le moment entendu aucun bruit en provenance de l'entrée, mais ils seraient très bientôt interrompus et elle devait lui faire comprendre…

— Je ne suis pas invalide, milord, reprit-elle, consciente de son débit trop rapide. Pas plus que je ne suis idiote. J'aurais suffisamment de serviteurs pour m'assister, ainsi que ma dame de compagnie qui peut être mes yeux quand cela est nécessaire, c'est-à-dire rarement. Je me souviens parfaitement des objets qui peuplent mon quotidien. Je n'ai perdu la vue qu'à l'âge de sept ans, des suites de la scarlatine, et depuis je n'ai pas cessé de m'exercer à garder en mémoire l'image vive de ceux qui m'entourent et du décor de ma maison.

— Pourtant vous iriez dans une maison où vous n'auriez rien de tout cela, Mrs Blake, fit-il remarquer avec douceur.

— Vous êtes un soldat, sir. N'avez-vous donc pas le goût de découvrir des endroits nouveaux et inconnus ? Pourquoi serais-je différente ? Cette maison étrangère est en vérité la *mienne*, insista-t-elle, quoique mon père ait tenté de tisser une histoire invraisemblable pour me faire croire que la propriété était allée à un lointain cousin de mon mari. J'ai écrit à l'avocat en charge de mon affaire et il m'a appris toute la vérité. Je n'ai aucune envie de passer le restant de mes jours comme l'infortunée compagne de ma sœur et d'imposer plus tard ma présence de parente pauvre sous le toit de son futur époux. Or, c'est exactement l'avenir que me réserve ma famille, quand ils n'essaient pas, de surcroît, de me garder recluse, cachée à la vue de tous.

Elle entendit sa brusque inspiration et s'efforça de garder son calme, alors qu'elle peinait à contrôler le tremblement de ses mains. Elle tenait là sa chance ! Le comte lui refuserait-il cette opportunité de s'échapper enfin du joug familial ?

Elle comprit qu'il avait lui aussi entendu les pas qui se rapprochaient lorsqu'il baissa la voix et lâcha précipitamment :

— J'entends vos arguments, Mrs Blake, et je comprends votre frustration. Néanmoins, je ne connais ni la situation ni vous, en vérité, et je risquerais de faire plus de mal que de bien en agissant sans savoir.

Il avait dû se pencher davantage vers elle car elle sentit son parfum de propre et de grand air. Une odeur infiniment agréable…

— Dans ce cas, restez pour savoir à quoi vous en tenir, pria-t-elle. Mon frère organise une partie de chasse avec ses amis ces prochains jours. Ma famille sera sans nul doute honorée de votre présence – ma sœur Blythe tout particulièrement, ajouta-t-elle sans cacher une note de sarcasme. Je me charge de vous inviter si mon père et ma sœur ne le faisaient pas, ce dont je doute. Ainsi, vous verrez comment je vis au sein de ma famille qui pense savoir ce qui est bon pour moi et me considère comme une invalide au lieu de la femme adulte et compétente que je suis.

— Très bien, Mrs Blake. Je resterai.

— Merci, milord.

Son soulagement à ces mots fut tel qu'elle racla sa tasse contre la soucoupe en la reprenant. Heureusement, elle sirotait calmement son thé au moment où elle entendit le chuintement des jupons de Blythe au rythme de ses pieds rapides et les lourds pas de son père dans la pièce.

Lorsqu'elle perçut le craquement du bois du fauteuil, elle devina que Lord Knightsbridge s'était levé.

— Knightsbridge, lança son père de ce ton enjoué qu'il avait adopté depuis le début, puis-je vous présenter ma fille, Miss Blythe Collins ?

— Miss Collins, c'est un plaisir de faire votre connaissance.

Avec un étrange pincement au cœur, Audrey entendit dans la voix du comte cette même admiration qu'elle percevait chez tous les hommes en présence d'une jolie femme. La dernière image qu'elle avait de sa petite sœur était celle d'un adorable poupon de deux ans, mais, même alors, les boucles serrées et les fossettes de Blythe laissaient deviner sa beauté à venir. Sa sœur avait été son trésor depuis sa naissance et elle avait adoré jouer avec elle comme avec une précieuse poupée, sous le regard aimant de leur mère.

Elles avaient toutes deux contracté la scarlatine en même temps, mais seule Audrey avait subi une fièvre telle qu'elle en avait perdu la vue. Depuis lors, leur relation avait été irrémédiablement altérée. Sa sœur, comme son père et son frère, avait honte de sa différence, comme si son infirmité était une marque d'infamie qui rejaillissait sur l'honneur de leur famille.

Tant que sa mère avait été en vie, elle s'était assurée qu'Audrey soit traitée comme une enfant normale, et les saisons étaient passées, préservant un semblant d'harmonie dans son quotidien. Hélas, sa protectrice était morte sept ans plus tôt.

Peu à peu, les visites qu'Audrey était autorisée à faire à l'extérieur du cercle familial s'étaient restreintes, comme si elle était un spectre dont il fallait faire oublier l'existence.

Blythe avait de plus en plus imité leur père, qui ne tolérait sa cécité que dans la mesure où il pouvait tirer profit des quelques rares talents qu'il lui concédait. La traiter comme sa fille, en revanche ? Certainement pas. Seule Blythe était autorisée à rendre régulièrement visite à leurs voisins ou bien à aller à Londres. De fait, la gestion de la maisonnée étant assurée par Audrey, sa sœur cadette avait toute liberté de se consacrer à trouver un époux.

Audrey, pour sa part, n'était jamais sortie de leur village. Elle n'avait aucune amie, à l'exception de sa chère Molly, la fille de sa nourrice. Elles avaient grandi ensemble, et tout naturellement Molly était devenue sa secrétaire et dame de compagnie.

Les choses changeraient-elles si elle obtenait enfin son

indépendance et vivait seule ? Des inconnus lui accorderaient-ils au moins le bénéfice du doute, contrairement à sa famille ?

En vérité, elle n'en savait rien. Au moins serait-elle libre d'aller où bon lui semblait et d'agir à sa guise. Ce matin encore, une telle liberté lui apparaissait comme un rêve inaccessible. Jusqu'à ce que l'arrivée de Lord Knightsbridge vienne tout changer...

Elle n'avait pas besoin de ses yeux pour savoir que Blythe avait plongé dans une profonde révérence.

— Comment allez-vous, milord ?

Audrey devina, au souffle un peu court de sa sœur, que le comte devait être fort bel homme et suffisamment jeune pour entrer dans les considérations maritales de sa sœur.

Leur père ne prit pas la peine d'expliquer à sa sœur le véritable motif de la visite de Lord Knightsbridge et s'écria avec entrain :

— Knightsbridge est de retour des Indes après avoir servi dans la cavalerie de Sa Majesté !

— Oh ! Quelle vie dangereuse et excitante vous avez dû connaître ! s'exclama Blythe avec un entrain excessif.

Sa sœur ne comprenait-elle pas qu'elle trahissait son désespoir par cet enthousiasme exagéré ? Audrey avait bien tenté de lui en parler, un jour, mais Blythe avait rapidement écarté ses inquiétudes en affirmant qu'elle ne connaissait rien aux règles de séduction qui avaient cours entre hommes et femmes. Ce n'était sans doute pas faux, néanmoins, Audrey percevait parfaitement quand les gens se ridiculisaient.

— Je me considère comme honoré d'avoir pu servir mon pays, répondit Lord Knightsbridge dont la voix s'était chargée d'une ombre nouvelle. Mais ce n'est pas une vie pour les cœurs délicats. J'ai hérité du domaine et du titre de mon père quand je n'avais pas encore vingt ans. Je n'avais pas, alors, la maturité nécessaire pour le titre de comte. L'armée m'a semblé être le meilleur moyen de m'accomplir. J'ai la chance d'avoir un personnel d'exception qui a veillé à ce que le domaine prospère en mon absence.

Audrey sentit qu'il y avait plus derrière ses mots, mais elle ne voulait pas se montrer indiscrète en lui posant la question.

— Nous n'avons pas besoin de parler de l'armée ! babilla Blythe. J'imagine que vous voulez tout oublier de cette existence !

— Parfois, je le souhaiterais, en effet.

Il avait parlé d'un ton calme, presque désincarné, et Audrey frissonna au vide qu'elle perçut dans sa voix.

— Toutefois, poursuivit-il, je me dois d'honorer la mémoire des compagnons que j'ai perdus là-bas. C'est pourquoi je suis ici : afin de présenter mes respects à la veuve du fidèle compagnon d'armes qu'était Mr Blake.

— Oh ! Je l'ignorais…, répondit Blythe, une note de contrariété dans la voix.

Audrey pouvait presque entendre les rouages de sa pensée s'agiter, Blythe devait se désespérer de voir que sa sœur bénéficiait d'une telle connexion avec un aristocrate de si haut rang. Seulement, cette fois, elle n'était pas prête à s'effacer pour apaiser les craintes de sa cadette. Elle avait besoin de cette nouvelle connaissance et, sans vouloir blesser Blythe, elle ne comptait pas se mettre en retrait.

— Vous n'êtes tout de même pas venu pour partager un simple thé et repartir, intervint son père. Nous avons justement quelques valeureux garçons qui vont arriver pour la partie de chasse de mon fils. Restez avec nous,

Knightsbridge ! Nous avons bien assez de chambres pour vous accueillir !

D'un ton parfaitement naturel, ce dernier répondit :

— J'accepte avec plaisir votre gracieuse invitation, sir. Après neuf ans d'absence, cela ne pourra que m'être bénéfique de fréquenter à nouveau des jeunes gens.

— Je suis si contente, milord ! s'extasia Blythe.

— Je vous remercie de votre hospitalité, Miss Collins.

— Peut-être souhaitez-vous vous retirer et prendre un peu de repos avant le dîner ? demanda Audrey.

Parfois, c'était une bénédiction de ne pas voir : Blythe devait être furieuse qu'on lui arrache si vite le comte.

— J'imagine que mon apparence poussiéreuse ne plaide pas en ma faveur, s'amusa le comte avant de s'interrompre soudainement. Oh ! pardon, Mrs Blake, bien sûr vous ne pouvez voir l'état de ma tenue…

Elle leva une main pour l'arrêter :

— Milord, les façons de parler imagées ne me blessent nullement, aussi ne vous en inquiétez pas. Je comprends que vous n'ayez pas l'habitude d'échanger avec des personnes non voyantes.

Cependant, Audrey se sentait secrètement émue qu'il se montre aussi soucieux de ne pas la blesser. Il n'était ni plus ni moins qu'un inconnu à qui elle venait de demander, de façon bien effrontée, de l'aider à quitter son foyer et sa famille.

Peut-être était-ce une bonne chose qu'ils en apprennent tous les deux davantage l'un sur l'autre. D'autant qu'il n'était pas tout à fait un étranger. Il avait été l'ami de Martin… ce qui ne plaidait nullement en sa faveur.

— Je vous remercie sincèrement de votre compréhension, Mrs Blake.

— Un valet va vous escorter jusqu'à votre chambre, milord, dit-elle en se levant.

Comme à l'accoutumée, elle avait pris soin de s'installer au bout du canapé, pour ne pas risquer de se cogner malencontreusement aux autres. Parvenue sans encombre à la porte, elle donna ses instructions au valet. Dans son dos, elle entendit Lord Knightsbridge remercier son père avant de la rejoindre dans le hall d'entrée.

— Reposez-vous bien, milord ! lança Blythe depuis le salon de musique.

Un silence suivit, perturbé seulement par les pas du comte qui suivait le domestique à l'étage. Puis Audrey entendit le murmure excité de sa sœur :

— Oh ! Père ! Un comte…

Puis, le bruit distinctif de son père qui se frottait les mains, visiblement ravi lui aussi.

— J'ai entendu parler de ce Knightsbridge. Quoiqu'il n'ait pas siégé à la Chambre des lords depuis neuf ans, je me souviens des rumeurs qui couraient sur son compte au moment de son départ.

— Vraiment ? Quel genre de rumeurs ? questionna Blythe.

Audrey n'aimait certes pas participer aux bruits de couloir, néanmoins, elle ne pouvait feindre le désintérêt.

— Je crois me rappeler que, lorsqu'il a hérité du titre à vingt ans, certains le considéraient comme trop arrogant pour son propre bien.

— Il semble cependant que l'armée l'ait guéri d'un tel orgueil, fit justement remarquer sa sœur.

— Nul doute que la maturité et l'expérience l'auront fait changer, ajouta Audrey.

— Il était aussi question d'un investissement financier

qui avait échoué. Un homme impliqué dans cette triste histoire s'était ôté la vie. Il me semble que le jeune comte a acheté sa commission pour les Indes à ce moment-là.

Audrey fronça les sourcils :

— Donc, le comte pourrait aussi bien être coupable qu'innocent…

— Oh non ! Personne ne le croit responsable de quoi que ce soit dans la triste mort de cet homme, assura son père.

— Dans ce cas, c'est l'investissement qui pose question ? insista-t-elle, soucieuse d'avoir confié son désir de fuir son foyer à un homme peu scrupuleux.

— Cela ne te concerne en rien, Audrey, répliqua son père avec agacement.

Elle avait entendu cela toute sa vie.

— Mais, non, aucun scandale n'a été mis au jour dans cette affaire, sinon un manque de jugement de la part du comte.

— Il n'avait que vingt ans, déclara Blythe d'un ton catégorique. N'importe qui à cet âge peut commettre des erreurs d'appréciation.

— Tu as vingt ans, toi aussi, ne put s'empêcher de faire remarquer Audrey.

— Oh ! Il est impossible de discuter avec toi ! grommela sa sœur avant de sortir à pas vifs de la pièce.

Avec un soupir, elle s'apprêtait à la suivre lorsque son père l'arrêta :

— Audrey, j'aimerais te dire un mot.

Elle demeura parfaitement immobile comme il passait près d'elle pour refermer la porte.

— Je pourrais te confiner dans ta chambre, dit-il de ce ton autoritaire qu'elle ne connaissait que trop bien.

Elle serra les dents si fort qu'elle en eut mal aux mâchoires.

Il lui fallait garder son calme. Elle n'avait aucune envie de se retrouver enfermée, néanmoins, cela pourrait aussi bien convaincre Lord Knightsbridge d'intercéder en sa faveur. Elle l'avait intrigué, elle le savait, et il se sentait redevable envers elle.

Ainsi, qu'elle se retrouve ou non recluse dans sa chambre pour la soirée, l'espoir était permis, même si elle n'avait aucune envie de rester loin de la compagnie une énième fois.

— Toutefois, te laisser dans ta chambre pourrait faire jaser puisque Knightsbridge a déjà fait ta connaissance, poursuivit-il avec un lourd soupir qui disait assez combien il le regrettait. Ainsi, je compte sur toi pour te montrer réservée et discrète dans tes échanges avec lui. Ta sœur a le droit d'avoir la chance de briller.

— Père, je ne suis pas une menace pour Blythe. Cet homme est comte, une femme aveugle ne peut l'intéresser si ce n'est par compassion.

— Eh bien, fais en sorte de ne pas l'oublier, comme c'est malheureusement arrivé par le passé.

Audrey le sentit faire un pas vers elle et, quoiqu'il ne l'ait jamais physiquement blessée, le contrôle total qu'il exerçait sur elle en cet instant suffit à la terrifier. Elle avait soudain la sensation que l'air s'était chargé de milliers d'éclats de verre, et l'eau de Cologne que son père mettait pour couvrir l'odeur de son corps lui procura une brusque nausée.

— Je t'avais déjà mise en garde au sujet de Blake, reprit-il, effectivement pour la millième fois.

— Et vous aviez raison, parvint-elle à articuler d'une voix qu'elle espérait plus humble que furieuse. Croyez-moi, je n'ai pas oublié cette leçon.

— Tant mieux, répliqua-t-il en s'écartant enfin.

Qu'as-tu prévu pour le dîner, quand tous les amis de ton frère seront arrivés ?

Impassible, Audrey déroula calmement le menu pour lui, tandis qu'intérieurement elle bouillait de rage face à sa propre impuissance. Il était prêt à enfermer sa propre fille, mais cela ne l'empêchait pas de lui demander des comptes sur les tâches qu'il estimait naturel de lui voir accomplir !

À chaque fois qu'elle se croyait immunisée contre les subtiles humiliations que sa famille lui infligeait, une nouvelle blessure la marquait.

— Tu as l'air fatiguée aussi. Tu devrais aller te reposer une petite heure avant le dîner. Je ne veux pas que Blythe ait à se charger du service. Elle aura besoin d'être libre pour converser avec nos invités.

— Je me sens fatiguée, en effet. Je vais me retirer dans ma chambre, père, lâcha-t-elle dans un murmure impassible.

Bien évidemment, Audrey ne put trouver le moindre repos. Elle laissa sa femme de chambre l'aider à retirer sa robe et passa un déshabillé par-dessus sa chemise, plus confortable pour s'étendre un moment.

Molly babillait joyeusement à propos des quatre nouveaux jeunes gens qui venaient d'arriver. Elle avait le même âge qu'elle et Audrey se rappelait parfaitement ses cheveux d'or sombre et les taches de rousseur qui parsemaient son nez. Un jour, des années plus tôt, elle lui avait demandé si elles étaient toujours là et Molly avait éclaté de rire en déclarant qu'elles n'avaient fait que s'étendre pour envahir tout son visage.

Ce jour-là, quand Audrey lui avait expliqué, un peu

gênée, qu'elle se rappelait les gens tels qu'elle les avait vus à sept ans, mais qu'elle ne pouvait pas savoir dans quelle mesure leur apparence avait changé, Molly lui avait dit de poser les mains sur son visage pour en sentir les différences. À son grand étonnement, elle avait découvert qu'elle pouvait réellement *sentir* les contours du visage de son amie. En parcourant des doigts ses joues rondes et son petit nez relevé, des images de ses traits d'adulte se formaient dans son esprit.

Audrey était d'autant plus reconnaissante à Molly qu'elle savait ne pouvoir demander à personne d'autre pareille faveur – à sa famille moins qu'à quiconque. Ainsi devait-elle faire avec les vieux souvenirs qui lui restaient.

Elle fut ramenée au présent par Molly qui chuchotait d'un ton de conspiratrice :

— J'ai aperçu Sa Grâce dans le hall.

— À quoi ressemble-t-il ? demanda-t-elle aussitôt.

Seigneur, elle avait parlé beaucoup trop vite, trahissant sa curiosité. Voilà qu'elle ressemblait à sa sœur !

— Cessez de bouger en tous sens quand j'essaie de vous coiffer, Miss Audrey, la réprimanda Molly.

Depuis des années, Audrey avait fait tout son possible pour convaincre la jeune femme de l'appeler simplement par son prénom, en vain. Heureusement, Molly avait admis sans trop de peine que « Mrs Blake » était bien trop formel pour leur relation. De fait, celle-ci était une amitié sincère, qui ne tenait pas compte du fait qu'elle était la maîtresse et Molly, la domestique.

Molly était sa plus chère amie, sa seule amie, en vérité. D'ailleurs, elle se sentait infiniment plus proche d'elle que de Blythe. Elle ne pouvait être tout à fait elle-même avec personne d'autre. Seule Molly lui laissait encore le droit de poser des questions idiotes ou de commettre des erreurs.

Devant sa famille, en revanche, Audrey devait constamment paraître irréprochable, de crainte qu'ils ne soient de nouveau tentés de la traiter comme une invalide.

De son vivant, sa mère avait soigneusement veillé à ce qu'ils ne retombent pas dans ce travers, mais depuis sa mort Audrey ne se sentait plus jamais à l'abri de cette insupportable condescendance. Elle s'attendait à chaque instant à entendre l'un des membres de sa famille suggérer qu'il existait des hôpitaux faits pour les gens comme elle.

— Attendez, miss, j'essaie de retirer cette maudite épingle.

Audrey serra les dents le temps que Molly tire l'épingle offensante de ses cheveux.

— Alors ? insista-t-elle.

— Eh bien, eh bien… Je vois que le comte vous intéresse drôlement, miss. Comment cela se fait-il ?

Audrey ne pouvait pas lui révéler la vérité. Pas encore. Même Molly pourrait penser qu'elle prenait trop de risques à confier ainsi son existence à un parfait inconnu.

— J'ai perçu l'intérêt que Blythe lui portait, et je suis simplement curieuse.

— Ah ! ah ! Vous vous demandez si le comte sera enfin celui qui vous libérera des caprices de votre sœur ?

Audrey rit de bon cœur.

— Tu me connais trop bien, Molly. Et maintenant, me diras-tu enfin à quoi il ressemble, pour que je puisse déterminer s'il aura l'heur de convenir aux attentes de Blythe ?

— Oh ! croyez-moi, il les surpasse largement ! Non

seulement il est comte mais, en outre, il est jeune et fort bel homme.

— J'avais donc deviné juste !

Molly rit à son tour.

— Quant à son apparence, je peux vous dire qu'il a les cheveux les plus noirs qui soient, pareils à l'ombre la plus noire de la nuit la plus sombre.

— Méfie-toi, tes racines irlandaises de conteuse resurgissent, s'amusa Audrey.

— Je le prends comme un compliment, Miss Audrey, car c'est bien entendu ainsi que vous l'entendiez ! Pour en revenir au comte, ses yeux sont d'un vert intense. Imaginez un parterre de trèfles pour en saisir la nuance. Il a des petites rides qui trahissent un rire fréquent, ce qui est toujours bon signe chez un homme.

Des rides d'expression qui marquaient le rire... C'était effectivement une bonne chose. Cela signifiait qu'il avait surmonté la tragédie qui avait coûté la vie à l'un de ses partenaires d'affaires. Audrey avait beau être curieuse, ce n'était pas un sujet qu'elle pourrait se risquer à aborder.

— Tu le sais grâce à ta vaste expérience des hommes ? plaisanta-t-elle.

— Ne vous rappelez-vous pas que maman avait l'habitude d'affirmer cela ? s'esclaffa Molly.

— Pas en ces termes, mais oui, ce genre de phrases lui ressemble tout à fait, approuva Audrey avec nostalgie en songeant au doux souvenir de sa nourrice qui l'avait toujours traitée comme une enfant normale.

C'était même elle qui avait insisté pour qu'elle apprenne à utiliser ses couverts et à se déplacer comme une véritable lady, même si elle devait se guider de la main.

— Est-ce que j'ai bien compris les informations qui

sont parvenues jusqu'aux domestiques ? s'enquit Molly. Le comte a connu votre mari ?

— Oui, ils étaient dans le même régiment aux Indes. Martin avait beau écrire fort peu, il a mentionné le comte. Ils ont grandi dans la même paroisse, si bien que le domaine du comte ne se trouve qu'à quelques miles de la demeure de Martin.

— Vous voulez dire *votre* demeure, corrigea vivement Molly.

— Oui, *ma* maison. Je crois me souvenir qu'il a dit du comte qu'il était excellent cavalier et également fort courageux. Si tant est que l'on puisse se fier à l'opinion de Martin sur quelque point que ce soit.

— Hum, répondit Molly sans s'engager, en finissant de démêler ses longs cheveux. Maintenant, vous devriez vous reposer un moment. Essayez de fermer les yeux.

— Je serai incapable de m'assoupir, je le crains. Tous les invités arrivent !

— Vous allez enfin pouvoir en profiter avec eux ! s'enthousiasma Molly en lui serrant affectueusement l'épaule. Ne vous inquiétez pas. Mrs Gibbs saura parfaitement prendre soin des invités pour l'heure. Vous travaillez trop dur. Vous devriez insister pour que Miss Blythe vous aide davantage.

Elles savaient aussi bien l'une que l'autre qu'Audrey n'en ferait rien. Et ce n'était pas seulement parce que Blythe ne se préoccuperait pas de faire du bon travail. En vérité, le risque était surtout que sa famille se hâte de mettre un plaid sur ses genoux et ne la laisse plus rien faire si elle ne se rendait pas absolument indispensable en toute occasion.

Lorsque Molly fut partie, Audrey s'installa au bord de la fenêtre qu'elle avait laissée entrouverte pour faire entrer l'air frais de l'automne. Elle se rappelait la vue de cet endroit, car elle s'était efforcée d'en imprimer chaque nuance dans son esprit.

Le parc qui entourait le manoir possédait une végétation désordonnée et luxuriante, mais, de ce côté-ci, il y avait un adorable jardin dont Audrey connaissait les allées par cœur. Plus loin s'étendaient les champs, séparés par de petites haies bucoliques et désormais labourés en prévision de l'hiver et des semences du printemps.

Comme à chaque fois qu'elle se retrouvait seule, ses pensées revinrent la tourmenter. L'avertissement de son père tournait et retournait dans son esprit. À l'époque, il l'avait abruptement mise en garde contre Martin. Elle n'avait pas voulu le croire, s'imaginant qu'il cherchait seulement un moyen de la retenir égoïstement à la maison. Ce qui n'était sans doute pas faux. Néanmoins, elle aurait dû se montrer plus perspicace que cela concernant Martin…

Il rendait visite à un ami d'école dans leur village, au moment où Blythe avait eu sa première sortie dans le monde. Contrairement à ce qu'imaginait sa sœur, qui pensait que tous les hommes devaient porter leur attention sur elle seule, c'est à Audrey que Martin s'était intéressé. Blythe ne lui pardonnerait sans doute jamais d'avoir trouvé un époux en si peu de temps.

Avec le recul, Audrey comprenait qu'elle avait été ridiculement sensible aux attentions de Martin, car elle était douloureusement privée d'amour depuis la mort de sa mère. Elle s'était sentie tellement reconnaissante que quelqu'un l'admire pour son courage et ne la traite pas en inférieure…

Et puis, elle avait cru être protégée en tenant toute illusion romantique à distance. Martin et elle ne s'étaient jamais fait la moindre promesse d'amour, et elle savait qu'il était le benjamin d'une fratrie.

Hélas, malgré toute sa prudence, elle n'avait pas imaginé un seul instant qu'il ferait main basse sur sa dot pour s'acheter une commission militaire et la laisser seule avec sa famille pendant qu'il allait « découvrir le monde ».

Il avait ainsi cruellement brisé son tout nouvel espoir de goûter enfin à la liberté.

Au cours des semaines qui avaient précédé la noce, elle avait longuement rêvé de devenir la maîtresse de sa propre maisonnée, d'être enfin libre d'agir comme bon lui semblait, d'aller où elle le voulait.

Au lieu de quoi, sa vie avait à peine changé, du moins, jusqu'à ce qu'elle prenne conscience qu'elle portait un enfant. Au début, elle s'était émerveillée que leur nuit de noces, aussi brève et peu agréable qu'elle ait été, ait pu lui offrir un si merveilleux présent. Son père avait été en colère, bien sûr ; sa sœur horrifiée, mais pas elle…

Au contraire, elle avait senti une force inconnue grandir en elle avec ce bébé, certaine qu'elle saurait relever ce défi. Enfin, avec ce petit être à aimer, sa vie allait changer ! Ses premiers mouvements lui avaient été aussi doux qu'une aile de papillon. Puis il s'était davantage agité et elle avait adoré sentir ses petits pieds pousser les parois de son ventre.

C'est alors qu'Audrey avait appris la mort de Martin.

Elle n'avait pas véritablement souffert de cette annonce puisqu'ils n'avaient partagé aucun tendre sentiment. En revanche, elle avait ressenti un profond chagrin pour son bébé qui grandirait sans père, et craint de ne pas pouvoir l'éduquer comme elle l'entendait. Son propre père pourrait même lui arracher l'enfant et l'envoyer loin d'elle. Elle vivait avec cette angoisse, jusqu'à ce que le pire advienne…

Le travail avait commencé bien trop tôt et son tout-petit n'avait jamais respiré.

Pendant plusieurs mois, un désespoir intense l'avait étouffée, encore accru par les remarques odieuses de sa famille. Ainsi, en guise de consolation, son frère avait exprimé son soulagement qu'elle ne mette pas au monde un enfant aveugle.

De là à penser que tout le monde aurait préféré la voir mourir de cette maudite fièvre plutôt que vivre aveugle, il n'y avait qu'un pas…

Lorsqu'elle avait compris que de telles pensées, alliées à un chagrin intense, ne pouvaient que la mener à la folie, Audrey avait tenté de se ressaisir. Elle s'était concentrée sur la maison de Martin dont elle avait hérité.

Un endroit où elle pourrait enfin être indépendante, où elle ne risquerait plus de se perdre elle-même.

Néanmoins, elle ne dirait rien de tout cela au comte. Elle ne voulait pas de sa pitié, non, elle n'avait besoin que de son soutien. Du moins, tant qu'il lui paraîtrait digne de confiance.

Hélas, comment le convaincre d'emmener une femme aveugle loin des siens, contre l'avis de son propre père ?

Chapitre 3

Quand Robert descendit dans le petit salon avant le dîner, il y trouva Blythe Collins en train de tenir sa cour. Nulle trace, en revanche, de la mystérieuse Mrs Blake.

Sa famille l'avait-elle écartée ? L'idée le mettait mal à l'aise.

Les cinq jeunes hommes qui entouraient Miss Collins tournèrent la tête vers lui à son entrée. Tous le regardaient avec curiosité et il lui sembla reconnaître certains visages. Lord Collins vint à sa rencontre, suivi d'un jeune homme qui lui ressemblait beaucoup, notamment par la courbure du nez et l'épaisseur du tour de taille.

— Knightsbridge, voici mon fils, Edwin Collins.

Robert salua celui qui paraissait avoir le même âge que lui. Il avait une expression avenante et intéressée, pas du tout celle qu'on imaginerait d'un homme prêt à enfermer sa sœur contre sa volonté. Il devait prendre garde de rester objectif et de bien considérer chaque aspect de la situation avant de prendre une décision concernant la demande de Mrs Blake.

— Bonsoir, milord, dit Collins. C'est très aimable à vous d'avoir rendu visite à ma sœur. Malgré son deuil, elle se porte bien, n'est-ce pas ?

— Vous le savez mieux que moi, sir.

Surpris par sa réponse, l'autre cligna plusieurs fois des paupières :

— Euh, oui, bien sûr. Venez, laissez-moi vous présenter mes amis, vous devriez en connaître certains.

Robert se fit présenter le petit groupe qui entourait Miss Collins. Il avait fréquenté l'université de Cambridge, comme la plupart des autres, mais certains n'étaient arrivés à Londres qu'après son départ.

Tout à coup, Mrs Blake entra dans la pièce, et il devint difficile de suivre le fil de la conversation.

Elle traversa la pièce de sa démarche gracieuse, sa main légère effleurant à l'occasion le mur ou un meuble dont elle semblait connaître l'exacte localisation par avance. Il remarqua toutefois qu'elle prenait garde de rester toujours près des murs. Était-ce pour ne pas accidentellement heurter un invité ?

Les têtes s'étaient tournées vers elle et plus d'un invité demanda à voix basse qui elle était. Robert fut ennuyé de constater que les amis de son frère ignoraient son identité. Elle trouva le fauteuil qu'elle cherchait et s'assit avec grâce.

Edwin Collins déclara à la ronde :

— C'est ma sœur aveugle. Elle insiste pour tout faire par elle-même, aussi, vous n'avez pas besoin de vous soucier d'elle.

Voilà toute l'introduction à laquelle elle avait droit ! Robert était médusé. Il s'apprêtait à s'excuser auprès de la compagnie pour la rejoindre lorsque Miss Collins l'interpella.

Curieusement, il lut le commencement d'un sourire sur les lèvres de Mrs Blake. Avait-elle compris son intention de la rejoindre ou bien s'amusait-elle simplement de voir que sa sœur cherchait son attention ?

Miss Collins lui offrit sa main et il s'inclina. Elle avait des boucles noires lustrées relevées en un chignon élaboré et le même petit menton que sa sœur. Néanmoins, sa silhouette était plus menue, presque gracile. Surtout, ses yeux n'avaient pas la même couleur d'ambre que ceux de Mrs Blake, non, ils étaient d'un brun léger et brillaient de plaisir à l'idée d'être au centre des attentions masculines. Elle était jeune après tout, il ne pouvait lui reprocher de s'amuser.

— Bonsoir, salua-t-il poliment.

— Je suis si heureuse que vous restiez avec nous, milord. Mon frère s'est-il chargé des présentations ?

— Il l'a fait. J'ai désormais hâte de mesurer mon adresse au tir à la leur.

— Ces pauvres oiseaux, dit-elle en gloussant, dommage pour eux qu'ils aient si bon goût.

— Dans ce cas, je m'assurerai qu'il y en ait suffisamment à votre table.

— J'imagine que vous devez être excellent tireur après avoir servi dans l'armée. Mon frère pourrait être à la mesure de vos talents puisqu'il surpasse toujours ses amis.

— Il est mon hôte, je tenterai de me montrer généreux, plaisanta Robert.

Tandis qu'il faisait de son mieux pour entretenir une conversation courtoise, son regard revenait sans cesse vers Mrs Blake. Elle demeurait immobile, le visage serein, la tête légèrement penchée comme si elle écoutait tout ce qui se déroulait autour d'elle. Personne ne l'avait encore approchée pour la saluer.

— Miss Collins, devrais-je accompagner votre sœur

jusqu'à vous ? s'enquit-il. Vous ne l'avez sans doute pas vue entrer depuis cet angle de la pièce.

Une ombre passa dans le regard de la jeune femme.

— Audrey n'apprécie pas les assemblées nombreuses autant que vous ou moi, milord. Soyez assez bon pour pardonner sa timidité.

— Il n'y a rien à pardonner. Je ne peux qu'imaginer à quel point ce doit être difficile d'être plongée dans une obscurité perpétuelle, de paraître désavantagée aux yeux des autres. Pourtant, elle se déplace avec une aisance incroyable.

— C'est qu'elle connaît chaque recoin de la maison. Nous ne pouvons pas déplacer un seul meuble !

— Cela me semble être une précaution raisonnable, en effet, et vous êtes très bonne de prendre ainsi en considération sa situation.

Miss Collins eut une grimace presque imperceptible. Elle devait nécessairement avoir conscience de la difficile situation de sa sœur, toutefois, il n'était guère étonnant qu'elle ait copié les manières brusques de leur père à son égard. Ce n'était pas surprenant, certes, mais guère flatteur pour sa bonté, d'autant plus quand la maturité et la simple compassion auraient dû l'inciter à se comporter différemment.

— Quoi qu'il en soit, je ne parviens pas à profiter de votre charmante compagnie en la sachant seule. Si vous voulez bien m'excuser.

Il s'inclina et, cette fois, la demoiselle ne fut pas aussi prompte à cacher son mouvement d'humeur. À croire qu'elle était jalouse de sa sœur…

Il réfléchit rapidement. Martin venait tout juste de se marier lorsqu'il était arrivé aux Indes, deux ou trois ans plus tôt, ce qui signifiait que Miss Collins avait fait son entrée dans le monde au moment du mariage de sa sœur. Peut-être n'avait-elle guère apprécié de voir que sa sœur aveugle avait obtenu une union et pas elle ?

Il arriva à la hauteur de Mrs Blake qui levait le visage vers lui, sans nul doute consciente de sa présence.

— Bonsoir, Mrs Blake.

— Bonsoir, Lord Knightsbridge.

— Est-ce ma voix qui a trahi mon identité ? questionna-t-il, curieux.

— Ainsi que votre courtoisie... Vous êtes le seul à venir me saluer. J'espère que vous avez vu par vous-même que je n'exagérais pas la complexité de ma situation, ajouta-t-elle dans un murmure.

De fait, il était convaincu qu'elle avait besoin d'aide. Mais comment savoir ce qui était le mieux pour elle ? Robert détestait se sentir aussi indécis.

Avant qu'il ait trouvé quoi répondre, un majordome annonça que le dîner était servi. Mrs Blake se leva.

— Puis-je vous escorter, madame ? Il me semble que l'ordre de préséance serait ainsi parfaitement respecté.

— Croyez-vous que la préséance évitera à ma sœur d'être furieuse ? murmura-t-elle avec un sourire entendu.

— Vous la connaissez fort bien, n'est-ce pas ?

— Bien sûr. Et vous-même la connaîtrez mieux après le dîner, car elle s'est assurée que vous soyez installé à son côté.

— Aussi improbable que cela paraisse aujourd'hui, figurez-vous que j'étais autrefois tout à fait familier des machinations féminines, Mrs Blake. Mais je reconnais que je manque désormais de pratique.

Il n'avait voulu que plaisanter, mais elle se figea et son sourire disparut :

— Je n'ai pas l'intention de mettre en œuvre quelque machination que ce soit, milord.

— Pardonnez-moi, répondit-il précipitamment. Loin de moi cette idée. Je faisais seulement référence à l'attractivité non négligeable que les pairs du royaume ont tendance à exercer malgré eux sur les jeunes ladys célibataires.

— Oh... Bien sûr, je suis désolée. Je me suis montrée ridiculement susceptible.

Soulagé de voir la tension s'apaiser, Robert la guida vers la salle à manger. Il attendit qu'elle ait posé la main sur le dossier de sa chaise et la poussa sous elle quand elle s'assit, ce qui lui valut un sourire.

Le nombre des convives était impair et il fut installé entre son hôte et sa fille cadette, en bout de table. Mrs Blake était de l'autre côté, à la droite de son frère. Ce dernier se lança en grande conversation avec son voisin de gauche, tandis que la personne assiste à droite de Mrs Blake en faisait de même avec son voisin. Ils agissaient exactement comme si Mrs Blake était invisible. Plus d'une fois, Robert dut se retenir de lui adresser la parole à travers la table, en dépit des règles de bienséance, seulement, il devinait qu'elle n'aurait pas apprécié une telle attention.

Robert remarqua les regards discrets que les autres convives jetaient dans la direction de la jeune veuve, l'observant manger, et dut serrer les mâchoires pour contenir sa colère, d'autant moins légitime qu'il n'agissait pas différemment. À chaque nouveau plat, le valet glissait quelque chose à son oreille avant de la servir. Bientôt, il fut évident pour tout le monde que Mrs Blake mangeait parfaitement normalement, alors, enfin les regards cessèrent.

Au cours du souper, son malaise ne fit que croître. Miss Collins avait beau lui parler des plaisirs de la campagne ou des amis qu'ils pouvaient avoir en commun, Robert ne pensait qu'à Mrs Blake et à l'indifférence qu'elle essuyait de la part de tous. Il avait hâte que le repas prenne fin.

Les réponses évasives et le peu d'intérêt qu'il témoignait à Miss Collins ne devaient rien faire pour améliorer l'humeur de celle-ci, néanmoins, il se sentait fort peu charitable à son égard.

Enfin, les dames se retirèrent dans le parloir et les hommes restèrent pour fumer, boire et organiser la partie de chasse à venir. Robert se contenta d'admettre posément qu'ils auraient sans doute du mal à concurrencer la précision de ses tirs.

Tous ces jeunes gens lui paraissaient tellement... jeunes, alors même que certains avaient le même âge que lui. « Jeunes » n'était pas le mot juste, plutôt « naïfs ». À l'exception de quelques voyages d'agrément en France ou en Italie, aucun d'eux n'avait parcouru le monde ni risqué sa vie. Ils considéraient tous leur famille et leur confortable existence comme acquise. D'ailleurs, Robert ne pouvait les blâmer, il avait été tout à fait comme eux autrefois.

Lui avait expérimenté l'attente nerveuse qui précédait le combat, quand chacun regardait les autres en se demandant lequel de ses amis ne rentrerait pas. Il avait connu la joie triomphale de la victoire et l'atroce chagrin de la mort, dont il portait continuellement le fardeau de la responsabilité. Il avait eu faim et froid. Il avait manqué perdre quelques doigts de pied dans les montagnes afghanes avant la prise de Kaboul.

En vérité, c'était là la plus grave blessure dont il ait eu à souffrir. Avec le temps, il s'était senti presque miraculeusement invincible. Peut-être d'ailleurs était-ce cette conviction qui l'avait sauvé, mais pas certains de ses amis.

Audrey suivit Blythe vers le petit salon. Sa sœur avait choisi cette pièce, plutôt que le salon d'été, ce qui signifiait que la soirée se poursuivrait en musique. Choix tout à fait logique, en vérité, pour une jeune dame qui cherchait à afficher ses talents comme on lui avait appris à le faire.

Le silence qui s'éternisait lui fit bientôt regretter de ne pas avoir trouvé une excuse pour s'éclipser en cuisine. Audrey ne savait pas à quoi sa sœur était occupée – mis à part à lui infliger son silence glacial – jusqu'à ce qu'elle entende Blythe jurer tout bas. Elle s'était donc attelée à un travail d'aiguille : elle se piquait toujours le doigt lorsqu'elle était contrariée.

Audrey ne comprenait pas pourquoi sa sœur était dans un tel état de rage à son encontre, alors que son rire joyeux avait empli la salle à manger pendant tout le dîner. Lorsqu'elle avait entendu, à quelques occasions, Lord Knightsbridge rire à son tour, elle avait eu peur qu'il ne finisse par rallier le camp de sa famille contre elle.

Pour s'apaiser, elle s'était souvenue de la sincérité de sa voix quand il avait dit vouloir lui venir en aide. Pouvait-elle se fier à cette promesse ?

Nerveuse, elle tira de la bibliothèque l'un des livres édités en relief et se mit à lire. Elle parcourait lentement du doigt les grandes et larges lettres. Elle l'avait lu de nombreuses fois car, les livres de ce type étant rares, ils coûtaient fort cher. Elle aurait voulu en acquérir d'autres, cependant, elle n'avait pas facilement accès à son argent et son père considérait que ce genre d'ouvrages était un luxe inutile.

La plupart du temps, c'était donc Molly qui lui faisait la lecture. Elles appréciaient autant l'une que l'autre découvrir de nouveaux textes et vivre par procuration les aventures qui y étaient racontées.

Bien qu'elle tentât de s'absorber dans sa lecture, le silence obstiné de sa sœur l'attristait et l'agaçait, si bien qu'elle n'y tint plus :

— On dirait que tu t'amuses bien, grâce à la partie de chasse d'Edwin, non ?

— En effet.

Au moins Blythe lui avait-elle répondu quoique d'un ton sec et coupant.

— J'ai l'impression que les convives ont apprécié le repas.

— Tu cherches les compliments, Audrey ?

Elle poussa un soupir.

— J'essayais seulement d'avoir une conversation aimable, mais on dirait que c'est peine perdue. Cela me rend triste, voilà tout.

Sa sœur ne répondit rien et, pour la millième fois, Audrey regretta de ne pouvoir voir son expression.

Brusquement, des rires bruyants leur parvinrent. Un instant plus tard, ces messieurs entraient dans le salon avec une exubérance qu'elle n'avait jamais expérimentée. D'ordinaire, on lui enjoignait de rester dans sa chambre lorsque son frère invitait de la compagnie. Mais cette fois, grâce à la présence de Lord Knightsbridge, elle pouvait elle aussi profiter de l'ambiance festive.

Par l'ouïe et l'odorat, elle expérimentait pour la première fois la proximité de cette présence virile : les voix graves, le mélange d'eau de Cologne et de transpiration, toute cette agitation de jeunes gens impatients de se lancer dans leur chasse.

Quelqu'un heurta sa jambe et elle entendit un jeune homme déclarer d'une voix si forte qu'elle eut un mouvement de recul :

— Mes excuses, Mrs Blake.

— Vos excuses sont acceptées, sir. Néanmoins, la prochaine fois excusez-vous plutôt pour l'atteinte à mes oreilles.

Des rires s'élevèrent autour d'elle et Audrey se sentit prise d'un léger vertige. Il y avait autour d'elle tant de monde dont elle ne pouvait prédire les mouvements ! Tout à coup, les coussins près d'elle s'affaissèrent lorsque quelqu'un prit place à côté d'elle.

— Un livre intéressant, Mrs Blake ?

Elle se détendit en reconnaissant la voix de Lord Knightsbridge.

— En effet, milord. Il a été conçu spécialement pour les personnes aveugles, vous pouvez en toucher les lettres si vous voulez.

C'est ce qu'il fit, car elle sentit sur ses jambes la légère pression de ses doigts qui parcouraient les pages. Ce contact la fit frissonner. Une étrange sensation la saisissait, qu'elle n'avait jamais ressentie. Autour d'eux, les autres poursuivaient leurs conversations et elle fut rassurée de constater que personne ne prêtait attention à eux.

— Je suis heureux de voir que vous avez accès au merveilleux monde de la lecture.

— Je suis surtout chanceuse d'avoir une femme de chambre excellente qui me fait la lecture pendant des heures chaque soir. En ce moment, nous étudions plus particulièrement les terres d'Afrique.

— Vraiment ? Ainsi, vous êtes érudite.

Audrey sentit ses joues s'embraser d'embarras.

— Oh non, je n'ai pas assez de talent pour me prétendre érudite.

— À quelles autres occupations passez-vous votre

temps ? Si cela ne vous ennuie pas de le partager avec moi, ajouta-t-il après une légère hésitation.

— La curiosité sincère ne m'ennuie jamais, sir.

Elle se mordilla un instant la lèvre, consciente que la façon dont elle dépeindrait son quotidien exercerait une influence sur la décision qu'il prendrait ensuite la concernant.

— J'aime beaucoup la marche. Je sors donc chaque jour avec ma femme de chambre, pour affermir ma santé et profiter du grand air. Je pratique également l'équitation, quoique j'aie parfois besoin d'un guide pour me consacrer à cette activité.

— Parfois ? répéta-t-il, surpris.

Il n'y avait cependant aucune condescendance dans son ton étonné.

— Oui. Mon hongre, Erebus, connaît parfaitement son chemin sur le domaine, tout comme moi.

— Erebus. N'est-ce pas le nom d'un dieu grec ?

— Vous avez une excellente mémoire, milord. Il s'agit plus précisément du dieu des Ténèbres.

— Ah ! Fort approprié, en vérité, s'exclama-t-il, visiblement amusé. Il a la forme de la brume, non celle d'un homme. Mais je vous en prie, dites-m'en davantage sur vos journées.

Le comte était de toute évidence fort instruit, un trait de caractère qui plaidait en sa faveur. Martin, lui, n'avait guère montré d'intérêt pour autre chose que ses loisirs et son rêve d'aventure.

— Eh bien, concernant les occupations d'intérieur, mis à part la lecture, je m'adonne au crochet et au tricot. Après tout, nous savons tous deux à quel point les travaux d'aiguille sont essentiels pour une dame, ajouta-t-elle sans cacher le sarcasme dans sa voix. Je n'aurais pas osé m'en passer…

Il partit d'un grand éclat de rire, et les conversations s'interrompirent autour d'eux. Soudain, la voix de Blythe emplit le silence :

— Eh bien, de quoi donc riez-vous tant, tous les deux ?

Quoiqu'elle perçût nettement la tension dans la voix pourtant enjouée de sa sœur, Audrey n'éprouva qu'une compassion affectueuse vis-à-vis de sa cadette. Tout comme elle, Blythe s'inquiétait de l'avenir. Elle avait fait son entrée dans le monde depuis trois années et, bien qu'elle ait refusé certaines demandes inappropriées, aucun prétendant correct ne s'était présenté. Pas plus qu'elle, sa sœur ne voulait vieillir dans cette maison trop austère. À chaque fois que la colère l'emportait en elle, Audrey tentait de s'en souvenir : dans une moindre mesure, Blythe était prisonnière comme elle.

— Nous discutions de l'intérêt des travaux d'aiguille, Miss Collins, répondit Lord Knightsbridge.

Quelqu'un éclata de rire devant l'incongruité d'une telle réponse.

— J'avais moi aussi de bien mauvais passe-temps pour un futur comte, ajouta-t-il.

— Vraiment ? Dites-nous en plus, le pria Blythe.

— Eh bien, j'étais constamment plongé dans les livres.

— Vous êtes pourtant devenu soldat, s'exclama-t-elle. N'étiez-vous donc pas de nature à aimer les activités de plein air dans votre jeunesse, puisque vous avez choisi une carrière militaire ?

— En fait, mon père ordonnait à mon frère de m'arracher à mes ouvrages pour me traîner jusqu'au terrain d'entraînement.

— Votre frère devait avoir votre intérêt à cœur, commenta Edwin avec bonne humeur.

Audrey pouvait l'imaginer en train de donner un petit coup de coude complice à Blythe en prononçant ces mots. Mais pas à elle. Edwin devait sans doute penser qu'il serait cruel de plaisanter avec une invalide, car il ne la taquinait jamais.

— Oh ! mon aîné était surtout de nature compétitive !

— Votre aîné ? Mais c'est vous qui êtes devenu comte…, dit Blythe, la voix emplie de confusion.

— Seulement parce que mon frère est mort à l'âge de quatorze ans. Allons, Miss Collins, n'ayez pas l'air si affligée. Tout cela s'est passé il y a bien longtemps. Je me plais à croire que depuis lors mon frère a dû bien s'amuser, de là-haut, à me voir commettre erreur sur erreur à sa place.

Ainsi, Lord Knightsbridge avait connu bien jeune le chagrin du deuil. Peut-être l'empathie sincère qu'il avait manifestée pour elle était-elle née de cette perte ?

— Ou bien peut-être que votre frère vous a guidé, depuis le ciel, vers votre carrière militaire, déclara Blythe. N'étiez-vous pas capitaine dans l'armée ? Et vous avez tout l'air d'un homme apte physiquement.

À ces mots, Audrey tenta d'imaginer ce que sa sœur voyait lorsqu'elle posait les yeux sur lui. Après tout, elle connaissait un minimum l'anatomie masculine, même si son mari l'avait abandonnée immédiatement après leur nuit de noces.

Son cœur se serra à ce souvenir. Au début, elle avait cru être la responsable de ce départ, puis elle avait pris conscience que Martin avait été un époux égoïste qui s'était fort peu préoccupé de mettre sa jeune femme vierge à l'aise au cours de leur union charnelle.

Elle se souvenait de son corps fin et osseux, de la maladresse de ses mains sur son corps à elle. Bien sûr, Martin ne pouvait être considéré comme un modèle représentatif de la gent masculine. Elle imaginait sans peine que Lord Knightsbridge devait être autrement plus séduisant et plus solidement bâti que lui, s'il fallait se fier aux réactions de Blythe.

Non qu'elle se souciât beaucoup de l'apparence du comte. Il aurait aussi bien pu être un troll bossu que cela n'aurait fait aucune différence pour elle. Une seule chose importait : qu'il lui vienne en aide. Ensuite, il pourrait repartir de son côté car Audrey en avait fini avec les hommes, et avec le contrôle qu'ils exerçaient sur sa vie.

— Je reconnais apprécier désormais les activités de plein air, admit Lord Knightsbridge. Et l'armée m'a permis d'aiguiser mes talents au tir, je préfère vous mettre en garde !

Des rires et des défis accueillirent cet avertissement plein d'humour. Audrey s'émerveillait de pouvoir prendre part à cette effervescence grâce à lui.

Comme les conversations reprenaient, son père pria Blythe de se mettre au piano. Bientôt, une mélodie joyeuse apporta davantage de gaieté à la soirée.

Lord Knightsbridge se pencha vers elle pour murmurer à regret :

— Je crains de devoir discuter avec d'autres convives, sous peine d'être accusé de vous monopoliser, Mrs Blake.

— Je comprends, milord. Inutile cependant de m'épargner de la sorte. Nous savons tous deux que ce serait plutôt moi qu'on accuserait de vous monopoliser.

— Et nous savons tous deux que ce serait absolument faux, lui souffla-t-il.

À sa grande surprise, il prit sa main gantée dans la sienne

et y posa les lèvres. Ce fut si bref qu'elle crut presque avoir imaginé cette galanterie. Cependant, ses doigts légèrement tremblants, après le passage de ses lèvres, ne lui laissèrent guère de doute.

— Vous me flattez, milord, dit-elle en secouant la tête. Je vous donne donc la permission d'aller flatter quelqu'un d'autre.

Elle perçut son rire grave et le mouvement de l'air quand il se leva. Puis elle se retrouva de nouveau seule au bout du canapé. Elle se concentra sur le jeu de Blythe, notant çà et là les fausses notes dues à son manque d'entraînement. Néanmoins, sa sœur avait progressé.

Lorsque Blythe se mit à chanter, de sa voix douce et légère, Audrey souhaita de tout cœur qu'un homme digne d'elle regarde sa sœur avec intérêt.

Il fut bientôt temps de faire servir les rafraîchissements aussi se leva-t-elle pour tirer la corde. Elle attendit que le valet arrive et commanda thé, café et mignardises pour les invités de son frère.

— Non, non, je ne peux plus jouer ! entendit-elle Blythe protester dans un rire. Mes doigts auront besoin de plusieurs jours pour se remettre !

— Dans ce cas, entendons votre sœur jouer ? proposa Lord Knightsbridge dont la voix grave arrêta de nouveau les conversations.

Audrey pouvait sentir les regards qui s'étaient brusquement tournés vers elle, toujours debout près de la porte. Elle imaginait le choc, la répulsion ou même une curiosité malsaine dans ces regards.

— Je ne crois pas…, commença son père.

— J'ai entendu Mrs Blake jouer tout à l'heure, l'interrompit aimablement Lord Knightsbridge, et elle joue à ravir, tout comme Miss Collins. Vous avez deux filles très talentueuses, Lord Collins.

Audrey ne pouvait se soustraire à la demande du comte, car cela aurait été d'une rare impolitesse. Toutefois, elle n'était pas certaine de lui être reconnaissante de sa suggestion. Pour commencer, elle ne savait qui se trouvait entre elle et le piano, aussi hésitait-elle à se lancer.

Soudain, quelqu'un lui prit le bras et elle se raidit.

— Ce n'est que moi, dit Edwin à voix basse.

Elle eut l'impression qu'il serrait les mâchoires. Lui tenait-il rigueur de gâcher sa soirée, ou bien de détourner l'attention de Blythe ? Piquée au vif, Audrey releva le menton et se laissa conduire jusqu'au piano.

Elle s'installa sur le siège et tenta de ne pas céder à la panique qui brouillait ses idées. Elle n'avait jamais joué devant quiconque à part sa famille. Enfin, une ballade romantique de Chopin se présenta à son esprit. Comme ses doigts hésitaient encore, au-dessus du clavier, elle se remémora les efforts qu'elle avait faits pour mémoriser note après note avec l'aide patiente de sa mère. C'étaient de si bons souvenirs !

Ses doigts se posèrent d'eux-mêmes sur le clavier et elle laissa le plaisir de la musique apaiser ses nerfs à vif. Ce n'est que lorsqu'elle plaqua l'accord final qu'elle prit conscience que tout le monde était resté silencieux.

Pendant une seconde qui lui parut durer une éternité, rien ne se passa, puis la pièce résonna des applaudissements enthousiastes des convives. Son cœur se souleva de joie tandis qu'elle hochait gracieusement la tête pour remercier.

Elle se sentait presque normale. Mais elle ne l'était pas, pas encore.

Chapitre 4

Le lendemain matin, Robert parcourut les champs alentour en compagnie des autres, jusqu'à atteindre les confins du parc où ils devaient trouver du gibier. L'herbe craquait sous leurs pieds car la rosée avait gelé pendant la nuit. Le soleil se levait à peine, irradiant de ses rayons encore froids le taillis d'arbres vers lequel ils avançaient. Six batteurs étaient déjà partis au-devant du groupe pour rabattre les oiseaux le moment venu.

Robert avait toutes les peines du monde à rester concentré sur la chasse qui allait bientôt débuter, bien qu'il tienne son arme avec une précaution mesurée. Son esprit revenait sans cesse à la performance de Mrs Blake, la veille. L'admiration stupéfaite qu'il avait éprouvée en l'entendant jouer divinement n'avait pas disparu. Il avait immédiatement reconnu le prélude de Chopin qu'elle avait choisi d'interpréter – l'un des plus difficiles à exécuter techniquement. Pièce qu'elle avait apprise et mémorisée sans même le support d'une partition !

En la voyant jouer, les yeux fermés, le visage irradiant d'une joie tranquille, on aurait pu oublier qu'elle était aveugle. Il avait parcouru l'assemblée du regard et constaté la même surprise admirative sur les visages des convives. L'expression de Lord Collins était en revanche impénétrable, et son fils était demeuré impassible. Quant à Miss Collins, il était clair, à voir ses traits fermés, qu'elle n'aimait guère être surpassée. Sans doute était-ce pour cela que Mrs Blake avait choisi de ne pas chanter, afin de ne pas mettre davantage en évidence laquelle des deux sœurs était la plus talentueuse.

Il espérait sincèrement que sa demande de l'entendre jouer n'avait pas davantage creusé le fossé qui semblait exister entre elle et sa famille. Il avait agi sur un coup de tête, agacé de la voir encore une fois reléguée dans un coin, comme une vieille dame un peu toquée.

Si elle voulait lui montrer sa difficile situation au sein de sa famille, elle y était parvenue. En quelques heures à peine, il était déjà prêt à prendre sa défense.

Et il regrettait d'avoir mentionné son frère Neil au cours de la soirée. Ils n'avaient eu que deux ans d'écart et auraient pu être proches, si leur père n'avait pas tenu à les élever dans une constante rivalité. Leur précepteur n'avait fait qu'amplifier le phénomène en les dressant l'un contre l'autre pour « éveiller leur nature compétitive ».

Ironiquement, le seul résultat avait été de ruiner définitivement leur relation et d'inciter Robert à se réfugier davantage dans les livres.

Puis, lorsque Neil avait perdu la vie, il était devenu le point de mire de son père et de son besoin obsessionnel de tout contrôler. Ainsi avait-il été contraint d'apprendre jour après jour, quand il rentrait pour les vacances, les méthodes coercitives dont celui-ci usait pour contrôler son domaine et ses habitants.

Il avait vu d'autres hommes s'incliner lâchement devant la brutalité tyrannique de son géniteur. Tous, en vérité, à une exception près : un officier militaire à la retraite qui vivait au village. Robert avait l'habitude de lui rendre visite pour l'entendre raconter ses aventures, c'était grâce à son influence qu'il avait acheté une commission militaire quand il s'était rendu compte qu'il prenait, malgré lui, la même voie despotique que son père.

Comme leur petite troupe parvenait à l'étang, Robert fut soulagé de pouvoir se concentrer sur la chasse. Il visa et tira. Les oiseaux touchés étaient rapidement rapportés par les chiens. Certains laissaient un domestique recharger leur première arme en utilisant un second fusil pendant ce temps-là, mais il avait l'habitude de recharger lui-même son arme.

Plusieurs heures plus tard, tandis qu'ils rebroussaient chemin, les sacs chargés de gibier pour le repas du soir, Robert aperçut non loin, sur un autre chemin à sa droite, Mrs Blake accompagnée d'une jeune femme à la tenue simple. La fameuse femme de chambre ?

Comme il se trouvait un peu en arrière du groupe, il n'eut qu'à bifurquer vers elles pour les rejoindre. Il eut ainsi l'occasion d'observer Mrs Blake se mouvoir, toujours sans l'aide d'aucune canne. Elle gardait la tête haute, comme si elle inspirait l'air froid chargé des effluves des feux de bois et des pommes tout juste cueillies.

— Je suis navré que ma sœur ait dérangé votre promenade, Knightsbridge.

Surpris, il se retourna pour découvrir qu'Edwin l'avait rejoint.

— Pas du tout. Je l'ai aperçue et j'ai voulu lui souhaiter le bonjour.

— C'est folie de sa part d'être sortie alors que nous

étions en pleine chasse, lâcha le jeune homme, essoufflé. Elle aurait pu être blessée.

Robert se retint de faire remarquer qu'elle se trouvait bien loin de l'étang. Collins passa prestement devant lui pour rejoindre sa sœur et la tirer un peu à l'écart. Il lui parla pendant quelques instants et, quoique Robert ne perçût pas ce qu'il disait, il devina qu'il ne s'agissait guère de douces paroles. Tandis que le visage de Mrs Blake demeurait parfaitement impassible, celui de sa femme de chambre avait rougi furieusement, bien qu'elle fît mine de ne pas écouter la conversation.

Enfin, Collins s'écarta et revint vers lui. Il s'immobilisa tout près et, prenant sans doute conscience qu'il n'avait pas son mot à dire dans les allées et venues de Robert, il le salua brièvement d'un signe de tête avant de rejoindre ses amis.

Robert s'approcha à son tour. Il vit la servante dire quelques mots à Mrs Blake et celle-ci releva brusquement la tête.

— Je suis navrée que vous ayez assisté à cette scène peu agréable, Lord Knightsbridge, dit-elle avec une certaine froideur qu'il mit sur le compte de l'embarras.

— Je n'ai rien entendu de ce que vous disait votre frère, Mrs Blake. De là où j'étais, je n'ai rien vu d'autre qu'une simple conversation entre frère et sœur, assura-t-il.

Néanmoins, il comprenait parfaitement qu'il venait d'assister à une mise en garde. Apparemment, seule Miss Collins était autorisée à discuter librement avec les convives.

La jeune femme lui adressa un sourire mélancolique.

— C'est aimable à vous de le dire. Voici ma femme de chambre, Molly. Molly, voici le comte de Knightsbridge.

Son visage s'était un peu détendu tandis qu'elle faisait ces présentations surprenantes. Il n'était pas habituel, en effet, qu'une dame présente officiellement sa domestique à un noble, et Robert ne l'en admira que plus.

La dénommée Molly plongea dans une profonde révérence en rougissant, ce qui fit ressortir ses taches de rousseur.

— Bonjour, Votre Grâce.

Il lui sourit aimablement :

— Vous offrez toutes deux un spectacle inattendu au promeneur matinal, mesdames.

— Comme les marionnettes Punch et Judy[1] ? demanda Mrs Blake en pinçant les lèvres.

Il rit de sa repartie avant de préciser :

— Absolument pas ! Je trouve au contraire très inspirant de vous découvrir dehors, sans même l'aide d'une canne. J'espère sincèrement que mon admiration ne vous offense pas.

— Non, milord, je ne suis pas offensée, dit-elle, souriant pour de bon.

— Puis-je marcher avec vous un instant ?

— Avec plaisir.

Il prit son bras pour le placer sur le sien, ce dont elle sembla s'étonner.

— Je sais que vous pouvez parfaitement vous déplacer sans mon assistance, mais il y a quelque chose d'irrésistible, pour un homme, de marcher dans un petit matin d'automne avec une charmante jeune femme à son bras.

Molly les suivait à quelques pas, afin de leur laisser un peu d'intimité, tandis qu'ils arpentaient les allées du jardin.

1. Punch et Judy sont les personnages d'un spectacle de marionnettes célèbre au Royaume-Uni.

— Quel charmeur vous êtes ! dit-elle en riant légèrement. Vous n'avez pas besoin de me traiter de la sorte, Lord Knightsbridge, je vous assure.

Il la regarda avec surprise :

— Que voulez-vous dire ?

— Eh bien, comme si vous faisiez la cour à une jolie femme. Nous savons l'un comme l'autre qu'il ne s'agit que de prétendre.

— Je suis ravi que vous m'ayez démasqué.

Elle laissa échapper un léger rire.

— Je ne fais pas semblant, reprit-il plus sérieusement. Je souhaite apprendre à vous connaître, vous, ainsi que votre famille. C'est bien ce que je fais, non ?

— Tout à fait, admit-elle à contrecœur.

— Est-ce que, ce faisant, je vous embarrasse ou vous place dans une position délicate vis-à-vis de votre famille ? demanda-t-il, soucieux de ne pas aggraver sa situation.

— Je ne suis pas embarrassée, en revanche, je n'ai guère l'habitude d'attirer l'attention de qui que ce soit. Il y a certains avantages à être invisible, voyez-vous.

— La force de l'invisibilité… Oui, j'ai souvent souhaité avoir un tel pouvoir lorsque je servais dans l'armée. Cela évite d'être pris pour cible.

Il avait gardé un ton léger alors que ces paroles avaient éveillé en lui une colère protectrice.

— Exactement, renchérit-elle. À présent que vous êtes rentré en Angleterre et que vous devez reprendre les responsabilités de votre titre, j'imagine que vous êtes bien plus visible que vous ne le souhaiteriez.

— Vous êtes perspicace, Mrs Blake. Apparemment, nous avons ce trait de caractère en commun, vous et moi.

Ils cheminèrent un moment en silence. De part et

d'autre du chemin de gravier, les dernières marguerites de l'année se fanaient doucement et les buissons avaient déjà été élagués pour l'hiver.

— Mrs Blake, reprit-il soudain, je ne cherche nullement à vous offenser, mais votre époux n'a jamais mentionné que vous étiez aveugle. Je m'en suis d'abord étonné mais je comprends maintenant qu'il ne devait tout simplement pas se préoccuper de votre diff...

— Il en avait honte, le coupa-t-elle d'un ton dénué de toute émotion.

Robert ne fut guère surpris de l'apprendre.

Comme il n'y avait rien à répondre à cela, il se contenta de presser doucement sa main gantée qu'il avait gardée sur son bras.

— Vous n'êtes pas obligé de me témoigner de la compassion, sir. J'ai toujours su que Martin ne m'aimait pas. Il ne désirait que ma dot.

Inutile de lui demander quelles étaient ses motivations pour accepter une telle demande en mariage : elle devait, déjà à l'époque, être impatiente de quitter sa famille.

— Je suis navré, dit-il simplement.

Elle tourna la tête vers lui :

— J'espère que je ne vous cause pas de désillusion concernant votre ami.

— J'ai quitté l'Angleterre assez jeune, et Martin avait quelques années de moins que moi, si bien que nous ne nous sommes connus que dans le régiment des dragons, voilà trois ans.

— Il n'a pu s'acheter cette commission militaire que grâce à ma dot, justement. Je n'avais pas connaissance de ses intentions jusqu'à ce qu'il quitte l'Angleterre, au lendemain de nos noces.

Robert fronça les sourcils.

— Je regrette sincèrement que vous ayez dû traverser cette épreuve, Mrs Blake.

Elle se mordilla la lèvre un instant avant d'ajouter :

— Je n'aurais jamais confié mon chagrin de la sorte à un inconnu, milord, cependant, j'ai besoin que vous compreniez ma situation.

— Et je la comprends de mieux en mieux, Mrs Blake.

— Tant mieux. Puis-je vous demander, dans ce cas, de ne pas ébruiter les… difficultés de mon bref mariage ?

— Cela va de soi.

— Je vous serai reconnaissante de ne pas même aborder le sujet auprès de ma famille. Mon père m'avait mise en garde contre les intentions peu honorables de Martin depuis le premier instant. Seulement, je n'ai pas voulu l'écouter. Lorsqu'on lui rappelle cette histoire, cela ne fait que l'inciter à répéter de nouvelles mises en garde, persuadé qu'il est que je ne l'écoute pas.

— Des mises en garde contre tous les hommes ?

— Plutôt contre mes espérances en matière de mariage. Néanmoins, quoique mon père n'en croie rien, j'ai tiré la douloureuse leçon de cette expérience. Je n'ai pas l'intention de me remarier.

Elle avait parlé d'un ton si ferme, si factuel, qu'il sut qu'elle pensait chacun de ses mots. Comment l'en blâmer ? Cela devait être tellement dur de se montrer vulnérable et d'être cruellement rejetée.

— Nous devons malheureusement tous apprendre à tirer les leçons de nos expériences malheureuses, Mrs Blake.

— Même un comte ? J'aurais pensé que rien ne vous était interdit.

Elle paraissait intriguée, pourtant, il n'avait pas

l'intention de satisfaire sa curiosité, aussi se contenta-t-il de répondre, laconique :

— Même un comte.

Ils poursuivirent leur promenade, arpentant les sentiers plus proches de la maison. Ils passèrent près d'une fontaine, et l'air se chargea d'une brume froide.

— Milord, avez-vous encore sur vous quelques oiseaux tirés ce matin ?

— C'est vrai. Je les avais oubliés.

— Moi aussi… jusqu'à ce que je les sente.

Ils rirent tous deux.

— Je vais vous raccompagner à la maison, puis j'irai directement aux cuisines pour m'en débarrasser.

— Ne prenez pas cette peine pour moi, milord. Je vais terminer ma promenade avec Molly. Nous nous reverrons au déjeuner.

Stupéfait, Robert la vit tourner les talons pour rejoindre sa femme de chambre. Elles échangèrent un mot avant de virer d'un même pas sur la droite, disparaissant derrière un muret couvert de vigne.

Il resta immobile, considérant le choix qui s'offrait à lui. Il ne doutait plus qu'il devait apporter son aide à Mrs Blake. Seulement, à voir la façon dont sa famille tenait à la surveiller, il commençait à croire que la suggestion qu'elle avait faite de simplement l'escorter jusqu'au domaine de son défunt mari ne suffirait pas à l'arracher aux griffes des siens.

Après le déjeuner, Robert avait accompagné les hommes sur le terrain d'entraînement où ils s'étaient amusés à tirer sur des cibles, et il avait remporté la victoire.

Le souper avait été plus élaboré que la veille, car des

voisins s'étaient joints à eux. La soirée s'était poursuivie dans le salon, autour de jeux de cartes.

Il soupçonnait que Miss Collins avait pris soin d'envoyer des valets courir la campagne pour prévenir tout le voisinage que le comte de Knightsbridge était leur invité.

Cette fois-ci, il ne fut guère surpris de voir que très peu de monde connaissait Mrs Blake en personne, quoique la plupart aient entendu parler d'elle.

Comme elle ne pouvait se joindre aux parties de cartes, elle s'était installée dans un coin de la pièce avec une dame plus âgée qui ne cessait pas un instant de parler, tant et si bien que Mrs Blake se contentait de hocher la tête, sans prononcer un mot.

Robert n'avait plus besoin d'être convaincu. Il était temps de parler à Lord Collins. Ce dernier le laisserait-il emmener sa fille ? Certainement pas. Mais il avait une idée derrière la tête…

Lorsque le dernier voisin fut parti, Miss Collins se retira et son frère accompagna ses amis à l'étage. Aussi Robert put-il intercepter Lord Collins dans le hall, avant qu'il ne se retire à son tour :

— Lord Collins, puis-je vous dire un mot ?

Au même instant, Mrs Blake arrivait depuis les cuisines et il la vit froncer légèrement les sourcils. Hélas, il ne pouvait lui adresser de sourire rassurant… Comprenant qu'il avait gardé le regard rivé sur elle un peu trop longtemps, il se tourna vers Lord Collins qui s'était rembruni.

— Nous pouvons parler dans mon bureau, suggéra-t-il en lui ouvrant le chemin. Par ici.

La pièce était décorée de livres et de quelques touches typiquement masculines : de lourds fauteuils de cuir et une tête de cerf empaillée. Collins lui désigna un fauteuil avant de s'asseoir derrière son bureau ; comme s'il voulait placer une barrière entre lui et Robert.

Néanmoins, son expression était neutre lorsqu'il demanda :

— Un problème, Lord Knightsbridge ?

Robert se trouva pris de court. De fait, il avait tellement l'habitude de prendre une décision et d'agir sans délai qu'il n'avait pas réfléchi à un quelconque discours. Il allait devoir travailler la question avant que la prochaine session du Parlement ne s'ouvre, à Noël.

— Collins, je suis venu ici avec l'intention d'offrir mes condoléances à votre fille. J'avais entendu Blake parler d'elle…

— Vous ne pouvez vous fier à un seul mot de ce vaurien, le coupa sèchement son interlocuteur. Il a abandonné ma fille sans un regard en arrière.

— En effet, je ne chercherai nullement à excuser une attitude aussi peu honorable, dont j'ignorais alors tout. Il disait que ses lettres lui apportaient du réconfort et je crois qu'il en était le premier surpris.

Collins ne dit rien, se contentant de croiser ses doigts sous son menton, comme s'il attendait la suite.

— J'ai passé deux jours en compagnie de Mrs Blake et j'ai pu voir son courage, son intelligence et sa ténacité. Je ne saurais trouver les mots pour exprimer l'admiration qu'elle a suscitée en moi.

— Qu'êtes-vous en train de dire ? le coupa Collins.

— Je suis venu vous prévenir que je compte demander sa main à votre fille. Dès demain.

À son grand étonnement, Lord Collins se mit à rire. Un rire qui mourut bien vite face au sérieux de Robert.

— Vous ne plaisantez pas, lâcha-t-il d'un ton plat.

— Pas le moins du monde.

— Pardon, mais… vous avez un domaine suffisamment vaste et prospère pour émerveiller n'importe quelle jeune femme à marier. Vous venez tout juste de rentrer en Angleterre et vous jetez votre dévolu sur la première femme avec laquelle vous avez passé un peu de temps, veuve et aveugle, qui plus est.

— Je suis rentré voilà deux semaines, précisa Robert. J'ai déjà eu l'occasion de rencontrer bon nombre de débutantes à Londres, même s'il est vrai que la plupart sont pour l'heure à la campagne. Ce que je sais, néanmoins, c'est que votre fille est la première femme qui ait suscité en moi une telle fascination et, en toute sincérité, après neuf années passées dans l'armée, j'ai appris à me fier à mon instinct.

— Sa dot est partie en fumée entre les mains de Blake, rétorqua Collins en croisant les bras, l'air suffisant. Blythe, en revanche, a une dot tout à fait honorable.

Robert ignora purement et simplement la mention de Miss Collins.

— Mrs Blake m'a effectivement appris comment son défunt époux avait pris son argent et l'avait trahie. Je n'agirais jamais ainsi. J'ai rendu ma commission et, comme vous venez vous-même de le mentionner, je n'ai nul besoin de sa dot : le domaine de Knightsbridge se porte effectivement à merveille. Ce sont la bonté et la patience de votre fille que j'estime ; pas son argent, mais bien plutôt la grâce et la vivacité avec laquelle elle accepte les limites de sa condition et le courage qu'elle montre au quotidien. Les débutantes que j'ai rencontrées veulent devenir comtesse de Knightsbridge pour des raisons insuffisantes, à savoir mon titre et mes richesses. Une femme plus mature telle que Mrs Blake saura mieux comprendre les humeurs d'un ancien soldat.

Collins n'avait pas une seule fois détourné son regard de lui. Après un long silence, il finit par dire :

— Je ne peux le permettre.

Robert haussa un sourcil.

— Votre fille est une adulte, sir, une veuve. Elle n'a nul besoin de votre permission.

— Audrey est une invalide. N'importe quelle cour de justice tombera d'accord pour dire qu'elle n'est pas en mesure de prendre seule une décision d'une telle importance.

— Elle sera parfaitement en mesure de témoigner par elle-même et la cour verra sans peine que ses capacités mentales sont pleines et entières. Vous le savez comme moi, Lord Collins. Et pendant ce temps perdu en justice, que ferais-je ? Je ne me gênerais pas pour parler dans tout Londres de votre résistance et de la façon dont vous traitez cette jeune femme admirable comme votre servante plutôt que comme votre fille.

Collins abattit brutalement les paumes des mains sur son bureau, éparpillant ses papiers.

— Je refuse d'entendre cela sous mon propre toit !

— Alors, vous refusez d'entendre la vérité, sir. J'ai vu par moi-même que le voisinage avait entendu parler de Mrs Blake sans l'avoir jamais rencontrée. Quel père garde ainsi sa fille loin du monde, simplement parce qu'elle a perdu la vue ? Son mal n'a rien de contagieux. Il n'y a aucune raison d'agir comme si elle était frappée d'infamie. Votre fille a été assez bonne pour vous laisser tirer avantage de ses talents, mais cela suffit. Vous avez une autre fille, je vous suggère de lui apprendre à gérer une maison, de façon qu'elle ne déçoive pas son futur époux.

Collins, écarlate, se leva d'un bond et Robert se leva sans hâte, jusqu'à ce qu'il se dresse d'une bonne tête au-dessus de son vis-à-vis. Collins hésita, avant de serrer les lèvres.

— Avez-vous compromis ma fille ? demanda-t-il enfin. Est-ce que toute cette histoire se résume à cela ?

— Certainement pas, sir. Je n'ai pas agi autrement qu'en homme d'honneur avec elle. D'ailleurs, je ne prétends nullement qu'il ait pu y avoir une inclination amoureuse entre votre fille et moi après seulement deux jours. Ma demande est motivée par la profonde estime que j'ai pour elle. Mais revenons à un sujet plus pragmatique. Mon domaine n'est qu'à quelques miles de la maison dont votre fille a hérité de Blake, raison pour laquelle nous nous sommes retrouvés dans le même régiment : le 8e régiment des dragons est une tradition dans notre paroisse. Je compte donc escorter Mrs Blake et sa femme de chambre jusqu'à cette demeure, afin que nous vivions à proximité en attendant la noce.

— Cette maudite maison, gronda Collins. Comment en avez-vous entendu parler ?

— Elle l'a évoquée, bien entendu. Votre fille et moi nous parlons librement. En vérité, je n'avais jamais imaginé qu'une femme puisse me comprendre aussi bien.

Robert savait que dans cet affrontement il utilisait – pour la première fois depuis bien longtemps – le pouvoir de son titre pour obtenir ce qu'il voulait, et il y trouvait en vérité une certaine satisfaction. Trop sans doute, comme du temps de sa jeunesse immature. Il n'avait cependant aucune intention de redevenir ce jeune homme trop gâté qui ne savait pas traiter les autres avec respect. Ce mariage de convenance devait être au seul bénéfice de Mrs Blake, pas au sien.

— Nous nous sommes compris, Collins ? s'enquit-il. Je préférerais entretenir une relation cordiale avec vous, toutefois, je m'en passerai si vous n'êtes pas capable de témoigner à votre fille le respect qu'elle mérite.

Collins secoua la tête.

— Je n'ai guère le choix, n'est-ce pas ? Mais laissez-moi vous mettre en garde. Vous êtes bien trop sûr de vous. Audrey refusera votre offre. Elle a été sévèrement blessée par le passé, et par un homme qui avait au moins pris le temps de la courtiser. Elle ne risquerait pas son avenir aux mains d'un inconnu.

— Du moins, ce sera son choix, répliqua-t-il d'un ton affable.

Sur ce, il s'inclina et quitta la pièce. À l'extérieur, un valet attendait avec plusieurs chandeliers. Comme il lui en offrait un, Robert refusa :

— Je ne monte pas tout de suite. Soyez assez aimable pour demander à Mrs Blake un entretien. Je l'attendrai dans le boudoir.

Il ne voulait pas que son père ait l'occasion de lui parler avant qu'il ne le fasse.

Chapitre 5

Audrey avait refusé que Molly l'aide à retirer ses habits. Depuis l'instant où Lord Knightsbridge avait demandé à parler à son père, son cœur n'avait pas cessé de battre la chamade. Que voulait-il lui dire ? Il n'avait pas encore répondu à sa demande d'aide, alors pourquoi s'adresser directement à son père ?

On gratta à la porte. Aussitôt, elle l'ouvrit à la volée.

— C'est Richard, Mrs Blake, annonça le valet. Lord Knightsbridge demande votre présence au boudoir.

— Maintenant ? s'exclama-t-elle, stupéfaite.

— Oui, madame.

— Très bien, dites-lui que je descends dans un moment.

Comme elle refermait la porte, elle entendit le pas hâtif de Molly qui la rejoignait. Sa femme de chambre lui serra nerveusement le bras :

— De quoi s'agit-il, Miss Audrey ?

— Je n'en sais rien, admit-elle.

Ce n'était pas un mensonge à proprement parler. Après tout, elle ne savait pas précisément ce que le comte avait à lui dire. Elle détestait avoir des secrets pour sa plus chère amie, mais la requête qu'elle avait faite à Lord Knightsbridge était trop essentielle pour qu'elle s'en ouvre à quiconque avant d'avoir reçu une réponse.

Bientôt, elle arpenta les couloirs. Nul besoin de chandelle pour elle, même s'il lui était parfois arrivé de surprendre un autre promeneur nocturne. Elle se hâta dans l'escalier, traversa le hall et entra dans le boudoir.

— Lord Knightsbridge ?

— Je suis là, Mrs Blake. S'il vous plaît, fermez la porte derrière vous.

Audrey retint un frisson, surprise par cette requête inhabituelle venant d'un homme à une femme célibataire. Néanmoins, elle obtempéra.

— Je suis assis sur le canapé, Mrs Blake. Venez vous joindre à moi.

Elle avança prudemment, au cas où les domestiques auraient malencontreusement déplacé des meubles pour faire le ménage dans la pièce. Heureusement, ils étaient bien entraînés et avaient tout remis exactement à sa place.

Quand elle fut assez proche, Lord Knightsbridge prit son bras pour la guider près de lui. Il était étrange d'être assise aussi près d'un homme alors qu'ils étaient seuls. Cela faisait près de trois ans qu'aucun homme ne lui avait témoigné le moindre intérêt.

Elle avait supplié celui-ci de l'aider. Elle pouvait bien entendre sa réponse sans réagir avec une telle sensiblerie !

— Pourquoi avoir demandé à parler à mon père ?

— Droit à l'essentiel… J'apprécie votre esprit direct, Mrs Blake.

— J'avais supposé que vous discuteriez de votre décision avec moi d'abord.

— Il me fallait suivre les règles de la courtoisie. Je

devais donc informer votre père en premier lieu que j'allais vous épouser.

Son souffle se bloqua dans sa gorge, puis la fureur et l'incrédulité la firent réagir d'instinct :

— Je ne vous épouserai pas ! se récria-t-elle en se levant brusquement.

— Chut, parlez bas, la pressa-t-il dans un murmure. Je n'ai pas réellement l'intention de vous épouser – vous m'avez déjà dit que vous ne comptiez plus vous marier.

Elle déglutit, de plus en plus perdue.

— Pourquoi avoir dit cela, alors ?

— Quel autre moyen aurais-je de vous emmener loin d'ici, Mrs Blake ? Je n'ai aucune intention de vous enlever en pleine nuit, au mépris de l'honneur. Il est hors de question que nous agissions comme si je vous avais compromise.

— Nous avons maintenant de fausses fiançailles à afficher à la face du monde ! répliqua-t-elle, non sans ironie.

— Écoutez-moi. Puisque nous sommes fiancés et que vous êtes veuve, je peux vous escorter, ainsi que votre femme de chambre, jusqu'à votre demeure qui se trouve, fort à propos, proche de mon domaine. Aux yeux de tous, cela serait pour rendre les préparatifs du mariage plus commodes. Seulement, une fois que vous serez convenablement installée là-bas, vous pourrez rompre nos fiançailles, comme n'importe quelle dame en a le droit. Qui pourrait vous en blâmer ? Nous nous connaissons à peine et, grâce à Dieu, nous aurions simplement pris le temps d'apprendre à nous connaître avant de nous marier, rien de plus. Ainsi, l'honneur serait-il sauf, et votre liberté enfin acquise.

Audrey prit encore plusieurs longues inspirations pour se calmer tout à fait. Elle était elle-même choquée de mesurer combien la perspective d'être de nouveau mariée l'avait terrifiée. Plus jamais elle ne voulait subir ce sentiment d'impuissance atroce. Celui qu'elle avait éprouvé en passant du joug de son père à son époux absent, comme si elle n'était rien d'autre qu'un objet et non une personne avec des émotions.

Heureusement, ces paroles raisonnables l'avaient apaisée et elle parvint à donner un sens au plan qu'il venait d'esquisser.

— Oui, je comprends… Tout le monde pensera que mon père doit être le plus heureux des hommes, enfin débarrassé d'une invalide comme moi. Vous êtes un puissant comte qui veut m'épouser pour d'obscures raisons, mais comme personne ne vous connaît, ils imagineront sans doute que je dois posséder une immense fortune en bijoux…

— Vous voilà redevenue sarcastique !

Elle fut étonnée de sentir poindre un sourire à ses lèvres.

— Je suis navrée d'avoir réagi avec colère alors que vous essayiez seulement de m'aider, Lord Knightsbridge.

Il posa ses mains sur les siennes, toujours gantées.

— Croyez-moi, je comprends parfaitement votre désillusion concernant le mariage. Celui de mes parents était plus froid qu'un champ de bataille en hiver. Ils étaient absolument indifférents l'un à l'autre et ce, depuis le début de leurs noces. Leur union n'a jamais servi qu'à satisfaire leurs familles et leur statut social.

— J'en suis désolée. Cela a dû être difficile à vivre pour vous.

— Je n'étais pas battu et je n'ai jamais manqué de rien, il y a tant d'enfants qui traversent bien pire, hélas…

Elle sentit les coussins bouger comme il se levait. Il n'avait pas lâché sa main, si bien qu'elle dut se lever à son tour.

— Il est temps de regagner votre chambre. Vous aurez besoin de prendre des forces avant d'annoncer la nouvelle au reste de votre famille. Je laisserai les autres partir à la chasse sans moi demain matin et j'essaierai de convaincre votre frère de rester en ma compagnie.

— Non, non, vous avez traversé le pire face à mon père. Je trouverai les mots pour expliquer la situation à Blythe et Edwin. Je ne veux pas vous déranger davantage, vous en avez déjà tant fait. Ne vous préoccupez pas du reste, je vous en prie.

Le sommeil l'avait fuie.

Lorsqu'elle était remontée dans sa chambre, Molly l'attendait mais Audrey l'avait congédiée pour la nuit, décidant que son frère et sa sœur devaient apprendre la nouvelle avant une domestique – bien que celle-ci soit plus proche d'Audrey que sa famille. Elle se sentait tellement bouleversée après avoir discuté avec Lord Knightsbridge qu'elle avait craint de trahir toute la vérité si elle s'en ouvrait à Molly.

Or, Audrey sentait qu'il lui fallait absolument taire le fait qu'il ne s'agissait pas de véritables fiançailles, du moins tout le temps qu'elle aurait à jouer la fiancée ravie. Le secret devait rester total.

Elle ne descendit au rez-de-chaussée, ce matin-là, que lorsque Molly lui eut annoncé que les chasseurs étaient partis aux écuries. À chaque pas qui la rapprochait de la salle à manger, l'appréhension grandissait en elle.

Pourquoi se préoccupait-elle tant de ce que sa famille pensait ? Après tout, eux ne s'inquiétaient guère que la honte qu'ils éprouvaient à son encontre la blesse. Ils ne se souciaient pas de la garder loin du monde pour toujours, du moment qu'elle leur était d'une quelconque utilité.

Seulement, Edwin et Blythe étaient de son sang et elle refusait de les traiter comme eux le faisaient. Son vœu le plus cher, après son indépendance, était d'apaiser sa relation avec eux.

Elle entra dans la salle à manger le cœur battant et s'immobilisa sur le seuil.

— Bonjour, Mrs Blake, la salua Richard. Votre chaise est prête.

— Merci, Richard. Y a-t-il quelqu'un d'autre ?

Un silence gêné suivit, puis Richard reprit, hésitant :

— Lord Collins lit son journal, madame.

Et il était tellement concentré sur sa lecture qu'il n'avait pas entendu son salut ?

— Bonjour, père, dit-elle cependant en se dirigeant vers la chaise qu'elle utilisait toujours, près de celle d'Edwin.

— As-tu dit oui au comte ? aboya-t-il en retour.

Stupéfaite, Audrey en lâcha la serviette qu'elle venait de prendre.

— En effet.

D'abord, il ne répondit rien. Elle sentit sa gorge se serrer de nervosité. Ses yeux la brûlèrent et elle se trouva parfaitement idiote de cette soudaine envie de pleurer. Elle n'allait tout de même pas donner la satisfaction d'un tel spectacle à son père.

— Je pensais pourtant que tu aurais compris la leçon après la première fois, gronda-t-il enfin sans cacher son mépris. Cet homme a le pouvoir de te traiter bien plus mal que le premier.

— Je serai prudente. Merci, quoi qu'il en soit, de vous en préoccuper.

Il grommela une réponse inaudible.

À quoi s'était-elle donc attendue ? Elle gérait sa maisonnée depuis des années et il venait d'apprendre qu'elle allait partir. Il avait certes une gouvernante, mais il n'avait aucune envie d'avoir à discuter avec elle. Désormais, il y serait contraint, à moins que Blythe ne s'en occupe. Voilà pourquoi il était aussi en colère.

Elle allait enfin gagner sa liberté, comme elle en brûlait d'envie. C'était exactement ce qu'elle désirait depuis tout ce temps, même si cela gênait ses proches.

— Je vous sers votre petit déjeuner habituel, madame ? s'enquit Richard.

— S'il vous plaît.

Elle l'entendit s'activer près du buffet avant de revenir vers elle. Elle savait qu'il avait placé chaque aliment à l'endroit habituel : les œufs en haut de l'assiette, les toasts à droite, la viande en bas…

— Y a-t-il du bacon, ce matin, Richard ?

— Du faisan, madame, de la chasse d'hier.

— Parfait, merci.

— Ne sois donc pas si contente de toi, intervint son père. Tu es en train de commettre une grave erreur.

Elle redressa le menton et répliqua sèchement :

— La viande serait-elle trop faisandée ?

Dire qu'elle s'était un instant imaginé avoir échappé à cette confrontation avec à son père.

— Ce sera tout, Richard, le congédia-t-il rudement.

Elle entendit le domestique quitter la pièce et refermer la porte derrière lui. Elle perçut d'autres pas, mêlés au rire de Blythe, puis les voix plus graves d'Edwin et de

Lord Knightsbridge lui parvinrent. Elle n'aurait su dire si elle se sentait frustrée ou bien soulagée par cette interruption.

— Bonjour, Mrs Blake, Lord Collins, s'exclama Lord Knightsbridge d'un ton excessivement enjoué.

— Bonjour, milord, répondit-elle doucement.

Partiraient-ils dès aujourd'hui ? Allait-elle enfin pouvoir commencer à vivre réellement ?

Quelque chose claqua brutalement sur la table et elle sursauta.

— Vous commettez une terrible erreur, Knightsbridge !

Audrey ferma les yeux et prit une profonde inspiration. Ce n'était certes pas de cette façon qu'elle aurait voulu informer son frère et sa sœur…

Après un silence choqué, Blythe intervint, d'une voix qui tremblait de nervosité tout en manifestant un entrain forcé :

— Père, de quoi parlez-vous ? Lord Knightsbridge est notre hôte, voyons…

— Un hôte qui tire avantage d'une femme innocente !

— Père ! le coupa Audrey. Rien de la sorte ne s'est produit. Lord Knightsbridge et moi-même…

—… sommes fiancés.

Cette fois, ce fut la voix calme du comte qui s'éleva.

Elle n'eut aucune peine à imaginer les expressions stupéfaites de son frère et de sa sœur en entendant le hoquet de surprise de Blythe qui résonna dans le silence. Audrey s'y serait prise autrement pour leur apprendre la nouvelle, elle aurait pu expliquer comment ils étaient parvenus à un accord raisonnable… Oh ! et dans quel but, après tout ? Ils n'auraient pas mieux pris la nouvelle !

Ce qui l'ennuyait, en revanche, c'était qu'elle avait

expressément dit au comte qu'elle voulait se charger de l'annonce et qu'il avait soit oublié, soit tout bonnement ignoré sa demande.

— Je… je…

Blythe bégayait d'une voix stridente et Audrey sut qu'elle devait être au bord des larmes. Des larmes de rage impuissante : sa sœur aveugle avait pris dans ses filets un mari – encore un ! – tandis qu'elle-même, parfaitement bien portante, n'en avait toujours aucun.

— Assieds-toi avant de perdre connaissance, Blythe, la tança vertement leur père, exaspéré.

— Fé… félicitations, milord, parvint-elle enfin à prononcer.

— Merci, Miss Collins.

— Aucune félicitation n'est nécessaire, rétorqua Lord Collins. Je n'approuve nullement cet engagement.

— Audrey est adulte et veuve, père, intervint Edwin, impassible. Elle n'a guère besoin de votre permission.

Audrey faillit ouvrir la bouche d'ébahissement. Son frère venait-il réellement de prendre son parti ? Mais pourquoi ? Comprenait-il combien elle s'était sentie piégée ces dernières années ou bien cherchait-il seulement à se débarrasser d'elle et de l'embarras qu'elle représentait pour lui ?

— Mais… vous vous connaissez à peine, fit remarquer Blythe d'une voix douce.

Audrey était impressionnée par le contrôle que sa sœur exerçait sur ses nerfs. Son cœur se serrait pour elle : il n'avait jamais été dans ses intentions de la blesser.

— C'est comme si nous nous connaissions depuis beaucoup plus longtemps, déclara Lord Knightsbridge.

Il saisit sa main, et elle dut prendre sur elle pour ne

pas marquer la moindre surprise : elle n'avait pas eu conscience qu'il s'était approché à ce point. Elle était tellement préoccupée qu'elle n'écoutait plus correctement ce qui se passait autour d'elle.

Surtout, leurs mains à tous deux étaient dégantées et, pour la première fois, leurs peaux nues se touchaient. Audrey sentit les légères callosités de sa paume, si forte, si rude, si différente de la sienne. Elle plaçait réellement son sort entre ces mains mâles et puissantes. Pourvu qu'elle fasse bien…

Blythe n'avait pas tort : elle le connaissait à peine !

— Je n'avais jamais pu échanger aussi librement avec une dame, par le passé, poursuivait-il avec chaleur.

Sa voix était basse et aussi douce qu'une caresse. Audrey se laissa aller à imaginer, l'espace d'un instant, le pouvoir d'une telle voix s'il tentait réellement de la séduire.

— J'ai eu très vite la conviction que Mrs Blake me comprenait aussi bien que je la comprenais. Je mesure tous les accomplissements qui sont les siens et je l'admire profondément.

Son père émit un claquement de langue agacé :

— Je l'ai prévenu qu'elle n'avait plus de dot, à l'exception de cette petite maison dont elle a hérité, Lord Knightsbridge s'en moque. Cela me paraît pour le moins suspicieux.

— Je n'ai pas besoin de richesses supplémentaires, répliqua-t-il sans lâcher sa main.

— Audrey ? Qu'en penses-tu ? demanda Edwin. Tu ne l'as rencontré qu'il y a deux jours. Ton premier mariage…, reprit-il après une hésitation.

— Ne crois-tu pas que j'en ai tiré une leçon ? Je sais que notre engagement est… hâtif, mais c'est que je n'ai jamais ressenti une telle évidence par le passé. Surtout, il n'est pas question de presser le mariage. Nous prendrons tout le temps qu'il faudra pour nous connaître réellement, quand nous vivrons sur des domaines voisins.

— Oh ! je n'y avais pas songé, dit Edwin qui semblait soulagé. Ainsi, tu pourras éventuellement changer d'avis.

— Bien sûr, assura Audrey avec fermeté. L'expérience m'a effectivement enseigné la prudence, cher frère. Je ne prendrai aucune décision qui n'aura pas été mûrement réfléchie.

Son frère émit un son d'assentiment avant de conclure, dans une tentative pour alléger l'atmosphère :

— Bien sûr, Lord Knightsbridge est un héros de guerre, cela a son importance.

— Je ne suis pas un héros, corrigea le comte.

Audrey fut surprise par la soudaine froideur de sa voix, qui lui donnait diablement envie d'en apprendre davantage sur son « fiancé ».

Personne ne dit rien pendant un moment. Le temps s'était comme figé.

— Je… je dois aller faire mes préparatifs pour mon voyage à Londres, lâcha finalement Blythe.

De fait, son séjour était planifié de longue date, mais avec tous ces événements, Audrey l'avait complètement oublié. Elle entendit bientôt les pas pressés de sa sœur qui s'éloignaient.

Edwin s'excusa à son tour :

— Je dois retourner auprès de mes invités. La partie de chasse doit bientôt reprendre.

— Mange quelque chose, intervint faiblement Audrey, tu as besoin de reprendre des forces.

— Tu as toujours voulu prendre soin de chacun d'entre

nous, Audrey, dit-il lentement. Je suppose qu'il est temps, à présent, que quelqu'un prenne soin de toi.

Audrey se mordit la lèvre et reposa sa fourchette près de ses œufs désormais froids, sincèrement touchée par ces paroles. Néanmoins, elle se retint de préciser qu'il était selon elle plutôt temps qu'elle prenne enfin soin d'elle-même.

Elle sentit une main se poser sur son épaule :

— Je vais rester avec Mrs Blake ce matin, déclara le comte.

— Oh ! non, milord ! Profitez de votre matinée. De toute façon, je dois m'occuper d'emballer mes effets.

Il laissa planer un court silence :

— Si vous êtes bien certaine…

— Tout à fait.

La chaise de son père racla bruyamment le sol et il sortit d'un pas pesant sans dire un mot. Audrey eut peur, soudain. Allait-il élaborer un plan pour la garder ici, pour l'éloigner du comte ? Il fallait qu'elle parte au plus vite ! Combien de temps lui faudrait-il pour terminer ses préparatifs ?

Seigneur ! Blythe prendrait leur unique voiture pour se rendre à Londres, il faudrait donc qu'ils en louent une au village… Dans la précipitation des événements, elle n'y avait pas pensé.

Elle en parla donc au comte tandis qu'Edwin avalait un rapide petit déjeuner près d'elle. Heureusement, Lord Knightsbridge promit de s'en occuper le matin même.

Peu après, comme Edwin précédait Lord Knightsbridge hors de la pièce, le comte lui saisit de nouveau la main pour la porter à sa bouche.

— Ce n'était finalement pas si terrible, n'est-ce pas ? murmura-t-il.

Audrey n'avait pas encore remis ses gants et la douce chaleur de ses lèvres sur sa peau lui parut terriblement sensuelle. Allons, elle n'était pas une jeune vierge, mais une veuve !

Cependant, une unique nuit d'intimité avec un homme qui se préoccupait fort peu d'elle ne l'avait certes pas préparée aux attentions du comte quand il jouait les galants au bénéfice de sa famille !

— Nous avons survécu à l'annonce, répondit-elle enfin.

Elle frémit en sentant qu'il effleurait délicatement sa tempe, puis il prit congé.

Elle se retrouva seule, les mains tremblantes, tout appétit envolé. Elle s'efforça cependant d'avaler quelques bouchées de son toast froid.

Enfin, elle touchait au but. La liberté était là, toute proche.

Mais elle n'avait pas encore franchi la porte de sa cage…

Chapitre 6

Quoique Robert ne soit pas d'humeur à chasser, il ne pouvait prendre le risque de s'aliéner un autre membre de la famille Collins, aussi accompagna-t-il Edwin à travers bois. Les rabatteurs couraient devant eux pour lever les oiseaux, les lapins et les renards qui tentaient encore de se cacher.

Il reçut des félicitations quelque peu estomaquées des autres jeunes gens pour ses fiançailles. Nul doute qu'ils devaient le considérer comme un excentrique ou même un dément. Aucun ne comprenait que le mariage ne se limitait pas à observer de jeunes débutantes pour en choisir une, dépourvue du moindre défaut physique, avec laquelle passer le reste de sa vie. L'apparence se fanait, même chez les plus jolies femmes. Lui avait vu les ravages que la guerre causait aux corps, et il avait pu voir que la plupart des personnes ainsi blessées demeuraient les mêmes à l'intérieur, du moins, pour les plus chanceux.

Robert retint un sourire, amusé par ses propres pensées. Il ferait bien de suivre son conseil lorsqu'il serait temps pour lui de choisir pour de bon une épouse. Sur quel genre de femme jetterait-il son dévolu ? Il n'en avait pas la moindre idée, aussi comptait-il s'accorder au moins une Saison complète pour y songer.

Il n'avait pas été coupé de la compagnie des femmes pendant toutes ces années loin de l'Angleterre. Au contraire, la bonne société britannique fleurissait aux Indes. En homme raisonnable, Robert avait toujours pris grand soin d'éviter les jeunes demoiselles à marier, néanmoins, il avait pu jouir de la compagnie de jeunes veuves enthousiastes quand il séjournait à Bombay.

Lorsque la partie de chasse prit fin, Robert fit seller son cheval et partit jusqu'au village pour se rendre chez le forgeron. Le jeune Collins avait suggéré qu'il pourrait avoir une carriole à louer. De fait, l'homme pouvait lui en fournir une pour le lendemain matin, aussi dut-il se résigner à passer une nuit de plus sous le toit de Lord Collins.

Robert espérait que ses menaces voilées suffiraient à dissuader le baron de toute tentative pour empêcher le départ de sa fille.

La chambre d'Audrey était dans un état chaotique : des piles de vêtements s'entassaient un peu partout. Dans son élément, Molly s'agitait gaiement en tous sens, babillant et dirigeant les allées et venues des valets qui emportaient coffres et bagages. L'euphorie de Molly était communicative et Audrey en avait le tournis.

Son amie avait reçu la nouvelle de ses fiançailles dans un mélange de choc et d'excitation. Après tout, sa maîtresse allait épouser un comte, fort bel homme de surcroît. À ses yeux comme à ceux de la domesticité, il y avait là tous les ingrédients d'un conte de fées et Audrey avait reçu de nombreuses félicitations du personnel depuis le matin.

La gouvernante avait tapoté ses yeux humides en murmurant qu'il était temps pour Audrey de diriger sa propre maisonnée. De fait, elle ne pouvait que la rejoindre sur ce point, si bien qu'elle avait peu à peu cessé de s'inquiéter de ce que son père pourrait faire contre sa décision.

Molly avait joyeusement accepté de l'accompagner, décidée à « découvrir le monde » comme elle ne cessait de le répéter, alors que Buckinghamshire était seulement le comté voisin. Cependant, Audrey ressentait exactement la même excitation impatiente.

Certes, elle ne pourrait pas « voir » le monde comme tout un chacun, mais avec Molly pour lui décrire les paysages, elle pourrait expérimenter ces nouveautés à sa façon particulière. Après tout, il y aurait de nouveaux sons, de nouvelles odeurs, ces choses si importantes pour elle. Heureusement qu'elle avait sa fidèle amie pour l'accompagner ! Sans elle, Audrey n'imaginait même pas ce qu'elle aurait fait ! En milieu de matinée, le premier coffre fut terminé et elles s'attelèrent joyeusement aux piles d'affaires moins essentielles pour lesquelles un choix drastique restait à faire.

Soudain, Molly s'interrompit en plein milieu d'une phrase pour saluer d'un ton incertain :

— Bonjour, Miss Collins.

Surprise, Audrey se tourna vers l'entrée de la pièce. Si seulement elle avait pu lire l'expression de sa sœur…

— Que puis-je faire pour toi, Blythe ? s'enquit-elle aimablement. N'est-il pas étrange que nous soyons toutes deux occupées à faire nos bagages ?

Seigneur ! Voilà qu'elle se mettait à babiller à son tour, preuve de sa nervosité. Son intention n'était pas du tout de se montrer sarcastique ! Bien sûr que c'était une situation des plus étranges ! Audrey n'était jamais autorisée à aller où que ce soit.

Elle sentit le parfum de jasmin de Blythe comme celle-ci approchait.

— Je pense que tu commets une terrible erreur.

La voix de sa sœur tremblait.

Molly intervint :

— Je vais vous laisser…

— Non, la coupa Blythe. Je n'en ai pas pour longtemps. Molly, même toi, tu devrais te ranger à mon avis pour une fois. Audrey ne connaît pas cet homme ! Si elle ne m'écoute pas, peut-être pourras-tu la raisonner ?

Molly garda le silence, et Audrey trouva injuste de placer ainsi sa femme de chambre dans une telle situation.

— Blythe, je n'ai pas encore épousé le comte, rappela-t-elle. J'ai le temps de changer d'avis si jamais il advenait que nos caractères ne s'accordent pas…

— Mais il est un étranger !

— Vraiment ? Tous les convives, hier soir, le connaissaient ou avaient à tout le moins entendu parler de lui. Il n'est pas un inconnu. Et puis, ce n'est pas comme s'il pouvait m'enlever et me faire disparaître : les gens sont informés de nos fiançailles.

Elle ne précisa pas que c'était d'ailleurs lui qui avait insisté, à raison, pour ébruiter leur engagement. S'il s'était contenté de l'escorter, cela aurait causé grand bruit et même de l'inquiétude dans le voisinage.

Les motivations de sa sœur lui échappaient. Elle pouvait entendre la déception et la colère dans sa voix, mais n'y avait-il pas également une pointe d'inquiétude, justement ? Audrey l'espérait de tout cœur, même si elle avait été de nombreuses fois détrompée sur ce point par le passé.

— Blythe, j'aimerais… j'aimerais que ma décision ne te cause aucun mal.

— Eh bien, c'est raté, répliqua sa sœur sans même tenter de le cacher. Cela me blesse. C'est tellement injuste.

— Je sais, murmura-t-elle.

L'espace d'un instant, elle regretta de ne pas être en mesure de confier toute la vérité à sa sœur, mais elle ne pouvait prendre le risque que cela remonte aux oreilles de son père.

— Comment parviens-tu à faire en sorte que tous ces hommes se sentent ainsi désolés pour toi ?

Le ton de la question était sincèrement étonné et Audrey se mit aussitôt sur la défensive, tandis que Molly prenait une brusque inspiration. Elle tenta néanmoins de répondre avec calme :

— Tu te trompes, Blythe. Ne te rappelles-tu donc pas que Mr Blake m'avait menti ? Il ne s'est jamais senti *désolé* pour moi. Il m'a utilisée et trahie.

Il y eut un silence tendu avant que Blythe ne lâche dans un souffle :

— Tu as raison. Pardonne-moi.

Un tel aveu était déjà un progrès considérable, songea Audrey avec espoir.

— Quant à Lord Knightsbridge, poursuivit-elle, si je pensais, ne serait-ce qu'une seconde, qu'il se sentait désolé pour moi, je lui dirais aussitôt de passer son chemin. Pourquoi se sentirait-il navré par ma condition, Blythe ? Il ne me doit rien du tout, et certainement pas la moindre pitié. Je n'ai pas encouragé son intérêt, mais je ne l'ai pas non plus découragé. S'il n'avait pas d'inclination pour moi, pourquoi, dans ce cas, faire d'une femme aveugle sa comtesse ?

— Je ne sais pas ! s'emporta sa sœur. N'est-ce pas justement suspicieux ?

Audrey ouvrait la bouche pour répondre avant de la refermer. De fait, si leur engagement avait été vrai et sincère, il aurait été suspicieux… Or, Blythe ne savait pas qu'il n'en était rien.

— Je te promets que je vais considérer un tel engagement avec prudence, reprit-elle. Je serai dans ma maison et lui dans la sienne. J'aurai l'occasion de rencontrer les gens de son village et d'échanger davantage avec lui. Est-ce que cela te satisfait ?

— Je… je suppose. Je dois finir mes bagages.

Audrey entendit les jupes de Blythe s'agiter comme elle s'éloignait.

— As-tu des projets pour ta visite chez la sœur de notre père ? demanda-t-elle comme elle ne manquait jamais de le faire lorsque Blythe partait.

Autrefois, c'était comme verser du sel sur ses propres plaies : elle devait vivre par procuration les quelques miettes d'aventures que Blythe acceptait de lui raconter. Mais plus maintenant.

Seul le silence lui répondit, cependant. Peut-être sa sœur était-elle partie si vivement qu'elle ne l'avait pas entendue ?

Elle perçut le crissement de roues sous sa fenêtre tandis que l'heure du déjeuner approchait.

— Molly ?

Sa dame de compagnie partit se renseigner et revint un instant plus tard :

— C'était la voiture familiale, Miss Audrey, annonça Molly. Miss Blythe est partie.

Audrey poussa un soupir.

— Elle est donc partie sans se soucier de faire ses adieux.

— Je suis désolée, miss.

— Ne le sois pas. Après tout, cette conversation était peut-être l'une des meilleures que nous ayons eues. Je crois qu'elle était sincèrement inquiète pour moi, malgré sa colère. Je lui écrirai quand nous serons installées dans mon nouveau foyer.

Son nouveau foyer…

Ça sonnait bien.

Ils déjeunèrent de viande froide et de sandwichs afin que les hommes puissent ressortir rapidement.

Robert aurait pu décliner sa participation à la pêche de l'après-midi afin d'aider Mrs Blake dans ses préparatifs, seulement, il avait craint que sa présence ne fasse qu'exacerber la fureur de Lord Collins.

La compagnie de Collins fils n'était en revanche pas désagréable et Robert commençait à se dire que ce n'était pas un mauvais bougre. De toute évidence, il voulait en apprendre davantage sur l'homme qui allait épouser sa sœur et, quoique son instinct de protection envers Audrey lui parût bien tardif, il ne l'en estima pas moins.

Pour le souper, Robert s'assura d'être assis près de sa « fiancée ». Plusieurs convives l'intégrèrent à leurs conversations, comme si être une future comtesse l'avait soudain rendue visible à leurs yeux.

La soirée qui suivi, dans le petit salon, ne s'éternisa guère car tous les convives devaient reprendre la route le lendemain matin. Lorsqu'il ne resta plus dans la pièce que les membres de la famille Collins et lui-même, Robert vit

Lord Collins s'apprêter à se retirer. L'homme n'avait pas adressé un seul mot à sa fille ou à lui de toute la soirée.

— Lord Collins, puis-je vous dire un mot ? lança-t-il en se levant.

Près de lui, Mrs Blake se raidit.

L'homme s'arrêta près de la porte pour répondre d'un ton sec :

— Dites ce que vous avez à dire.

— Mrs Blake pourra-t-elle emmener son hongre ?

La jeune femme pencha légèrement la tête de côté, mais n'intervint pas.

— Non, ce cheval m'appartient, répliqua durement son père.

— Erebus a été entraîné pour être monté par moi, père, fit-elle remarquer. Entraîner une autre bête de la sorte prendrait des années.

— Je vais vous l'acheter, ce sera mon présent de fiançailles pour Mrs Blake, dit Robert d'un ton sec.

— Père..., insista Collins.

— Très bien ! Emmenez ce satané cheval ! tempêta Lord Collins avant de sortir de la pièce en rage.

Collins lui adressa un regard d'excuse :

— Je vais aller lui parler. Audrey, puis-je te laisser seule avec Lord Knightsbridge ?

— Oui, je te remercie, murmura-t-elle, le teint pâle.

Le frère posa encore sur lui un regard soupçonneux, puis il referma la porte, les laissant seuls. Robert reprit place sur le sofa, près de Mrs Blake.

— Je vous remercie d'avoir songé à mon cheval, milord. Dans la confusion de la journée, je n'y ai pas songé un seul instant.

— Il est légitime que cet animal vous revienne, pour les

raisons que vous avez, vous-même, si calmement évoquées. Je veux que vous soyez à l'aise dans votre nouvelle demeure.

— Ma nouvelle demeure…, répéta-t-elle pensivement, avec, peut-être, une pointe de nostalgie.

Ils perçurent en même temps des pas dans le hall. Soudain, le regard interrogatif de Collins lui revint à l'esprit et Robert songea qu'il devait apporter un peu de crédit à la thèse de leurs fiançailles par inclination réciproque. Il retira prestement ses gants et prit le visage de Mrs Blake dans ses mains en se penchant vers elle.

Elle eut un petit hoquet et chuchota :

— Que faites-vous ?

Il sentit la chaleur de son souffle sur ses lèvres, et cette sensation le prit de court par la violence de l'émotion qu'elle provoqua en lui.

— Votre frère a semblé soupçonneux en quittant la pièce, il y a un instant, je crois qu'il cherche à nous tester, parvint-il à expliquer.

— Mais…

— Cessez de parler ou je devrai vous embrasser pour vous faire taire.

Il vit ses grands yeux s'écarquiller et ses lèvres s'entrouvrirent. Soudain, Robert prit conscience qu'il brûlait de l'embrasser. Elle embaumait l'eau de rose. Robert inspira sa senteur comme s'il voulait s'en emplir l'âme. Toutefois, il se retint de toute folie. Après tout, il n'était pas question qu'il l'épouse, aussi douce que soit sa peau sous ses doigts, aussi jolies que soient ses pommettes rosies.

— Vous avez des yeux magnifiques, dit-il en entendant à peine la porte s'ouvrir.

Mrs Blake sursauta et se rejeta précipitamment en arrière. Robert se tourna pour voir Collins entrer avec hésitation.

— Pardonnez-moi, j'avais oublié mon livre, balbutia-t-il en rougissant furieusement.

— Il n'y a rien à pardonner, répondit Robert avec bonne humeur.

Il attendit que l'autre ait récupéré un livre dans la bibliothèque et soit ressorti pour reprendre le souffle qu'il avait retenu.

— Un livre ? dit Mrs Blake avec une moue dubitative. Edwin n'a plus ouvert un seul livre depuis l'université.

— Hum. Il a semblé effectivement satisfait de voir ce que nous étions en train de faire…

— Ravi ? Je ne comprends pas…

Robert lui sourit avant de se raviser en se rappelant qu'elle ne pourrait lui répondre. Jamais, avant de la rencontrer, il n'avait mesuré à quel point les interactions sociales étaient façonnées par les expressions et les gestes.

— Votre frère, peut-être sous la houlette de votre père, se demande ce qui se trame entre nous. Collins souhaitait donc savoir s'il existait la moindre passion lorsque nous nous trouvions seuls.

Il vit le rouge s'accentuer sur ses joues.

— Il risque de croire que ce que nous partageons est purement… physique. Que, de ce fait, mon cœur a pris le pas sur ma raison et que mon comportement n'est plus dirigé par la moindre logique du fait de…

Comme sa voix s'éteignait, il compléta dans un large sourire :

—… de mes baisers experts ?

— Oh ! je vous en prie, répliqua-t-elle avec un scepticisme qui aurait presque pu être insultant.

— La passion pure est une meilleure raison de se marier que l'argent, le statut social ou… le pouvoir.

— Quant aux deux premiers, ils sont évidemment infondés aux yeux de n'importe qui : je n'ai rien d'autre à apporter dans notre supposée union qu'un modeste manoir, et mon rang de noblesse est bien inférieur au vôtre. Mais qu'entendez-vous exactement par « pouvoir » ?

— Eh bien, il y a des hommes qui aiment tout contrôler autour d'eux, dit-il en songeant à son père. Et leur épouse plus que tout le reste, puisqu'elle est à leurs yeux une extension d'eux-mêmes.

Mrs Blake pinça les lèvres et demeura un instant immobile.

— Vous semblez parler en connaissance de cause… Vos parents répondaient-ils à ce schéma ?

— Pas vraiment, en vérité. Ma mère a toujours fait ce qui lui plaisait… tout en faisant preuve d'une extrême discrétion. Mon père traitait tout le monde, elle y compris, comme si chacun était sous ses ordres. C'est une autre chose que vous et moi avons en commun. Qu'en était-il entre vos deux parents ?

— Vous serez peut-être surpris, mais figurez-vous que je crois qu'ils s'aimaient sincèrement. Ma mère savait tempérer les impulsions malheureuses de mon père. Il a toujours été… embarrassé par moi, cependant, elle parvenait à améliorer la situation pour lui comme pour moi. Lorsqu'elle est morte, voilà sept ans… il n'a plus jamais été le même homme. Aucun de nous ne l'a plus été, en vérité. Ma mère était la seule à me traiter comme une enfant normale. Elle était en quelque sorte le champion de ma cause.

— Miss Collins se montrait-elle jalouse des attentions de votre mère pour vous ?

— Je… Peut-être l'était-elle, en effet, je n'en avais jamais pris conscience…

Ils étaient toujours assis sur le sofa, si proches que leurs genoux se touchaient parfois. Comme si elle en avait soudain pris conscience, Mrs Blake se recula :

— Milord…

— Appelez-moi « Robert », proposa-t-il sur une impulsion. Personne ne m'a plus jamais appelé par mon prénom depuis des années et j'en ai soudainement envie.

— Très bien… Robert.

L'effort était si visiblement douloureux qu'il eut bien du mal à se retenir de rire.

— Vous pouvez m'appeler « Audrey », ajouta-t-elle à contrecœur.

— Audrey…, répéta-t-il. Si je vous dis combien je trouve ce prénom joli, rougirez-vous à nouveau ? Vous rougissez si joliment…

De fait, le rose lui monta aux joues, mais elle reprit d'un ton ferme :

— Personne ne peut nous voir, Lord… Robert. Alors, je vous en prie, cessez de me faire la cour. Cela… me distrait.

— Eh bien, je dois jouer un rôle, Audrey. Il ne m'est guère aisé de jouer un instant les fiancés, et le suivant, de me souvenir que je ne suis qu'un étranger pour vous.

— Je joue peut-être votre fiancée, mais je n'en attends pas moins que vous me traitiez comme je le souhaite. Hier soir, je vous avais demandé de me laisser annoncer la nouvelle des fiançailles à mon frère et ma sœur, et vous ne l'avez pas fait.

— J'essayais simplement de vous venir en aide, expliqua-t-il, interdit.

— Seulement, je ne suis pas une fragile poupée

que vous devez protéger, Robert. J'avais parfaitement conscience que la situation n'était pas idéale, mais j'étais prête à l'affronter. La prochaine fois, je vous demanderai de bien vouloir respecter mes souhaits.

Mortifié par ce reproche exprimé sans animosité mais avec fermeté, Robert fut forcé d'interroger son comportement. Avait-il supposé qu'il savait, mieux qu'elle, ce qui était bon pour elle ? Ce n'était pas là le comportement d'un gentleman et il n'aimait pas se voir ainsi.

— Je ferai de mon mieux pour me conformer à vos souhaits, désormais.

— J'apprécie votre bonne volonté et je vous en remercie. Vous êtes visiblement sincère. Je me permets de vous le dire, car sachez que je perçois bien souvent quand les gens mentent. Ils s'estiment bien meilleurs menteurs qu'ils ne le sont en réalité.

— C'est une information très intéressante, s'amusa-t-il. Je tâcherai de la garder à l'esprit.

Audrey se leva :

— Nous partons dès demain à l'aube, c'est bien cela ?

— Ce serait l'idéal, en effet, car une voiture avec deux chevaux supplémentaires attachés derrière ira forcément à une allure plus modeste. Il nous faudra bien deux jours.

— Tant que cela ? Je n'en avais pas conscience ! murmura-t-elle, le front soudain soucieux.

— Vous ne pouvez pas être nerveuse à l'idée de vous retrouver en compagnie de votre fiancé, plaisanta-t-il gentiment pour apaiser ses craintes.

— J'aurais surtout Molly auprès de moi, ainsi, les convenances seront parfaitement respectées.

Néanmoins, elle paraissait toujours fort embarrassée, et

Robert ne pouvait s'empêcher de la trouver aussi amusante que touchante.

Audrey était attablée devant un petit déjeuner frugal lorsqu'elle sentit sur son visage les premiers rayons du soleil matinal. Elle n'avait accepté de prendre un toast et des œufs que devant l'insistance de Molly.

Elle avait le ventre tellement noué qu'elle peinait à avaler quoi que ce soit. Elle était sur le point de quitter le seul foyer qu'elle eut connu. Elle en connaissait chaque angle, chaque meuble, chaque détail. Elle pouvait y reconnaître, sans l'ombre d'une hésitation, le pas de n'importe lequel de ses habitants. Et elle s'apprêtait à entrer dans un monde obscur dont elle ne pourrait rien voir, guidée par un homme qu'elle venait à peine de rencontrer – un ami de Martin. N'aurait-elle pas dû s'arrêter davantage sur ce point ? Il était trop tard, à présent !

Avant d'être l'ami de Martin, Lord Knightsbridge était capitaine de l'armée de la reine. Il était un homme d'honneur qui la traiterait en gentleman. Il avait affirmé vouloir l'assister, parce qu'il se sentait mal pour la mort de Martin. Ses intentions semblaient sincères et honnêtes.

— Vous voilà, la salua Robert.

— Vous semblez presque soulagé, fit-elle remarquer avec curiosité.

— Eh bien, je craignais que quelqu'un soit parvenu à vous faire changer d'avis, admit-il.

Pour tout dire, elle aussi avait craint que son père ne cherche à la détourner de son projet. Cependant, elle ne l'avait pas aperçu depuis qu'elle s'était levée.

— Vous devriez manger quelque chose avant notre long voyage, suggéra-t-elle.

— C'est déjà fait, puisque j'ai dû réceptionner la voiture lorsqu'elle a été livrée. Les valets sont en train de charger vos affaires.

— Merci, dit-elle, quelque peu déboussolée.

Elle n'avait certes pas l'habitude que qui que ce soit prenne en charge des tâches qui la concernaient, moins encore en respectant son organisation. Il y avait visiblement nombre de choses nouvelles auxquelles elle allait devoir s'habituer avec lui…

— Audrey ?

La voix de son frère lui parvint un instant avant qu'il n'entre dans la pièce.

— Je ne suis pas encore partie, Edwin. S'il te plaît, joins-toi à moi pour un dernier repas. Est-ce que père…

— Il est dans son bureau et ne souhaite pas être dérangé, lâcha rapidement Edwin.

Si c'est ainsi que son père voulait la quitter, eh bien, qu'il en soit ainsi.

— Je… j'avais quelques petites choses à te dire avant ton départ, reprit Edwin, la voix incertaine. Je n'ai pas passé beaucoup de temps à la maison ces dernières années et je crois que j'étais si préoccupé de moi-même que je… je n'ai pas suffisamment pensé à toi. J'ai eu tort et je t'en demande sincèrement pardon, Audrey.

Elle battit des paupières en sentant les larmes monter. Elle n'avait jamais rien souhaité d'autre que d'arranger les relations compliquées qu'elle entretenait avec son frère et sa sœur. Il était seulement dommage qu'il ait fallu son départ imminent pour que son frère la traite un peu mieux, songea-t-elle avec une pointe d'amertume.

Mais déjà, il reprenait :

— J'ai accepté sans réflexion la certitude de père selon laquelle tu ne pourrais jamais t'adapter au monde extérieur, surtout après que Blake t'a abandonnée comme il l'a fait. Une fois encore, j'ai commis une lourde erreur. Je t'ai vue interagir avec mes amis, j'ai vu à quel point tout pouvait être… normal. Pardonne-moi si mes mots te semblent cruels, j'espère que tu comprends ce que je veux dire.

— Collins…, intervint Robert qui paraissait inquiet.

— Non, tout va bien, assura-t-elle avant de se tourner vers son frère : Edwin, j'accepte tes excuses et je tiens à ce que tu saches à quel point je suis heureuse de les avoir entendues. J'espère que tu répondras à mes lettres.

— Bien sûr ! s'exclama-t-il avec un soulagement évident. Je te souhaite un bon voyage, Audrey. Je dois vous laisser à présent, mes amis ne vont pas tarder à se lever et nous devrons partir, nous aussi.

— Vas-y et amuse-toi bien, Edwin. Nous resterons en contact.

Son frère la serra brièvement dans ses bras et quitta la pièce. Alors Audrey se tourna vers Robert :

— Je devine ce que vous étiez tenté de lui dire, que des années de négligence ne pouvaient être effacées par quelques paroles d'excuse. Cependant, je considère cela comme un bon début. Accepter ses paroles et lui pardonner est un choix que me revient et ne vous appartient pas, Robert, dit-elle avec douceur. Une fois de plus, vous voulez en faire trop pour moi.

— Ou peut-être que vous vous avancez un peu trop. Vous ne savez pas ce que je m'apprêtais à dire. Alors, à moi d'exprimer une requête : s'il vous plaît, ne me tancez pas à moins que je ne l'aie mérité…

Malgré son ton léger, Audrey ressentit un violent embarras. Jusqu'alors, tout dans leur relation avait été tellement simple et naturel.

— Très bien, convint-elle. Si je me suis trompée, je m'en excuse.

— *Si* vous vous êtes trompée ?

Cette fois, elle ne put retenir un sourire en entendant son ton exagérément outré.

— Puisque deux malheureuses petites lettres vous effraient tant, fort bien, je m'excuse sans aucune condition ! capitula-t-elle en riant.

— Parfait. Je me sens bien mieux de la sorte. Néanmoins, j'aimerais pouvoir m'expliquer sur un point que vous devriez peut-être considérer. Je ne me montre pas plus protecteur envers vous que je le serais envers toute femme que j'aurais accepté d'épouser. C'est simplement ainsi que les hommes se comportent avec leur fiancée. Il n'est pas impossible qu'à l'occasion vous vous montriez un peu trop… susceptible.

Audrey se tut, sincèrement stupéfaite.

— J'avoue que je n'ai pas connu de relation où l'on se montrait protecteur à mon endroit depuis… un long moment, mil… Robert. Je vais réfléchir à ce que vous venez de dire.

— Je vous en remercie. Et maintenant, y allons-nous ?

Un immense sourire monta aussitôt à ses lèvres, si large qu'elle eut la sensation d'être une fleur qui s'épanouissait soudain au soleil.

— Oui… oui ! Allons-y !

Dans le hall, Molly vint à leur rencontre :

— Miss Audrey, j'ai votre valise et votre réticule avec moi.

— Merci. Tu n'as pas oublié tes propres affaires dans l'affolement du départ, n'est-ce pas ?

La jeune femme rit :

— Non, miss ! J'ai également pris des sandwichs, votre papier d'écriture et un livre ou deux.

— Rien de plus ? J'ai remarqué qu'un valet seul peinait à monter vos coffres dans la voiture, fit remarquer Robert avec bonne humeur.

— Je n'ai pris que le strict nécessaire, répliqua Audrey en feignant d'être scandalisée. Je commence une nouvelle vie, sir. Il y a certaines choses dont une femme a besoin dans ce genre d'entreprises.

Audrey avait conscience qu'elle reculait intentionnellement le moment où elle passerait le seuil, dans l'espoir d'entendre la poignée de la porte du bureau s'ouvrir. Comme rien ne venait, cependant, elle finit par s'en approcher et toqua doucement. Elle l'entrouvrit sans attendre la réponse :

— Père ?

— Je suis occupé, répondit-il d'un ton bourru. Si tu dois y aller, ne te gêne pas.

Audrey releva le menton :

— J'y vais. Au revoir, père.

Comme il ne répondait rien, elle referma la porte. Ni Robert ni Molly n'émirent le moindre commentaire. Audrey se sentait plus embarrassée qu'autre chose par le peu de cas que son père faisait d'elle.

Puis la honte céda le pas à la colère et elle eut soudain envie de lui prouver, par son succès, qu'elle avait pris la bonne décision. Même si, en fin de compte, son opinion n'avait pas réellement d'importance. Il l'avait traitée davantage comme une domestique que comme sa fille. Qu'il engage une intendante s'il était mécontent qu'elle parte !

— Au revoir, Mrs Blake, la salua gentiment la gouvernante. J'espère que vous apprécierez votre nouvelle demeure.

Audrey ne l'avait pas entendue arriver, mais elle se reprit bien vite :

— Merci pour tout, Mrs Gibbs. Et remerciez également tous les autres domestiques pour moi.

Robert posa une main sur son bras :

— Puis-je vous escorter jusqu'à la voiture ?

— Oui, merci.

Elle aurait fort bien pu y aller seule, néanmoins, cela lui aurait pris plus de temps. Robert ne manqua pas de la prévenir quand la première marche de l'escalier se présenta et elle en fut étonnée : les gens oubliaient souvent de l'informer de ce qui était évident pour eux.

Dehors, la brise était presque chaude en dépit de l'heure matinale et de l'automne déjà bien installé. Audrey huma profondément la senteur de l'endroit où elle avait grandi. Ce serait peut-être la dernière fois qu'elle inhalerait ces odeurs caractéristiques, si sa relation avec sa famille ne s'améliorait pas.

Non, elle n'allait pas laisser ces pensées pessimistes l'envahir maintenant !

Molly la prévint que le cocher avait baissé le marchepied et Audrey le trouva sans peine, tandis que Robert lui tenait la main pour l'aider à monter.

— Molly, installez-vous près de votre maîtresse, je prendrai le siège d'en face.

— Vous ferez le trajet dos à la route, comme c'est courtois de votre part, plaisanta-t-elle gentiment.

— J'ai mes moments chevaleresques, que voulez-vous.

Audrey ressentit un frisson d'excitation lorsque la porte se referma sur eux et que la voiture se mit en mouvement.

— Oh ! avez-vous vérifié que mon cheval était bien là ? s'alarma-t-elle soudain.

— Erebus est attaché à l'arrière, à côté du mien.

— Dans ce cas, je suis prête.

Il était temps de plonger vers l'inconnu sans plus se retourner.

Chapitre 7

Comme la matinée avançait, Robert fut de plus en plus surpris de constater que la monotonie du voyage à laquelle il s'était attendu n'arrivait pas. Il ne s'ennuyait pas un instant, tout occupé qu'il était à observer les réactions d'Audrey.

De temps à autre, Molly lui décrivait avec enthousiasme un cottage au toit de chaume, ou un manoir de briques rouges particulièrement joli. Alors, il pouvait voir se refléter sur les traits de la jeune femme les merveilles du monde.

De toute évidence, Molly avait passé une bonne partie de sa vie à décrire ainsi les paysages qui l'entouraient, car elle était douée pour mettre en mots les plus petits détails – un chien allongé auprès d'un garçon occupé à pêcher sur la rive, les ruines d'un ancien mur de pierres « qui devait autrefois être un château », ne manquait-elle pas de préciser… Audrey écoutait, demandait de nouvelles précisions, souriait et riait, comme si c'était là un jeu auquel elles jouaient depuis longtemps.

Depuis leur départ, toute nervosité semblait avoir quitté la jeune femme, qui n'exprimait plus que joie, entrain… et un intense soulagement. Il comprenait mieux comment ils avaient pu en arriver à se quereller avant de partir : elle devait être incroyablement nerveuse.

Dès qu'il l'avait informée qu'ils avaient quitté son village, tout avait changé. Elle s'était adossée au siège, l'expression extatique.

— Il m'a vraiment laissée partir. Je craignais…

Sa voix s'était éteinte et il n'avait pas insisté, car il savait parfaitement ce dont elle avait eu peur : que son père fasse une scène, qu'il abuse de son pouvoir paternel et trouve un moyen juridique d'empêcher son départ. Pour l'heure, toutefois, Robert et son titre de comte avaient remporté la bataille.

Maintenant qu'il y réfléchissait, il trouvait sidérant que la fille d'un baron n'ait jamais pu aller au-delà de son propre village, qu'elle ne se soit jamais rendue à Londres, par exemple. Étrangement, il avait envie de lui offrir ces expériences nouvelles, mais il devait se refréner. Il ne faisait que l'escorter jusqu'à son manoir, s'assurer qu'elle y soit convenablement installée et repartir. Dès que cela serait accompli, il serait temps de la laisser enfin profiter de l'autonomie qu'elle désirait tant. Et puis, sa dette envers Blake serait remboursée.

Le serait-elle, en vérité ? Sa culpabilité s'évanouirait-elle comme par enchantement ? Son âme retrouverait-elle enfin un semblant de paix ?

— Vous devez trouver notre gaieté enfantine, Robert, déclara Audrey. Surtout après avoir vu tant des merveilles de ce monde.

— Je la trouve infiniment rafraîchissante, au contraire, avoua-t-il.

— Étiez-vous aussi excité que nous le sommes lorsque vous avez quitté l'Angleterre pour la première fois ?

Quelle réponse donner à cette question difficile ? Neuf ans plus tôt, juste avant son départ, Stephen Kepple venait de s'ôter la vie. Robert étouffait sous des questionnements incessants : il remettait en cause ses motivations, ses croyances, sa capacité à être comte.

Toutefois, il ne comptait pas lui confier cela, aussi se contenta-t-il d'une vérité partielle :

— J'étais impatient de découvrir des terres qui ne soient pas constamment vertes et mouillées de pluie. Je peux vous dire que je n'ai pas été déçu avec l'Inde et la saison de la mousson. Croyez-moi, en comparaison, la météorologie anglaise semble des plus apaisées. Sans oublier les six semaines en mer !

Il ponctua ces mots d'un frisson d'horreur exagéré avant de se rendre compte qu'elle ne pouvait le voir. Il obtint néanmoins un sourire de Molly.

La voiture cahotait sur les chemins de campagne, à tel point que Molly ne pouvait faire bien longtemps la lecture à sa maîtresse. Aussi, les deux jeunes femmes finirent par discuter de la domesticité déjà installée au manoir. Comme Robert exprimait sa curiosité, Audrey expliqua :

— J'ai échangé quelques lettres avec le régisseur du domaine engagé par mon défunt époux. J'ai ainsi appris qu'une famille avait pris soin du manoir ces dernières années. La mère est à la fois cuisinière et gouvernante, le père prend soin des extérieurs, leur fils est valet et leur fille femme de chambre.

— Eh bien, c'est fort pratique, commenta-t-il. Toutefois, les débuts pourraient être un peu difficiles : sans aucun membre de la famille Blake, ils doivent se sentir parfaitement chez eux là-bas.

Audrey prit un air pensif :

— Oui, j'imagine qu'il nous faudra nous adapter les uns aux autres.

Robert l'observa, admiratif. Elle prenait déjà soin des gens attachés à sa demeure. Dire que lui-même ne connaissait pas la plupart de ceux qui travaillaient sur son domaine... Dans sa résidence londonienne, les deux seuls visages qu'il reconnaissait étaient ceux de la gouvernante et du majordome. Il n'était pas encore retourné dans le domaine familial de Knightsbridge Hall.

Finalement, Audrey et lui entreprenaient un voyage vers l'inconnu assez similaire. Tandis qu'elle faisait de son mieux pour apprendre à connaître sa future maison, il devait redécouvrir celle qu'il avait quittée des années plus tôt, dans une autre vie – une demeure dans laquelle il n'avait guère de souvenirs heureux et qui fonctionnait par ailleurs parfaitement sans lui.

N'était-ce pas la preuve qu'il avait embauché le bon personnel ? Après tout, il les payait précisément pour tout gérer sans son concours. Ainsi, il hésitait à s'impliquer davantage. D'une part, parce que son père avait toujours eu le défaut de vouloir tout diriger par lui-même ; d'autre part, parce que la vie militaire lui avait enseigné une importante leçon : les officiers étaient autorisés à commander leur régiment, pas à tout faire à la place des soldats...

— Il s'est assoupi, murmura Molly, comme un silence paisible s'était installé dans l'habitacle.

Les pensées d'Audrey se mirent à vagabonder. Elle était bien trop tendue pour s'endormir, de toute façon.

Elle repensa à sa conversation avec Robert, et à sa question concernant son départ de l'Angleterre. Quelque chose dans sa voix, quand il avait répondu, sonnait différemment. Il avait fait une réponse convenue à propos de la météorologie, comme si c'était là le seul sujet d'intérêt. Bien sûr, elle n'avait pas insisté, mais elle ne pouvait s'empêcher d'éprouver de la curiosité. Après tout, lui savait déjà tant de choses sur sa vie à elle !

Pour sa part, elle se sentait emplie d'une attente joyeuse. Enfin, elle était libre d'entreprendre son propre voyage ! Elle imaginait sans peine les paysages qui défilaient autour d'eux, si parfaitement décrits par les mots attentionnés de Molly.

Au bout d'un moment, Audrey sentit la voiture ralentir et supposa qu'il devait être bientôt midi. Ils s'étaient déjà arrêtés en milieu de matinée pour désaltérer les chevaux et avaient décidé alors de s'arrêter plus longuement pour le déjeuner.

— J'ai dû m'assoupir un moment, dit Robert.

Audrey sourit.

— C'est ce que j'ai entendu, en effet. J'espère que vous êtes reposé.

— Tout à fait, je vous remercie. Ah ! Nous sommes arrivés à l'auberge. Laissez-moi descendre et vous aider.

Elle accepta et, une fois à terre, elle se dirigea vers l'arrière, une main posée sur la voiture. Aussitôt, Erebus vint à sa rencontre et appuya son museau contre son épaule.

— Tu as été très sage, murmura-t-elle en lui caressant le chanfrein.

Elle entendit le cocher appeler les palefreniers pour qu'ils s'occupent des chevaux et Robert vint près d'elle pour prendre son bras.

— Allons partager un bon déjeuner, voulez-vous ?

— Avec plaisir ! Je suis affamée.

Tandis qu'ils marchaient, elle entendit une cloche sonner et les voix des palefreniers en provenance des écuries. Il y avait beaucoup de monde !

— Je vais réserver un salon privé pour le déjeuner, nous y serons plus tranquilles, annonça Robert.

— Oh non, j'aimerais m'installer dans l'espace principal avec les autres voyageurs. Je ne peux pas voir, mais j'entends fort bien et tous ces sons nouveaux me semblent merveilleux.

Il rit doucement :

— Comme il vous plaira. Il n'y a plus qu'une marche, voilà… et nous sommes dans le hall d'entrée.

— Miss Audrey, il y a des bassines et des cruches toutes prêtes par-là. Voudriez-vous vous laver les mains et vous rafraîchir ?

— Oui, avec plaisir.

Tout en l'accompagnant vers les bassines, Molly se mit à lui donner force détails sur le buffet qui croulait sous les tourtes et les fromages dans la pièce d'à-côté. Même à travers les portes battantes, l'endroit bruissait d'une activité intense.

— Par ici, mesdames, les guida Robert.

— Milord, il doit y avoir une salle réservée aux domestiques, protesta Molly.

— Il n'en est pas question, tu déjeunes avec nous. N'oublie pas que nous partageons cette aventure ensemble, répliqua Audrey.

Molly capitula dans un rire joyeux et Robert reprit le bras d'Audrey pour l'escorter dans la salle principale. Dès qu'ils eurent poussé la porte, le vacarme se fit assourdissant.

Jamais elle n'avait entendu des dizaines de personnes parler toutes ensemble. Tout à coup, elle se sentit bousculée.

— Mes excuses, miss, fit une voix.

— C'était un serveur, expliqua Molly. L'endroit est incroyablement animé.

— Il n'empêche qu'il devrait regarder où il met les pieds, lâcha froidement Robert.

— Il ne m'a pas fait mal, lui assura Audrey.

— La table qu'on nous a désignée a des bancs, non des chaises, cela conviendra-t-il ?

— Bien sûr !

Audrey tendit la main pour sentir la table, puis elle lâcha le bras de Robert afin de s'installer tout au bout du bout pour que Molly prenne place près d'elle.

C'est alors qu'elle perçut les murmures parmi le brouhaha. De toute évidence, les autres voyageurs avaient remarqué qu'elle était aveugle.

— Seigneur ! gronda Robert, agacé. Vous ne pouvez tout de même pas être la première personne aveugle qu'ils voient !

Audrey lui répondit d'un sourire apaisant :

— J'imagine que la plupart des aveugles qu'ils ont vus étaient des mendiants. Il est rare que des gens bien nés dans ma situation s'installent dans la grande salle, je suppose. Ils vont s'habituer à ma présence.

Comme il parvenait à leur table, le serveur haussa exagérément la voix – une réaction habituelle qu'elle avait déjà vécue lorsqu'elle avait pu se rendre en de rares occasions au village – et Audrey put sentir l'exaspération de Robert croître davantage. Il se montrait décidément bien protecteur à son égard et elle n'était pas certaine d'apprécier qu'il le soit.

Tout à coup, un bébé se mit à pleurer et elle eut la sensation de recevoir un coup de poignard en plein cœur. Pétrifiée, elle ne put qu'écouter, tous ses sens en alerte, les pleurs du petit être. Lorsque son bébé était mort, elle avait passé des mois à errer dans les limbes de son chagrin, à se demander pourquoi Dieu la punissait de la sorte alors que le sort l'avait déjà durement frappée. Puis, avec le temps, elle en était venue à trouver une sorte d'équilibre dans son deuil mais elle n'était jamais en contact avec des tout-petits.

— Audrey ? l'appela Robert.

La stupéfaction qu'elle entendit dans sa voix la ramena à elle.

— Oui ?

— L'expression sur votre visage…, commença-t-il avant de s'interrompre. Pardonnez-moi, cela ne me regarde pas.

Heureusement, elle n'eut pas à répondre car le serveur les informa du menu.

Le repas, constitué d'une tourte accompagnée de chou mijoté, se révéla simple mais délicieux.

Ensuite, ils sortirent un moment se promener dans le jardin afin de délasser un peu leurs jambes avant de poursuivre leur voyage.

Quand ils revinrent vers les écuries, la voiture était prête et les chevaux avaient été changés. Le cocher leur indiqua qu'il connaissait une bonne auberge pour la nuit, et ils reprirent rapidement la route.

Le voyage se poursuivit dans une ambiance détendue jusqu'à ce que l'une des roues se désaxe, soulevant brutalement les passagers de leurs sièges.

Robert émit un bref juron, agacé par leur malchance. Il fut cependant surpris de constater qu'Audrey ne semblait guère affectée par l'événement. Comme il s'inquiétait de son état, elle assura qu'elle était heureuse de pouvoir vivre n'importe quelle aventure et écouta avec ravissement Molly lui décrire comment le cocher détachait l'un des chevaux pour rejoindre rapidement une grande maison que l'on percevait en haut de la colline la plus proche, afin d'y demander de l'aide.

Robert était resté auprès d'elles. Assez vite, une vieille charrette redescendit la route en cahotant dans leur direction. Il aida Audrey à descendre de leur voiture accidentée au moment où le cocher annonçait :

— Sir Miles Paley vit dans ce manoir avec sa famille. Il serait honoré de vous offrir un abri pour la nuit, le temps que je m'occupe des réparations nécessaires auprès du forgeron local.

Lorsqu'ils arrivèrent dans le hall d'entrée du manoir Paley, Lady Paley ne chercha pas à cacher sa surprise tandis qu'elle observait Audrey. C'était une femme de petite taille, aux mains délicates, presque enfantines, qu'elle frottait sans s'en rendre compte :

— Vous êtes Miss Audrey Collins ? demanda-t-elle avec étonnement.

— Audrey Blake, madame, corrigea celle-ci. Mon mari a été tué lorsqu'il servait dans l'armée, aux Indes.

Sir Miles était grand mais se tenait légèrement penché. Il posait sur Audrey un regard teinté de regrets et admit avec une bonne foi désarmante :

— Pardonnez-moi, Mrs Blake, nous avions supposé que vous étiez recluse du fait de votre cécité.

Audrey ne sembla guère s'émouvoir de ces paroles qu'elle accepta avec aisance, alors que Robert brûlait d'envoyer son poing dans la figure de quelqu'un. Bien sûr, il avait encore assez de sang-froid pour reconnaître que le couple Paley n'était nullement responsable de telles suppositions.

D'ailleurs, ils tournaient à présent leur attention vers lui :

— Lord Knightsbridge, c'est un honneur de vous recevoir sous notre toit. Voici nos filles, Miss Rachel Paley et Miss Rosalind Paley. Mes filles, je vous présente l'honorable comte de Knightsbridge !

Les deux jeunes femmes étaient toutes deux grandes comme leur père, si bien qu'elles atteignaient presque la taille de Robert. Il ne devait pas être simple pour elles de trouver un époux. Cependant, sa présence semblait avoir ôté de leur esprit ce souci.

Il sourit poliment, puis prit le bras d'Audrey sous le sien.

— Ma *fiancée* peut-elle se reposer un moment avant le souper ? La journée a été longue.

S'il fallait en croire leurs visages défaits, le cocher ne les avait pas informés du statut d'Audrey. Du coin de l'œil, il vit la bouche de la jeune femme se relever un instant, comme si elle retenait un sourire entendu. Elle avait parfaitement conscience qu'il venait de se tirer d'un mauvais pas grâce à elle.

Le temps que l'heure du dîner arrive, la famille Paley avait apaisé sa déception concernant le statut marital de Robert et ils se montrèrent ravis de pouvoir leur présenter leur porcelaine de Chine et leur argenterie.

Une fois à table, pour rompre un silence gênant, au cours duquel ils faisaient de leur mieux pour ne pas fixer

Audrey qui mangeait avec son élégance coutumière, Sir Miles demanda :

— Vous avez quitté l'Angleterre pendant un long moment, milord, mais pas pour faire l'habituel Grand Tour des jeunes gens de bonne famille. Pourquoi l'armée ?

C'était une question aussi personnelle qu'évidente, à laquelle il avait déjà répondu devant Audrey et son père. Pourtant, il la vit relever légèrement la tête, de toute évidence intéressée. Avait-elle senti qu'il n'avait pas tout dit de ses motivations ?

Les souvenirs remontèrent à la surface en un flot brutal. Robert se retrouva transporté au jour maudit où il avait appris la mort de Stephen Kepple et la réaction physique, violente qui l'avait saisi. Le premier coup de poing de la culpabilité.

Il s'était immédiatement demandé quelle était sa responsabilité dans le geste désespéré de Kepple, alors même que les autres affirmaient qu'il n'avait jamais eu les épaules assez larges pour les investissements risqués dans lesquels il s'était lancé. Or, Robert était précisément responsable de son implication, car il avait prétendu se lier d'amitié avec Kepple afin de s'assurer sa participation dans le juteux, mais risqué, marché du chemin de fer.

Quand tout avait mal tourné, ils avaient tous perdu de l'argent.

Kepple avait-il deviné qu'il avait été manipulé pour rejoindre le groupe d'investissement ? Avait-il follement mis en jeu une fortune qu'il n'avait pas ?

Peu importait désormais. Il était trop tard pour revenir en arrière. Ce jour-là, Robert avait découvert une chose essentielle : il était un tyran qui cherchait à tout contrôler, exactement comme son père. Il avait alors acquis la certitude qu'il lui fallait trouver le moyen de changer, avant qu'il perde non seulement ses amis, mais également toute estime de lui-même, laquelle venait déjà d'essuyer un rude coup. L'armée l'avait aidé dans cette entreprise, avant qu'il ne soit trop tard.

Pouvait-il admettre cela devant la famille Paley ? Certainement pas. Néanmoins, il pouvait révéler une partie de la vérité. Peut-être la curiosité d'Audrey serait-elle ainsi satisfaite ?

— Il y avait un colonel retraité de l'armée dans le village où j'ai grandi, expliqua-t-il. Initialement, il devait seconder mon précepteur dans l'enseignement de l'histoire que je recevais, avant mon départ pour Eton. Toutefois, c'étaient ses propres histoires que je trouvais fascinantes. Il avait participé à Waterloo et à d'autres célèbres batailles. Tout le monde le respectait et il était fier d'avoir contribué à la protection de notre pays. À son contact, je désirais, moi aussi, ressentir cette conviction intime du devoir accompli. Je n'avais que vingt ans lorsque mon père est mort et, quoique je sois parvenu à ma majorité au cours de cette année-là, je ne me sentais absolument pas digne de son titre.

— Vous subissiez encore l'ombre de votre père, dit Sir Miles en hochant la tête avec sympathie. Il peut être difficile de marcher dans les pas d'un grand homme.

Robert se contenta de hocher la tête. Il n'était pas difficile de suivre les traces de son père, bien au contraire, il était trop simple de devenir comme lui ! Il avait honte à l'idée que son mentor découvre que des hommes étaient morts à cause de ses décisions hâtives.

— J'ai appris la loyauté et le sens du devoir dans l'armée.

J'y suis devenu un homme. J'y ai connu des triomphes et de grands chagrins, et je n'en regrette que peu.

Il jeta un regard vers Audrey. Il avait parlé trop vite : il regrettait tout de même certains de ses actes.

Le destin était décidément imprévisible : le voilà qui se retrouvait prétendument fiancé à une femme qui avait juré de ne jamais se remarier.

Il avait vu son expression lorsqu'elle avait entendu les pleurs du nourrisson dans l'auberge. Toutes les femmes ne désiraient-elles pas être mères ? Pensait-elle donc qu'une femme aveugle ne devait pas donner naissance ? Était-ce pour cette raison qu'elle refusait de se marier à nouveau ?

Après le repas, ils se retirèrent tous ensemble dans le boudoir, où les deux filles de Lord Paley prirent place tour à tour au piano, afin de montrer leurs talents somme toute assez modestes. Pas une seule fois leurs hôtes ne tournèrent leurs questions vers Audrey et, bien sûr, ils ne songèrent pas un seul instant qu'elle pût jouer d'un instrument. Aussi Robert décida-t-il d'intervenir :

— Puis-je me permettre de laisser ma fiancée vous montrer ses dons au piano ?

Audrey tourna ses grands yeux d'ambre dans sa direction.

— Milord…

— Elle est timide, il faut la comprendre, dit-il aux Paley sur le ton de la confidence. Mais vous verrez bientôt combien elle a tort de douter de ses dons.

La famille sembla sur le point de grimacer, aussi le choc qu'ils exprimèrent lorsqu'elle joua les premières notes fut-il d'autant plus satisfaisant.

Alors qu'ils venaient de prendre place dans la voiture

réparée, le lendemain, Audrey se chargea de lui dire ce qu'elle pensait de son comportement :

— Robert, vous ne m'avez pas demandé si je voulais jouer du piano pour la famille Paley…

— Bien sûr que si, je l'ai fait, assura-t-il avec un large sourire.

— Non, vous avez *offert* ma performance sans que j'aie mon mot à dire.

Son sourire s'évanouit devant le ton froid qu'elle avait pris et le regard fuyant de Molly qui demeurait résolument fixé sur la fenêtre.

— Je ne suis pas un singe savant dont vous pouvez exiger des tours sur commande, reprit-elle sévèrement.

Robert se troubla, constatant qu'elle était véritablement agacée. Il reprit, sur la défensive malgré lui :

— Je voulais simplement qu'ils voient quelle jeune femme accomplie vous êtes, au lieu de l'invalide qu'ils supposaient tous. Toutes les jeunes dames ont l'habitude de montrer leurs talents au cours des soirées de ce genre, sont-elles pour autant des singes savants ?

— Bien sûr que non.

— En tant que comte, j'ai moi-même souvent été sur le devant de la scène. J'ai grandi en observant la façon dont les gens du commun s'adressaient avec admiration à mon père. Plus tard, dans l'armée, seule mon expérience sur le champ de bataille importait à mes hommes. Et me voilà de retour dans la bonne société, où mon titre suffit à produire irrémédiablement le même effet : on pousse les filles vers moi et on vous ignore. Ne pensez-vous pas qu'il ne soit que justice que je puisse de temps à autre utiliser ce même titre pour rétablir un semblant d'équité ?

Elle poussa un soupir de résignation :

— Je peux comprendre votre point de vue. Je ne suis pas pour autant certaine d'être d'accord avec vous.

Ainsi, la journée s'étira lentement, dans une tension constante. La pluie claquait sur le toit, rendant les routes boueuses, tant et si bien que même Audrey finit par se lasser des explications de Molly qui décrivait invariablement les mêmes jardinets détrempés de pluie et le monotone échiquier gris que dessinaient les prés bordés de haies.

Ce soir-là, ils s'arrêtèrent dans une auberge dont le propriétaire ne cessait pas de répéter qu'il avait des accommodations tout à fait décentes pour un comte.

Une fois installé dans sa chambre, Robert découvrit qu'il n'était absolument pas fatigué. Il se mit à écouter la voix de Molly qui lui parvenait à travers les murs fins. Celle-ci décrivait dans le moindre détail la chambre, adjacente à la sienne. Quand Audrey trébucha et manqua tomber, il l'entendit rire d'elle-même. Puis Molly lui lut un livre à voix haute.

De son côté, il ruminait sa conversation avec Audrey en se sentant affreusement embarrassé. Ne s'était-il pas plaint du malheur d'être un comte admiré et courtisé devant une femme aveugle ? Il avait pour lui, non seulement le pouvoir et la richesse, mais aussi la liberté de pouvoir faire exactement ce qui lui plaisait quand cela lui plaisait.

Lui qui s'était imaginé que la vie militaire lui avait enseigné l'humilité face au monde et aux autres, il s'était lourdement trompé. Il y avait encore bien trop de choses qu'il tenait pour acquises.

Heureusement qu'ils n'étaient pas réellement fiancés ! S'ils se mariaient vraiment, leurs différends ne feraient que s'accentuer. Elle pourrait lui en vouloir d'être capable de faire tout ce qui lui était impossible, lui pourrait être frustré qu'elle le ralentisse ou le force à être constamment sur la défensive.

Ou bien tentait-il de se convaincre qu'il n'avait pas à s'inquiéter d'une telle décision ?

De plus en plus énervé contre ses propres errements, il se laissa tomber en travers du lit et se couvrit le visage de son bras.

Audrey était prête à se coucher. Elle avait passé une robe de chambre sur sa chemise de nuit et Molly avait terminé de démêler ses boucles.

Elle avait désormais une idée approximative des lieux : deux petits lits poussés contre deux murs parallèles, une table et deux chaises, un coffre de rangement et une coiffeuse où faire sa toilette. Elle avait fait le tour de la pièce pour toucher chaque meuble plusieurs fois jusqu'à ce qu'elle se sente à l'aise. Elle entendait à présent Molly se rincer le visage en chantonnant tout bas comme elle avait l'habitude de le faire.

Bien qu'elle ait dit à Molly qu'elle pouvait souffler la bougie dès qu'elle le voudrait, Audrey n'était nullement fatiguée. Elle continuait donc d'aller et venir dans la pièce en songeant aux raisons évoquées par Robert pour justifier son entrée dans l'armée.

Elle était désormais convaincue qu'il n'avait pas tout révélé. Qu'en était-il de cet homme qui s'était ôté la vie ? Comment les pièces de cette énigme s'emboîtaient-elles ? Elle aurait tant voulu poser les questions qui se bousculaient en elle, mais il avait bien sûr été hors de question de le faire devant la famille Paley.

L'odeur de la bougie soufflée lui parvint. Aussitôt, ses pensées furent interrompues par un coup bref à la porte. Avant qu'elle ait pu ouvrir la bouche, Molly s'élança vers la porte :

— Ce doit être Lord Knightsbridge.

— Nous devrions deman...

Trop tard, Molly avait déjà ouvert la porte. Audrey perçut son hoquet stupéfait, puis le son sourd d'un poids qui tombait sur le plancher.

— Molly ? s'écria-t-elle.

Pas de réponse. Glacée d'effroi, elle entendit seulement le souffle lourd d'un homme. La porte se referma dans un cliquetis sinistre : elle était enfermée avec l'inconnu. Elle recula doucement, le dos parcouru d'un frisson glacé.

Une chaise racla le sol et l'homme poussa un juron à voix basse. Plus aucun doute, ce n'était pas Robert. Un voleur !

Audrey sentit des tremblements de peur la pétrifier, mais elle s'efforça de garder la tête froide. Si l'intrus avait trébuché, c'était qu'il n'y voyait rien dans l'obscurité.

Comme elle reculait sans bruit, l'arrière de ses jambes rencontra le lit. Elle se laissa lentement glisser à terre en priant pour que l'homme ne détecte pas où elle se trouvait.

Elle l'entendait progresser dans la pièce :

— Où es-tu, ma jolie ? susurra-t-il. Je veux seulement ton or, donne-le-moi et je te laisserai tranquille. Je ne m'en prends pas aux infirmes, moi.

Elle n'en croyait pas un mot. Elle rampa le plus discrètement possible vers la table de nuit, maudissant sa robe de chambre qui s'enroulait autour de ses jambes. Elle se figea en entendant une planche grincer tout près et sentit l'air se déplacer. L'homme se dirigeait vers le second lit, celui de Molly – pourvu que son amie ne soit pas sévèrement blessée !

En silence, elle atteignit la table de nuit et tâtonna dessus. Il y avait le livre que Molly lui avait lu, une brosse à cheveux, et enfin, ce qu'elle cherchait : le chandelier qui lui parut aussi solide qu'espéré. Elle le saisit et se débarrassa de la bougie qui alla rouler vers son lit, le plus proche de la coiffeuse.

De l'autre côté de la pièce, l'homme secoua violemment le lit avant de le laisser retomber au sol, comme s'il la cherchait dessus et dessous.

Que faire ? S'il venait vers elle, elle pourrait toujours agiter le chandelier en espérant qu'il l'atteigne. Cependant, elle ne pouvait pas préparer une quelconque attaque.

Puis, soudain, elle se souvint que Robert se trouvait dans la pièce à côté, juste derrière son lit. Hélas, si elle tentait de l'avertir d'un cri, l'intrus saurait aussitôt où elle se trouvait.

Elle allait devoir tenter sa chance.

Elle se redressa sur les genoux et frappa de toutes ses forces le chandelier sur le mur au-dessus de son lit, espérant perturber le voleur, puis roula vers la table et les chaises tandis que l'intrus jurait et se jetait lourdement en avant.

Chapitre 8

Robert se redressa d'un seul coup lorsqu'un choc brutal contre le mur passa la barrière de plumes de son oreiller. Puis un cri retentit.

Audrey !

Il enfila en toute hâte son pantalon en courant dans le corridor et essaya d'ouvrir la porte de la chambre voisine. Verrouillée ! Sans hésiter, il la heurta violemment d'un coup d'épaule et la serrure céda aussitôt. La porte s'ouvrit avec fracas sur une pièce obscure. Heureusement, la lampe à huile suspendue dans le couloir lui permit de discerner la silhouette d'un homme qui tourna des yeux écarquillés vers lui.

Où était Audrey ?

Comme il s'avançait dans la pièce, Robert aperçut un corps allongé au sol, et la peur qui lui serra les entrailles le prit de court. Puis il vit l'ovale pâle d'un autre visage à demi caché derrière la table.

Soudain, le voleur tenta de passer en courant devant lui, mais Robert l'arrêta d'un coup de poing dans le ventre avant de le saisir au col pour le secouer brutalement :

— Qu'as-tu fait ? gronda-t-il entre ses dents. Si tu t'en es pris à elles…

Audrey les heurta en se précipitant auprès de Molly. Le criminel, à demi étranglé par sa poigne, articula avec peine :

— Me suis… trompé de chambre.

— Il a frappé Molly dès qu'elle a ouvert puis il s'est mis en quête de moi et de mes objets de valeur, rectifia Audrey d'une voix angoissée.

Robert envoya un nouveau coup de poing dans la mâchoire de l'homme qui se serait effondré s'il ne l'avait pas solidement maintenu.

— Comment va Molly ? s'empressa-t-il de demander, inquiet lui aussi.

Au même instant, la femme de chambre poussa un gémissement plaintif :

— Ma tête…

— Je ne sens pas de sang couler, annonça Audrey avec soulagement, mais il y a une bosse importante sur son crâne.

D'une main, Robert ouvrit la porte qui menait sur l'étroit balcon et jeta l'homme par-dessus la rambarde. Il entendit son cri de terreur et le choc de sa chute, un étage plus bas, puis il le vit s'enfuir en traînant une jambe à travers la cour éclairée de quelques lanternes.

— Milord ?

L'aubergiste se tenait dans l'encadrement de la porte, les yeux écarquillés de stupeur.

— Je viens de jeter un voleur par votre fenêtre, annonça-t-il d'un ton dur. Faites chercher un homme avec une jambe cassée, et vous aurez votre coupable. Je vous suggère d'améliorer la sécurité de votre établissement, si d'innocentes femmes peuvent être attaquées jusque dans leur chambre !

D'un geste brusque, il prit le chandelier des mains

de l'homme toujours sidéré et lui referma sans façon la porte au nez.

— Vous… vous l'avez jeté par-dessus le balcon ? balbutia Audrey.

Robert posa le chandelier sur la table.

— En effet. Sans cela, j'aurais été obligé de sortir de la pièce pour m'occuper de ce scélérat. Or, il pouvait fort bien avoir un complice dans une autre pièce de l'étage.

— Oh ! je comprends, murmura-t-elle.

Toujours agenouillée, elle tendit une main tremblante qu'elle passa autour des épaules de Molly qui s'était laborieusement redressée en position assise.

— Miss Audrey ? demanda-t-elle faiblement. Que s'est-il passé ?

— Un voleur.

— S'en est-il pris à l'une ou l'autre d'entre vous d'une quelconque autre façon ?

Audrey secoua la tête :

— Vous êtes arrivé très vite, fort heureusement. Merci.

Ses cheveux étaient attachés en une simple natte qui lui retombait sur l'épaule, et ses yeux d'or brillaient, immenses et lumineux à la lueur du chandelier. Débarrassée de son corset et de ses jupons, elle paraissait incroyablement fragile et délicate dans sa robe de chambre toute simple. Cet instinct de protection qu'elle détestait tant resurgit en lui, plus insistant que jamais.

Lorsqu'il vit Molly frissonner, il reprit :

— Nous devrions la mettre au lit.

Comme il regardait les deux petits sommiers, il fut surpris de les découvrir sens dessus dessous.

— Que s'est-il passé avec les lits ?

— Il les a fouillés, expliqua Audrey.

Sa voix sonnait affaiblie et elle était pâle, néanmoins, elle semblait prendre l'attaque qu'elle venait de subir avec un sang-froid qu'il n'aurait pas cru possible chez une femme.

L'air concentré, elle posa sa main autour d'elle et s'orienta grâce à la table qu'elle rencontra. Elle pointa alors un doigt à peine tremblant vers le mur opposé :

— Son lit est là.

Robert vint aussitôt auprès de Molly et souleva la pauvre femme dans ses bras. Celle-ci lui lança un regard interloqué avant de rougir brutalement et de poser une main sur sa bouche. Le temps qu'il l'allonge sur sa couche, Audrey les avait rejoints au chevet de sa femme de chambre.

— Laisse-moi préparer une compresse fraîche pour ta tête, Molly.

Sans paraître hésiter, elle se guida jusqu'à la coiffeuse, se saisit de l'aiguière et fit couler de l'eau dans la bassine avant d'y plonger un linge propre, qu'elle apporta à Molly. Celle-ci l'appuya contre sa tempe.

— Ne vous inquiétez pas, Miss Audrey, je vais bien.

En dépit de sa voix enjouée, Robert lisait une souffrance bien réelle sur ses traits tirés. D'expérience, il savait qu'après un tel coup, son crâne devait la lancer douloureusement.

Il attira Audrey à l'écart par le bras et il put ainsi sentir le léger tremblement qui agitait ses membres. Comme elle vacillait légèrement, elle tendit sa main libre en avant et la posa sur son torse… dénué du moindre vêtement.

Elle émit un petit hoquet et murmura, interloquée :

— Que portez-vous ?

— Seulement mon pantalon, je le crains, lâcha-t-il d'un ton mi-rauque, mi-amusé. Quand j'ai entendu votre signal, je suis venu en courant.

Étrangement, sa main n'avait pas quitté son torse,

et Robert sentit son pouls s'accélérer. Il ne voulait pas ressentir cette brutale montée de désir pour sa prétendue fiancée. Et moins encore devant sa femme de chambre !

Sans réfléchir, il gronda à voix basse :

— Vous n'êtes plus à l'abri chez vous, Audrey ! Vous êtes dehors dans le vaste monde, là où n'importe qui peut tenter de tirer profit de vous ! Êtes-vous seulement préparée à y faire face ?

Parlait-il de potentiels voleurs ou bien de lui-même ?

Audrey n'avait toujours pas bougé la paume sur son cœur qui battait la chamade, et il semblait incapable de détourner le regard de ses lèvres légèrement entrouvertes dont s'échappait un souffle haché. Ils étaient si proches l'un de l'autre que sa jambe effleurait la sienne, un contact terriblement intime et sensuel à présent qu'elle n'avait plus aucun jupon.

— Je… je serai à l'abri dans ma demeure, balbutia-t-elle enfin.

— Vous comptez donc rester entre ces murs sans jamais les quitter, exactement comme vous avez été contrainte de la faire dans la maison où vous avez grandi ?

Elle se raidit.

— Non. J'aurai la même vie que n'importe quelle femme. Je rendrai visite à mes voisins, je donnerai des dîners, je mènerai une existence parfaitement *normale.*

Robert la relâcha.

— Je vous admire, Audrey Blake. Vous n'avez pas un instant paniqué, alors que bien des femmes pourvues de leur vision auraient été terrifiées.

Et elle était superbe dans sa fine chemise de nuit.

Bon sang ! Il n'allait tout de même pas convoiter la veuve de Blake ! Si elle découvrait le rôle qu'il avait joué dans la mort de son époux, elle ne le traiterait plus jamais comme elle le faisait aujourd'hui. Or, il préférait nettement être son héros plutôt qu'un homme qu'elle méprisait.

— Promettez-moi de ne plus ouvrir cette porte tant que vous ne serez pas assurée qu'il s'agit de moi, la pria-t-il d'une voix rauque.

— C'est entièrement ma faute, milord, intervint Molly. J'ai supposé que c'était vous.

Il s'efforça de prendre un ton plus léger :

— Eh bien, j'imagine que vous ne referez plus la même erreur...

— Oh ! pour ça, non, milord..., murmura-t-elle en fermant les yeux.

Quand elle rouvrit les paupières, ils étaient mouillés de larmes :

— Quand je songe que j'ai failli causer la mort de ma maîtresse...

— Il n'allait tuer personne, les rassura Robert, bien qu'il frémît de la même peur rétrospective. Mais soyez prudentes à l'avenir. Avez-vous encore besoin de mon aide pour quoi que ce soit ?

— Non, répondit Audrey d'une voix de nouveau mesurée. Je vais verrouiller la porte derrière v... oh, Seigneur ! Ne vous ai-je pas entendu enfoncer la porte, tout à l'heure ?

— En effet. Nous allons échanger nos chambres, afin que vous soyez en sécurité. Je n'ai qu'un seul lit, mais il est assez large pour vous deux.

Audrey rougit violemment à la pensée de s'allonger dans le lit de Robert. Il lui était déjà suffisamment difficile de ne pas songer qu'il était partiellement nu et qu'elle avait touché sa peau – Seigneur ! Elle avait même gardé la main sur son torse ! Un torse incroyablement dur et puissant… Il était bâti si différemment de Martin !

Puis elle avait senti la chaleur de son souffle lorsqu'il avait penché le visage pour lui parler. Dieu tout-puissant ! Elle se transformait en Blythe, voilà qu'elle ne contrôlait plus ses réactions en sa présence !

Elle avait réagi comme une idiote, alors même que la pauvre Molly était étendue, blessée, juste à côté !

— Laissez-moi vous aider à rassembler vos affaires, proposa-t-il.

— Non, non ! Je sais me repérer dans la pièce, je peux ranger toute seule.

— Je le sais bien, mais ne voulez-vous pas au moins de l'aide pour ce qu'il a dérangé ?

Cette fois, elle perçut nettement une pointe d'amusement dans sa voix. Avait-il compris son trouble ? Riait-il secrètement de ce qu'une pauvre aveugle se permette d'avoir des pensées aussi folles ?

Non… En vérité, elle ne le croyait pas capable de pensées si peu charitables. Jamais il ne se moquerait d'elle.

— Attendez, je crois qu'une brosse est tombée sous le lit.

Elle devina à sa voix qu'il s'était penché en avant.

Elle entendit Molly glousser et en fut soulagée, même si son amie riait d'elle. Et, en plus, Molly pouvait voir le comte demi nu, à quatre pattes sur le sol.

Audrey se mordilla la lèvre, n'ayant aucun mal à se représenter la scène. Elle ne pouvait pas décemment s'agenouiller avec lui pour retrouver les objets tombés au sol, aussi rejoignit-elle la coiffeuse pour ranger les objets dans leur trousse. Ensuite, elle plia en toute hâte sa robe et ses jupons et les jeta dans une sacoche.

Comme s'il n'avait jamais vu des jupons de femme..., songea-t-elle, agacée par son propre embarras.

Audrey sentit son visage s'embraser tandis qu'elle imaginait Robert la surplomber sur son grand lit.

Pourquoi diable pensait-elle à cela ? Elle venait de subir un choc nerveux, c'était la seule explication ! Sa nuit de noces n'avait guère correspondu aux rêveries d'une jeune fille innocente. Mais avec Robert...

— Molly, je vous interdis de vous lever, gronda-t-il.

— Milord, je suis bien trop lourde, voyons...

Il l'ignora et lança :

— Audrey, voulez-vous bien ouvrir la porte pour moi ?

Elle ressentit un certain contentement à le voir ainsi lui demander un service qu'une personne douée de vue pouvait accomplir sans peine. Elle tendit la main en avant et la retira brusquement en sentant une fois de plus la peau chaude de son dos sous sa paume. Pas assez vite, cependant, pour ne pas sentir ses muscles rouler sous sa peau tandis qu'il portait Molly... Nerveuse, elle les contourna, trouva la porte et l'ouvrit en grand.

Dans le couloir, elle eut un instant d'hésitation, ne sachant pas si quelqu'un était encore là. Elle sentit la présence rassurante de Robert dans son dos et Molly déclara :

— Je ne vois personne, Miss Audrey.

Elle alla donc vers la gauche, avança de quelques pas en se guidant de la main le long du mur. Elle trouva la poignée de la seconde chambre sans difficulté et y entra rapidement afin de les laisser passer. Elle sentit un effleurement sur son bras, sans doute les cheveux de Molly, puis le bruit d'un sommier qui grinçait.

— Vous auriez dû me laisser prendre nos affaires, milord. Il ne fallait pas…

Audrey comprit au ton embarrassé de sa femme de chambre ce qui s'était passé : Molly avait tendance à éparpiller ses affaires.

— Je vais tout rassembler, ne t'inquiète pas, voulut la rassurer Audrey.

— Oh ! miss, je vous cause tant d'ennuis ! Mes affaires sont sur la table et les chaises.

Déjà, Molly paraissait soulagée. Audrey lui adressa un sourire rassurant et retourna vers la porte. Elle tapa son orteil un peu fort contre l'encadrement et serra un instant les dents, mais elle avait l'habitude de ce genre de chocs.

— Je vous accompagne, dit Robert.

Elle le sentit qui la suivait tandis qu'elle revenait dans leur chambre. Avait-il seulement pris le temps d'enfiler une chemise ?

Mieux valait penser qu'il s'était couvert.

Pour s'occuper les mains autant que l'esprit, elle se mit à l'ouvrage, rassemblant tout ce qu'elle trouvait sur les surfaces.

Bientôt, Robert annonça qu'il n'y avait rien sur le sol. Comme elle se retournait un peu vivement, elle le percuta. Elle aurait perdu l'équilibre s'il ne l'avait pas attrapée par les bras. Mortifiée, Audrey se retrouva une fois de plus les deux paumes à plat sur son torse. Elle sentit une toison incroyablement douce sous ses doigts et son parfum d'homme et de propre, si différent de ceux dont elle avait l'habitude.

— Vous n'avez pas remis de chemise, constata-t-elle entre ses dents serrées.

— Cela semble vous contrarier ? J'ai juste volé à votre secours, répondit-il sans cacher son amusement.

— Et je vous en remercie, sincèrement, dit-elle, le souffle court.

Elle pensa soudain, un peu tard, à retirer ses mains de sa peau brûlante.

— Vous pouvez me lâcher.

— Nous sommes fiancés, fit-il remarquer d'une voix enjôleuse.

Quand elle ne put réprimer un léger rire, Audrey comprit qu'elle allait trop loin. Heureusement, il relâcha son étreinte et elle fit de son mieux pour ignorer la pointe de déception qui lui serra le cœur.

— Je pense que nous avons tout ce qu'il vous faut, à présent, reprit-il.

— Oui, merci encore.

Il lui prit le sac de Molly des mains et elle devina qu'il devait déjà avoir le sien, aussi le précéda-t-elle vers la sortie.

Une fois revenu dans la chambre qui fermait à double tour, Robert s'enquit :

— J'ai posé vos sacs sur les chaises. Puis-je faire autre chose pour vous, mesdames ?

— Molly a-t-elle l'air d'avoir besoin d'un médecin ? demanda soudain Audrey, honteuse de n'y avoir pas songé plus tôt.

— Oh ! non, non, miss. Je me sens déjà beaucoup mieux !

— Les couleurs sont revenues à ses joues, confirma-t-il. Je pense qu'elle va déjà mieux.

— Merci, milord. Pour tout.

— Bonne nuit à vous, lança-t-il avec entrain, dans

une tentative évidente pour apaiser leurs nerfs tendus. Et… Molly ?

— Je n'ouvrirai plus aucune porte ! assura-t-elle avec conviction.

— Très bien. Verrouillez derrière moi, Audrey.

Elle s'exécuta et l'entendit dans le couloir :

— C'est parfait.

Elle appuya un instant le front contre le chambranle. Elle se sentait tout à la fois épuisée, en colère et parfaitement ridicule. Elle se comportait comme une gamine immature, troublée par son contact alors qu'ils n'étaient pas réellement fiancés. Mais cela, Molly l'ignorait.

Dans son dos, celle-ci poussa un soupir et lâcha d'un ton rêveur :

— Oh ! Miss Audrey, quel homme ! Vous devez vous sentir tellement chanceuse !

Elle plaqua un sourire sur son visage avant de se retourner.

— En effet.

— Est-ce que vous avez compris dès le premier instant que c'était *lui* ?

— L'amour au premier regard ? s'amusa Audrey pour de bon.

— Vous vous moquez de moi, miss. Sincèrement… est-ce que vous avez compris que vous iriez aussi bien ensemble dès votre première conversation ?

Audrey hésita :

— Oui, je suppose que oui, finit-elle par admettre.

En théorie, c'était la vérité – elle avait demandé son aide à Robert dès leur premier échange. Peut-être avait-elle senti dès le début qu'il était digne de confiance.

De fait, il venait de lui sauver la vie.

— Et avez-vous…, reprit Molly à voix basse, avant

de s'interrompre de nouveau. Est-ce qu'il vous a déjà embrassée ?

— Oh ! non ! Il s'est montré parfaitement convenable, assura Audrey.

— Vraiment ? J'en suis désolée, miss, répondit Molly d'un ton sincèrement navré.

— Hum… moi aussi, répliqua-t-elle en faisant de son mieux pour imiter la déception.

— Cela dit, je peux vous dire qu'il en meurt d'envie, cela saute aux yeux.

Audrey se sentit rougir brutalement et elle faillit confesser toute la vérité à son amie. Pourtant, quelque chose la retint. Personne ne devait savoir… pas tant qu'elle ne serait pas à l'abri, chez elle. Elle devait jouer la comédie d'ici là et ne plus tergiverser !

— Comment peux-tu savoir qu'il en a envie ? s'enquit-elle, curieuse malgré elle.

— Je le sais, c'est tout. En fait, je crois qu'il n'a tout simplement pas besoin de masquer les sentiments qui le traversent quand il vous regarde, comme il devrait le faire face à une femme dotée de la vue. Et puis, la façon dont il vous tenait… on dirait qu'il voudrait ne plus jamais vous laisser partir.

— Je l'espère bien…, reprit pensivement Audrey en s'obligeant à se rappeler que lui aussi jouait un rôle.

Cela valait mieux, car elle ne voulait plus jamais avoir un homme dans sa vie. Peu importait la façon dont il la toucherait ou le parfum qu'il porterait, peu importait même la façon dont il l'embrasserait…

D'ailleurs, elle n'avait aucune envie d'en faire l'expérience !

— Bienvenue à Hedgerley, s'exclama Robert le lendemain en fin de matinée.

Audrey tapa des mains.

— Mon nouveau village… ma maison.

— Laissez-moi vous le décrire, miss, s'écria Molly.

— Es-tu certaine d'être assez remise ?

La pauvre Molly avait souffert du coup reçu toute la nuit et Audrey savait, quoiqu'elle ne se soit pas plainte, qu'elle avait mal dormi. Elle avait ainsi somnolé tout le long du voyage. Néanmoins, sa voix paraissait plus alerte à présent.

— Je pourrais m'en charger, suggéra Robert.

Les deux femmes hésitèrent.

— Vous ne m'en pensez pas capable ?

Audrey commençait au contraire à croire que cet homme était capable d'absolument tout : il l'avait tirée de l'emprise de son père, l'avait sauvée des griffes d'un voleur et il l'avait conduite jusqu'à son nouveau foyer.

— Devrions-nous le laisser tenter l'expérience, Molly ? suggéra-t-elle avec une pointe de moquerie.

Celle-ci poussa un soupir dramatique :

— Juste pour cette fois, alors.

— Galvanisé par tant de foi en mes capacités, je commence donc, répliqua-t-il, pince-sans-rire. Je vois un village verdoyant et une église au toit pointu au bout.

— De la verdure et une église, répéta Audrey. Ne refrénez pas votre créativité, surtout…

— Les faits clairs et objectifs sont importants dans l'armée, insista-t-il. Mais, admettons… je peux essayer d'ajouter quelques détails pittoresques. L'église est en pierre brute et de la vigne vierge y grimpe. L'effet est tout à fait charmant.

— C'est mieux, milord, l'encouragea Molly.

— Je crois également voir l'enseigne d'une taverne, dont j'aurais très bientôt besoin.

Audrey rit avec Molly.

— Il est si aisé de vous taquiner, Robert. Quel est le nom de cette taverne ?

— Elle porte le titre poétique du *Lion et la Poule*.

— C'est à votre tour de vous moquer, sir !

— Molly, ne dis-je pas la vérité ?

— En fait, l'enseigne montre bel et bien une poule qui écarte largement ses ailes, comme pour effrayer le lion.

— C'est un bien étrange village que le vôtre, s'amusa Robert.

Elle adorait déjà Hedgerley !

— Quoi d'autre ? le pressa-t-elle.

Ils laissèrent bientôt le village derrière eux. Audrey ne tenait plus en place, tandis que Molly avait pris la relève pour lui décrire un verger rempli de poiriers et un troupeau de moutons qui paissaient dans un pré.

La voiture prit un virage sur une route cahoteuse.

— Je vois votre manoir, Miss Audrey ! s'exclama Molly, aussi excitée qu'elle. Il s'élève sur deux étages, en pierre brute. Il est installé au sommet d'une petite colline arrondie et le parc s'étend jusque sur les pentes douces. Oh ! Il y a même une rivière qui se jette dans un joli étang !

— Pourrons-nous y nager ?

— Vous nagez ? demanda Robert d'un ton incrédule.

— Je nage, en effet. Non que vous me verrez faire, d'ailleurs…

— Votre mari ne peut pas vous voir nager ? répliqua-t-il.

Audrey retint une grimace.

— Hum… j'imagine que je devrai m'habituer à certaines choses à la suite de notre mariage.

— Vous n'avez pas été mariée longtemps, la première fois, fit remarquer Molly. Oh ! Il y a plusieurs cheminées et tellement de fenêtres ! Je vois aussi une étable un peu à distance du bâtiment principal, en revanche, nulle trace d'une remise pour les voitures. Il doit y avoir la place d'en ranger une dans l'écurie, je suppose.

Tant de fenêtres…, songea rêveusement Audrey. Ce domaine faisait-il d'elle une femme riche ? De ce qu'on lui avait rapporté, Rose Cottage était autonome financièrement. Il comprenait des douzaines de métayers qui géraient une terre riche et fertile. Pour sa part, elle ne se préoccupait pas d'une quelconque fortune, du moment que son manoir et ses terres prospéraient et que les gens qui dépendaient d'elle vivaient sereinement, sans peur du lendemain.

Molly reprit, rêveuse :

— C'est vraiment un bel endroit où vivre, miss…

— Et il est à nous. Nous pourrons y rester pour toujours.

— Jusqu'à votre mariage, du moins, corrigea son amie. Ensuite, peut-être vivrez-vous dans un château !

Audrey eut un sourire crispé en se tournant vers Robert :

— Merci, milord, de nous avoir conduites jusqu'ici.

— Je vous en prie. J'espère que vous y trouverez ce que vous êtes venue chercher.

Audrey frissonna. Elle avait perçu dans sa voix la trace infime d'un avertissement. Non, c'était idiot ! Elle refusait de laisser quoi que ce soit tempérer son euphorie. Le jour dont elle rêvait depuis des années était enfin arrivé ! Elle était la maîtresse de sa propre demeure !

— Nous nous dirigeons vers l'entrée, miss. Il n'y a

pas de porche, mais un élégant escalier de marbre qui mène tout droit à une impressionnante porte d'entrée. Elle s'ouvre ! Une femme d'un certain âge se tient devant et elle paraît… euh, confuse.

— Elle doit se demander qui sont ces visiteurs qui ne se sont pas annoncés, devina Audrey. Elle risque d'être fort surprise en apprenant qui nous sommes.

Pourvu qu'elle ne soit pas déçue, songea-t-elle. Elle n'avait tout simplement pas eu le temps d'envoyer un message pour prévenir la famille de serviteurs, les Sanford, que leur maîtresse arrivait enfin pour s'installer, alors que cela faisait plusieurs années qu'ils vivaient seuls.

Audrey put à peine attendre que le cocher ouvre la porte tant l'impatience la gagnait. Robert descendit en premier, et elle tendit la main pour se saisir de la sienne, sachant qu'elle l'y trouverait.

— Votre jolie maison a-t-elle un nom ? demanda-t-il à voix basse.

Il savait donc à quel point cet endroit était important pour elle, comprit-elle, touchée.

— Rose Cottage.

— Cette jolie demeure est un peu plus qu'un simple cottage, croyez-moi. Mais le nom est fort joli.

« Plus qu'un simple cottage… »

Pour sa part, elle se moquait bien qu'il y eût vingt pièces ou seulement quatre. Une seule chose comptait : cet endroit était à elle, bien à elle.

— Puis-je vous aider, milady ? demanda une voix inconnue. Vous êtes perdue, peut-être ?

La femme semblait relativement âgée et elle parlait d'un ton respectueux.

— Non, je ne suis pas perdue, ma bonne dame. Je

regrette de n'avoir pu vous informer de mon arrivée. Je suis Mrs Martin Blake et je viens m'installer à résidence.

Un silence brutal et inconfortable suivit. Ce n'était guère étonnant. Quel choc ce devait être pour cette femme ! Elle devait probablement s'inquiéter de l'état de la maison, du fait qu'elle n'avait pas aéré les chambres ou que les provisions étaient insuffisantes…

— Êtes-vous Mrs Sanford ? demanda-t-elle avec gentillesse.

La femme s'éclaircit la gorge, retrouvant enfin l'usage de sa langue.

— Oui, milady, c'est bien moi. Toutes mes excuses. Soyez la bienvenue.

— Puis-je vous présenter le comte de Knightsbridge ?

— Milord ! s'exclama la femme, qui paraissait avoir le souffle coupé par l'émotion.

Audrey l'imaginait sans peine s'incliner dans une profonde révérence.

— N'ayez pas d'inquiétude pour les couchages, Mrs Sanford, Sa Grâce ne sera pas notre invité cette nuit, puisqu'il réside tout près.

— Sa Grâce est le fiancé de Madame, annonça soudain Molly.

Un autre silence suivit cette annonce et Audrey se pinça les lèvres. Elle n'aimait guère l'idée que cette information change la façon dont les serviteurs se comporteraient avec elle. Pour l'heure, elle n'avait guère le choix, toutefois.

— Et voici ma femme de chambre, Molly, qui a la langue parfois bien pendue, ajouta-t-elle un peu sèchement.

— Pardonnez-moi cette indiscrétion, miss, répondit

Molly qui ne semblait aucunement navrée. Puis-je vous accompagner à l'intérieur ?

— Allons-y. Mrs Sanford, vous l'auriez bientôt remarqué, mais autant vous prévenir tout de suite : je suis aveugle.

Chapitre 9

Robert vit la stupéfaction se peindre sur les traits de Mrs Sanford, puis celle-ci hocha lentement la tête et, prenant conscience de l'inutilité de son geste, ajouta :

— Bien, milady, merci de me l'avoir dit.

Pour un peu, il se serait senti désolé pour la pauvre gouvernante. Elle venait de recevoir plusieurs nouvelles stupéfiantes coup sur coup. Elle était grande et solidement bâtie. Ses cheveux gris étaient maintenus dans un chignon simple, et une paire de lunettes était perchée sur son nez. Elle portait un tablier net sur une robe entièrement noire qui ne cachait pas tout à fait des bras puissants, témoins d'un labeur quotidien.

Avec un peu de chance, elle avait maintenu la maison en état, prête à recevoir sa maîtresse à tout instant. Après tout, c'était là le devoir d'une domesticité compétente. Ils découvriraient bientôt ce qu'il en était…

Pourvu qu'elle sache cuisiner, songeait surtout Robert dont l'estomac criait famine. Le rapide repas qu'ils avaient pris à l'aube lui paraissait déjà loin et il lui restait encore une bonne heure de cheval pour atteindre sa propriété. Il avait besoin de reprendre des forces !

Néanmoins, Audrey peinait à restreindre son enthousiasme de découvrir sa nouvelle demeure. Nul doute que la nourriture ne serait pas sa première préoccupation.

Au cours du voyage, il avait découvert avec un véritable plaisir qu'elle laissait de plus en plus souvent son visage trahir ses émotions devant lui, baissant la garde en sa compagnie.

Tout à l'heure, alors qu'ils traversaient le village, il avait presque pu voir la carte mentale qu'elle dressait au fur et à mesure des indications qu'il lui donnait sur chaque bâtiment. Audrey n'avait jamais pu aller au-delà de son village natal et leur voyage devait lui apparaître comme une ouverture toute neuve sur l'immensité du monde.

— Je vous en prie, entrez, Mrs Blake, fit la gouvernante. Il y a trois marches à monter.

— Merci pour votre attention, Mrs Sanford. Vous constaterez rapidement que j'apprends vite, ainsi, vous n'aurez pas trop longtemps le souci de me répéter ce genre d'informations.

— Ma fiancée évoluait si naturellement dans sa maison qu'il m'a fallu un moment pour comprendre qu'elle était aveugle, intervint Robert en appui à ses paroles.

Il observa avec plaisir les joues de la jeune femme rosir, donnant un peu plus d'éclat à ses yeux d'ambre. Robert demanda au cocher d'emmener la voiture à l'écurie avant de venir aux cuisines pour recevoir un repas et le solde de son paiement.

Comme ils passaient la porte d'entrée, un jeune homme vint à leur rencontre et s'inclina. Aussi grand que la gouvernante, qui était de toute évidence sa mère, il portait une livrée simple mais bien entretenue sur une chemise blanche. Il avait des boucles blondes, et les yeux qu'il posa sur les nouveaux arrivants étaient vifs et curieux.

Mrs Sanford lui adressa un bref sourire :

— Voici mon fils, Francis, votre valet.

— C'est ce qu'on m'a dit, en effet, acquiesça Audrey.

— Francis, tu as devant toi notre maîtresse, Mrs Blake.

Audrey lui adressa un sourire engageant, cependant, elle s'était orientée dans la mauvaise direction et le jeune homme jeta un regard inquiet à sa mère en s'inclinant :

— Ravi de faire votre connaissance, madame.

La mère paraissait aussi inquiète et apeurée que son fils, mais Audrey se contenta de réajuster la direction de son visage au son de sa voix, pour répondre :

— Je suis enchantée de vous rencontrer, Francis. J'ai cru comprendre que votre sœur était la bonne ?

— L'une d'entre elles, madame, répondit-il timidement sans cesser de regarder sa mère.

Robert crut voir cette dernière tiquer devant la réponse de son fils, qui n'avait pourtant rien de répréhensible en apparence. Peut-être ne voulait-elle pas qu'il parle trop librement avec leur maîtresse ?

— Dois-je la faire chercher, mère… Mrs Sanford ? se reprit Francis.

— Je ne vois pas d'inconvénient à ce que vous continuiez d'appeler votre mère par le nom que vous lui donniez, lui assura Audrey. Et, oui, je serai heureuse de rencontrer le reste de votre famille.

Elle retira son manteau et Molly le lui prit.

— Le temps est un peu frais, Mrs Blake, dit la gouvernante. Dois-je vous faire apporter du thé dans le salon pendant que vous patientez ?

— Je ne voudrais pas vous distraire de vos tâches, Mrs Sanford.

— Oh ! ce ne sera pas un problème, milady. Si un

repas simple ne vous ennuie pas, j'ai du jambon froid et de la soupe de carottes que je peux réchauffer.

— Ce sera très bien, répondit Robert qui n'oubliait pas sa faim.

Audrey pencha la tête vers lui, le sourire aux lèvres.

La demi-heure suivante se passa à siroter un bon thé chaud. Ils firent la connaissance d'Evelyn Sanford, aussi grande que sa mère, qui avait une tendance nettement prononcée à rougir et à replacer ses mèches blondes derrière ses oreilles.

Mr Sanford, qui tenait le poste de majordome, avait bien une demi-tête de moins que le reste de sa famille. Il se rattrapait en revanche au niveau de la largeur, avec un tour de taille imposant et de grandes mains d'homme dur à la tâche. Il était chauve, à l'exception d'une couronne de cheveux blancs. Robert eut l'impression qu'il désapprouvait la présence d'Audrey, bien que l'homme s'adressât à elle avec respect.

— Vous avez également une fille aînée, il me semble ? demanda Audrey qui tenait sa tasse entre ses deux mains comme pour se réchauffer.

Avant que l'homme ait pu répondre, Mrs Sanford entra dans la pièce et expliqua très vite :

— En effet, milady. Elle est veuve désormais, et installée non loin d'ici.

— Oh ! je suis navrée de l'apprendre. Transmettez-lui mes condoléances, je vous prie.

Robert avait passé suffisamment d'années à étudier les visages de prisonniers pour savoir que cette petite famille cachait quelque chose. La façon dont ils échangeaient des regards fuyants et inquiets avait éveillé son instinct. Il lui semblait qu'après avoir eu l'occasion de discuter tous ensemble, ils avaient déterminé une ligne de conduite à tenir face à leur maîtresse.

Mal à l'aise, Robert songea qu'Audrey lui ferait sans nul doute le reproche de se montrer excessivement protecteur... Après tout, il était plutôt naturel que cette famille soit déboussolée de voir ainsi sa vie changer du tout au tout.

Ils prirent leur déjeuner – qui se révéla, grâce à Dieu, délicieux – dans une salle à manger ensoleillée qui donnait sur une terrasse charmante.

Après le repas, ils suivirent Mrs Sanford pour visiter les lieux. Tandis qu'elle les conduisait à travers le rez-de-chaussée, Molly décrivait chaque pièce avec sa profusion de détails habituelle. Robert lisait sur le front d'Audrey une intense concentration, tandis qu'elle essayait de garder en mémoire chaque information.

Quand la gouvernante les conduisit à l'étage, Robert préféra s'excuser pour ne pas s'imposer et les attendit dans la bibliothèque qui abritait également un large bureau.

Lorsque Audrey vint le retrouver, un moment plus tard, il reposa le livre qu'il avait entamé sur l'histoire de Londres. Elle lui parut plus hésitante dans ses mouvements qu'il ne l'avait jamais vue. En revanche, son enthousiasme n'avait nullement faibli : elle rayonnait de joie.

— Robert ? appela-t-elle.

— Je suis là.

Elle se tourna aussitôt vers sa voix.

— Seigneur, j'ai déjà oublié où chaque meuble se trouvait dans cette pièce, marmonna-t-elle en tendant la main pour s'orienter.

Robert vint à sa rencontre et referma ses doigts sur les siens.

— Vous n'avez pas besoin de faire cela, murmura-t-elle.

— Vraiment ? La porte est ouverte, voulez-vous que vos serviteurs me voient prendre congé avec un formalisme digne d'un étranger et non d'un amant épris de sa fiancée ?

Elle cessa de résister et laissa sa main dans la sienne tout en retenant un gloussement.

— Comment ? Vous ne portez pas de gants ! fit-il mine de s'insurger.

— J'ai oublié de les remettre après le déjeuner.

— Vous étiez bien trop enthousiaste.

— Vous aussi.

Il était plus qu'heureux de pouvoir toucher sa peau nue. Or, il n'aurait pas dû… L'humeur soudain assombrie, il admit :

— Je ne veux pas vous laisser ainsi.

Son sourire s'évanouit.

— Robert, vous avez fait tout ce que je vous demandais, et bien plus encore. Vous m'avez escortée jusqu'ici et m'avez protégée contre les dangers du voyage. Pourquoi vous sentir inquiet à présent que je suis en sécurité chez moi ?

— Parce que cette maison est pour l'heure pleine d'étrangers. Nous ne connaissons rien des Sanford.

— Mais enfin, le régisseur avec lequel j'ai correspondu a dit…

— Lui aussi est un étranger. Il semble avoir correctement effectué son travail, je l'admets, néanmoins…

— Partout où je suis allée, j'ai senti le parfum du citron et de la cire d'abeille. Dans les pièces non utilisées, des draps recouvraient les meubles pour éviter qu'ils ne s'abîment et ne se salissent. Ils sont justement en train de tout retirer.

— Je reviendrai, Audrey. Très vite. En fait, j'ai l'intention de vous rendre très régulièrement visite. Je me sentirai plus rassuré quand je vous verrai correctement installée.

— Vous vous inquiétez parce que je suis aveugle, or, c'est inutile. Mes autres sens me servent presque aussi bien que vous, vos yeux. Les gens révèlent beaucoup d'eux-mêmes par leur voix.

— Dites-moi comment vous avez traversé cette épreuve, la pria-t-il soudain, conscient qu'il cherchait surtout un moyen de retarder le moment de la quitter. Devenir aveugle, je veux dire. Vous avez dû avoir terriblement peur...

Il l'entraîna vers un fauteuil et elle accepta son aide avec un sourire.

— C'était il y a bien longtemps, Robert. Je n'avais que sept ans et j'étais très affaiblie par la maladie. Je me rappelle surtout m'être sentie soulagée de pouvoir enfin me réveiller sans trembler de fièvre, ni délirer.

— Et votre vue avait simplement disparu ?

— Complètement. Comme si le soleil avait disparu. Je me souviens de ma mère qui me serrait dans ses bras en pleurant. Malgré son soulagement de savoir que je vivrais, il y avait aussi en elle un profond chagrin. Et de la peur. Elle craignait que Blythe ne succombe au même mal, cependant, sa fièvre n'a jamais été aussi sévère que la mienne.

— Comment avez-vous fait face à une telle situation à un si jeune âge ?

Cherchait-il à se punir de la part de responsabilité qui était la sienne dans le fait que cette femme fragilisée soit seule dans un monde hostile ?

— J'ai été bouleversée et perdue pendant un long moment, bien sûr.

Sa voix s'était faite basse, presque distante, aussi la laissa-t-il poursuivre :

— Il m'est difficile de penser à cette époque, car j'ai peu à peu compris qu'on me traiterait différemment désormais. Je n'avais que sept ans, néanmoins, j'étais une enfant vive et j'ai pris conscience de ce qui m'arrivait. Ma mère est la seule à m'avoir traitée comme elle l'avait toujours fait. Elle ne considérait pas qu'il faille me dorloter exagérément ou me confiner dans une chambre pour le reste de ma vie.

— Votre mère semblait être une bonne personne.

— Elle l'était. À sa mort, il y a sept ans, c'est comme si la lumière et la chaleur avaient brusquement quitté notre famille.

Elle poussa un lourd soupir et sembla se perdre dans ses souvenirs. Toutefois, Robert avait appris la patience au cours de sa carrière militaire.

— C'est elle qui a suggéré que je fasse tous les efforts possibles pour conserver les souvenirs de ce que j'avais vu. Elle m'a incitée à les rejouer sans cesse pour ne jamais les oublier. Ainsi, je sais encore à quoi ressemble ma famille, un coucher de soleil ou bien une tempête d'hiver sur la forêt.

— N'en ressentez-vous pas de l'amertume ?

— En tout cas, cela ne l'a pas accrue. Bien sûr, je me sentais parfois pleine de rancœur à l'idée d'être désormais différente, cependant, ma mère ne me laissait jamais me perdre dans des émotions négatives. Elle était très pieuse et aimait à me répéter que Dieu avait un plan pour chaque créature terrestre et que nous ne pouvions le connaître.

— Une femme fort sage…

Audrey sourit.

— Tout à fait ! Par ailleurs, j'ai eu la chance d'avoir Molly près de moi. Retrouver des objets dans le noir est très vite devenu un jeu entre nous. Dès le début, elle a pris le rôle de guide dans mon nouvel univers de ténèbres. Elle déchiffrait sans peine les mots que j'esquissais péniblement.

— Vous écrivez encore ?

— Rarement. Mais j'ai appris à écrire entre deux bordures pour guider ma plume. Je peux me faire comprendre de la sorte. Cependant, le plus souvent, Molly est ma secrétaire. Hélas, elle ne pouvait rien pour m'aider à supporter la perte qui fut la plus douloureuse : ne plus voir les visages de ceux que j'aime. Pouvez-vous concevoir à quel point nous dépendons de la vue dans nos affects et nos échanges ? Nous ajustons constamment ce que nous disons et ce que nous faisons en fonction de l'expression de notre interlocuteur. J'avais sept ans et j'ai compris que je serais inexorablement mise de côté à cause de cela. Alors, je me suis progressivement adaptée. J'ai appris à saisir le ton, les intonations de la voix… mais ce n'est pas tout à fait pareil, bien sûr.

Elle hésita un instant avant de reprendre :

— Je vous confesse que je me sens parfois de nouveau comme cette petite fille depuis que nous sommes partis. Je n'aurais jamais imaginé que le manque de repères dans ma propre maison m'affecterait à ce point.

— Vous y serez bientôt aussi à l'aise que chez votre père, la réconforta-t-il. Cela demandera seulement du temps et de la patience.

Elle lui adressa un sourire triste.

— Vous êtes donc si confiant dans mes capacités d'adaptation ?

— Entièrement, je vous l'assure ! En vérité, vous vous adaptez à la nouveauté sans doute mieux que je ne saurais le faire. Vous n'imaginez pas mon état à l'idée qu'il me faut à mon tour retourner dans une demeure où je n'ai pas mis les pieds en neuf ans ! Croyez-moi, je vais avoir beaucoup à faire pour m'adapter, moi aussi.

— Je suis certaine que vous y parviendrez.

— Merci, mais nous autres hommes n'avons pas besoin de réconfort. Nous sommes sûrs de nous, n'est-ce pas ? plaisanta-t-il.

À contrecœur, il se leva. Il était plus que temps de prendre congé. Doucement, il prit sa main pour y déposer un baiser léger.

— Je vous dis à demain, Audrey.

— C'est inutile, voyons, vous aurez beaucoup à faire, vous l'avez dit.

— Je suis libre de choisir mon emploi du temps, madame, la coupa-t-il gentiment. C'est là l'un des nombreux privilèges de mon titre, non ?

— Certes, cependant, je comprendrais tout à fait que vos obligations vous tiennent à distance. Vous avez accompli votre promesse, milord, vous m'avez conduite en lieu sûr. Vous ne me devez plus rien, ni à moi ni à Martin.

Vraiment ? Escorter une dame suffisait-il pour contrebalancer ce qu'il avait fait ?

Audrey se tint immobile devant la fenêtre un long moment après que Robert lui eut fait ses adieux. Savourant la chaleur du soir qui perdurait étonnamment en ce début d'automne, elle resta là, comme si elle pouvait réellement le voir partir, cavalier solitaire.

Elle était étonnée de constater à quel point elle s'était mise à compter sur lui en l'espace de quelques jours seulement. Tout en lui était tellement solide, tellement sûr : sa calme assurance, son autorité naturelle…

Elle ne possédait rien de tout cela, pour sa part, comme la visite harassante de sa nouvelle demeure le lui avait prouvé. Si elle avait cru être dotée d'une certaine assurance, elle en doutait à présent. Comment garder confiance en elle, alors qu'elle évoluait dans des lieux dont elle n'avait aucune image mentale, s'était fait attaquer dans sa chambre, et se retrouvait avec des serviteurs qui n'étaient nullement ravis de la voir arriver ?

Bien sûr, ils se montraient polis, néanmoins, ils s'adressaient davantage à Robert qu'à elle. Elle pouvait le comprendre, puisqu'il était mieux titré qu'elle, et un homme de surcroît. Seulement, pendant leur visite de l'étage, alors que Robert était resté en bas, Mrs Sanford avait eu la même tendance à s'adresser davantage à Molly avant que celle-ci ne lui décrive le décor de chaque pièce en détail.

Les meubles étaient autant de pièges cachés qui pouvaient la faire trébucher à tout instant. Devait-elle envisager d'utiliser une canne pour se diriger ? Non, Robert avait raison : avec un peu d'entraînement, elle apprendrait la configuration de la maison. Elle se sentait seulement un peu vulnérable après l'attaque de l'auberge, voilà tout.

Audrey grimaça en songeant qu'à peine descendue de voiture, Molly avait pris soin d'informer Mrs Sanford de ses fiançailles avec Lord Knightsbridge. Si elle comprenait parfaitement la nécessité de divulguer une telle information dans la maison de son père, Audrey n'avait tout simplement pas réfléchi aux conséquences que cela aurait sur sa nouvelle vie. Or, elle détestait l'idée d'être respectée par ses domestiques, simplement parce qu'elle était censée devenir comtesse.

Le plus sage ne serait-il pas d'annoncer rapidement qu'elle avait changé d'avis et que les fiançailles étaient rompues ? De la sorte, elle ferait sa place sur son domaine à l'aune de ses propres mérites.

Cependant, mieux valait attendre d'en discuter avec Robert. Il aurait été ingrat de prendre une telle décision sans l'évoquer d'abord avec lui.

Enfin, Audrey se détourna lentement de la fenêtre. Comme elle rejoignait le hall d'entrée, elle se cogna violemment la jambe contre une table basse. Avec une grimace, elle serra les mâchoires et tendit les mains devant elle. Pas à pas, elle parcourut des doigts tous les objets et les meubles de la pièce.

Elle allait mémoriser chaque pièce dans le moindre détail. Une à une.

Ce soir-là, Audrey fut infiniment soulagée de se retrouver seule dans sa chambre. C'était le seul endroit où elle se sentait en sécurité, grâce à l'aide de Molly qui avait déplacé les meubles pour les organiser de manière plus fonctionnelle.

La journée n'avait pas été un franc succès… Et encore, c'était là un bel euphémisme.

Tandis que Molly avait passé l'après-midi à sortir leurs affaires des malles, elle avait erré de pièce en pièce en tentant de dresser un paysage mental de sa demeure. Elle avait fini par dîner seule dans la salle à manger, car Molly avait craint que partager son repas ne soit pas une bonne entrée en matière pour les autres domestiques. Audrey s'était rangée à son avis, quoique à regret.

Après tout, elle avait l'habitude de manger seule, puisqu'il lui était rarement permis de quitter la maison quand les autres le faisaient. Toutefois, ce soir avait été différent. Pour commencer, elle avait attendu une éternité dans la salle à manger. Finalement, Mrs Sanford avait fait son apparition en s'excusant platement pour le retard et Audrey n'avait pas commenté quand elle avait déclaré qu'il lui faudrait un jour ou deux pour s'ajuster aux menus et aux horaires de sa nouvelle maîtresse. Après tout, c'était bien naturel. Hélas, le repas s'était révélé froid. Pas mauvais, en vérité, mais réellement trop froid pour être délicieux.

Allons, ce n'était que la première journée, riche en événements, se rassura-t-elle.

Molly s'était déjà couchée, épuisée, et elle ne tarderait pas à en faire de même.

Avant cela, pour retrouver un peu de sérénité, elle se posta devant la fenêtre entrouverte et rêvassa un moment.

Où Robert se trouvait-il à présent ? Étrangement, il lui manquait, alors qu'il sortirait bientôt de sa vie. Elle ne devait pas s'attacher. Elle s'en était fait la promesse : elle ne dépendrait plus jamais de quiconque.

Le lendemain, en milieu de matinée, Audrey était occupée avec Molly à prendre les décisions qui s'imposaient pour arranger le logement, lorsqu'on frappa doucement à la porte de sa chambre.

Audrey alla ouvrir et ne perçut aucun bruit.

— Oui ? Qui est-ce ? demanda-t-elle en réprimant son agacement.

Ce n'était que la millième fois depuis la veille qu'elle demandait aux Sanford de se présenter à elle et de lui dire ce qu'ils voulaient sans attendre d'être interrogés, mais elle le répéterait une fois de plus, voilà tout. Cela prendrait un peu de temps, elle devait faire preuve de patience.

— Pardon, Mrs Blake, milady. C'est Evelyn. Vous avez de la visite.

— De la visite de… ?

— Oh ! euh, le comte de Knightsbridge. Il attend au salon. Pardon.

Audrey sentit un frémissement de joie la traverser et s'en voulut aussitôt. Le comte se montrait protecteur envers elle, c'était la seule raison pour laquelle il était de retour si vite, et il n'y avait pas là matière à se réjouir. Il la croyait sans doute incapable de se débrouiller seule.

— Merci. Prévenez-le que je descends dans une minute, s'il vous plaît.

Comme elle refermait la porte, elle entendit Molly glousser.

— Pourquoi ris-tu ?

— Si vous aviez vu votre expression lorsque vous avez entendu son nom, miss ! Laissez-moi continuer notre tâche et allez le rejoindre. Faites une promenade tous les deux, sortez un peu de la maison.

— Je viens tout juste d'arriver entre ces murs, protesta-t-elle, alors qu'elle se sentait déjà épuisée.

— Je sais, seulement… ce n'est pas tout à fait le foyer accueillant que j'espérais pour vous, miss. Nous allons y travailler.

Son amie n'avait pas tort… Bien sûr, Audrey n'imaginait pas renvoyer toute une famille sans une très bonne raison, mais…

— Bon, très bien.

— Voulez-vous que je vous accompagne en bas ?

— Non ! s'exclama-t-elle trop sèchement avant de pousser un soupir las. Pardonne-moi, Molly.

— Il n'y a rien à pardonner, Miss Audrey. Personne n'a dit que s'adapter serait facile, pour qui que ce soit. Et maintenant, allez retrouver votre fiancé.

Contrairement au ton rêveur qu'elle employait habituellement pour parler de Robert, la voix de Molly lui parut seulement… fatiguée. Une vague inquiétude serra brusquement le cœur d'Audrey.

— Molly, tu n'as pas l'air bien. Te sens-tu mal ?

La brève hésitation de son amie lui en apprit bien plus que sa réponse :

— Tout va bien, miss. Je suis juste un peu fatiguée par le voyage.

— Dans ce cas, arrête immédiatement ce que tu fais et repose-toi en mon absence.

— Mais…

— J'insiste, Molly O'Hern ! Tu as besoin de repos, toi aussi.

— Très bien, miss, dit-elle enfin d'une voix de petite fille grondée.

Audrey lui sourit en secouant la tête avant de sortir.

Une fois dans le couloir, elle prit une profonde inspiration et avança prudemment. Elle progressait si lentement que la frustration agaçait ses nerfs. Mais ce n'était pas le moment de chuter dans l'escalier et de devenir tout à fait invalide.

Le temps qu'elle parvienne enfin au rez-de-chaussée, elle songea avec embarras qu'elle avait fait attendre Robert bien plus que la minute annoncée.

— Robert ?

Aucune réponse. Elle répéta son nom avant d'avancer dans le hall. Toujours rien.

— Francis ? essaya-t-elle sans plus de succès.

Elle rejoignit la bibliothèque et répéta son appel à Robert. Pas plus de réponse, mais cette fois elle perçut un bruit fugace, aussi pénétra-t-elle dans la pièce. Plus de doute, c'étaient bien des ronflements qui lui étaient parvenus !

Elle se tourna dans la direction du bruit et tenta de se remémorer l'organisation de la pièce. Hélas, tout se mélangeait dans sa tête après la multitude des nouveaux espaces qu'elle avait tenté d'imprimer dans sa mémoire.

Les mains tendues devant elle, Audrey avança prudemment. Si elle ne se trompait pas, il y avait bien ce large fauteuil sur la droite…

Oh ! Ses mains rencontrèrent une épaule et elle la secoua doucement.

— Robert ?

Le sourd ronflement s'interrompit dans un sursaut.

— Audrey ? Me suis-je assoupi ?

Elle sourit.

— Il semble bien. Je suis descendue dès qu'on m'a prévenue de votre arrivée, mais j'avoue n'être pas encore suffisamment à l'aise pour avancer vite. Ai-je été très longue ?

Il y eut un silence, puis il répondit :

— Une bonne demi-heure.

Elle grogna.

— Nous ferons mieux la prochaine fois, je vous le promets.

— *Nous ?*

Audrey se mordit la lèvre, gênée d'avoir laissé échapper cet indice. Elle n'allait pas l'ennuyer avec les soucis qu'elle rencontrait face à des serviteurs bien peu zélés !

— Peu importe ! Alors, comment s'est passé votre retour chez vous ? Racontez-moi.

— Eh bien, l'endroit est exactement tel que je m'en souvenais. Majestueux, formel et parfaitement organisé.

Organisé ? Quel bonheur...

— Je ne me plains pas, cependant, reprit-il. Ils étaient heureux de me voir et j'étais ravi de constater qu'aucun vieux fantôme ne semblait hanter les lieux.

Elle eut soudain envie de poser la paume sur son visage pour l'apaiser, aussi les pressa-t-elle ensemble pour les tenir tranquilles.

— Avez-vous eu le temps de faire le tour de tout le domaine ? s'enquit-il.

— Pas encore, nous n'avons rien fait d'autre que déballer mes affaires pour l'heure.

— Dans ce cas, venez donc vous promener avec moi, je serai ravi de pouvoir vous décrire les jardins.

— Laissez-moi juste prendre un châle. J'en garde toujours un dans le hall.

Mais, bien évidemment, elle ne trouva aucun châle, malgré les instructions très claires qu'elle avait données. Aussi dut-elle appeler Evelyn qui partit en courant à l'étage pour en chercher un.

Cette fois, le doute n'était plus permis : il y avait de la sédition dans l'air. Audrey savait que Molly avait bien placé un châle dans le hall la veille et elle avait elle-même indiqué de l'y laisser. Toutefois, elle garda le silence sur ses conclusions.

Une fois Evelyn redescendue avec le vêtement, Robert prit son bras :

— Y allons-nous ?

Audrey sentit un frisson dangereux la parcourir et

se sentit aussi épuisée que résignée. Elle ne pouvait plus continuer ainsi, à avoir hâte de le retrouver, d'être avec lui, de le toucher.

Néanmoins, elle le laissa la guider dans le parc et l'écouta lui décrire les moutons qui paissaient sur une lointaine colline, les bosquets qui séparaient nettement les champs des fermiers, le jardin et ses allées de terre.

— Je vais devoir faire mettre des graviers dessus, dit-elle avec un sourire. Ce sera bien plus simple pour moi de savoir si je reste bien dans l'allée. Voyez-vous Mr Sanford ?

— Je l'ai aperçu une ou deux fois au cours de notre promenade. Pour l'heure, je crois qu'il est aux écuries. Voulez-vous que nous le rejoignions pour lui parler de votre projet de gravier ?

— Oh non, je dois d'abord mettre au point une liste bien claire de ce que je veux changer ou améliorer, plutôt que de leur donner des directives au fur et à mesure qu'elles me viennent à l'esprit. Toutefois, nous pouvons toujours aller jusqu'aux écuries. Ainsi, vous pourrez me dire ce que vous en pensez.

Mr Sanford avait une tendance à grommeler qui donnait clairement l'impression qu'il ne parlait à sa maîtresse que parce qu'il y était forcé. En revanche, il semblait écouter avec un grand respect les suggestions de Robert, lesquelles, fort pertinentes, révélaient son habitude de l'ordre militaire.

Les deux hommes eurent ainsi une discussion à propos de l'organisation des écuries qu'Audrey écouta en se sentant totalement mise à l'écart.

Une fois qu'ils furent seuls à nouveau, elle lui fit remarquer :

— Robert, toutes ces choses dont vous avez discuté avec Mr Sanford auraient fort bien pu aller sur ma liste.

Il lui répondit d'un ton amusé :

— Pardonnez-moi, cela est venu naturellement dans la conversation. Étais-je donc supposé ne pas lui adresser la parole, alors même qu'en tant qu'officier de cavalerie je suis considéré comme un expert des chevaux ?

— Je ne dis rien de tel, seulement, je veux que les domestiques apprennent à se fier à moi et à écouter *mes* ordres, pas les vôtres, comprenez-vous ? Vous n'allez pas réellement devenir leur maître, en dépit de ce que nous laissons croire à tout le monde. C'est une considération à prendre en compte, il me semble. En fait…

Audrey hésita un instant avant de se lancer :

— Je n'aurais plus à m'inquiéter de ce genre de choses si nous annoncions dès maintenant la rupture de nos prétendues fiançailles. Il est inutile de faire perdurer la mascarade, désormais, conclut-elle un peu trop vite.

Un silence suivit et elle comprit qu'elle l'avait surpris.

— Au contraire, je pense que ce serait une erreur, répondit-il d'un ton légèrement voilé. Venez vous asseoir un instant près de l'étang avec moi.

— À distance des oreilles indiscrètes ? demanda-t-elle sur le même ton.

— Exactement.

Comme ils avançaient, il lui décrivit les roseaux qui ployaient gracieusement autour de l'étang et la petite jetée à laquelle pouvait être attachée une barque.

— Je pourrais plonger depuis la jetée pour y nager, déclara-t-elle, pour le simple plaisir de le choquer.

— J'aimerais beaucoup assister à un tel plongeon !

Tenez, ajouta-t-il en l'incitant à se tourner, le banc se trouve juste derrière vous.

Audrey s'y assit aussi gracieusement que possible. Elle mesura l'étroitesse du banc quand elle put sentir les contours de sa jambe à travers ses jupes. Sa propre cuisse ne le touchait pas tout à fait, mais il aurait suffi qu'elle bouge à peine…

Seigneur ! Que diable lui prenait-il ? La gorge serrée, elle s'obligea à revenir au sujet qu'elle souhaitait aborder :

— Robert, nos fiançailles ne devaient servir qu'à m'éloigner de ma famille. C'est fait. Je ne les préviendrai pas tout de suite de la rupture de notre engagement, bien sûr, mais…

— Ah ? Ainsi, ils l'apprendront par la rumeur ?

Elle ne répondit rien, troublée de n'y avoir pas songé.

— Savez-vous de quoi toute cette histoire aura l'air, alors ? On pensera que j'ai utilisé ces fiançailles comme une ruse pour vous éloigner des vôtres, et ce, dans un seul et unique but.

Audrey sentit ses joues s'embraser.

— Il n'en faudra pas plus aux mauvaises langues pour imaginer qu'après une unique nuit à l'auberge, j'ai obtenu tout ce que je voulais obtenir de vous.

L'espace d'une seconde infinie, les images de ce qu'il impliquait lui vinrent à l'esprit. Les baisers, les mots séducteurs auxquels elle ne cherchait plus à résister, ses mains sur sa peau… Audrey n'était plus une innocente jeune femme, elle savait parfaitement à quoi il faisait allusion.

Pourtant, la perspective de partager une telle intimité avec lui, loin de la scandaliser, faisait courir une chaleur honteuse dans ses membres, alors même qu'elle connaissait la réalité fort peu agréable de l'acte charnel.

Mortifiée, elle sentit la chaleur de ses joues se répandre langoureusement en elle, jusqu'à la pointe soudain tendue de ses seins et au creux de ses reins. Comment parvenait-il à provoquer cette fièvre brutale et désespérée ?

Oui, *désespérée* était le mot juste, comprit-elle avec effroi. Elle était si seule, désespérément seule et, de ce fait, elle ne s'appartenait plus.

Néanmoins, elle n'était sous le contrôle de personne d'autre qu'elle-même. Aussi, s'abandonner à ces sensations traîtresses ne ferait que la mener à un désastre.

Pourtant…

— Je… vous avez raison, bien sûr, marmonna-t-elle enfin, honteuse de percevoir le timbre essoufflé de sa propre voix. Je ne voudrais surtout pas que vous passiez pour un débauché sans scrupules.

— Je ne m'inquiétais pas pour moi, en l'occurrence, Audrey. Un comte peut tout à fait se permettre de ne pas se soucier de sa réputation.

Elle pensa au scandale qu'il avait déjà dû affronter et à cet homme qui s'était tué.

— Vous, en revanche…, reprit-il sans achever sa phrase.

Elle eut un sourire sans joie.

— Je serai perçue comme une veuve qui prend du bon temps… N'est-ce pas exactement ce que certaines font ? Prendre un amant après la mort de leur époux ?

Elle s'attendait à l'entendre rire, mais, comme il ne répondait rien, elle se sentit soudain mal à l'aise :

— Robert ?

— Est-ce ce que vous voulez, Audrey ? demanda-t-il d'une voix soudain tendue. Que les gens pensent que vous êtes une veuve scandaleuse ?

Elle sentit la chaleur de sa jambe contre la sienne, et son souffle se bloqua dans sa gorge.

— En tout cas, je préfère cela, plutôt qu'ils me voient comme une invalide, suffisamment faible pour me laisser manœuvrer et utiliser, répondit-elle avec honnêteté.

Tout à coup, elle songea à ses serviteurs sur lesquels elle tentait vainement d'obtenir un semblant d'autorité. Quelles rumeurs répandaient-ils déjà sur leur maîtresse aveugle auprès des autres domestiques, auprès des villageois de Hedgerley dont elle n'avait même pas encore fait la connaissance ?

— Non, admit-elle finalement dans un soupir. Je veux être respectée. Je veux appartenir à la société du village, même si je me moque d'être admise auprès de la haute société londonienne.

Il écarta légèrement sa jambe et elle put respirer un peu mieux, malgré un léger pincement au cœur.

— C'est également ce que je souhaite pour vous, Audrey. Aussi devrions-nous rester fiancés encore un moment.

Il lui laissa un moment pour réfléchir à cette information, jusqu'à ce qu'elle hoche finalement la tête.

— Voulez-vous que nous continuions notre promenade ?

Il prit ses mains dans les siennes et l'aida à se relever. L'espace d'un instant, elle se tint devant lui, ses jupons emmêlés autour de ses jambes, leurs mains jointes. Le vent d'automne les entourait, mais aucun autre bruit que son souffle ne leur parvenait, comme s'ils étaient seuls au monde.

Elle perçut son mouvement et le sentit se pencher vers elle, un instant avant qu'il ne murmure, tout proche :

— Puisque nous restons fiancés pour l'heure, le promis ne peut-il voler un baiser à sa promise ?

Soudain, elle sentit la caresse de ses lèvres sur sa joue. Sa peau était hérissée d'une légère barbe un peu rude, mais ses lèvres... Ses lèvres étaient incroyablement chaudes et douces. Elles s'attardèrent sur sa joue à peine plus longtemps que nécessaire et Audrey put sentir le parfum de sa peau, un mélange de savon et de musc enivrant.

Incapable de lutter contre sa propre faiblesse, elle se laissa aller à son étreinte légère. Leurs doigts étaient toujours entremêlés, si bien que le dessus de ses mains touchait à présent son ventre dur. Il était si fort, si solide, exactement comme elle l'avait deviné lorsqu'elle avait malencontreusement posé les doigts sur sa peau nue, dans l'auberge.

Audrey sentit un délicieux vertige l'envahir et, d'elle-même, elle tourna légèrement la tête vers sa bouche. Elle voulait plus que ce chaste baiser...

Non ! Il ne fallait pas ! Elle ne pouvait vouloir davantage !

Revenant brusquement à la raison, elle recula précipitamment, si bien que l'arrière de ses genoux heurta brutalement le banc. Au moins, l'enchantement était rompu.

Elle s'éclaircit la gorge, mais sa voix tremblait malgré tout lorsqu'elle murmura :

— Voilà... vous m'avez volé un baiser et prouvé nos fiançailles.

Il rit tout bas :

— J'ai volé un trop bref moment d'intimité. Quant à savoir si c'était là un véritable baiser, je ne me prononcerais pas avec autant d'assurance...

— Oh ! ce baiser était tout à fait convaincant, Robert. Je vous remercie de songer à ma réputation de veuve désormais fiancée.

Cette fois, il rit pour de bon et elle sentit son propre sourire s'élargir.

Ils reprirent lentement le chemin de la maison dans une atmosphère allégée, qui, cependant, ne dura guère face aux inquiétudes qui l'assaillirent bientôt.

Que diable faisait-elle ? Après tout, elle avait déjà ressenti ce genre d'émotions lorsque Martin lui avait prêté attention, au début. Elle s'était sentie pareillement flattée, embarrassée et trop effrayée pour espérer quoi que ce soit. Or tout s'était révélé mensonger.

Elle avait sincèrement cru que Martin tenait à elle, mais leur nuit de noces lui avait appris combien elle s'était méprise. Il avait considéré sa timidité de vierge avec agacement et n'avait absolument rien fait pour encourager les sentiments romantiques qu'une jeune épousée aurait dû naturellement ressentir à l'égard de son mari – du moins d'après ce que Molly lui en avait dit.

Après cette nuit éprouvante, son embarras s'était aggravé et doublé d'un manque de confiance en soi douloureux, comme si elle ne méritait pas les attentions d'un homme, pas même de son mari.

Voilà pourquoi ressentir un désir bien plus puissant et incontrôlable aujourd'hui envers un homme qui mentait ouvertement sur leur attachement lui rendait une piètre estime d'elle-même.

Mais elle était une femme, et lui un homme qui savait comment séduire une femme. Robert était-il un débauché ? Avait-il pour habitude de coucher avec de nombreuses femmes sans se soucier du jugement de la bonne société ?

Toutefois, il avait quitté l'Angleterre à l'âge de vingt et un ans, trop jeune encore pour s'être construit une solide réputation de débauché. Toutefois, son séjour aux Indes avait pu le changer, et pas dans le bon sens.

Allons ! Elle s'égarait ! Il lui fallait mettre un terme à ces doutes incessants.

Elle s'était engagée de son plein gré dans cette histoire, et elle irait jusqu'au bout.

De toute façon, à présent qu'il était de retour sur son domaine, il serait bientôt pris par les multiples obligations qui devaient échoir à un comte. Il ne serait pas difficile de prétendre, aux yeux du monde, que leur attachement s'était lentement éteint de lui-même.

Hélas, il n'était pas aussi aisé de prétendre qu'elle était aussi forte qu'elle l'avait cru, alors qu'elle peinait de plus en plus à faire la part des choses entre la réalité et ses rêveries enflammées.

Chapitre 10

Après un détour par les cuisines pour informer Mrs Sanford que le comte resterait pour le déjeuner, Audrey remonta dans sa chambre pour voir si Molly avait retrouvé toute son énergie.

Elle appela son nom tout bas, au cas où son amie aurait encore été assoupie. D'une voix effectivement faible, celle-ci répondit :

— Je suis réveillée, Miss Audrey.

— Tu n'as pas l'air d'aller mieux, dit-elle en suivant la voix.

Elle trouva la pauvre Molly blottie dans le fauteuil près de la fenêtre.

— Je manque un peu de forces, aujourd'hui, murmura-t-elle.

Audrey tendit la main et toucha son bras avant de remonter jusqu'à son visage.

— Tu as de la fièvre, dit-elle d'une voix alarmée.

Molly ne tombait jamais malade !

— Non, non, je ne vais pas si mal, insista la jeune femme faiblement. Laissez-moi juste un moment et je serai tout à fait bien.

— Viens t'étendre sur mon lit. Plus tard, nous demanderons à Francis de t'aider à retourner dans ta chambre.

— Mais, le lit de camp dans votre garde-robe serait…

— Mon lit, répéta-t-elle avec autorité.

Audrey sentit la panique resserrer ses griffes autour de son cœur en constatant avec quelle lenteur Molly se levait. Elle se laissa lourdement tomber sur le lit dès qu'elles eurent parcouru les quelques pas de distance.

Audrey s'efforça de garder son calme. Elle avait une peur bleue de la fièvre après ce qu'elle avait traversé. Elle ne voulait pas que Molly subisse à son tour ces heures interminables, brûlantes et douloureuses qui finissaient par se confondre dans un même cauchemar dont elle se souvenait encore, dix-huit ans plus tard.

— Vous vouliez que j'écrive quelques lettres pour vous, protesta Molly comme elle remontait les couvertures sur elle. Je peux le faire d'ici.

— Chut, l'apaisa Audrey. Ce n'est pas important pour le moment. Tu dois garder tes forces.

— Dans ce cas, laissez-moi me reposer encore un peu et rejoignez votre fiancé, miss.

Audrey retint une grimace amère en songeant qu'elle était occupée à badiner tandis que Molly se consumait de fièvre. Elle lui servit un peu d'eau du pichet.

— Est-ce que vous l'avez *vu*, Miss Audrey ? s'enquit Molly avec excitation.

— *Vu ?* répéta-t-elle, interdite.

Molly avait-elle des hallucinations si vite ? Elle allait faire chercher un docteur au plus tôt.

— Oui, comme vous l'avez fait avec moi. Je suis certaine que cela ne l'ennuierait pas que vous touchiez son visage pour discerner ses traits.

Audrey se troubla en se remémorant la sensation de ses lèvres sur sa joue.

— Je… je ne pouvais pas imposer cela comme ça…

— Vous allez bien toucher plus que son visage, prédit Molly dans un petit rire.

— Tu es une romantique, répliqua-t-elle en s'efforçant de garder un ton léger. Maintenant, repose-toi et dors un peu, le temps que j'envoie chercher un médecin.

— Oh non, miss, ce serait bien trop de dérangement inutile. Laissez-moi seulement dormir un moment.

Et Molly sombra dans le sommeil avec une soudaineté qui ne fit que l'effrayer davantage. En effet, elle avait une nature qui lui permettait d'ordinaire de dormir très peu, ainsi, elle se couchait toujours bien après Audrey et se réveillait naturellement à l'aube.

Elle toucha le visage brûlant de son amie.

— Retrouve tes forces, chère Molly, pria-t-elle tout bas.

Elle quitta aussitôt la pièce et fit de son mieux pour rejoindre au plus vite le rez-de-chaussée en se tenant fermement à la rambarde.

— Que se passe-t-il ?

Elle manqua trébucher sur la dernière marche en entendant la voix inquiète de Robert. Elle sentit sa large main se poser sur son bras pour la stabiliser.

— Molly a une forte fièvre, expliqua-t-elle, tremblante. Or, elle n'est jamais souffrante. Je dois parler à Mrs Sanford immédiatement, afin qu'elle envoie chercher le médecin du village. Robert, peut-être serait-il plus prudent que vous rentriez chez vous au plus tôt, au cas où son mal serait contagieux.

— Ce n'est qu'une simple fièvre, Audrey, répondit-il

d'un ton apaisant. Croyez-moi, j'ai été exposé à bien plus dangereux, en Orient. Je vais rester pour vous aider.

Audrey sonna rapidement Mrs Sanford, laquelle envoya aussitôt son fils au village pour ramener le docteur, qui se révéla être un jeune homme qui travaillait avec son père.

Il recommanda seulement de baigner régulièrement Molly à l'aide de linges imbibés d'eau froide lorsque la fièvre montait trop haut. Il laissa également un flacon d'opium, si jamais elle manifestait la moindre souffrance.

Audrey fut inquiète et frustrée de le voir partir sans avoir rien pu faire d'autre pour son amie. Mrs Sanford la surprit par son attention lorsqu'elle insista pour qu'elle prenne le déjeuner qu'elle avait manqué et l'assura qu'elle veillerait Molly pendant ce temps. Comme cette dernière dormait apparemment paisiblement, Audrey finit par se laisser convaincre d'avaler quelque chose.

Robert l'attendait dans le hall d'entrée quand elle redescendit l'escalier.

— Comment va Molly ? Le médecin a affirmé qu'il ne pouvait faire beaucoup pour améliorer son état et que seul le temps ferait son œuvre.

L'inquiétude sincère de Robert lui apporta un peu de réconfort mais ses yeux s'emplirent de larmes.

Elle toussota et s'obligea à se contenir.

— Il faut attendre, reprit-elle. Mais, comme vous pouvez l'imaginer, je n'aime guère savoir quiconque souffrir d'une mauvaise fièvre.

— Bien sûr, murmura-t-il en lui prenant la main.

Elle laissa le réconfort de ce simple contact la réchauffer avant de demander :

— Avez-vous mangé ?

— Non, j'ai préféré vous attendre.

— Dans ce cas, venez, nous allons prévenir Francis qu'il peut servir le déjeuner.

Elle n'avait absolument pas faim, néanmoins, Robert avait fait tout le chemin à cheval pour lui rendre visite et il avait besoin d'un solide repas.

Lorsqu'elle prit conscience qu'elle gardait un silence soucieux, Audrey s'efforça de retrouver un peu d'allant. Avec Molly alitée, elle avait fort à faire, et ce n'était pas le moment de se laisser aller à la peur.

Comme s'il avait lu dans ses pensées, Robert déclara :

— Molly a l'habitude de vous aider comme secrétaire, il me semble.

Audrey prit une bouchée de gibier avec détermination.

— En effet. D'ailleurs, je sais qu'elle s'inquiétera bien trop de ne pouvoir m'aider au lieu de se préoccuper de guérir, dit-elle en soupirant. Je me débrouillerai.

Elle ne comptait certes pas demander l'aide de Mrs Sanford, alors que celle-ci semblait déjà avoir du mal à accomplir ses propres tâches.

— Je pourrais peut-être vous aider ?

— C'est très aimable à vous, mais je ne peux pas abuser encore de votre gentillesse, Robert, se récria-t-elle.

— Pourquoi pas ? Je ne suis d'aucune utilité sous mon propre toit et je ne peux pas davantage retourner à Londres, la Saison n'a pas encore commencé. En vérité, vous me feriez une immense faveur en acceptant mon aide. Cela fait si longtemps que je ne me suis pas penché sur la gestion d'un domaine, nous pourrions apprendre ensemble comment nous y prendre. Laissez-moi vous aider, je vous en prie, Audrey…

Il prit sa main dans la sienne et, comme à chaque fois, Audrey dut réprimer un frisson d'émotion malvenu.

Se sentait-il désolé pour elle ? Avait-il pitié ? Après tout, elle n'était rien d'autre à ses yeux que la pauvre veuve aveugle de Martin Blake…

À moins qu'il ne soit tout simplement un homme seul qui n'avait plus aucune famille auprès de laquelle retourner.

— J'accepte votre offre généreuse, dans ce cas, dit-elle enfin.

Il serra brièvement sa main et la relâcha en assurant avec entrain :

— Tant mieux. Nous allons accomplir bien des choses à nous deux.

Il parvint à lui arracher un mince sourire et elle lui en fut reconnaissante. Il n'était pourtant guère prudent de passer des heures avec lui chaque jour, alors qu'ils devraient peu à peu convaincre le monde que leurs fiançailles n'avaient plus lieu d'être…

Cependant, il y avait effectivement plus urgent : elle devait apprendre comment fonctionnait son nouveau domaine et pour cela, il lui fallait des yeux en qui elle puisse avoir confiance.

Elle qui avait combattu pendant si longtemps l'atroce sensation de dépendre des autres, voilà qu'elle devait le faire à nouveau.

Elle avait pris l'habitude de se déplacer rapidement et avec confiance dans la maison de son père. Or, ici, à Rose Cottage, tout le mobilier lui paraissait étrangement disposé. Quant aux habitants, elle travaillait dur pour mémoriser les pas de chacun afin de deviner qui se trouvait autour d'elle.

Ainsi, pour l'heure, la présence de Robert était sans

nul doute un sérieux avantage. Et puis, cela ne durerait que jusqu'à ce que Molly soit de nouveau sur pied et qu'elle-même ait enfin pris ses marques.

Elle perçut justement des pas non loin. Evelyn ?

— Mrs Blake ?

Elle ne s'était pas trompée, c'était bien la jeune fille ! Sa confiance en elle un peu retrouvée, elle répondit :

— Oui ?

— Mr Drayton, le régisseur du domaine, est arrivé. Il dit que vous l'avez fait demander ?

Audrey se tourna vers Robert :

— J'ai effectivement demandé un rendez-vous, mais je ne m'attendais pas qu'il vienne aussi vite. J'ai mille questions à lui poser sur la gestion du domaine.

— Êtes-vous prête, dans ce cas ? s'enquit-il.

Elle perçut la détermination et même l'impatience dans sa voix, aussi se força-t-elle à afficher un sourire, bien décidée à écarter de son esprit son inquiétude pour Molly.

— Je suis prête.

Robert repartit avant le dîner, comme l'aurait fait un voisin venu en visite. Cette fois, Audrey ne fut pas autant attristée par son départ, car elle savait qu'il reviendrait dès le lendemain. Cependant, ce constat l'effraya, car cela en disait long sur son attachement excessif envers lui.

Force était d'admettre que Robert avait posé des questions à Mr Drayton auxquelles elle n'aurait pas songé. Combien de moutons comptait-il vendre au marché ce mois-ci ? L'état de la dernière récolte, la stratégie pour les prochaines semences… Tant et si bien qu'ils n'avaient pas eu le temps d'aborder la question des métayers. Cela pourrait attendre un prochain rendez-vous.

Mr Drayton lui avait paru tout à fait compétent, quoique un peu trop enthousiaste à l'idée d'expliquer ses choix au comte de Knightsbridge plutôt qu'à elle. Néanmoins, elle saurait se montrer patiente, afin de le laisser s'habituer à échanger sur ces questions avec une femme.

Pour l'heure, Robert était en quelque sorte le pont entre ses gens et elle. Bientôt, elle n'aurait plus besoin de cet intermédiaire. Elle serait sa propre… île. Triste métaphore, songea-t-elle en remontant lentement les marches qui menaient au second étage, où se trouvait le quartier des domestiques. Molly avait en effet été transportée dans sa propre chambre un peu plus tôt.

Elle fut surprise de ne pas trouver la poignée sous ses doigts : l'huis était ouvert.

— Il y a quelqu'un ? Molly ?

— Elle dort encore, madame, lui répondit dans un chuchotement une voix masculine.

— Oh ! Francis, je ne savais pas que vous étiez ici…

— J'ai offert de veiller Molly pendant que ma mère prépare le dîner. Elle n'a pas ouvert l'œil.

Il lui sembla percevoir une véritable tristesse dans le ton de sa voix, aussi le remercia-t-elle avec gratitude :

— C'est très gentil à vous, Francis, dit-elle en s'avançant dans la pièce.

Elle entendit le jeune homme s'écarter comme elle atteignait le lit. Elle posa une main sur le front de Molly, toujours brûlant.

— La fièvre n'a pas baissé, déclara-t-elle tout bas. S'il vous plaît, dites à votre mère de me faire monter un plateau ici pour le dîner. Et aussi de la glace.

— Oui, milady.

La glace et un bouillon pour Molly arrivèrent presque

aussitôt, en revanche, son propre repas ne lui fut jamais porté. Trop alarmée par l'état de son amie pour se préoccuper de la campagne de sédition de ses domestiques, Audrey passa plus d'une heure à tenter de rafraîchir Molly en lui passant des linges froids sur le front, les bras, le cou, tant et si bien qu'elle n'avait même plus faim quand elle s'arrêta finalement, consciente qu'elle avait fait tout son possible.

Au cours de sa veille, Molly finit par s'éveiller brièvement. Elle put même prendre quelques cuillerées de bouillon. Cependant, elle n'était pas vraiment elle-même, et cela avait quelque chose d'effrayant de ne pas entendre ses habituelles plaisanteries.

Lorsqu'on ouvrit la porte, Audrey était trop épuisée pour se concentrer sur les pas. Bien entendu, la personne ne s'annonça pas et elle lança dans un soupir épuisé :

— Oui ?

— Ma mère m'envoie veiller Molly, milady, dit Evelyn. Vous devriez aller vous coucher.

Son premier mouvement fut de protester, mais l'épuisement l'emporta.

— Merci, je reviendrai dans un moment, accepta-t-elle.

De fait, elle était bien trop fatiguée pour discuter maintenant des manquements de ses domestiques. Et puis, quoi qu'elle ait à leur reprocher, elle ne pouvait douter de leur gentillesse envers Molly.

Audrey retourna donc dans sa chambre d'un pas infiniment las, hélas, le sommeil la fuyait. Ses pensées s'agitaient, animées par la peur qu'elle ressentait pour son amie de toujours, si bien qu'elle finit par se relever. Autant utiliser cette insomnie pour faire quelque chose de constructif ! Elle commença donc à refaire le tour des pièces de l'étage, heureuse de savoir que personne ne la surveillait à cette heure de la nuit. Elle allait à son rythme, détaillant de ses mains chaque objet, chaque meuble pour l'imprimer dans son esprit.

À sa grande surprise, elle découvrit dans l'une des chambres, la plus proche de l'escalier qui menait à l'étage des domestiques, des affaires de nurserie : un berceau, de petites chaises et quelques jouets. Étrangement, rien de tout cela n'était poussiéreux sous ses doigts. Était-ce dû à un ménage minutieux ou bien à une récente utilisation ?

Entourée de ces affaires de bébé, elle repensa à son tout-petit qui n'avait jamais respiré. Cela ferait bientôt deux ans… Pourquoi son chagrin persistait-il à se manifester avec une telle violence ?

Au-delà de la perte douloureuse, elle sentait que ses blessures demeuraient à vif parce que ce petit être, s'il avait vécu, aurait tout changé. Il aurait donné un sens à sa vie. Elle aurait enfin eu quelqu'un à aimer et à chérir qui l'aurait aimée pour elle-même sans se soucier qu'elle soit aveugle.

Le cœur lourd, Audrey referma la porte. Que ne pouvait-elle en faire de même avec son propre cœur et fermer l'accès à ses émotions douloureuses ? Le moindre objet enfantin était un cruel rappel de ce qu'elle ne voulait plus jamais ressentir.

S'attacher, c'était nécessairement prendre le risque de souffrir à nouveau. Voilà pourquoi elle devait absolument apprendre à vivre pour elle-même et à tirer fierté de cette indépendance.

Sa détermination affermie, Audrey rejoignit la chambre de Molly pour relever Evelyn de sa garde, laquelle finit par partir à contrecœur. Elle se laissa tomber dans le fauteuil et sombra dans un demi-sommeil, prête à répondre au moindre besoin de sa compagne de toujours.

Au cours des jours qui suivirent, Audrey se consacra exclusivement au bien-être de Molly.

Audrey avait fait porter par Francis un mot à Robert, le priant de ne pas venir pour ne pas tomber malade. Certes, personne d'autre dans la maison ne semblait souffrir du moindre symptôme, mais elle préférait se montrer prudente.

Pendant les heures les plus sombres de la nuit, quand la respiration de Molly était à peine perceptible, Audrey pleurait à chaudes larmes en la suppliant de se battre contre la fièvre qui la dévorait.

Enfin, cette dernière céda, et Audrey put pleurer son soulagement, plutôt que son angoisse. La pauvre Molly demeurait très faible et dormait la plupart du temps d'un sommeil redevenu heureusement calme. Son rétablissement serait long, mais elle était sur la bonne voie.

Ainsi, Audrey entra ce soir-là dans la salle à manger pour la première fois depuis la visite de Robert, quelques jours plus tôt. La nourriture qui lui fut servie était froide et arriva en retard, comme si la trêve que les domestiques semblaient avoir observée pendant la maladie de Molly était à présent terminée.

Cette fois, il était temps d'agir, aussi rejoignit-elle les cuisines. Elle trouva Mrs Sanford et Evelyn dans l'arrière-cuisine, occupées à laver la vaisselle.

— Mrs Sanford, je souhaite avoir un entretien avec vous, annonça-t-elle avec fermeté.

— Milady, dès que j'aurais terminé la vaisselle, je…

— Evelyn peut s'en charger. Suivez-moi dans le bureau.

Elle entendit le pas délibérément traînant de la gouvernante dans son dos.

Une fois dans le bureau, elle prit place dans un fauteuil et invita son interlocutrice à s'asseoir.

— Mrs Sanford, quoique j'aie fort apprécié l'aide que vous m'avez apportée pendant la maladie de Molly, je tiens à présent à ce que vous vous concentriez sur vos tâches, ce qui inclut la préparation des repas. Il n'y a eu que deux personnes à ajouter pour les repas, trois à l'occasion, et je peine à croire que ce soit là une difficulté pour vous.

— Non, madame, répondit la gouvernante, impassible.

— Pourtant, il vous semble difficile de servir des repas chauds dans les heures convenues. Y a-t-il une raison à ces difficultés ?

— Non, madame.

— Ainsi, les choses s'amélioreront à l'avenir ?

— Oui, madame.

— Fort bien. À présent, pourriez-vous me fournir des explications sur la nurserie que j'ai trouvée à l'étage ?

Le silence qui suivit s'étira au point d'attiser davantage son intérêt. Mrs Sanford paraissait davantage déboussolée par cette question, pourtant motivée par une curiosité bien naturelle, plutôt que par ses accusations à peine voilées concernant son évident manque de bonne volonté à la servir.

— Il y a toujours eu une nurserie, d'après ce que je sais, madame.

— Peut-être, toutefois, la pièce donnait l'impression d'avoir été utilisée récemment. Des jouets étaient encore sur le sol.

— Oui. Quand ma fille me rendait visite, elle laissait

parfois son petit garçon y jouer. Je m'assurerai que cela ne se reproduise plus à l'avenir.

Les mots semblaient avoir du mal à passer ses lèvres et Audrey peinait à comprendre la réaction de la gouvernante.

— Mrs Sanford, pourquoi voudrais-je que votre petit-fils ne joue pas dans cette pièce ? Ou que votre fille ne vous rende plus visite ? Vous ai-je jamais donné l'impression que c'était le cas ?

— Non, madame.

Le ton demeurait inflexible.

Néanmoins, l'heure n'était sans doute pas aux mesures extrêmes, aussi Audrey reprit calmement :

— Dans ce cas, essayons de mieux diriger cette maison, ensemble. Je suis impatiente de rencontrer votre seconde fille, j'espère faire sa connaissance lors de sa prochaine visite. Vous pouvez disposer.

La domestique s'éclipsa aussitôt et Audrey s'adossa au fauteuil, désorientée. Devait-elle se sentir offensée, soupçonneuse ou simplement exaspérée par les réactions étranges de Mrs Sanford ? Elle ne parvenait pas à le déterminer !

Dire qu'elle s'était toujours si bien entendue avec les serviteurs, bien mieux qu'avec sa propre famille ! Il faudrait bien qu'il en soit ainsi à Rose Cottage ! Elle y veillerait.

Robert ne voulait pas déranger, aussi passa-t-il la porte d'entrée sans s'être fait annoncer. Il n'était pas revenu depuis trois jours, à la demande d'Audrey, mais l'attente était devenue insupportable et il n'avait pas résisté à une nouvelle visite.

Molly était-elle rétablie ? Audrey le recevrait-elle ?

Bon sang ! Depuis trois jours, il n'avait pas cessé de

penser à elle. Bien sûr, il s'inquiétait pour elle. Sa situation n'était pas ordinaire et, quoiqu'elle ait cherché à lui cacher ses difficultés, il avait parfaitement compris que les domestiques lui donnaient bien du mal. Néanmoins, elle était si fière de pouvoir faire les choses par elle-même qu'il n'était pas intervenu.

De son côté, il s'était efforcé de ne pas imaginer qu'elle tombait elle aussi malade.

Comme il entendait du bruit en provenance du salon, il se dirigea dans cette direction. Il y parvenait presque lorsque Francis sortit de la pièce et se figea en le découvrant. Robert posa un doigt sur ses lèvres et le domestique le salua avant de s'éclipser sans bruit.

Robert s'avança doucement et resta immobile sur le seuil. Audrey était seule. Elle évoluait dans la pièce, les mains tendues, explorant par le toucher.

Il ressentit un soulagement intense en constatant qu'elle allait bien. Immobile, il la contempla de longues minutes, fasciné par la concentration qu'il lisait sur ses traits, par la grâce de ses longs doigts fins qui parcouraient les surfaces. Quand elle effleura le piano, une joie réelle se peignit sur son visage et il comprit à quel point la musique était essentielle pour elle.

Tout à coup, elle s'immobilisa et tourna la tête. Robert savait qu'il n'avait fait aucun bruit : dans son régiment, il était réputé pour sa capacité à évoluer en toute discrétion.

— Robert ?

Il en resta un instant bouche bée.

— Dites-moi que vous avez dit mon nom au hasard !

Elle lui sourit et, comme elle s'avançait dans sa direction, il remarqua les cernes sombres sous ses yeux. Son admiration n'en fut que plus grande : elle fournissait tant d'efforts !

— Hum… disons un hasard bien aiguillé.

Elle pencha légèrement la tête de côté et ajouta comme pour elle-même :

— Je suis surprise de pouvoir sentir votre présence à ce point. C'est sans doute dû au fait que nous ayons passé de longues journées ensemble.

Robert se troubla, étonné qu'elle admette ainsi qu'elle était sensible à sa présence. Après tout, lui-même était terriblement sensible à la sienne.

Il se rappelait encore à la perfection la douceur de sa joue sous ses lèvres. Il avait dû lutter contre lui-même pour ne pas tourner la tête comme il en mourait d'envie et goûter à ses lèvres. N'avait-elle pas eu le même élan ? Il l'avait cru, un instant.

Ce matin, à la lueur pâle du jour, elle lui parut fragile, vulnérable, comme si elle avait perdu du poids.

— Comment va Molly ?

Son sourire disait tout le soulagement qu'elle éprouvait :

— Elle va mieux maintenant. Je suis navrée de ne pas vous avoir prévenu, mais la fièvre n'a cédé qu'hier soir et…

— Et c'est Molly qui écrit habituellement votre courrier, je sais. Je suis heureux qu'elle soit débarrassée de cette mauvaise fièvre. Toutefois, vous devriez prendre davantage soin de vous-même. Je craignais assez de vous trouver souffrante en venant ici.

Il s'était approché en parlant et il leva la main pour prendre son visage en coupe. Il avait besoin de sentir la chaleur de sa peau pour s'assurer qu'elle allait bien. Elle ferma les yeux et poussa un doux soupir en pressant instinctivement son visage contre sa paume. Ils restèrent ainsi, immobiles, un long moment, tandis qu'il sentait enfin la paix revenir dans son cœur.

Elle allait bien. Il n'avait plus à s'inquiéter.

Soudain, Audrey se raidit et s'écarta. Elle avait dû prendre conscience qu'il la touchait intimement alors que personne n'était là pour voir son geste.

— Qu'est-ce qui vous amène à Rose Cottage ce matin, milord ? demanda-t-elle avec un sourire un peu crispé, d'un ton trop enjoué.

— Vous, bien sûr. Ne vous ai-je pas promis de vous prêter assistance ? Ne me dites pas que vous avez déjà rendu visite à vos métayers et fait une entrée triomphale au village sans moi !

— Non, non, rien de tout ça, dit-elle en riant. Je n'ai pas quitté le chevet de Molly depuis trois jours, en vérité. Et vous ? À quoi avez-vous passé ces derniers jours ?

— J'ai reçu les premières lettres de félicitations pour mes récentes fiançailles. Elles expriment toutes un certain étonnement puisque personne n'avait jamais entendu parler de vous.

Ses lèvres s'entrouvrirent sous le coup de la surprise, puis elle porta la main à sa bouche, l'air catastrophé :

— Oh non… Je suis tellement désolée ! Quand ils apprendront que je suis aveugle…

— Vous savez bien que je ne m'en préoccupe absolument pas, Audrey. De quoi donc seriez-vous désolée ? Ces fiançailles étaient mon idée et il était évident depuis le début que la rumeur irait bon train.

— Certes. Mais vous avez compris, j'imagine, comment la nouvelle a pu se répandre à une telle vitesse, lâcha-t-elle dans un soupir en s'asseyant dans un fauteuil.

— Les domestiques parlent.

— Oh ! pas seulement les domestiques ! Ma sœur est partie pour Londres et, la Saison n'ayant pas encore commencé, qu'aurait-elle eu de mieux à faire que répandre la rumeur qu'elle sera bientôt la belle-sœur d'un comte ?

— Ah…

— Cela vous amuse ?

— Assez. Cela dit, elle n'est pas la seule à être partie pour Londres.

— Seigneur ! Les amis de mon frère ont dû s'en donner à cœur joie, lâcha-t-elle, atterrée.

— Cela n'a aucune importance, Audrey.

— C'est tout de même un sérieux inconvénient pour vous, Robert ! Je n'ai jamais souhaité une telle chose.

Il tira une chaise pour s'asseoir devant elle.

— Ces fiançailles n'étaient pas votre idée, vous vous souvenez ? Je savais parfaitement dans quoi je me lançais.

— Seulement, les jours ont passé depuis lors. Il est temps de mettre un terme à cette farce, Robert, murmura-t-elle d'un ton pressant.

— Il est encore trop tôt. Je refuse de mettre votre réputation en danger, alors cessons d'en parler pour l'heure, je vous en conjure.

— Très bien, acquiesça-t-elle.

Tout à coup, son regard fut attiré par une incongruité.

— Il y a un seau à charbon – vide semble-t-il – renversé en plein milieu de votre tapis.

Audrey eut une petite grimace :

— Oui, j'ai oublié de le ramasser. C'est ce que je cherchais lorsque vous êtes entré, à vrai dire.

— Vous n'êtes pas la seule à pouvoir interpréter les voix, madame. Maintenant, dites-moi la vérité. J'ai beau être relativement ignorant des devoirs des serviteurs, je sais qu'aucun domestique n'oublierait d'emporter le seau à charbon après avoir nettoyé l'âtre.

— Cela peut arriver à tout le monde, prétendit-elle sans conviction.

— Admettons... Vous avez trébuché dessus, n'est-ce pas ?

— Je vais bien.

Robert sentit une vague de colère enfler en lui. Quels monstres fallait-il être pour s'en prendre si bassement à une femme aveugle !

Au comble de la fureur, il se leva brusquement :

— Il est temps que je...

— Non !

Elle tendit le bras vers lui et il prit sa main.

— Je suis en train de m'en occuper, Robert. La situation n'est pas plus simple pour eux qu'elle ne l'est pour moi.

— Il n'empêche qu'ils sont vos domestiques ! rétorqua-t-il avec colère. Ils savent très bien ce qu'ils font ! Contrairement à la majorité de l'armée, je n'ai jamais douté que ceux qui nous sont inférieurs en rang soient moins intelligents !

— Comment cela ?

Elle secoua doucement sa main et il finit par se rasseoir à contrecœur.

— Eh bien, nos dirigeants partaient systématiquement du principe que les gens sans éducation étaient également dénués d'intelligence.

— L'intelligence n'a rien à voir. Ils n'ont simplement pas eu la chance d'avoir accès au savoir.

— Vous et moi le savons, notamment parce que nous avons grandi auprès de serviteurs. Mais, en tant qu'officier, il m'était demandé de surveiller mes soldats pour l'accomplissement des tâches les plus simples, comme s'ils n'étaient pas capables de creuser des trous tout seuls.

— Vos soldats savaient que vous les observiez. Je ne peux en revanche rien faire de tel avec les Sanford. Ce qui ne m'empêche nullement de comprendre qu'ils trament quelque chose. Et puis, tout n'est pas aussi clair que vous l'imaginez… Vous ne savez pas comme ils m'ont aidée lorsque Molly était au plus mal. C'était comme s'ils avaient décidé de mettre de côté leur campagne contre moi pour lui venir en aide. Nous faisions des tours de garde auprès d'elle. Sans eux, je n'aurais pas dormi un instant. Je ne sais pas quel est leur but, mais je suis certaine que ce ne sont pas de mauvaises gens. Alors, je vous en prie, laissez-moi me débrouiller seule et découvrir ce qui se passe exactement.

— De quelle manière puis-je vous aider, dans ce cas ?

— Figurez-vous que je viens de recevoir la liste de mes métayers ainsi que leurs adresses. J'aimerais leur rendre visite mais j'aurais grand besoin d'un chauffeur. Pourrais-je remettre ma vie entre vos mains sur ces routes de campagne ?

Robert se frotta les mains.

— Je peux m'en charger ! lui assura-t-il. J'ai même un jour conduit une charrette à travers les montagnes afghanes, car il n'y avait plus de soldat suffisamment solide pour s'en charger.

— Je ne vous infligerai pas une charrette cahotante. J'espère que la mission sera moins complexe, même si je reconnais qu'escorter une aveugle inutile n'est sans doute pas à la hauteur de votre brillante carrière militaire.

— Inutile ? se récria-t-il. Comment pouvez-vous parler de vous ainsi, fût-ce pour plaisanter ! Vos domestiques vivent dans le confort grâce à vous.

— Grâce au domaine de mon défunt mari, vous voulez dire.

— Non, grâce à *vous*. Après tout, vous pourriez tout aussi bien les renvoyer tous et transformer les fermes de vos métayers en pâturage pour le bétail, activité autrement plus lucrative !

Elle eut un hoquet horrifié.

— Jamais je ne ferais une telle chose !

— Je le sais bien. Mais vos métayers non, alors allons vous présenter à eux.

Chapitre 11

Robert conduisit le carrick[1], capote baissée pour profiter du soleil de l'automne. Audrey avait mis un chapeau pour protéger son visage, mais lui était plutôt heureux de voir la couleur revenir sur ses joues pâles.

— Alors ? À quoi ressemble-t-il, mon domaine ? demanda-t-elle avec excitation.

Robert sourit.

— Il est tout à fait pittoresque et de toute évidence très bien entretenu.

— Mmh… vous voulez dire campagnard et rustique en comparaison de votre noble château.

— Qu'avez-vous donc contre le rustique ? Après tout, je possède moi aussi un manoir pittoresque.

— Un seul ? répliqua-t-elle en pouffant.

— Bon, très bien, sans doute quelques-uns, dont certains en Écosse que je n'ai même jamais visités.

La stupéfaction se peignit sur ses traits.

— Eh bien, milord… Vous êtes tellement supérieur à nous autres, pauvres humains…

1. Voiture hippomobile semblable au cabriolet, spécialement conçue pour être attelée à deux chevaux.

— Ne soyez pas injuste, la pria-t-il doucement. Ma fortune ne m'a pas apporté beaucoup de joie jusqu'ici. Avant de quitter l'Angleterre à vingt et un ans, j'ai vécu selon l'emploi du temps voulu par mon père. Il ne déléguait rien sans y être absolument forcé.

— Les gens doivent penser que je ferais mieux de l'imiter, fit-elle remarquer avec une petite grimace. J'ai un régisseur pour gérer le domaine.

— Et vous le laissez accomplir ses devoirs, tout en le supervisant, ce qui est exactement ce qu'on attend de vous.

— Est-ce ainsi que vous agissez également ?

— Pas exactement, non. Mon intendant et mes avocats se chargent de superviser les différents régisseurs de mes propriétés. Pour être tout à fait honnête, je ne sais même pas combien j'en ai. C'est aussi pour rectifier ces lacunes que je suis revenu. Aux Indes, il n'était pas possible de prendre des décisions parfois urgentes pour mes domaines alors que le courrier pouvait mettre jusqu'à trois mois à arriver.

— L'intendant de Knightsbridge doit être heureux de vous savoir de retour.

— Je n'en suis pas si sûr… Voyez-vous, avant de partir pour les Indes, j'ai montré une certaine tendance à agir comme mon père, c'est-à-dire à vouloir tout contrôler. J'imagine que lui, comme mes serviteurs, attend de voir comment je vais agir à présent que je suis de retour.

— Nous sommes dans des situations assez similaires, finalement.

— En effet. C'est agréable d'avoir près de moi quelqu'un qui comprend l'étrangeté de la situation…

Elle sourit avant de lever le visage vers le soleil.

— Puisque je prends la place de Molly à vos côtés,

dois-je vous dire que vous aurez des taches de rousseur si vous persistez à exposer votre peau si délicate aux rayons du soleil ?

Elle répondit d'un grognement.

— Surtout pas ! De toute façon, j'ai naturellement des taches de rousseur, et à des endroits qui n'ont jamais vu le sol…

Elle s'interrompit brusquement et il vit ses joues s'embraser violemment avant qu'elle ne se détourne.

— Vous allez me laisser ainsi ? Où sont donc ces taches de rousseur ?

Elle redressa le menton.

— Cela ne vous regarde pas ! Un véritable gentleman ne poserait pas la question.

Il partit d'un grand éclat de rire.

— Je suis un soldat, ne l'oubliez pas. Nous sommes des brutes.

Elle l'ignora crânement et il secoua la tête en riant. Il était bien trop facile de la taquiner. Quelques minutes passèrent paisiblement tandis qu'ils tendaient l'oreille aux chants des oiseaux. Puis il lui parla des points d'intérêt qu'il remarquait : une rivière sinueuse, un bouquet d'arbres sous lequel un renard s'abritait.

Finalement, elle demanda d'une voix hésitante :

— Robert… Pensez-vous que mes métayers aient envie de me voir ? Ne suis-je pas en train de commettre une erreur ?

Aussitôt, il posa sa main sur la sienne.

— Ce n'est pas une erreur d'aller à leur rencontre, Audrey. C'est un petit domaine et vous vivrez tous les uns près des autres. Je crois au contraire qu'il est bon pour vos gens de savoir qu'ils peuvent venir vous voir pour n'importe quelle demande. C'est l'un des enseignements que j'ai tirés de l'armée : prendre soin des hommes placés sous mon commandement. Vous ne faites rien d'autre qu'affronter vos responsabilités.

— Dans l'armée, vraiment ? Je croyais que votre père tenait à vous imprégner de votre future charge de comte dès que vous n'étiez pas au collège.

— C'est vrai, mais j'ai fort mal appris cette leçon-là. Voyez-vous, je ne crois pas que mon père considérait ses employés comme de véritables personnes. Elles n'étaient pour lui que les pièces d'un échiquier qu'il pouvait manipuler à sa guise. On en arrive à prendre de mauvaises décisions dès lors que l'on ne considère pas les conséquences de ces décisions sur les autres.

Il était bien placé pour le savoir, lui qui avait autrefois emprunté ce dangereux chemin. Investir n'avait été ni plus moins qu'un amusement à ses yeux, un moyen de se distraire de l'ennui qu'il ressentait. Avant même d'avoir atteint ses vingt ans, il s'était lassé du jeu et de la haute société, qui ne pouvait guère lui apporter grand-chose, puisqu'il n'avait pas l'intention de se marier immédiatement. Il y avait bien les femmes, certes, mais aucune qui se préoccupât sincèrement de lui, ni aucune à chérir.

— Ah ! Nous approchons de la première maison, annonça-t-il en s'efforçant de mettre ces sombres souvenirs de côté.

— À quoi ressemble-t-elle ?

Il pouvait entendre l'inquiétude vibrer dans le timbre de sa voix. Les métayers vivaient trop souvent dans des habitations vétustes indignes d'accueillir une famille, mais ce n'était pas le cas de celle-ci.

— C'est une jolie chaumière. Un toit de chaume, des

murs de brique et l'endroit semble assez grand pour abriter au moins trois ou quatre pièces.

Elle expira doucement.

— Me voilà soulagée.

— Je peux également apercevoir un potager à l'arrière. Et des fleurs poussent devant.

— Encore mieux.

— Il y a une chèvre.

— Et j'entends des poules, s'exclama-t-elle d'un ton redevenu gai.

Robert arrêta le carrick et sauta à terre. Audrey s'était approchée du bord et cherchait du pied la marche pour descendre.

— Penchez-vous, je vais vous rattraper, proposa-t-il en tendant les bras vers elle.

Elle fronça les sourcils :

— Si vous m'indiquez où se trouve la marche...

— Vous n'avez pas confiance en votre fiancé ?

Elle tourna la tête vers la maison et il sut qu'elle se demandait si on les observait.

— Il y a un petit garçon qui nous regarde solennellement depuis la porte, un pouce dans la bouche.

Devant son petit nez plissé par la réflexion, Robert ne put retenir un rire. Puis, sans prévenir, elle se laissa soudain tomber vers lui. Il la saisit à la taille et la fit prestement tourner, la gardant dans les airs un peu plus longtemps que nécessaire, pour le seul plaisir d'admirer son beau visage riant levé vers le ciel sans nuages.

Que diable lui arrivait-il ?

Il la reposa doucement sur ses pieds en résistant à la tentation de la serrer contre lui. Elle n'était pas véritablement sa fiancée, bon sang ! Elle était une femme qui avait été trop blessée par le passé pour envisager de se remarier. Quant à lui, il ne savait même pas ce qu'il attendait de son existence désormais. Saurait-il reprendre le cours de son ancienne vie sans revenir à ses anciennes méthodes méprisables ?

À voix basse, il souffla :

— Une femme vient de sortir. Elle est en train d'essuyer ses mains sur son tablier. Elle attend près de son fils, une main sur son épaule, aussi solennelle que lui.

— Nous avons dû l'effrayer. Pouvez-vous me conduire jusqu'à elle, s'il vous plaît. Et n'oubliez pas de prendre l'un des paniers que Francis a chargés sous le banc.

Elle lui avait expliqué qu'ils contenaient chacun des présents pour les familles : des petits pains, des tartes, de la confiture et des tourtes, le tout issu de la cuisine de Rose Cottage.

Il avait d'ailleurs vu le visage de la gouvernante passer du calme placide à une grimace de souffrance en entendant les ordres de sa maîtresse. Il lui avait fallu toute la force de sa volonté pour ne pas aussitôt entrer dans la pièce et lui demander ce qui se passait. Après tout, il avait promis à Audrey de rester en retrait.

Il guida celle-ci vers la maison, tandis que la femme plaçait son petit derrière elle, dans un geste de protection. Robert ne rapporta pas cela à Audrey. Il murmura seulement :

— Elle est juste en face de nous.

— Bonjour, salua-t-elle avec entrain. Êtes-vous Mrs Telford ?

— Oui, madame, répondit l'autre, une expression prudente et résignée sur le visage.

Robert remarqua ses mains rougies par le labeur et ses cheveux noirs rassemblés sous une simple cale.

— Je suis Mrs Blake, la veuve de Martin Blake, et désormais la propriétaire de Rose Cottage. Je voulais me présenter à vous maintenant que je me suis installée pour de bon là-bas. Tenez, je vous ai apporté un présent.

Elle tendit le panier à bout de bras. Mais la femme ne bougea pas. Le petit garçon, en revanche, sortit des jupes de sa mère et s'approcha, curieux. Bien sûr, Audrey ne baissa pas le panier à sa hauteur, puisqu'elle ne le voyait pas.

La mère jeta un regard interrogateur à Robert qui hocha légèrement la tête. La pitié prit le pas sur la prudence dans le regard de Mrs Telford.

— Je ne peux pas l'attraper, s'écria spontanément le garçonnet, frustré.

Aussitôt, guidée par sa voix, Audrey abaissa le bras, le laissant s'emparer du butin qu'il convoitait.

— Comment t'appelles-tu ? s'enquit-elle avec un sourire.

— Billy.

— C'est un plaisir de te rencontrer, Billy. Maintenant, va montrer ce panier à ta maman, tu seras content de pouvoir le partager avec toute ta famille.

— C'est très aimable à vous, Mrs Blake, remercia la femme, toujours distante.

— Ce pain que je vous apporte n'a pu être fait que grâce au dur labeur que vous et votre famille fournissez. Je veux que vous sachiez combien j'apprécie votre travail. S'il vous plaît, laissez-moi vous présenter le comte de Knightsbridge, notre voisin.

Robert s'inclina poliment mais il ne put manquer de voir le changement qui s'opérait chez leur interlocutrice. Elle qui se tenait jusque-là les épaules bien droites, pleine de fierté, se plia en une révérence maladroite, le regard empli d'une stupeur effrayée.

Cela lui rappelait douloureusement la façon dont son père voulait voir les gens réagir à son apparition. Lui-même, autrefois, considérait comme tout naturel d'être traité comme une sorte de divinité écrasante, y compris par ses partenaires en affaires.

Visiblement perturbée, la femme saisit le panier si brusquement qu'il échappa des mains du petit et de la mère. Un pot de confiture en tomba et roula au sol. Robert se baissa pour rattraper confiture et panier, et le tendit à la femme en inclinant légèrement la tête. Il reçut en retour un sourire hésitant quoique stupéfait.

— Votre mari est-il là ? demanda Audrey qui n'avait pu suivre précisément ce qui venait de se passer.

— Non, madame. Il est parti faire quelques courses à Hedgerley.

— Dans ce cas, dites-lui bien que s'il avait la moindre question, il peut venir me voir. Je sais que vous avez jusque-là échangé avec Mr Drayton, désormais, je suis également disponible.

Soudain, la voix du petit s'éleva, incertaine :

— Maman, pourquoi la dame ne nous regarde pas quand elle nous parle ?

La mère jeta un regard horrifié à Robert, mais cette fois ce fut Audrey qui se baissa pour se mettre à hauteur de l'enfant.

— Je ne peux pas te regarder, Billy, parce que je suis aveugle.

Le garçonnet la considéra avec curiosité et demanda :

— Vous ne voyez rien du tout ?

— Rien du tout. Plus depuis mes sept ans.

— Moi, j'ai six ans !

— Eh bien, tu as l'air d'être très intelligent pour ton âge !

Sans la quitter du regard, Billy se déplaça sur le côté. Quoiqu'elle l'ait sûrement entendu, Audrey ne bougea pas la tête, et l'enfant parut fort amusé de ce qu'il devait considérer comme un nouveau jeu.

— Je suis là ! s'exclama-t-il.

— Billy ! s'écria sa mère. Tu ne dois pas te jouer ainsi de la dame !

Audrey se redressa, toujours gracieuse.

— Laissez, Mrs Telford. Les enfants ont des questions, c'est bien naturel. Je préfère qu'ils me les posent sans fard plutôt que de me regarder avec angoisse.

— Merci, madame, s'empressa de répondre la fermière avec plus de chaleur. Et les douceurs que vous nous offrez ont l'air délicieuses.

— Je vous en prie. Je ferai parvenir vos compliments à Mrs Sanford. Et, s'il vous plaît, saluez votre époux pour moi.

Mrs Telford exécuta une révérence plus assurée cette fois.

— C'était un plaisir de vous rencontrer, dit Robert à son tour.

Elle rougit mais lui adressa enfin un véritable sourire.

Dès qu'il eut aidé Audrey à remonter dans le carrick, elle demanda avec inquiétude :

— Cela s'est bien passé, n'est-ce pas ?

— Sans aucun doute. Vous avez vaincu sa méfiance par votre charme et votre sincérité.

— Elle n'a pas paru prendre trop mal la nouvelle de ma cécité. Cela dit, elle ne pouvait sans doute pas réagir autrement devant Sa Grâce le comte de Knightsbridge.

— Vous exagérez l'effet de ma présence à vos côtés.

— Je ne le crois pas, mais… merci d'avoir la délicatesse de le prétendre, Robert. Voyez-vous la prochaine chaumière ?

Au cours des deux heures qui suivirent, Robert savoura la compagnie de la jeune femme.

Les familles l'accueillaient finalement avec davantage d'enthousiasme que ses domestiques.

Cependant, il détestait être présenté, car son titre détournait immanquablement l'attention d'elle. Audrey ne paraissait pas s'en formaliser, toutefois.

Heureusement, cela n'empêcha pas certains métayers de l'informer de quelques-unes de leurs difficultés : une toiture qui fuyait, une querelle à propos des frontières d'un champ, un célibataire qui s'apprêtait à prendre femme et demandait à être déplacé dans une chaumière plus grande pour sa future famille… Audrey écoutait chacun gravement et promettait de consulter Mr Drayton très vite afin de trouver une solution à chacun.

Comme elle était entraînée à retenir une infinité de détails pour se repérer dans l'espace, Robert ne doutait pas un seul instant qu'elle parvienne à se remémorer chaque demande.

— Tous nos paniers ont été distribués ! déclara-t-elle avec satisfaction comme ils quittaient la dernière chaumière. Rentrons-nous ?

— Le village est tout proche. Avez-vous déjà eu l'occasion de le visiter ?

Il vit l'incertitude se peindre sur ses traits.

— J'ai été occupée par l'emménagement et puis Molly est tombée malade.

— Je pense que nous devrions y déjeuner, dans ce

cas, suggéra-t-il. Cela fait longtemps qu'on ne m'a pas vu à Hedgerley !

— C'est important, en effet, confirma-t-elle solennellement. Vos gens doivent être informés de votre retour.

— Oh ! je suis certain qu'ils sont déjà au courant. Et nul doute qu'ils ont également appris que nous étions fiancés.

Elle déglutit péniblement.

— Vous n'avez pas à faire cela, Robert. Nous ne sommes pas réellement fiancés. Plus nous nous affichons en public, plus nombreux seront ceux qui apprendront ensuite que j'ai annulé notre engagement.

— Croyez-vous que je m'en soucie ? Je vous l'ai dit, j'ai déjà été le sujet de nombreux commérages par le passé. Nos fiançailles ont tout intérêt à être connues du plus grand nombre, selon moi. Ainsi, on saura que vous êtes ma fiancée, et, mieux encore, vous serez ensuite considérée comme la femme qui a compris que je ne la méritais pas.

Elle rit de bon cœur.

— Si vous le présentez ainsi…

— Alors, vous êtes partante ?

— Je suis partante ! Allons-nous visiter chacune des échoppes ?

— Absolument toutes.

Son rire le réchauffa délicieusement tandis qu'il agitait les rênes pour presser le pas des chevaux.

À leur entrée dans le village, personne ne prêta attention à eux puisque le modeste carrick n'arborait pas d'armoiries. Mais après que Robert les eut présentés au boucher et à l'épicier, la nouvelle de leur visite se répandit comme une traînée de poudre et le libraire les attendait devant son échoppe.

Audrey avait bien conscience de faire pâle figure à côté du célèbre comte de Knightsbridge, néanmoins elle ne s'en souciait guère et appréciait l'aventure.

Robert avait beau être un homme bon, il y avait toujours dans sa voix une assurance, quand il s'adressait aux gens, la certitude que respect et obéissance lui étaient dus. Elle devinait pourtant qu'il ne contrôlait absolument pas cela, qu'elle était propre à l'éducation particulière que recevaient les enfants de la noblesse.

Elle aurait sans doute dû s'en agacer, elle qui avait toujours vécu sous le joug d'hommes tellement sûrs d'eux et de leur supériorité. Pourtant, cette assurance lui permettait aujourd'hui de faciliter grandement la rencontre avec ses nouveaux voisins.

Et, quoiqu'elle fût mal à l'aise d'être présentée comme sa fiancée, il y avait dans l'accueil qu'on lui réservait une chaleur inédite. Elle refusait toutefois de s'y fier, sachant que bientôt elle ne pourrait se fier qu'à elle-même. Néanmoins, pour l'heure, elle tirait une certaine force de sa présence. Avec un peu de chance, quand les villageois apprendraient la rupture de leurs fiançailles, elle aurait eu le temps de faire sa place parmi eux. Ils ressentiraient pour elle davantage de sympathie que de pitié.

Le vicaire vint se présenter à eux et annonça que sa femme lui rendrait visite très bientôt. Quant à la modiste, elle suggéra des couleurs de rubans qui lui siéraient et Robert lui en offrit quelques-uns.

Quand ils entrèrent dans l'auberge du Cheval Blanc, Robert ne tenta pas de lui suggérer un salon à part et elle en fut heureuse. Ils se firent connaître auprès de l'aubergiste, et bientôt la salle principale se retrouva envahie d'une foule qui n'avait sans doute pas l'habitude de déjeuner si tard.

Audrey percevait la rumeur des chuchotis. Ils étaient tous deux le point de mire de l'assemblée, or, elle découvrait, un peu surprise, qu'elle ne détestait pas cela. Après tout, elle n'était pas mécontente qu'en la voyant ces gens se disent qu'une femme aveugle pouvait finalement mener une vie ordinaire.

Comme le tenancier les quittait pour passer leurs commandes aux cuisines, Audrey fit remarquer :

— Ce doit être plaisant que les gens fassent toujours ce que vous voulez…

Il ne répondit rien, et son sourire finit par disparaître.

— Robert ?

— Ce n'est pas toujours ce que je voudrais, admit-il d'une voix teintée de remords. Surtout pas ici. C'était si facile de se laisser enivrer par le pouvoir de ma position. J'espérais que l'armée aurait arraché ce mauvais penchant de mon être, mais, apparemment, cela n'a pas suffi…

Elle se pencha vers lui.

— Oh ! non, ce n'est pas ce que je voulais dire. Je parlais plutôt du naturel désarmant avec lequel vous avez facilité mon introduction auprès de ces gens. J'ai grandi dans une famille qui a nourri mes doutes. Je n'ai jamais pu me sentir à l'aise ailleurs que dans ma maison. Ici, dans ce nouvel univers, je dois prendre modèle sur vous, alors ne regrettez aucunement votre confiance en vous.

— C'est en *vous* que j'ai confiance, Audrey. Vous allez vous découvrir des forces que vous n'auriez pas soupçonnées. L'armée m'a appris cela. Quant à vous, arriver dans une nouvelle demeure, au milieu d'inconnus… voilà votre bataille.

— Une bataille ? s'amusa-t-elle. Ainsi, je suis en train

de faire ma première percée en territoire ennemi, si je suis votre métaphore !

— Disons plutôt que vous venez négocier avec de potentiels alliés.

Elle éclata de rire.

Bientôt, un homme s'approcha pour échanger quelques mots avec Robert et elle écouta poliment. Elle se demandait ce que tous ces gens voyaient.

Elle savait ce qu'elle *ressentait* lorsqu'elle était avec lui, combien elle était sensible à son charme, à son assurance et à son humour. C'était un mélange dangereux, qui la séduisait bien plus qu'elle ne l'aurait voulu.

Elle ne devait pas s'appuyer sur lui à outrance. Il ne prenait que temporairement la place de Molly auprès d'elle, elle ne devait pas l'oublier. Mais Molly et elle auraient-elles été accueillies avec autant d'empressement par les villageois ? Non.

C'était presque… plaisant d'être la soi-disant fiancée d'un comte.

Chapitre 12

Le temps qu'ils rentrent à Rose Cottage, l'après-midi tirait à sa fin et Audrey avait hâte de voir comment Molly se portait.

Robert se tint prêt à l'aider pour descendre de voiture, et cette fois elle n'hésita pas à se laisser aller dans ses bras forts, appuyant ses mains sur ses larges épaules. Il la maintint contre lui pour la faire glisser au sol, si bien que ses jambes et son ventre effleurèrent les siens. Audrey laissa échapper un petit hoquet embarrassé, pourtant, il ne la laissa pas aussitôt aller. À moins de se dégager d'elle-même, elle ne pouvait éviter que ses seins ne touchent son torse.

— Robert, balbutia-t-elle, surprise de ressentir un long frisson la parcourir.

— Je suis votre fiancé, lui rappela-t-il d'une voix rauque. J'ai passé la journée près de vous, à vous contempler sans pouvoir vous toucher. Comment pourrais-je résister à la tentation de votre taille délicate dans mes mains ?

— Cessez de plaisanter, murmura-t-elle, à bout de souffle et le visage embrasé. J'ai entendu bon nombre d'histoires de séducteurs.

Lentement, il la libéra de son étreinte.

— Je ne joue pas les séducteurs. Je me contente

d'exprimer les émotions qui m'animent quand je suis près de vous. Après tout, un fiancé n'est-il pas censé témoigner son désir à sa promise ?

Elle hocha faiblement la tête, trop émue pour répondre. Après cette étreinte fugace, leurs adieux furent moins naturels qu'à l'accoutumée.

Tandis qu'elle montait vers la chambre de Molly, Audrey tournait et retournait sa phrase dans sa tête.

« Un fiancé n'est-il pas censé témoigner son désir à sa promise ? » Comment l'aurait-elle su ? Son premier fiancé lui avait menti. En fait, toutes les expériences qu'elle avait eues avec les hommes s'étaient révélées négatives. Et le mensonge continuait avec Robert et leurs fausses fiançailles.

Alors pourquoi ne parvenait-elle pas à rester distante et dénuée d'émotions ?

Avec un soupir, elle entra dans la chambre de Molly. Francis veillait sur elle. À son entrée, il s'excusa humblement et sortit.

Molly murmura :

— C'est un gentil jeune homme. Il ne me parle pas beaucoup, mais il y a quelque chose de… réconfortant à sa présence.

Audrey s'assit au bord du lit, un large sourire aux lèvres.

— Tu sembles aller beaucoup mieux ! s'exclama-t-elle avec un enthousiasme exagéré en comparaison de la voix toujours faible de son amie.

— Eh bien, dites-le à mon corps, car j'ai la sensation d'avoir été sévèrement battue. C'est une bonne chose que vous ne puissiez me voir, miss. Je suis effrayante.

— Comment le sais-tu ? Tu as vu ton reflet dans un miroir ?

— Non, il m'a suffi de voir la grimace de Francis quand il est entré tout à l'heure.

Audrey rit en touchant le front de Molly.

— Hum, je crois que tu as encore un peu de fièvre. Il ne serait pas prudent de t'épuiser trop vite.

— Oui. Le médecin est venu tout à l'heure et il a dit que c'était normal. Il pense qu'il me faudra encore quelques jours avant de pouvoir retrouver la santé et me lever. Des jours ! Je compte bien lui prouver qu'il se trompe !

— Tu ne feras rien de tel. Je vais veiller à ce que tu ne quittes pas cette chambre tant que tu ne seras pas entièrement remise. C'est clair, Molly O'Hern ?

— Vous ne pourrez pas me surveiller tout le temps, maugréa-t-elle.

— Oh que si ! J'ai des espions, figure-toi.

— Un seul espion, rectifia Molly avec amusement. Et vous l'avez tout à fait ébloui, il ne voit que vous…

— Francis ? fit mine de s'étonner Audrey, qui savait pertinemment que son amie ne parlait pas du serviteur.

— Allons, n'essayez pas de vous mentir à vous-même, miss, répondit Molly dans un rire fatigué. J'ai voulu m'approcher de la fenêtre pour prendre un peu l'air, tout à l'heure, et je vous ai vus, tous les deux.

Audrey hésita, atrocement mal à l'aise à l'idée de mentir à sa plus chère amie.

— Robert se montre… flatteur.

— Pourquoi semblez-vous malheureuse, alors ?

Elle admit une vérité partielle :

— Parce que j'ai trop longtemps vécu sous le contrôle des autres. Avant de me remarier, je voudrais vivre un peu pour moi-même.

— Il me semble qu'il ne vous empêche pas de le faire.

Ne vous a-t-il pas conduite jusqu'ici pour que vous ayez enfin votre indépendance ? À moins qu'il ne se montre trop pressant concernant la date du mariage ?

— Non, non. En vérité, je crois que la pression ne vient que de moi, admit-elle avant de se lever pour distraire sa soudaine nervosité.

Elle plia un plaid sur le lit puis servit un verre d'eau à Molly.

— As-tu faim ?

— Francis m'a dit tout à l'heure qu'il demanderait à Evelyn de me porter un peu de bouillon. J'ai l'impression de n'avoir rien avalé d'autre depuis des jours.

— C'est le cas, confirma Audrey en prenant sa main, les os saillant sous ses doigts. Tu as perdu du poids. Je vais voir si Mrs Sanford peut te préparer un repas un peu plus consistant.

Molly bâilla.

— Je vais peut-être me rendormir un peu d'ici là.

— Bonne idée. Repose-toi, chère Molly, chuchota-t-elle.

Elle descendit lentement jusqu'aux cuisines.

— Mrs Sanford ?

— Oui, milady ?

Elle pouvait entendre la gouvernante s'activer sur la large table de bois qui trônait au centre de la pièce. Elle lui transmit sa demande, qui fut accueillie d'un claquement de langue désapprobateur :

— J'ai soigné bon nombre d'enfants malades, Mrs Blake. Ils en veulent toujours plus que ce qui est bon pour eux, la mit-elle en garde.

Audrey se raidit à la mention des enfants, songeant au sien qu'elle n'avait pas su garder en vie. Mrs Sanford ne pouvait se douter de la peine que ses paroles avaient éveillée immédiatement en elle. Mais il n'était pas temps de s'attarder sur le passé.

Soudain, l'idée lui vint que la gouvernante se montrerait peut-être plus à l'aise et détendue dans son domaine.

— Y a-t-il un tabouret sur lequel je pourrais m'asseoir ? questionna-t-elle gentiment.

— Ici, madame.

Un tabouret fut poussé contre ses jambes.

— Merci beaucoup. Que préparez-vous donc ?

— Des tartes. Le comte les aime beaucoup et je n'en ai plus d'avance.

Bien sûr, le comte avait le droit à ses plats favoris…

— Je ne peux assez vous remercier pour les paniers que vous avez préparés pour les métayers. Ils ont été grandement appréciés.

— Tant mieux !

— Tous ceux que j'ai rencontrés semblaient contents et gentils. Y a-t-il déjà eu des tensions ou des problèmes quelconques avec les métayers, à votre connaissance ?

— Oh non, madame. Mr Drayton s'est débrouillé au mieux pour trouver des couples mariés et qui payaient leur loyer en temps et en heure.

— Les cottages semblaient accueillants et en bon état.

— Mr Blake père avait veillé à leur installation. Il pensait que des gens satisfaits travailleraient mieux. Cela a causé pas mal de soucis dans le voisinage, car certains propriétaires alentour se sont sentis offensés, mais il s'en moquait bien. Il avait également l'habitude de donner un festin pour tous ses gens une fois l'an. Malheureusement, cette coutume a cessé après sa mort, il y a des années.

— Un festin ? Cela semble charmant. Je vais en discuter avec Mr Drayton.

Ils n'avaient pas encore abordé ensemble la gestion financière du domaine, mais un festin pouvait être un bon moyen d'apaiser les tensions liées à son arrivée, y compris avec ses domestiques.

— Cela fait-il longtemps que vous travaillez ici, Mrs Sanford ?

Il y eut un flottement, et Audrey comprit que la gouvernante se demandait s'il fallait ou non poursuivre cet échange.

— Depuis que je suis enfant… Quand j'ai voulu me marier, c'est Mr Blake qui a trouvé mon époux et l'a fait venir ici.

— Mr Blake semblait être un homme bon.

— Je sais que ce genre de choses ne se fait pas dans d'autres maisons.

Audrey perçut qu'elle s'était mise sur la défensive et la rassura aussitôt :

— Je ne me préoccupe pas de savoir ce qui se fait dans d'autres maisons, Mrs Sanford. Je n'ai aucune intention de vous renvoyer parce que vous êtes mariée. Pas tant que vous fournirez un travail satisfaisant.

Elle n'ajouta rien, consciente qu'il lui fallait en passer par cette menace voilée quoiqu'elle détestât cela.

— Votre fille aînée n'a pas souhaité travailler ici, auprès de vous ? s'enquit-elle pour alléger l'atmosphère.

— Elle y travaillait, puis elle a décidé de se marier.

Mrs Sanford activait son rouleau à pâtisserie avec force, comme si elle voulait par-là lui signifier qu'elle était débordée de travail et n'avait plus le temps de converser.

— Je n'ai pas encore fait sa connaissance. Viendra-t-elle bientôt vous rendre visite ?

— Peut-être. Elle est occupée avec son garçon.

— Faites-lui savoir que j'aimerais beaucoup la rencontrer, s'il vous plaît. Je vous laisse à vos préparatifs. Je mangerai avec Molly pour le dîner.

Elle avait presque atteint la porte lorsque Mrs Sanford lança :

— Madame ?

— Oui ?

— Vous prenez toujours soin de Molly, comme si elle était bien plus qu'une servante…

— Elle l'est pour moi.

— Je… Votre dévouement est admirable.

— Merci, dit-elle enfin avant de sortir, plus insatisfaite et étonnée que jamais.

Il y avait décidément un mystère autour de sa gouvernante qu'il lui fallait percer à jour. Cela ne l'aiderait pas de laisser son personnel se comporter régulièrement avec insolence et désobéissance. Néanmoins, les derniers mots de Mrs Sanford lui donnaient un peu d'espoir pour l'avenir.

Qui était réellement responsable de la conduite étrange de la famille ? Mr Sanford, peut-être ? Elle ne le croisait que rarement puisqu'il ne travaillait pas souvent à l'intérieur du manoir. Il était sans doute temps de discuter avec lui.

Justement, elle avait l'intention de faire une promenade avec Erebus…

Robert parvint chez lui tandis que le crépuscule s'installait sur le paysage comme un lourd nuage, étendant sa brume grise sur les arbres et les collines.

Knightsbridge Hall se dressait telle une sentinelle devant lui. Ses centaines de fenêtres scintillaient aux derniers rayons du soleil couchant. L'immense bâtisse rectangulaire s'organisait autour d'une cour destinée à accueillir les invités et leurs voitures. Il y avait une aile familiale, une aile réservée aux célibataires, une aile pour les domestiques et une aile d'apparat que le public pouvait visiter et qui aurait fait la fierté de la reine elle-même.

Tout cela… pour lui seul. Il en arrivait à regretter de n'avoir pas même quelques parents pauvres à accueillir. Il y avait bien sûr des dizaines de serviteurs, des gens bien. Toutefois, il savait d'ores et déjà qu'il passerait la plupart de son temps à Londres, du moins tant qu'il n'aurait pas une famille pour habiter ses immenses appartements.

Une fois de plus, il s'attarda sur les similitudes étonnantes entre sa situation et celle d'Audrey. Elle aussi se trouvait seule dans une maison remplie de domestiques. Néanmoins, c'était ce qu'elle avait voulu. Elle désirait plus que tout son indépendance et son autonomie. Et puis, elle avait également Molly auprès d'elle, qui était bien davantage une amie proche qu'une femme de chambre.

Robert avait bien quelques amis lui aussi, ceux avec lesquels il avait tissé des liens forts aux Indes : Blackthorne et Rothford. Cependant, eux aussi tentaient de se racheter auprès des familles des deux autres soldats qui étaient morts au cours de cette terrible bataille. Il avait hâte de les retrouver et d'entendre leurs histoires, mais ce ne serait sans doute pas avant l'ouverture du Parlement en janvier.

Et puis, il y avait bien quelques amis de jeunesse avec qui il pourrait renouer des liens, à présent qu'ils étaient tous établis et pairs du royaume. Seulement, pour l'heure, il ne voulait rien d'autre que retourner auprès d'Audrey, là où il se sentait utile.

Il était temps de rendre visite à ses propres métayers,

pourtant, il appréhendait cette tournée. Serait-ce un moment agréable sans elle à ses côtés ?

Il aimait être ses yeux, il aimait l'aider à appréhender le monde qui l'entourait. Après être restée si longtemps à l'écart, elle s'émerveillait de tout, à la manière d'une enfant enjouée.

Conscient de ses devoirs, Robert passa la journée du lendemain à visiter son propre domaine. Il n'était pas possible de rencontrer plus du quart des métayers en une seule journée, néanmoins, c'était un début.

De retour au château, il avait une idée plus claire de la façon dont son domaine fonctionnait depuis neuf ans. Il avait également en tête quelques changements qu'il souhaitait mettre en œuvre, notamment agrandir les cottages pour améliorer le quotidien de ses fermiers. Et puis, la demande d'installation de nouveaux venus était forte, il pouvait également construire quelques cottages de plus.

Toutefois, il mesurait plus encore l'étendue de son ignorance après cette première visite. Il avait passé des années à commander des hommes, aussi, se retrouver en simple spectateur ne lui était pas naturel.

Il pouvait peut-être trouver un moyen pour s'investir davantage dans les tâches de son domaine, tout en laissant les gens faire ce pour quoi il les payait. Au moins, rencontrer ses métayers lui avait permis de comprendre que tous ces gens voulaient qu'il soit impliqué dans la gestion de ses biens.

Tout au long de la journée, sans surprise, il n'avait pas cessé de penser à Audrey, à ce qu'elle aurait dit, à la façon dont les gens auraient réagi à sa gentillesse chaleureuse…

Qu'avait-elle fait de sa journée ? Avait-elle pris soin de Molly ? Avait-elle exploré de nouveaux lieux de sa maison ?

Robert avait beau tenter de garder une distance émotionnelle vis-à-vis d'elle, c'était un échec complet. Elle habitait toutes ses pensées.

Il eut la confirmation que ses belles intentions n'étaient pas réalisables lorsqu'il la vit le lendemain matin. Une fois encore, personne ne gardait la porte et il entra donc seul.

La tentation était grande de retrouver Francis pour lui rappeler ses devoirs de valet, mais Audrey n'aurait guère apprécié son intervention.

Il trouva celle-ci dans le bureau, occupée à lire l'un de ses livres en relief. Il avait déjà fait cinq pas dans la pièce lorsqu'elle sursauta.

— Eh bien… moi qui vous croyais capable de reconnaître les gens à dix pas ! s'amusa-t-il.

— Bonjour, Robert, le salua-t-elle avec un sourire qui le réchauffa aussitôt.

Son plaisir n'était pas feint, elle était sincèrement heureuse de sa venue.

— Peut-être devrions-nous trouver un signal pour que vous sachiez qu'il s'agit de moi.

— Hum… Vous pourriez tout simplement frapper, par exemple ? suggéra-t-elle avec humour. Dans certaines cultures, figurez-vous que c'est le signal qu'on utilise pour prévenir de son arrivée.

— Nous pourrions avoir différents signaux en fonction de la situation, poursuivit-il sans tenir compte de sa réponse piquante. Un pour dire « J'ai besoin de vous parler en privé », un autre pour « Attention ! Quelqu'un arrive ! »

Il contourna le bureau pour venir près d'elle, en même

temps qu'elle se levait vivement, si bien qu'ils se retrouvèrent face à face, tout proches.

Instinctivement, Robert s'inclina pour l'embrasser. Elle entrouvrit les lèvres, sans doute choquée de le sentir si près d'elle, toutefois, elle n'eut aucun mouvement de recul. Alors il déposa de légers baisers sur ses lèvres, jusqu'à savourer enfin la douce chaleur de sa bouche. Sa main remonta sur sa nuque, l'incitant à laisser sa tête aller en arrière. Dans un faible gémissement, elle s'ouvrit davantage à son baiser.

Leurs langues se caressèrent et, en un instant, leur baiser se fit plus audacieux, plus passionné, lui donnant envie de plus encore. Il sentait la chaleur de son corps qu'elle pressait contre le sien, et malgré tous les vêtements entre eux, cela le rendait fou, emplissait ses sens.

Avec une certitude brutale, il sut alors qu'il ne désirait rien d'autre qu'elle devienne une veuve scandaleuse et fasse de lui son amant.

Audrey était entièrement perdue dans l'urgence des sensations brûlantes que Robert provoquait en elle. Elle sentait la puissance et la force virile de ce grand corps auquel elle ne songeait pas un instant à résister.

Elle éprouvait une attraction irrésistible.

Ce fut cette prise de conscience qui l'incita brusquement à rompre leur étreinte, horrifiée de constater à quelle vitesse il avait pu passer outre les règles qu'elle s'était imposées, la promesse qu'elle s'était faite de ne plus jamais dépendre d'un homme.

— Je… je ne peux pas, murmura-t-elle. Je vous en prie, ne me demandez pas cela.

Elle était toujours dans ses bras et il ne la laissa pas aller tout de suite.

— Je vous jure, Audrey, que je n'avais pas l'intention de vous embrasser, dit-il d'une voix rauque. Néanmoins, je dois reconnaître que j'ai apprécié ce baiser. Accepterez-vous tout de même mes excuses ?

— Peut-être… peut-être le pourrais-je si vous me laissez aller.

C'est ce qu'il fit aussitôt et elle dut s'agripper au bureau tout proche pour ne pas vaciller, comme si elle était incapable de garder l'équilibre sans son aide.

Non ! Elle n'avait besoin de personne pour tenir debout ! Seulement, il se révélait plus ardu que prévu de jouer les fiancées éprises sans succomber à la tentation.

Et puis, il avait aussi promis de tenir le rôle de Molly dans sa vie jusqu'à ce que celle-ci soit remise et, en son absence, la veille, elle s'était sentie presque… impuissante. Un sentiment entièrement étranger à sa nature.

Elle comprenait désormais à quel point elle était dépendante d'autrui – jusque-là de Molly – pour évoluer dans le monde. Et l'idée qu'elle ne serait jamais vraiment indépendante du fait de sa cécité était difficile à accepter.

Néanmoins, il n'était pas question d'utiliser Robert pour retrouver une assurance factice. Elle était la seule à pouvoir reconquérir sa confiance en elle.

Il se tenait toujours à un pas d'elle et Audrey ne percevait plus rien, sinon son souffle, aussi haletant que le sien.

— Je ne sais pas ce que vous aviez en tête, Robert, parvint-elle enfin à articuler, mais je n'ai aucune intention de jouer les veuves scandaleuses avec vous dans le rôle du débauché. Une liaison ne m'intéresse pas.

— Je le sais, murmura-t-il, et je n'essayais pas de vous

convaincre. Bon sang ! Je ne sais pas ce que je faisais, en vérité ! C'est seulement... vous étiez là, si belle et irrésistible ! La tentation de vous embrasser a été la plus forte. Et puis je me suis dit : « Serait-ce si mal d'entamer une liaison ? »

— Eh bien, asseyez-vous en face, ce sera plus prudent, dit-elle en reprenant un peu ses esprits. Mieux vaudrait garder un peu de distance.

— Pour vous ou pour moi ?

Il la taquinait de nouveau et elle s'efforça de se détendre.

— Pour *votre* bénéfice, assura-t-elle avec fermeté.

Il rit tout bas.

— Je ne suis qu'un homme soumis à ses faiblesses.

— Nul n'est parfait, admit-elle avec une moue. Moi, moins que quiconque. À ce propos, je dois vous raconter ce qu'il s'est passé hier.

— Que diable s'est-il passé ?

Tout amusement avait disparu de sa voix.

— Inutile de vous faire autant de souci. La journée avait étonnamment bien commencé. Au matin, j'ai fait la connaissance de Mr Drayton et nous avons longuement discuté des difficultés que mes métayers m'ont rapportées. Nous avons également abordé le sujet des finances et de la possibilité d'organiser un festin pour célébrer le succès des récoltes. Ce serait aussi l'occasion de faire plus ample connaissance avec mes gens.

— De telles festivités sont-elles possibles selon lui ?

— Tout à fait. Je voulais également inviter les plus nécessiteux de la paroisse, mais il m'a mise en garde que la dépense serait inconsidérée pour cette année, mais sans doute possible l'année suivante.

— Et c'est cela que vous prenez comme prétexte pour

affirmer n'être pas parfaite ? demanda-t-il, un sourire dans la voix.

— Oh non, non. Laissez-moi en arriver à ma deuxième idée.

Audrey posa le doigt sur ses propres lèvres pour lui intimer le silence et contourna le bureau afin d'aller fermer la porte du bureau.

— Qui donc se comporte de façon scandaleuse, à présent ? demanda-t-il dans un rire.

— Quel scandale ? Nous sommes fiancés, rappelez-vous, répliqua-t-elle en reprenant place dans le fauteuil de cuir. Toujours est-il que j'ai décidé ensuite qu'il était grand temps que je discute un peu plus avec Mr Sanford. Je ne le vois que rarement et le peu de fois où j'ai échangé quelques mots avec lui, sa voix avait tout du grognement désapprobateur. Je n'ai certes pas besoin de son approbation, me direz-vous, simplement, je souhaite que mon foyer soit harmonieux. J'ai donc cru qu'en passant un peu de temps avec lui…

Elle s'interrompit pour pousser un soupir.

— Ce n'était pas une mauvaise idée, sans doute, mais elle n'a pas rencontré le succès escompté. J'ai décidé de faire seller Erebus pour une première balade à cheval sur le domaine.

— Sans Molly ou moi ? s'écria-t-il, visiblement alarmé.

— Vous semblez indigné, Robert. N'ai-je donc pas le droit d'aller me promener sans votre consentement ?

— Je voulais vous accompagner pour votre première visite du domaine. Mais j'imagine que ce n'est pas ce que vous souhaitez entendre…

— En effet, confirma-t-elle sévèrement.

— Que s'est-il passé ?

— Saviez-vous que la chienne de l'écurie avait eu des petits ?

— Qu'est-ce que cela a à voir avec Mr Sanford ?

— Soyez un peu patient ! J'ai donc demandé à Francis de m'accompagner aux écuries pour me laisser auprès de son père – qui n'a pas paru franchement ravi de se retrouver ainsi coincé en ma compagnie.

— Il est votre employé, répliqua sèchement Robert, le fait qu'il exprime une telle hostilité à votre égard…

—… est pour le moins curieux, non ? le coupa-t-elle. En fait, cela n'a même aucun sens. Toujours est-il que j'ai demandé à Mr Sanford de seller Erebus, afin qu'il commence à se repérer dans le domaine. C'est un cheval très intelligent, vous savez…

Il poussa un soupir dramatique :

— Terminez d'abord votre histoire, le suspense est intolérable !

— Vous êtes d'une telle impatience, Seigneur !

— C'est sans doute l'une des raisons pour lesquelles je vous ai embrassée.

Audrey rougit. Elle ne voulait pas revenir là-dessus car ce seul souvenir suffisait à lui ôter toute pensée rationnelle. Aussi préféra-t-elle l'ignorer :

— Je n'ai pas entendu la chienne et je suppose que lui ne l'a pas vue non plus. Mais, bien sûr, rendue agressive par le besoin de protéger ses petits, elle a poussé un aboiement qui a effrayé le pauvre Erebus quand nous nous sommes approchés trop près. Je n'avais pas songé que mon cheval n'avait jamais vécu auprès des chiens. Il a donc rué et je suis tombée.

— Vous êtes tombée ?

Elle l'entendit se lever d'unbond et venir vers elle. Elle

tendit une main pour l'arrêter, quoique son cœur se soit aussitôt mis à battre plus vite.

— Restez où vous êtes, je vais parfaitement bien.

— Bon, admettons. Vous n'avez pas eu l'air de souffrir lorsque je vous tenais dans mes bras, convint-il à contrecœur.

— Voulez-vous bien cesser de me rappeler ce moment inapproprié ?

— Je ne peux pas m'en empêcher. Je ne suis qu'un homme, Audrey.

— Vous ne cessez de le répéter, pourtant je ne suis pas une sirène qui envoûte les hommes…

— Vous ne vous voyez pas, lui dit-il doucement. Vous êtes ravissante, en vérité.

— Mon mari aussi me flattait, rétorqua-t-elle. Tout cela pour obtenir ce qu'il voulait.

— Quant à moi, je ne fais rien d'autre que vous dire la vérité.

— Pour obtenir ce que vous voulez…

Il resta silencieux un instant.

— Sérieusement, Audrey. Avez-vous été blessée ?

— Oh ! j'ai quelques bleus que vous ne verrez pas, voilà tout.

— Ah… Non loin de ces mystérieuses taches de rousseur, alors ?

Elle dut se mordre la lèvre pour ne pas rire. Inutile de l'encourager, il était déjà intenable.

— Mr Sanford semblait sincèrement horrifié après ma chute. Il n'avait jamais eu l'intention qu'un tel accident se produise, j'en suis sûre. Quelqu'un de méfiant dirait qu'il ment, mais… je ne pense pas que ce soit le cas.

— Vous n'êtes pas assez suspicieuse, à mon avis, répondit-il en grommelant.

— J'ai bouleversé leurs vies et rendu l'avenir incertain à leurs yeux. Je dois me montrer patiente. Quant au pauvre Erebus, il ne savait plus quoi faire de lui-même après sa maladresse et ne cessait de me câliner du bout du nez. J'ai pris ses attentions comme une tentative d'excuses.

— Ou bien peut-être cherchait-il surtout votre contact pour s'éloigner de Sanford. Semblait-il négligé ?

— Dieu du ciel ! Absolument pas ! Il était aussi doux et affectueux qu'à l'accoutumée, et naturellement heureux de me revoir. Votre monture est également restée aux écuries chaque journée que vous avez passée ici. Vous a-t-elle semblé maltraitée ?

— Je dois bien reconnaître que non. Toutefois, je suis un comte en visite, et non leur maîtresse aveugle importune. Promettez-moi de vous montrer extrêmement prudente, Audrey.

— Je vous le promets.

— Et la prochaine fois, attendez-moi !

— Ou bien Molly…

— Bon, très bien. Ne me demanderez-vous pas ce que je faisais hier ?

— Si, bien sûr.

Il lui raconta donc sa visite du domaine et son souhait de faire bâtir davantage de cottages pour ses paysans.

— Tout cela est enthousiasmant, Robert, s'exclama-t-elle, sincèrement ravie pour lui.

— Néanmoins, votre présence m'a manqué.

Elle préféra ignorer son ton soudain sérieux pour feindre la plaisanterie :

— Et de quoi aurions-nous eu l'air ? Vous, le comte de Knightsbridge, incapable d'être séparé de sa fiancée aveugle, ne fût-ce que pour un après-midi ? J'aurais paru impotente, et vous faible, voilà tout.

— Vous avez tort, mais accordons-nous sur notre désaccord pour cette fois. À présent, dites-moi, que puis-je faire pour me rendre utile, aujourd'hui ?

— Eh bien, j'aimerais beaucoup pouvoir lire les registres financiers du domaine sans que soyons surveillés par Mr Drayton. Si vous pouviez me faire la faveur de lire à haute voix, je pourrais me faire une idée précise des dépenses du domaine. Je dois m'assurer que nous pourrons continuer à vivre sans souci du lendemain, puisque, comme vous le savez, je n'apporte pas le moindre argent pour soutenir le train de vie du manoir.

— Très bien. Où pourrais-je trouver ces registres ?

— Ils devraient se trouver ici même. Mais il y a tant de livres ! Peut-être ici, près du bureau… ?

Elle l'écouta un moment s'agiter autour d'elle, en quête des fameux registres.

— Ils semblaient assez épais et reliés de cuir lorsque Mr Drayton les a consultés avec moi.

Après quelques minutes infructueuses, Robert déclara forfait :

— Je ne vois rien de ressemblant ici. Est-il possible qu'il les ait ramenés chez lui ?

— Il m'a dit posséder ses propres copies qu'il apporte à chaque fois pour vérifier que les comptes sont justes. J'imagine qu'il a pu prendre l'exemplaire du domaine par mégarde. Cela dit, les volumes étaient si lourds, comment aurait-il pu ne pas se rendre compte qu'il en emportait deux avec lui ?

Ils poursuivirent leurs recherches jusque dans la

cuisine, où Mrs Sanford conservait ses propres registres des dépenses pour la nourriture. En vain.

Audrey ne pouvait s'empêcher de se demander si ce n'était pas là une nouvelle tentative de la part de ses domestiques pour la déstabiliser.

Soudain, Francis fit son entrée dans la cuisine pour annoncer :

— Vous avez de la visite, Mrs Blake.

Audrey redressa brusquement la tête. Un visiteur ? Ce serait le tout premier, à l'exception de Robert, bien sûr. Peut-être la femme du vicaire venait-elle déjà ?

Elle s'apprêtait à rejoindre le salon, lorsque Francis précisa :

— C'est votre sœur, Miss Blythe Collins, et sa femme de chambre.

Audrey s'immobilisa si brusquement que Robert, qui lui avait emboîté le pas, n'eut pas le temps de ralentir et la percuta, lui attrapant les bras pour arrêter une chute éventuelle.

— Votre sœur ? s'exclama-t-il, visiblement aussi surpris qu'elle. N'est-elle pas censée se trouver à Londres ?

— Si. J'espère que rien de grave n'est arrivé…

Chapitre 13

Comme Robert suivait Audrey dans le hall d'entrée, une sourde inquiétude le taraudait. De quelle façon l'arrivée de sa sœur, si dure à son encontre, affecterait-elle la jeune femme ?

À Rose Cottage, Audrey était l'unique maîtresse, cependant, la présence de Blythe risquait de lui rappeler cette existence où elle n'était jamais autorisée à quitter sa maison.

Une jeune domestique était assise sur le banc de l'entrée, son châle serré autour de ses épaules. Quand elle l'aperçut, elle rougit et baissa les yeux sans dire un mot.

— La femme de chambre de Miss Collins doit-elle se rendre aux cuisines ? s'enquit-il.

Audrey s'arrêta et lui adressa un sourire reconnaissant.

— Charlotte ?

La servante se leva précipitamment et s'inclina dans une révérence hâtive.

— Oui, Mrs Blake.

— Lord Knightsbridge a tout à fait raison. La gouvernante, Mrs Sanford, te trouvera une chambre où t'installer et te montrera les lieux. Tu peux rejoindre la cuisine en prenant le couloir par lequel nous sommes arrivés.

— Merci, madame, murmura Charlotte en s'éclipsant.

Robert vit Audrey redresser ses épaules avant de faire son entrée dans le salon, sans marquer la moindre hésitation.

— Blythe ?

Robert s'arrêta sur le seuil afin d'embrasser la scène du regard. Miss Collins se tenait debout au milieu de la pièce, vêtue d'une élégante robe verte assortie d'une veste de voyage et d'un coquet petit chapeau posé sur ses boucles brunes.

Il crut lire une certaine nervosité sur ses traits, mais celle-ci disparut dès qu'elle l'aperçut, aussitôt remplacée par ce sourire séducteur qui trahissait la confiance qu'elle avait en ses charmes. Avant même qu'elle ait ouvert la bouche, Robert se méfiait de ses motivations à venir jusque chez sa sœur, qu'elle n'avait traitée qu'avec mépris.

— Audrey, quelle charmante maison, lança-t-elle poliment, sur ses gardes.

— Je suis heureuse de ta venue, Blythe, répondit celle-ci en tendant une main que sa cadette prit. Pourquoi ne pas m'avoir dit que tu voulais me rendre visite ? Je croyais que tu comptais rester à Londres.

Miss Collins haussa les épaules avec désinvolture en jetant un regard de côté vers lui.

— La Saison n'a pas encore commencé et la plupart de ceux qui comptent ne sont pas encore de retour à Londres. J'ai fait le tour de mes connaissances et puis... je suis venue voir le manoir dont tu as hérité. Rose Cottage, c'est cela ?

Audrey acquiesça en souriant aimablement, comme s'il n'y avait jamais eu le moindre souci entre sa sœur et elle. Il suspectait qu'elle était prête à faire n'importe quoi pour améliorer sa relation avec sa sœur.

De façon tout à fait surprenante, il ressentit pour la

première fois une pointe de colère envers Audrey. Pourquoi avait-elle tant besoin de l'approbation de sa famille ?

Mais n'était-ce vraiment que cela ? En effet, Robert n'avait plus aucun proche et il aurait sans doute sacrifié beaucoup pour la compagnie d'un membre de sa famille. C'était cela qu'Audrey cherchait à préserver, bien plus qu'elle ne s'offrait en sacrifice aux abus de sa sœur.

De toute façon, il comptait bien s'assurer que Miss Collins sache, sans l'ombre d'un doute, qu'il ne tolérerait aucun mauvais traitement à l'égard d'Audrey.

— Est-ce que tu ne fais que passer, ou bien vas-tu rester un moment ? interrogeait celle-ci. Tu serais ma toute première invitée à passer la nuit !

Miss Collins jeta un regard soupçonneux dans sa direction.

— Lord Knightsbridge n'est-il pas resté dormir ?

Il se retint de lever les yeux au ciel. Qu'allait-elle s'imaginer ? Qu'ils entretenaient une liaison au su et au vu de tous ? Non que cela le dérangeât pour sa propre réputation, mais celle d'Audrey lui tenait à cœur.

— Ma demeure ne se trouve qu'à huit miles d'ici, intervint-il avec froideur. Ce serait tout à fait inapproprié de ma part de passer la nuit à Rose Cottage.

Miss Collins écarquilla les yeux.

— Oh ! pardonnez-moi. Bien sûr, vous avez raison. Comme vous êtes désormais fiancés, j'ai pensé que, peut-être, Audrey aurait pu requérir votre aide pour son installation.

— Robert m'a beaucoup aidée, en effet, confirma Audrey avant qu'il ait pu répondre. Il a été un ami très cher sur lequel j'ai pu compter, notamment depuis que la maladie de Molly l'a forcée à garder le lit.

— Je suis désolée d'apprendre que Molly s'est trouvée mal, et j'espère qu'elle se remet. Mais un « ami » ?

— Ne faut-il pas être amis quand on est sur le point de se marier ? répliqua-t-il.

Audrey tourna la tête dans sa direction et il reconnut sans peine l'expression sur son visage : elle n'appréciait guère ses interventions pour la défendre et tenait à gérer seule la situation.

Dieu qu'il était agaçant d'être fiancé à une femme aussi indépendante ! Cela ne lui donnait aucune envie de trouver sa propre épouse.

Une amante, en revanche…

— Je t'en prie, assieds-toi, Blythe. Robert, pouvez-vous demander à Francis d'apporter un plateau de thé, afin que nous apaisions nos appétits en attendant le déjeuner ?

Robert s'exécuta avant de revenir aussitôt.

Les deux sœurs étaient assises côte à côte sur le sofa, aussi prit-il place en face d'elles, de l'autre côté de la table basse. Miss Collins poussa un soupir dramatique en annonçant :

— Londres était assez ennuyeuse, en vérité.

Robert retint un grincement de dents. Comme si Audrey avait la moindre idée de ce à quoi Londres pouvait ressembler, puisque sa famille ne l'y avait jamais conduite ! Cette entrevue commençait fort mal à son goût…

La violence de ses réactions ne laissait pourtant pas de le surprendre. En quelques jours seulement, voilà qu'il se prenait de passion pour la défense d'Audrey.

— Je suis désolée de l'entendre, répondait-elle gentiment. Je sais combien tu apprécies de t'y rendre, d'ordinaire.

— Eh bien, tant pis ! Cela me donne l'occasion de voir de mes propres yeux ton héritage. Je sais combien la perspective de posséder cet endroit te plaisait. A-t-il répondu à tes attentes ? demanda-t-elle d'un ton dubitatif.

Il admira une fois de plus la grâce avec laquelle Audrey répondit, sans prendre ombrage du ton supérieur de Miss Collins :

— C'est bien au-delà de tout ce que j'avais pu rêver. Cet endroit m'apparaît comme un cadeau d'excuse de la part de Mr Blake. Une occasion inespérée pour moi de commencer une nouvelle vie.

— Tu ne resteras pas ici longtemps, fit remarquer Miss Collins. Bientôt, tu deviendras la maîtresse de Knightsbridge Hall.

Robert était fort curieux d'entendre la réponse à cette question-ci !

— Nous n'avons pas encore déterminé de date précise, répondit-elle avec un naturel confondant. Et Rose Cottage demeurera l'une de nos propriétés et mon douaire, aussi, je tiens à ce qu'elle prospère.

— Vous vous préparez déjà à mon décès ? s'enquit-il, avec un sarcasme amusé.

Miss Collins le surprit en répondant d'un ton soudain grave :

— Toute femme doit se préparer à l'éventualité du veuvage, milord. Notre père ne laisserait jamais Audrey se marier sans s'assurer que le contrat de noces lui offre une protection sérieuse pour ses vieux jours.

Estomaquée, Audrey songea aux paroles de sa sœur tandis qu'elle servait le thé que Francis venait de déposer sur la table.

Se pouvait-il que son père veuille sincèrement s'assurer

qu'on prenait correctement soin d'elle ? Elle avait toujours considéré qu'il voulait d'abord et avant tout exercer davantage de contrôle sur elle. Mais s'inquiétait-il réellement de son devenir quand il serait parti ? C'était là une nouveauté.

— Je n'ai pas besoin de l'assistance de père pour ce contrat de mariage, puisque je suis une veuve légalement capable de gérer seule ses affaires, affirma-t-elle finalement en tendant une tasse à sa sœur. Cependant, j'apprécie ton inquiétude, Blythe. Lord Knightsbridge m'a appris que nos fiançailles étaient connues de tous à Londres.

— Est-ce que cela devait rester un secret ? demanda Blythe.

Audrey sut qu'elle s'aventurait en terrain glissant et qu'il lui fallait se montrer prudente. Elle tendit sa tasse à Robert avant de saisir la sienne.

— Non, bien sûr. Nous avons simplement été surpris d'avoir déjà reçu des félicitations.

— J'ai effectivement mentionné la nouvelle au cours d'un dîner. Les gens étaient fort étonnés que, si vite après son retour en Angleterre, Lord Knightsbridge s'engage dans le mariage.

Audrey perçut parfaitement dans le ton de sa sœur les doutes qu'elle ne cherchait aucunement à cacher. À présent qu'elle savait que Robert ne serait pas pour elle, Blythe ne se montrait plus aussi prudente face à lui.

— Étaient-ils surpris d'apprendre que vous aviez une sœur ? s'enquit-il froidement.

Audrey retint son souffle. Elle tenta d'imaginer l'expression de Blythe en cet instant, mais tout ce qu'elle voyait, dans son esprit, c'était le visage adorable de l'innocente petite fille d'autrefois.

— Robert…

— Non, Audrey, l'interrompit sa sœur. Lord Knightsbridge a tous les droits de s'exprimer ainsi s'il se préoccupe de toi. Milord, sachez que mes amis de Londres ont toujours su que j'avais une sœur aveugle. Ce qui les a davantage surpris, voyez-vous, c'est que vous lui ayez fait votre demande, alors que vous rentriez à peine des Indes et sans l'avoir jamais rencontrée dans votre jeunesse.

La tasse d'Audrey racla légèrement la soucoupe comme elle la portait à ses lèvres. Blythe était-elle réellement inquiète pour elle, et non pas simplement jalouse ? Bien sûr, elle n'était pas assez naïve pour tout oublier du mépris récurrent de sa sœur à son égard, néanmoins, celle-ci avait peut-être à son égard des sentiments plus complexes qu'elle ne l'avait cru. Cette idée enflammait la lueur d'espoir en elle : et si elles réussissaient à avoir un vrai lien de sœurs ? Elle se reprit aussitôt, sachant que c'était bien trop tôt.

— Croyez-vous donc votre sœur incapable d'inspirer le respect, l'admiration et l'amour ? répliqua Robert.

— Je dis seulement qu'il se peut que vous ayez d'autres motifs que ses évidentes qualités, rétorqua Blythe, acide.

— Blythe, l'arrêta Audrey. Je n'ai ni dot, ni richesse, ni grande beauté et je suis aveugle. Je ne suis pas sûre qu'il existe le moindre motif trouble pour m'épouser. Laissons là cette discussion stérile. Aimerais-tu faire le tour de la maison avant le déjeuner ?

— Avec grand plaisir, accepta-t-elle avec une certaine raideur.

Comme Audrey se levait, elle sentit Robert toucher légèrement son bras. Elle sut qu'il lui offrait de la guider, mais, après leur baiser et son invitation à peine voilée à entretenir une liaison scandaleuse, elle était certaine de rougir ou de vaciller à son contact. Aussi secoua-t-elle légèrement la tête.

En conséquence, elle dut se concentrer pour compter les pas qui les menaient d'une pièce à l'autre, se guidant aux meubles dont elle pouvait se souvenir. Elle priait intérieurement pour qu'aucun des domestiques n'ait laissé quelque chose en travers de son chemin.

Plus d'une fois, Blythe retomba dans sa mauvaise habitude de la mettre en garde contre tout et n'importe quoi, comme si Audrey ne pouvait faire trois pas sans chuter. Certes, dernièrement, elle avait percuté un seau à charbon et était tombée d'Erebus, mais elle ne comptait pas évoquer ces mésaventures.

Cependant, Blythe posait également des questions qui montraient un intérêt apparemment sincère, et Audrey finit par se détendre.

Peu avant le déjeuner, elle laissa sa sœur dans la chambre qui avait été préparée pour elle, Robert dans le bureau, et alla voir comment se portait Molly.

Comme elle tendait la main pour toucher le front de son amie, elle rencontra son épaule.

— Ah, je vois que tu t'es redressée ! s'exclama-t-elle avec soulagement. C'est une excellente nouvelle !

— Oui, cela me donne parfois un peu la migraine, mais je veux être debout le plus tôt possible.

— Tu as tellement hâte que je te fasse travailler jusqu'à l'épuisement ? plaisanta-t-elle.

— J'ai surtout hâte de voir quel mauvais coup votre sœur prépare, Miss Audrey.

— Je vois que les nouvelles vont vite…

— Francis est venu m'informer de sa venue.

— Vraiment ? s'amusa Audrey.

— Il n'y a pas là de quoi rire, Miss Audrey. Que vient-elle faire ici, alors qu'elle ne s'est jamais préoccupée de vous par le passé ?

— Elle a dit qu'elle voulait voir où je m'étais installée.

Molly émit un claquement de langue désapprobateur.

— Heureusement que je n'attends pas de toi la déférence qui sied aux domestiques, fit remarquer Audrey. Mais ce n'est pas tout… Elle affirme aussi s'inquiéter des motivations de Lord Knightsbridge à mon égard, comme si elle tentait de mettre de côté son ancienne jalousie.

— Soyez prudente, miss. Miss Blythe n'a jamais pensé à personne d'autre qu'à elle-même et se moquait bien de vous faire du mal. J'ai du mal à croire qu'elle puisse avoir changé si soudainement. Je vais essayer de parler à Charlotte pour voir ce qu'elle sait.

— Je te remercie de ton inquiétude, Molly, mais puisque j'ai décidé de prendre enfin ma vie en main, c'est une opportunité de réconciliation que je ne veux pas laisser passer. Si nous pouvions avoir enfin une vraie relation, elle et moi…

Elle laissa sa phrase en suspens, la gorge nouée d'émotion.

— Vous avez une nouvelle relation dans votre vie. Très bientôt, vous aurez un époux et une famille tout à vous.

Audrey retint à grand-peine un son dubitatif.

Le déjeuner se déroula dans une ambiance tendue. Audrey trouvait absolument incroyable que Blythe et Robert se montrent tous deux aussi hostiles l'un envers l'autre, à son sujet. C'était pour elle une expérience toute nouvelle d'être ainsi au centre des préoccupations. Aussi ne savait-elle comment gérer la situation, sinon en prétendant ne rien remarquer.

Ainsi, elle parla gaiement de ses métayers et demanda à ses deux interlocuteurs leur avis sur le festin qu'elle envisageait de donner.

Ce ne fut qu'après qu'une crème leur eut été servie en dessert que Robert intervint, la voix sombre :

— J'ai tenu ma langue tant que j'ai pu, Audrey, parce que je sais combien vous aimez vous occuper vous-mêmes de ces affaires. De même, Miss Collins n'a rien dit sur le fait que Francis ne lui a toujours apporté aucun couvert, même après qu'elle le lui a demandé.

Audrey sentit son visage s'embraser d'embarras.

— Pourquoi ne pas me l'avoir dit ? demanda-t-elle à sa sœur.

— Je n'ai pas jugé que c'était très important, en vérité. Le pauvre garçon semblait affolé à l'idée de servir un comte, voilà tout…

Audrey était extrêmement surprise que sa sœur ne se soit pas plainte bruyamment de la négligence du domestique. Une telle compréhension n'était pas habituelle chez elle.

— Il me sert depuis plusieurs jours maintenant, rétorqua Robert. Il était nerveux pour une autre raison, que votre sœur souhaite gérer seule.

— Comment cela ? demanda Blythe.

— Je… je ne sais pas exactement, admit-elle enfin. Les serviteurs semblent avoir une bonne raison de vouloir me voir partir, car ils font beaucoup pour m'ennuyer.

— De tels domestiques devraient être renvoyés, fit remarquer Robert.

— Reconnaissez toutefois que cela n'a aucun sens, tempéra Audrey. Ils sont une famille. Ce serait absolument désastreux pour eux de se retrouver tous à la porte.

— À moins qu'ils n'aient caché de l'argent volé au fil des années, répliqua Robert.

— Je ne peux pas le croire. Quel argent, de toute façon ? Mr Drayton m'a expliqué la moindre dépense et...

— Et pour l'heure, les registres sont introuvables, lui rappela-t-il.

— Ce n'est tout de même pas une conspiration, intervint Blythe.

Audrey fut surprise d'entendre dans sa voix un amusement aux notes peu sincères.

— Comment cela ?

— Tu me les as présentés. J'ai pu constater leur embarras et leur gêne. Peut-être justement qu'ils sont effrayés à l'idée que tu les renvoies et que c'est pour cette raison précisément qu'ils commettent constamment des erreurs...

— Ce n'est pas parce que je suis aveugle que je ne suis pas capable de comprendre quand quelque chose ne va pas sous mon toit. Je ne laisserai certainement pas ce genre de comportements perdurer. Mais ton argument se tient, admit-elle.

— Bien sûr, tu es la seule à pouvoir décider ce qu'il convient de faire, murmura Blythe.

Sa sœur venait-elle bien d'éviter sciemment une nouvelle dispute ? Que diable lui arrivait-il ?

— As-tu prévu quelque chose pour cet après-midi ? s'enquit Blythe.

Audrey resta silencieuse un instant, le temps de reléguer ses inquiétudes au fond de son esprit.

— Euh... rien qui ne puisse attendre.

— Je voudrais bien voir les jardins, dans ce cas. Tu sais comme j'aime arranger des bouquets.

Vraiment ? Audrey retint son exclamation de surprise

à temps. Après tout, c'était un passe-temps féminin, et Blythe cherchait peut-être encore à impressionner Robert.

— Je vais vous laisser à vos jardins, mesdames. Je dois partir en quête de ces registres.

Robert parti, Audrey prit le bras de sa sœur pour sortir. Elle ne se rappelait pas la dernière fois qu'elle avait eu à le faire. Elle connaissait par cœur la configuration de sa maison d'enfance. La même idée dut traverser l'esprit de Blythe, car elle demanda :

— Et où se trouve ta chère Molly, en ce moment ?

— Elle a traversé une terrible fièvre voilà quelques jours. Elle est encore alitée.

Audrey sentit le bras de sa sœur se raidir brusquement sous ses doigts.

— Tu as parlé de sa maladie, mais je n'avais pas saisi que c'était aussi sérieux.

— Ne t'inquiète pas, elle est la seule à être tombée malade et elle se remet bien. Elle est seulement encore trop faible pour reprendre ses activités habituelles.

— Dans ce cas, qui est ton secrétaire ?

Audrey hésita une seconde :

— Lord Knightsbridge m'a aimablement offert son assistance.

Elle sentit Blythe se pencher en avant, entendit la porte s'ouvrir, puis sentit sur son visage une brise fraîche ainsi que la chaleur du soleil.

— Si tu as besoin d'un châle…, proposa Audrey.

— Non, non, ça ira. Cet homme paraît presque trop beau pour être vrai, ajouta-t-elle d'une voix tendue.

— Je le pense parfois aussi, admit Audrey.

— J'ai parlé de lui à mes relations à Londres. Oh ! mon Dieu ! Ces azalées et ces rhododendrons sont splendides !

Le changement brutal de sujet ne lui avait pas échappé…

— Il y en a beaucoup, oui, mais ils ne sont pas en fleurs à cette époque de l'année. Pourquoi sommes-nous venues ici, Blythe ? Voulais-tu seulement être libérée du comte ?

— Ne veux-tu pas savoir ce que les gens disent de lui ?

Audrey hésita.

— Écouter les rumeurs n'apporte jamais rien de bon, d'après mon expérience.

— Les rumeurs ne sont pas fiables, je te l'accorde. Mais les faits… sont des faits. Allons, viens t'asseoir. Il y a un banc juste derrière toi.

Audrey s'assit et lâcha le bras de sa sœur.

— Pourquoi donc te soucies-tu à ce point de qui j'épouse, du moment que je ne serai plus un embarras pour toi ? À moins que me voir devenir comtesse ne t'embarrasse plus encore ?

Elle n'allait bien sûr pas devenir comtesse, mais elle était déterminée à entendre la vérité de la bouche de sa sœur.

— Tu as déjà été utilisée par un homme par le passé, répliqua sèchement Blythe. Je n'imaginais pas que tu accepterais que cela recommence, voilà tout.

— Il ne m'utilise pas ! En fait, c'est moi qui…

Elle se mordit la lèvre, horrifiée de ce qu'elle avait presque laissé échapper. Après une profonde inspiration, elle reprit avec plus de calme :

— Nous n'avons arrêté aucune date, Blythe. Je ne me précipite pas et j'apprends tout ce que je peux sur Lord Knightsbridge et son caractère. Dans le même temps, je profite d'un semblant de liberté pour la première fois de ma vie. Pourquoi essayes-tu de m'enlever cela ?

— Te l'enlever ? Certainement pas ! De la même façon que Lord Knightsbridge t'a parlé des errements des domestiques – parce que tu *voulais* savoir – je me dois de te parler franchement de mes craintes. Il a été absent l'essentiel de sa vie d'adulte, Audrey, et personne ne le connaît réellement !

La brise fit voler une boucle devant son visage et Audrey la rangea derrière son oreille.

— J'apprends à le connaître, justement, répondit-elle posément. Je suis peut-être la seule qui essaie vraiment de le faire. Est-ce que mon opinion ne compte pas ?

Elle songea au baiser qu'ils avaient échangé et à sa proposition d'engager une liaison avec elle. Pour l'amour du ciel, il aurait pu avoir n'importe quelle femme ! Audrey n'avait pas besoin de voir son visage pour comprendre que son désir était sincère.

Pour autant, elle ne se faisait guère d'illusions sur les raisons d'un tel désir, qui s'expliquait avant tout parce qu'elle était disponible et qu'il aimait lui venir en aide.

— Comment peux-tu ainsi mettre de côté son partenaire qui s'est ôté la vie ? Lui as-tu posé des questions à ce sujet ?

— Non, pas encore. Je crois que le sujet serait trop douloureux pour lui.

— Ou peut-être que…

— Blythe, coupa-t-elle fermement, je te remercie de t'en soucier, mais je gère cette situation comme je le souhaite et je continuerai de le faire.

— Y compris en épousant un homme que tu n'aimes pas – une fois de plus !

Audrey se raidit.

— Si un comte te proposait le mariage, tu l'épouserais dans l'instant. N'essaie pas de prétendre le contraire.

Blythe ne répondit rien.

— Mais quand c'est moi, aveugle, qui prends un risque, c'est très différent, n'est-ce pas ?

Toujours aucune réponse.

— Reprenons notre promenade, veux-tu ? Et nous pourrons faire comme si tout allait bien entre nous.

En silence, elles reprirent leur déambulation le long du sentier, en direction de l'étang, si son sens de l'orientation était juste.

— Il y a un homme dans ton jardin, annonça soudain Blythe.

— Oui, ce doit être Mr Sanford, le mari de ma gouvernante. Il s'occupe de l'entretien des extérieurs.

— Ah oui, ta famille de domestiques… J'imagine que son aide doit être appréciable. Il nous suit depuis tout à l'heure, au cas où nous aurions besoin d'assistance.

Audrey sentit un frisson remonter le long de son dos. Et cela n'avait rien à voir avec l'approche de l'hiver.

Chapitre 14

Elles furent bientôt rappelées à l'intérieur de la maison par l'arrivée d'un nouvel invité, et Audrey n'aurait pas été surprise de se retrouver avec un nouveau membre de sa famille. Cependant, c'était la femme du vicaire qui l'attendait dans le salon.

— Tu t'es déjà rendue au village ? demanda Blythe avec surprise comme elles traversaient le hall.

— En effet. Et les gens se sont montrés extrêmement accueillants.

Elle ne précisa pas que c'était l'idée de Robert de s'y rendre si tôt, ni qu'il l'avait escortée. Comme elle arrivait devant le salon, elle libéra son bras et entra sans l'aide de Blythe, en demandant à Francis d'apporter un plateau de thé.

— Mrs Blake, c'est un plaisir de faire votre connaissance, la salua la femme, qui ne cherchait nullement à cacher son intérêt.

— Mrs Warton, tout le plaisir est pour moi ! J'ai fort apprécié ma conversation avec votre époux il y a quelques jours. Puis-je vous présenter ma sœur, Miss Blythe Collins ?

— Enchantée, salua cette dernière.

— De même, Miss Collins.

— Un plateau de thé nous sera bientôt servi. Voulez-vous vous asseoir ?

— Je suis déjà assise, Mrs Blake, répondit spontanément la femme du révérend.

Sa voix se brisa immédiatement, comme si elle regrettait ses mots.

Audrey l'apprécia tout de suite.

— Je fais souvent ce genre d'erreur, Mrs Warton, il faudra m'en excuser.

— Si vous voulez bien me pardonner ma franchise, je dois dire que tout le monde au village était ravi de faire votre connaissance, Mrs Blake.

Audrey hocha la tête avec un sourire :

— Souvent, les gens ne savent pas à quoi s'attendre quand ils rencontrent une femme aveugle. N'est-ce pas, Blythe ?

Elle savait qu'elle prenait sa sœur par surprise, ce qui lui procurait un mélange de plaisir et de culpabilité. Mais pourquoi devrait-elle se sentir coupable ? Blythe s'était toujours inquiétée de ce que diraient les gens si Audrey visitait le village de leur enfance.

— C'est vrai, répondit Blythe succinctement.

— Eh bien, il n'est pas plus mal de changer un peu les choses, ne croyez-vous pas ? Certains sont parfois trop englués dans leurs certitudes.

Le sourire d'Audrey s'élargit. Elle appréciait de plus en plus l'aimable franc-parler de Mrs Warton.

— Mesdames.

La voix de Robert venait du couloir.

— Lord Knightsbridge, je suis heureuse que vous puissiez vous joindre à nous ! Laissez-moi vous présenter l'épouse du révérend, Mrs Warton.

— Milord.

La voix de la femme se fit légèrement plus grave, alors qu'elle s'inclinait sans doute pour une révérence. Elle semblait à court de mots, comme si elle n'avait pas réellement cru qu'un comte ait pu faire l'hommage de sa présence à leur modeste village.

Le thé arriva au même moment et Audrey prit le temps de servir chacun selon ses goûts, consciente qu'elle offrait là un spectacle intéressant à Mrs Warton, dont la curiosité ouverte et naturelle ne la dérangeait nullement.

— Mrs Warton, j'ai fait savoir à votre époux que j'aimerais beaucoup pouvoir m'investir dans les activités philanthropiques où je lui serai utile. Sauriez-vous me dire quels programmes de charité votre église soutient ?

Durant de longues minutes, Mrs Warton leur parla de sa Société d'aide des dames et de la distribution de soupe qu'elle organisait régulièrement.

Audrey se demandait si Robert mourait d'ennui, toutefois, il posait de temps à autre des questions d'un ton intéressé. Il requit notamment l'opinion de Mrs Warton pour savoir comment diffuser l'organisation de ses activités aux villages avoisinants et à ceux de son propre domaine.

Il existait un groupe de femmes qui faisaient du tricot pour les nouveau-nés et Audrey songea qu'elle pourrait s'y atteler pour meubler ses longues soirées solitaires une fois qu'elle aurait rompu ses fausses fiançailles avec Robert.

Quand Mrs Warton prit congé, elle promit d'inviter Audrey pour la prochaine réunion de leur comité de charité.

Audrey se rassit dans son fauteuil, un sourire satisfait aux lèvres.

— Tu te comporteras bientôt comme une vieille femme mariée, commenta Blythe d'un ton morose.

— Parce que je pense me consacrer à des œuvres de charité ? Je crois, pour ma part, que j'apprécierai grandement de donner un peu de mon temps à mes nouveaux paroissiens. J'aurais aimé pouvoir en faire davantage quand je vivais encore à la maison.

Blythe se leva un peu trop vivement et déclara en ignorant sa réponse :

— J'ai des lettres à écrire avant le souper. Si vous voulez bien m'excuser, Audrey, Lord Knightsbridge.

Ainsi, Audrey se retrouva-t-elle seule avec Robert. La proposition scandaleuse de démarrer une liaison aurait tout aussi bien pu être hurlée dans la pièce, tant elle n'avait cessé d'y penser au cours de la journée. Elle sentit l'assise du canapé s'enfoncer comme il venait s'installer près d'elle.

— Allons, ne vous raidissez pas de la sorte, Audrey, dit-il d'un ton amusé. Croyez-moi, vous n'avez absolument pas le comportement d'une vieille femme mariée.

Elle admit dans un soupir las :

— Ce que pense ma sœur m'importe peu. Elle n'aura pas à venir vivre ici, ni à apprendre à connaître les gens d'ici. Je sais que les œuvres de charité sont le meilleur moyen d'y parvenir.

— Tandis qu'elle est habituée aux bals et aux dîners mondains.

— Exactement.

— Bals et dîners qu'elle a étrangement abandonnés pour venir vous rendre visite.

— C'est pour le moins curieux, en effet, murmura Audrey en ajoutant tout bas : elle pourrait nous entendre.

— Je vais aller fermer la porte, alors.

Il se leva si vite qu'elle eut à peine le temps de protester :

— Mais, Robert…

— Nous sommes fiancés, pas d'inquiétude…

Audrey entendit le bruit du loquet et se mordilla la lèvre, embarrassée par le délicieux frisson qui la traversait. Avait-il l'intention de tenter une nouvelle fois de la persuader de devenir son amante ? Comment s'y prendrait-il cette fois ?

Toutefois, au lieu d'entamer une approche par la séduction, il déclara :

— Mr Drayton est passé lorsque vous étiez dans le jardin. Je lui ai parlé des registres disparus et il a juré qu'il les rangeait toujours dans le bureau et qu'il ne les avait absolument pas pris par inadvertance.

— Cela ne nous aide guère…

— Hum… En vérité, il semblait… peu disposé à en discuter, ce que j'ai trouvé fort étrange.

— Sa réticence n'est-elle pas simplement due au fait que vous n'êtes pas le propriétaire de Rose Cottage ?

Pour toute réponse, Robert rit :

— Je suis comte, et par ailleurs votre fiancé, il devait trouver tout à fait naturel d'en discuter avec moi.

— Bien sûr, commenta-t-elle, un peu sèchement.

— Il a tenu à m'informer de l'installation de quelques nouveaux arrivants et des activités automnales dans les fermes… d'après moi, il tentait surtout de me distraire de ma question.

— C'est très étrange, en effet, commenta-t-elle, distraite à son tour par cette énigme.

— J'admets par ailleurs qu'il aurait pu se tenir sur la défensive, s'il avait eu l'impression que je le rendais responsable de cette disparition. Seulement, je n'ai fait que poser la question sans aucune pression. Ainsi, il n'a pas hésité à me montrer les registres les plus récents dont il garde la copie avec lui et je n'ai rien vu de suspicieux sur les derniers mois. Toutefois, les véritables registres pourraient être différents…

— Savait-il que vous soupçonniez une telle différence ?

— Non. En vérité, je n'ai aucun motif de soupçonner Mr Drayton, et il a fait un excellent travail sur le domaine ces dernières années.

— J'imagine que vous lui avez fait savoir votre admiration pour ses bons services ?

— Tout à fait, il est toujours important d'encourager et de valoriser ses hommes.

— Ses soldats ? proposa-t-elle en souriant.

— Il travaille pour vous, ainsi, il a tout d'un soldat. Féliciter un subordonné n'était pas une pratique courante pendant mon enfance.

— Un subordonné, comme un domestique ?

— Si vous voulez, quoique Mr Drayton soit plutôt un homme d'affaires. Mon père pensait que la domination et l'autorité absolue étaient les meilleurs moyens de s'assurer du travail de ceux qui travaillaient sous ses ordres.

— Et vous avez vu ça en vous-même, rappela-t-elle doucement.

— En effet. Je suis reconnaissant à l'armée de m'avoir enseigné cette leçon.

Le sofa s'enfonça de nouveau près d'elle et elle sentit son souffle comme il se penchait légèrement vers elle pour lui parler :

— Je pourrais vanter les mérites de votre beauté.

Elle frémit, comme une sourde chaleur se répandait au creux de son ventre.

— Pourquoi louer quelque chose dont je ne suis nullement responsable ? La beauté d'une femme ne devrait pas être mise au compte de ses accomplissements.

— Dans ce cas-là, je peux louer vos talents.

Il prit sa main et lui retira lentement son gant, la faisant frissonner un peu plus à chaque doigt libéré.

Quand ses doigts furent nus, il posa lentement les lèvres sur chacun d'eux.

— Ces doigts fins caressent les touches du piano avec un savoir-faire merveilleux. Ils enchantent mes oreilles.

Elle rit tout bas.

— Je n'ai pas eu une seule occasion de m'exercer depuis que nous sommes ici.

— Le piano doit se sentir bien seul. N'ignorez pas cette part de vous, Audrey.

— Je dois être en train de rougir.

— Vos joues sont délicieusement rosies, cette lumière dans vos iris d'ambre, tout cela vient de vous.

Il posa un doux baiser dans son cou, tout près de l'oreille. Audrey émit un petit hoquet de surprise et pencha la tête pour s'offrir davantage à sa bouche. Elle s'émerveillait que la peau de son cou frémisse ainsi sous ses lèvres. Lorsqu'il mordilla délicatement le lobe de son oreille, sa peau se couvrit de frissons.

Il prit son visage dans ses paumes, et cette fois elle était prête à accueillir son baiser. Elle savoura la caresse sensuelle de sa langue et émit un petit gémissement de volupté en se laissant aller contre le dossier du sofa.

Leur baiser prit alors un tour plus pressant comme il faisait remonter sa main de sa taille vers son sein. Audrey se délecta de la sensualité de cette paume puissante sur la rondeur de sa poitrine à travers le corset. Quelle caresse scandaleuse ! Éperdue, elle s'abandonna encore un moment au plaisir qui montait du creux de ses reins avant de mettre un terme à leur étreinte, haletante.

— Le souper sera servi d'une minute à l'autre. Un domestique pourrait entrer.

Robert déposa de légers baisers le long de sa gorge.

— J'ai verrouillé la porte, murmura-t-il.

— Comment ? Mais cela paraîtra scandaleux !

— Nous sommes fiancés, dit-il sans cesser d'effleurer sa peau sensible de sa bouche chaude.

— C'est faux !

— Soyons amants, dans ce cas.

— Non, Robert, je vous en prie. Je ne peux songer à une telle chose pour l'heure.

Il la libéra aussitôt et l'aida à se redresser.

— Où... où est mon gant ? balbutia-t-elle, en tâtonnant autour d'elle.

— Il est tombé au sol, le voilà.

Il le lui glissa le long des doigts avant de lâcher dans un murmure :

— Je n'abandonne pas l'espoir de vous faire changer d'avis.

Elle se leva précipitamment, les genoux tremblants.

— Ce n'est pas à moi de vous dire quoi penser ou espérer, répliqua-t-elle faiblement en s'accrochant au dossier d'un fauteuil proche pour ne pas vaciller.

Ses larges mains chaudes entourèrent sa taille par-derrière et il l'attira tout contre lui, chuchotant contre ses cheveux :

— Votre corps me veut.

— Dieu merci, c'est encore mon esprit qui commande à mon corps.

Il rit tout bas avant de la laisser aller.

— Je vais vous abandonner à la charmante compagnie

de votre sœur, ce soir, car j'ai un rendez-vous matinal demain.

— Vous ne me rendrez donc pas visite ?

— N'est-ce pas une pointe de regret que j'entends percer dans votre voix ?

— Je… je veux simplement pouvoir organiser ma journée, répliqua-t-elle.

— Menteuse, chuchota-t-il en déposant un baiser léger sur sa joue. Je viendrai vous voir très bientôt, mais je ne sais pas exactement quand.

— Vous êtes fort occupé, Robert. Je n'ai nul besoin d'être cajolée comme une enfant.

— Je me suis engagé à prendre la place et les fonctions de Molly, et je compte bien tenir mon engagement.

— J'aurais effectivement quelques lettres à envoyer, dans ce cas.

— Mon précepteur affirmait que j'avais une excellente calligraphie, vous verrez ! Sans doute meilleure que celle de votre sœur !

— Je ne demanderais jamais à Blythe d'écrire mes lettres !

Soudain, cette affirmation, absolument vraie, lui parut terriblement triste. Il dut saisir son brusque changement d'humeur, car il garda le silence un moment.

— Passez une bonne soirée, Audrey.

Un instant plus tard, il était parti et la pièce lui parut instantanément vide. Les doigts encore tremblants, elle boutonna soigneusement son gant en s'efforçant de ne pas penser à sa bouche posée sur son poignet. Elle devait absolument faire taire ce désir.

Elle observa le piano, si délaissé, la distraction parfaite pour occuper son esprit. Elle s'assit avant de relever le couvercle. Elle échauffa ses doigts à l'aide de quelques gammes. Le piano n'était pas parfaitement accordé, mais le son demeurait harmonieux. Elle commença donc à jouer, et bientôt ses pensées se diluèrent dans la beauté de la musique.

Audrey ne sut pas combien de temps elle joua, mais quand elle s'accorda enfin une pause, un léger applaudissement s'éleva dans la pièce.

— Toujours aussi magnifique, lança Blythe.

Elle décela une admiration sincère et non de la jalousie dans la voix de sa sœur et lui sourit.

— Je te remercie. Avant de prendre congé, Robert m'a rappelé que je n'avais pas joué depuis mon arrivée ici.

— Je l'avais compris, car, lorsque je suis descendue de ma chambre, j'ai trouvé Mrs Sanford et ses deux enfants immobiles dans le hall, fascinés par ce qu'ils entendaient...

— Vraiment ? s'étonna-t-elle.

La musique avait toujours été un point de discorde entre Blythe et elle.

— Puis je suis entrée, reprit celle-ci, et l'espace d'une seconde je t'ai vue comme les gens doivent te voir la première fois qu'ils te découvrent en train de jouer : tu n'as pas l'air aveugle.

D'une voix perdue dans ses souvenirs, elle conclut :

— Je ne crois pas avoir de véritable souvenir d'avant...

— Tu n'avais que deux ans lorsque nous sommes tombées malades.

— Oui, je me souviens d'une chaleur insupportable...

— Moi aussi. Quelque chose d'autre te revient en mémoire ?

Blythe garda le silence un moment et Audrey se demanda

si elle avait été trop loin. Sa sœur était constamment tournée vers l'avenir, elle ne s'attardait jamais sur le passé.

— Non, rien, dit-elle enfin avec raideur. Comme tu l'as dit, je n'avais que deux ans.

Audrey eut l'impression étrange que ce n'était pourtant pas exactement ce qu'elle s'apprêtait à dire.

Lorsque Robert arriva à Rose Cottage dans la matinée du lendemain, Francis lui apprit qu'Audrey était partie pour Hedgerley avec Miss Collins. Il en ressentit aussitôt une pointe de colère à l'égard de cette sœur qui, tout à coup, se piquait d'accompagner sa sœur en public, quand elle ne l'avait jamais escortée jusqu'au village près duquel elles avaient grandi.

Bien sûr, Audrey semblait vouloir mettre ces mauvais traitements derrière elle, cependant, il n'était pas d'une nature aussi charitable qu'elle. Il craignait que Miss Collins ne retombe dans ses mauvaises habitudes et ne tente de reprendre le contrôle des faits et gestes d'Audrey.

Ainsi, les lourds nuages gris qui plombaient le ciel et annonçaient la pluie ne l'empêchèrent pas de repartir aussitôt de Rose Cottage.

Tandis qu'il chevauchait vers le village, il songeait au parfum délicat d'Audrey, à la rougeur qui avait envahi son visage et son décolleté. Il brûlait d'explorer davantage les secrets de son corps, cependant, il devait veiller à ne pas la brusquer. Il saurait se montrer patient…

Il lança son cheval au trot pour écarter ces souvenirs troublants.

Au village, il ne lui fut guère aisé de retrouver les deux sœurs, ce qui lui apparut en fin de compte comme une bonne chose. En effet, quand il était venu avec elle, il avait bien vu les regards insistants et les murmures sur son chemin. Il avait donc craint que des attroupements ne se forment lorsqu'elle reviendrait sans lui. Heureusement, il ne trouva rien de tel.

Il finit par les découvrir chez la modiste, où Miss Collins essayait divers couvre-chefs, debout face à un miroir en pied, discutant avec animation des différents articles avec la propriétaire, une femme plus âgée corsetée dans une robe bien trop serrée pour elle.

Comme Robert refermait la porte derrière lui, il aperçut Audrey un peu à l'écart. Elle s'était assise dans un fauteuil et tournait son visage vers le soleil qui apparaissait fugacement entre deux nuages sombres. Elle tenait une sélection de rubans.

Soudain, elle tourna le visage vers lui et, comme il avançait, un sourire illumina son visage.

— Lord Knightsbridge, le salua-t-elle sans hésiter.

— Mrs Blake, répondit-il cérémonieusement en baisant sa main gantée.

Elle rougit adorablement et lui retira ses doigts un peu trop vivement, comme si ce simple geste d'élémentaire courtoisie lui paraissait désormais trop intime pour être partagé en public.

— Je suis surprise que vous ayez décidé de rejoindre notre expédition d'achats féminins.

Il tourna les yeux vers Miss Collins qui lui adressa un sourire poli quoique dénué de chaleur, avant de retourner à l'adoration de son miroir. Il admit à voix basse :

— J'étais inquiet que Miss Collins ne retombe dans certains travers une fois en représentation devant un public et ne se soucie plus de vous, avoua-t-il dans un murmure. Vous a-t-elle aidée à choisir un chapeau ?

— Elle me l'a proposé, et je lui ai dit de passer la première.

Robert relâcha le souffle qu'il n'avait pas eu conscience de retenir.

— Très bien.

Il était presque amusant de constater qu'il se préoccupait désormais de questions qui n'avaient jamais inquiété aucun homme de sa connaissance : savoir si une dame pourrait faire l'achat du chapeau qu'elle désirait !

Audrey lui adressa l'un de ses sourires secrets, de ceux qui lui disaient combien elle le comprenait. En vérité, il n'était pas toujours aisé de se sentir ainsi mis à nu par une femme, surtout une femme aveugle.

Elle se pencha vers lui pour confier à voix basse :

— Je profite justement de cette journée pour savoir si les intentions de ma sœur à mon égard ont bien changé et si elle compte me traiter différemment à l'avenir.

— Et alors ?

— Jusqu'ici, je n'ai pas à me plaindre. Nous avons des oppositions franches et claires sur la façon dont une dame devrait passer ses journées, c'est certain. J'ai en effet retardé notre départ pour le village afin de m'entretenir avec Mrs Sanford, et je me suis donc vu reprocher de m'intéresser de trop près aux détails domestiques.

— Vous avez passé votre vie à vous soucier de ces détails essentiels qu'elle se contentait d'ignorer, répondit-il sèchement.

Audrey soupira.

— Gérer l'organisation de notre maisonnée m'a donné un semblant de contrôle sur le petit monde dans lequel j'évoluais. Désormais, je suis autonome dans un monde bien plus vaste et je me retrouve sans cesse occupée aux mêmes détails qu'autrefois. Aussi étonnant que cela semble, c'est finalement… rassurant. Alors, cessez de vous faire du souci pour moi ! l'admonesta-t-elle d'un ton faussement sévère.

Il s'était fait un devoir de s'assurer qu'elle soit heureuse et satisfaite et il s'inquiétait que l'arrivée de sa sœur ne vienne contrecarrer cela.

Bientôt, ce fut au tour d'Audrey d'essayer des couvre-chefs et Robert admira la ténacité avec laquelle elle forçait la bonne humeur de sa sœur. Cette dernière, quoique effectivement agréable avec Audrey, semblait toujours sur ses gardes, comme si elle s'attendait à ce que les gens les évitent ou se moquent en raison du handicap de sa sœur.

Puis, comme la matinée touchait à sa fin, il les escorta jusqu'au salon de thé. Tandis qu'ils se réchauffaient les mains autour de bonnes tasses de café, Audrey sourit à sa sœur.

— Merci, Blythe, de m'avoir aidée à choisir un chapeau. Il est certain qu'en avoir un nouveau me fait me sentir bien plus jolie.

— Je t'en prie, répondit Miss Collins sans quitter sa tasse des yeux.

Audrey avala une gorgée fumante, avant de reprendre :

— Ce café est délicieux. Je suis heureuse de pouvoir profiter de tels moments en venant au village. Dis-moi, puisque tu penses que je me préoccupe trop des bonnes œuvres, de quelle autre manière pourrais-je m'impliquer dans la vie du village et de ses habitants, selon toi ?

Miss Collins reposa sa tasse un peu brusquement et jeta un regard stupéfait à Robert, visiblement surprise.

— Eh bien... j'imagine que tu devrais les inviter pour une soirée. Ils te rendraient ensuite la pareille.

— Tu as raison. Une fois qu'ils me connaîtront mieux, mon opinion aura plus de poids à leurs yeux. Pour commencer, je crois qu'il faudrait me concentrer sur la construction de nouvelles chaumières saines. D'après ce que m'en ont dit les paysans, d'autres habitations seraient nécessaires pour accueillir davantage de monde.

Cette fois, Miss Collins avait presque la bouche ouverte d'ébahissement.

— Audrey, nous sommes des femmes. Pourquoi t'imagines-tu que notre opinion aurait la moindre importance sur d'autres sujets que les dîners, les enfants et la gestion de la maison ?

Robert vit Audrey hésiter. Sans doute la vérité qu'il devinait était-elle trop brutale : elle avait vécu trop longtemps dépossédée du moindre pouvoir sur sa propre vie, et elle refusait que cela continue plus longtemps.

— Blythe, je suis propriétaire de ce domaine, désormais, je dois me préoccuper du bien-être des autres avant le mien. Je sais que notre monde appartient traditionnellement aux hommes, mais, si j'ai de bonnes idées, pourquoi ne pourraient-ils les écouter ?

— En tant qu'unique homme assis à cette table, intervint Robert, je dois reconnaître que je partage les inquiétudes de Miss Collins. Beaucoup d'hommes ne veulent pas entendre l'opinion d'une femme, aussi bonne soit-elle.

— Seriez-vous l'un de ces hommes, milord ? lui demanda Miss Collins.

Protectrice envers sa sœur, donc. C'était une bonne chose.

— J'espère sincèrement avoir montré à Mrs Blake

que je pouvais lui apporter mon soutien sans chercher à dominer nos échanges, lorsque je l'ai escortée jusqu'ici et depuis son installation.

Miss Collins ne parut pas le moins du monde impressionnée par sa profession de foi. Ainsi, elle n'avait pas plus confiance en lui que lui en elle. Intéressant…

Il ajouta à l'attention d'Audrey :

— Concernant votre projet de construction, il m'intéresse au plus haut point. J'ai en effet appris quelque chose de la bouche de mon majordome, ce matin. En mon absence, il a apparemment été nécessaire de libérer des chaumières pour les travailleurs agricoles saisonniers. Pour cette raison, certains paysans ont dû aller vivre chez des logeurs. Je sais que c'est souvent ainsi que cela se passe partout ailleurs, mais je n'aime guère cela. Peut-être pourrions-nous discuter avec les magistrats de la paroisse de la construction de nouvelles chaumières sur nos domaines, puisque nous sommes voisins.

Audrey sourit.

— C'est une excellente idée !

Miss Collins devait lutter de toutes ses forces pour ne pas lever les yeux au ciel.

— Pardonnez-moi, Mrs Blake ?

Une matrone armée d'un réticule s'approchait à pas chaloupés de leur table et Robert se leva poliment pour la saluer. Quand elle se trouva face à lui, elle ouvrit la bouche une ou deux fois avant de recouvrer ses esprits.

— Lord Knightsbridge, dit-elle en faisant une révérence.

— Madame, répondit-il en s'inclinant.

— Je me sens fort cavalière de me présenter à vous ainsi.

— Oh ! permettez-moi ! interrompit Audrey. Mrs Edgeworth, n'est-ce pas ?

— Je... Vous vous en souvenez ! s'exclama la femme, surprise.

— Je me souviens effectivement vous avoir rencontrée chez l'épicier. Vous avez une voix très reconnaissable. Mrs Edgeworth, permettez-moi de vous présenter à Lord Knightsbridge et à ma sœur, Miss Collins.

— Votre sœur ! Quel bonheur d'avoir votre famille près de vous !

— Je serais d'autant plus ravie si elle vivait plus près, mais je suis heureuse néanmoins.

— Mrs Warton m'a informée tout à l'heure de votre visite au village et j'ai songé que ce serait l'occasion parfaite de vous présenter à d'autres paroissiens. Pourrais-je vous convier à prendre le thé chez moi prochainement ?

— Avec grand plaisir.

— Ah ! Merveilleux ! C'était un plaisir de vous rencontrer, Lord Knightsbridge, Miss Collins.

Après avoir hoché la tête, Mrs Edgeworth quitta le salon de thé.

Aussitôt qu'elle se fut détournée, le sourire d'Audrey disparut.

— Que se passe-t-il ? s'inquiéta Robert.

— J'espère que son invitation n'arrivera pas avant que Molly soit rétablie. Je ne voudrais pas mettre Mrs Edgeworth dans l'embarras en ayant exagérément besoin de son assistance lors de ma visite.

Miss Collins parut troublée et Robert fut heureux qu'elle ne révèle pas son inquiétude à sa sœur.

— Cela se passera très bien, la réconforta-t-il. Et puis, je vous accompagnerai avec plaisir si Molly ne le peut pas.

Apparemment, ce n'était pas la bonne chose à dire.

— Je ne veux pas que les gens se sentent contraints par ma présence. Ils me traiteraient tous comme une invalide s'ils ne me voient pas me débrouiller seule.

— Peut-être que tu te montres trop exigeante avec toi-même, Audrey, fit remarquer Miss Collins.

Robert ne put retenir une grimace en voyant Audrey rougir de colère.

— J'en attends effectivement beaucoup de moi-même, Blythe. Si ce n'était pas le cas, je serais encore sous une couverture, dans un fauteuil de malade, dans le coin où père comptait me cantonner pour le reste de ma vie.

— Je ne voulais pas dire…

La voix de Miss Collins mourut d'elle-même. Robert se fit la réflexion qu'elle avait exactement voulu dire ce qu'Audrey avait compris, mais qu'elle n'avait pas mesuré à quel point cela blesserait sa sœur.

— Je crois qu'il est temps de rentrer, déclara Audrey en reposant calmement sa serviette de table près de sa tasse.

Chapitre 15

Audrey s'en voulait affreusement sur le chemin du retour. Robert chevauchait non loin de leur voiture, et elle ne pouvait s'empêcher de se demander si sa dureté avait fini par lui donner envie – même à lui, toujours si aimable ! – de prendre ses distances avec elle.

Hélas, il n'était pas facile de débuter dans cette nouvelle existence en prenant si brutalement conscience de sa dépendance aux autres ! Elle, qui s'était imaginé pouvoir tout oublier de son ancienne existence calfeutrée, comprenait seulement maintenant, avec la maladie de Molly, à quel point son autonomie était illusoire.

Il était à la fois triste et frustrant d'entendre sa sœur dire qu'elle en demandait trop. Elle ne *voulait* pas être dépendante ! Était-ce là trop demander ? Malheureusement, vivre autonome et libre n'avait été, semble-t-il, qu'un rêve impossible.

Désormais, elle dépendait de Robert autant qu'elle avait dépendu de Molly. Elle s'était imaginé que la situation n'avait rien à voir, parce qu'elle aimait leurs baisers et la cour qu'il lui faisait. Mais en quoi était-ce différent ?

Dans ce monde dédié au pouvoir masculin, les femmes étaient impuissantes – à l'exception notable de la reine

Victoria. Comment avait-elle pu croire échapper au destin de son sexe ? Et pourquoi attendre que sa sœur pense différemment ?

— Nous serons bientôt arrivées, annonça doucement Blythe. Rose Cottage offre un charmant spectacle perché sur cette colline.

Rose Cottage… Sa maison.

Elle ferait bien de se montrer reconnaissante d'avoir déjà tant obtenu.

— Merci, Blythe. Je voulais m'excuser pour m'être emportée tout à l'heure. Tu essayais seulement de me réconforter et j'ai tourné ma frustration contre toi. Tu n'es en rien responsable de mes limitations.

— C'est gentil à toi de le dire.

L'espace d'un instant, Audrey crut qu'elle allait développer, mais Blythe n'ajouta rien. Bientôt elle sentit la voiture prendre le virage qui les mènerait au bas des marches du perron.

Quand la porte s'ouvrit, sa sœur lança :

— Bonjour, Mr Sanford.

Que faisait-il là ? Pourquoi Francis n'était-il pas venu les accueillir comme à l'accoutumée ?

— Mr Sanford, quelque chose ne va pas ? Molly est-elle de nouveau mal ?

Elle sentit l'attention de tous se tourner vers elle.

— Non, m'dame, répondit-il de ce ton légèrement voilé qui le caractérisait. Mes excuses si je vous ai effrayée. C'est seulement que j'ai repéré quelques faisans près de l'étang et Lord Knightsbridge a demandé l'autre jour ce qu'il y avait à chasser sur le domaine. Je me suis dit qu'il voudrait peut-être prendre quelques faisans…

Audrey sentit la tension accumulée de la journée la

quitter, la laissant vide et embarrassée par ses réactions extrêmes.

— Bien sûr, oui. Robert, vous devriez partir en quête de ces faisans. Après tout, vous êtes un invité. Ainsi, vous pourrez me dire quelles sont les conditions de chasse sur mes terres…

— Notre frère aimerait sans doute aussi beaucoup les connaître, ajouta Blythe.

Audrey lui sourit, heureuse de se sentir pardonnée.

— Mrs Blake, si vous voulez, vous pouvez vous joindre à Sa Grâce. Miss Collins aussi, suggéra Mr Sanford. Molly a dit à ma femme qu'à cause de son mal, vous ne preniez pas autant d'exercice qu'à l'ordinaire. Elle s'inquiète pour vous. Elle a préparé un panier-repas.

Audrey faillit exprimer tout haut sa stupeur et ses doutes. Jamais jusqu'alors Mr Sanford ne lui avait adressé plus de trois mots, d'un ton tout juste aimable, et voilà qu'il multipliait les égards. Qui s'inquiétait d'elle, d'ailleurs ? Molly ou bien sa femme ? Cette histoire de panier-repas était des plus surprenantes.

À moins qu'elle ne devienne à son tour trop suspicieuse ? Et si Mr Sanford essayait simplement de se montrer plus aimable après leurs débuts… compliqués ?

— Je vais y réfléchir, Mr Sanford, répondit-elle prudemment. Lord Knightsbridge, puis-je vous dire un mot en privé ?

— Quant à moi, je vais aller me reposer avant le repas de midi, annonça Blythe. Dois-je déposer ton nouveau chapeau dans ta chambre ?

— Oui, merci, dit Audrey en lui tendant la boîte qu'elle tenait à la main.

Robert prit son bras et la conduisit un peu à l'écart de la voiture, qu'elle entendit s'éloigner.

— Quelque chose vous préoccupe ? s'enquit-il d'une voix calme.

— Eh bien, je trouve pour le moins étrange que Mr Sanford veuille tout à coup que je vous accompagne à la chasse. Hier, Blythe a pensé qu'il nous suivait dans les jardins pour notre protection. Je suis moins certaine de ses motifs. Ainsi, sa soudaine suggestion me donne surtout l'impression qu'il aimerait nous voir loin de la maison aujourd'hui.

— Attendez… vous croyez donc qu'il vous suivait, hier ?

— Blythe me l'a dit, en tout cas.

— Peut-être voulait-il seulement vérifier que ni vous ni elle ne vous perdiez sur des sentiers inconnus.

— Nous n'étions pas perdues dans les bois, répliqua-t-elle. Non, en vérité, je me suis fait dernièrement la réflexion que leurs comportements déplacés étaient peut-être un moyen pour eux de détourner mon attention d'autre chose qu'ils veulent absolument me cacher. Quelque chose de suffisamment important pour qu'ils prennent le risque d'être renvoyés, afin que je ne l'apprenne pas. Accepteriez-vous de le laisser vous conduire dans le domaine cet après-midi ?

— Bien sûr. Toutefois, s'il veut vous éloigner de la maison, peut-être se trame-t-il quelque machination en ce moment même !

— Je n'ai pas eu cette impression, et vous ? Son expression l'aurait-elle trahi ?

— Non. Il a laissé Miss Collins entrer sans paraître inquiet.

— Très bien. Dans ce cas, allez avec lui et, de mon côté, je vais tâcher de découvrir ce qui se trame sous mon toit.

Elle perçut son hésitation.

— Robert, tout ira bien. Je ne crois pas qu'aucun d'eux me veuille le moindre mal.

— Très bien. Sanford, appela-t-il. Auriez-vous un pistolet à me confier ?

— Bien sûr, milord.

— Parfait, dans ce cas, allez vous préparer pour m'accompagner. Je reviens dans un instant, après avoir escorté Mrs Blake.

Parvenue à la porte, Audrey insista pour qu'il la laisse.

— Tout ira bien, Robert.

— Je ne serai pas long.

— Vous êtes à ce point bon tireur que vous aurez tous ces faisans en un clin d'œil ?

— Audrey…

— Allez-y, dit-elle doucement en lui tapotant gentiment le bras.

Il posa un baiser sur sa main.

— Soyez prudente.

Quand elle fut seule dans le hall d'entrée, Audrey demeura parfaitement immobile, aux aguets. Elle tendait l'oreille. De toute évidence, Francis n'était pas dans les parages. Et elle n'entendait pas Evelyn s'activer dans l'une des pièces avoisinantes.

Tout à coup, un cri de bébé lui parvint depuis l'arrière de la maison ! L'espace d'un instant, elle se tendit, submergée par la douleur habituelle, l'impression que sa vie lui échappait – du moins, la partie douloureuse. Mais elle ne voulait plus subir cette souffrance du passé.

Enfin, le chagrin desserra ses griffes et elle prit conscience qu'il ne pouvait s'agir que du petit-fils des Sanford. Pour quelle raison Mr Sanford aurait-il voulu l'éloigner de ce bébé ? Cela n'avait aucun sens, à moins que Mr Sanford ait simplement voulu que sa femme puisse profiter de son petit-enfant sans travailler, ce qu'elle aurait dû faire si Audrey avait été présente ? Ils ne savaient sans doute pas qu'elle était toute prête à lui laisser du temps libre.

Soudain rassérénée, Audrey prit le couloir qui menait vers la cuisine, la main tendue pour ne pas rater l'embrasure de la porte.

En approchant, elle entendit le petit enfant proférer un « Non ! » ferme au milieu des murmures de femmes. Elle ne put retenir un sourire en entrant dans la pièce. Aussitôt, un lourd silence tomba.

— Mrs Blake, vous êtes de retour, dit Mrs Sanford.

L'enfant poussa un petit cri, comme si on venait de le soulever précipitamment dans les bras.

— En effet. Et je serais ravie de faire la connaissance de vos invités, annonça-t-elle avec un large sourire.

Après un bref silence sidéré, la gouvernante se reprit vivement :

— Bien sûr, madame. Voici ma fille, Louisa Roebuck, et son fils, Arthur.

— Quel plaisir de vous rencontrer, Louisa. Je suis heureuse que vous ayez enfin pu rendre visite à votre mère.

— M… Merci, madame, répondit cette dernière avec timidité. Je ne voulais pas déranger.

— Pas du tout ! J'étais au contraire impatiente de vous rencontrer. Quel âge à votre petit garçon ?

— Deux ans, madame.

Deux ans…, songea Audrey en luttant pour continuer de sourire. À peu près l'âge qu'aurait eu son fils s'il avait vécu. Certains jours, elle se demandait ce qu'il serait en train de faire, s'il avait vécu.

L'enfant émit un nouveau son plaintif.

— Votre fils veut-il explorer les lieux ? Je vous en prie, ne le retenez pas pour moi.

— Nous essayons de lui apprendre les dangers d'une cuisine, expliqua Mrs Sanford. Mais il ne fait pas très attention.

Audrey rit et se tourna dans la direction où elle pensait que la jeune femme était assise.

— Il est comme n'importe quel petit enfant ! J'ai entendu ses protestations affirmées depuis le couloir. Louisa, je tenais également à vous exprimer mes condoléances pour la perte de votre époux. Je partage votre deuil.

Était-ce vrai ? Elle n'avait jamais aimé Martin. Peut-être cette jeune femme connaissait-elle bien mieux l'amour qu'elle ne le connaîtrait jamais, puisqu'elle n'avait pas l'intention de créer une telle intimité avec un homme.

À cette pensée, la voix ensorceleuse de Robert résonna dans sa tête et elle s'efforça de chasser aussitôt le souvenir de ses caresses.

— Merci, madame.

La jeune femme parlait si bas que même Audrey, qui avait pourtant développé une ouïe exceptionnelle, devait tendre l'oreille.

— Bien, je vais vous laisser profiter de votre famille, à présent. Restez aussi longtemps que vous le souhaitez, Louisa.

À présent que la famille savait qu'ils n'avaient rien à craindre d'elle, peut-être que les choses s'arrangeraient enfin…

— Mais, votre déjeuner, Mrs Blake ? s'inquiéta la gouvernante.

— Profitez de votre repas en famille, Mrs Sanford.

Molly et moi déjeunerons d'un simple plateau que vous pourrez nous faire porter dans sa chambre. Evelyn est-elle auprès d'elle ?

— Je suis là, madame, intervint la jeune fille.

Audrey leur avait plus d'une fois demandé à tous de la prévenir de qui se trouvait dans la pièce. Mais, en raison de la présence de Louisa, elle préféra ne rien dire.

— Je crois que Francis est allé vérifier comment elle va, avant d'aller frotter les lampes.

Alors qu'elle montait l'escalier, elle entendit des rires en provenance des quartiers des domestiques. Celui de Francis était plus net, sans doute se tenait-il dans l'embrasure de la porte.

— Bonjour, Mrs Blake, la salua-t-il prudemment.

— Bonjour à vous, Francis, lança-t-elle joyeusement. Comment se porte Molly ?

— Je vais très bien, trop bien, en vérité, pour rester enfermée dans ma chambre toute la journée ! s'écria celle-ci.

— Le docteur nous le dira. Francis, votre mère prépare un plateau pour Molly et moi, pourriez-vous nous l'apporter lorsqu'il sera prêt ?

— Bien, madame.

Elle entendit ses lourds sabots claquer dans l'escalier.

— Comment s'est déroulée votre expédition au village, Miss Audrey ? s'enquit Molly.

Audrey lui raconta son dernier achat de chapeau, ainsi que l'invitation au thé qu'elle devrait bientôt recevoir.

— Un fameux succès, alors ! s'exclama Molly. Cela ne me surprend guère.

— Attends un peu la suite…

Elle lui raconta l'étrange comportement de Mr Sanford

et sa découverte du jeune fils de Louisa. Dans un murmure, elle conclut :

— J'ai eu l'impression qu'ils ne voulaient pas que je rencontre Louisa.

— Cela n'a aucun sens, fit Molly. Pourtant, Francis n'a pas non plus mentionné la visite de sa sœur.

Audrey se mordit la lèvre pour ravaler un sourire.

— Oh ! ne faites pas cette tête, Miss Audrey, protesta Molly dans un rire. C'est simplement un gentil jeune homme qui me permet de supporter les longues heures d'ennui que je passe entre ces quatre murs.

— Dans ce cas, j'en suis heureuse pour toi. Concernant les Sanford, j'espère qu'à présent qu'ils ont vu que j'acceptais sans peine Louisa et son fils, je ne représente plus une menace à leurs yeux. Je leur ai dit qu'elle et son petit pouvaient rester autant qu'ils le souhaitaient. Peut-être vont-ils enfin croire en ma bonne foi. Et toi, alors ? As-tu faim ? Le plateau ne devrait plus tarder.

— Je pourrais tout aussi bien manger aux cuisines, bougonna Molly. J'ai commencé à me lever, pour tester mes jambes.

— Et comment fonctionnent-elles ?

Après une courte pause, elle admit d'une petite voix :

— Mieux.

— Hum… pourquoi ai-je le sentiment que je ne dois pas tout à fait te croire ?

— Vous devriez tout de même me laisser écrire des lettres pour vous.

— Lord Knightsbridge s'est porté volontaire.

— Ah ! Quel fiancé ! s'exclama Molly avec admiration.

Audrey ne pouvait que l'approuver en silence. Robert

était bien trop bon et patient pour elle. De ce fait, il se rendait même trop indispensable à son goût.

— Dans ce cas, je vais laisser Sa Grâce prendre ma place de secrétaire encore un jour ou deux, ajouta Molly.

Audrey n'était plus certaine de savoir combien de temps il serait encore raisonnable de laisser cette situation se poursuivre.

Au souper, ce soir-là, Audrey se retrouva seule en compagnie de Robert, car Blythe avait pris le prétexte d'une migraine pour se retirer dans sa chambre de bonne heure. Robert laissa Francis déposer les plats sur la table, puis il referma les portes derrière lui.

Comme toujours, elle ressentit un petit frisson de plaisir à l'idée de se retrouver seule avec lui.

— Nous avons beaucoup à discuter, annonça-t-il. Nous n'avons pas eu l'occasion de le faire cet après-midi puisque vous m'avez confié la rédaction de vos lettres. Pourquoi si peu, d'ailleurs ?

— Seuls mon père et mon frère étaient concernés.

— Des lettres fort courtes avec cela, bien que je vous comprenne, fit-il remarquer. Mais… n'avez-vous donc pas d'amie à qui écrire, également ?

— Aucune, répondit-elle du ton le plus impassible qu'elle put. Mais cela va changer ! J'ai déjà fait la connaissance de Mrs Warton et de Mrs Edgeworth. Et puis, il y aurait également Louisa Roebuck, qui me semble plus proche de mon âge et est veuve, tout comme moi, mais ce ne serait sans doute pas très approprié de…

— Louisa Roebuck ? coupa-t-il soudain.

— Oui, j'ai oublié de vous en parler tout à l'heure. Ou plutôt, j'ai préféré ne pas la mentionner tant que je n'étais pas certaine que nous étions seuls, précisa-t-elle à voix basse. Mr Sanford essayait en fait de me tenir à l'écart de sa fille aînée et de son petit-fils. Je crois qu'ils s'inquiétaient d'être punis s'ils la recevaient.

— Vous pensez donc que tous ces mystères se résumeraient à cela ?

Audrey hésita.

— Je n'en sais rien. La volonté de Mr Sanford de m'éloigner de la maison prend sens avec la visite de Louisa, mais je comprends mal, en revanche, l'intérêt pour eux de me causer tant de soucis.

— Peut-être l'objectif était-il de vous faire quitter Rose Cottage pour de bon ?

— Peut-être. Toutefois, ils doivent avoir compris que je n'irai nulle part.

— À moins qu'ils n'intensifient encore leurs attaques…, dit-il sombrement.

— Attaques ? Nous ne sommes pas sur un champ de bataille, Robert, dit-elle en secouant la tête.

— Ils se comportent pourtant exactement comme le feraient des ennemis au combat, dit-il froidement.

Au seul ton de sa voix, elle n'avait aucune envie de s'attirer ses foudres. Et, en même temps, qu'il s'inquiète ainsi pour elle lui donnait l'impression nouvelle d'être en sécurité.

Néanmoins, ce soutien ne serait que temporaire. Elle devait trouver le moyen de se sentir protégée par elle-même.

— Vous serez heureuse d'apprendre que vos registres sont réapparus.

— Où étaient-ils ? s'exclama-t-elle, surprise.

— Dans votre bureau, sous une pile de livres, à un

endroit que j'avais vérifié et où je sais pertinemment qu'ils n'étaient pas quand nous les avons cherchés.

— C'est insupportable ! Avez-vous pu jeter un coup d'œil sur les pages les plus récentes ?

— Oui, et si je peux me fier à ma mémoire, les dernières pages me semblent correspondre à ce que j'ai vu de la copie de Mr Drayton. Peut-être n'était-ce qu'une nouvelle ruse pour vous agacer. Pour plus de sûreté, nous procéderons à une vérification plus approfondie lors de la prochaine visite de Drayton.

— En parlant de ruse, comment s'est passée votre partie de chasse ?

— Tout à fait bien. Mr Sanford connaissait parfaitement le terrain et le gibier. À mon avis, il ne s'agissait effectivement que d'un moyen de nous tenir à l'écart de la maison. Je n'aime pas beaucoup cela. Leur fille est-elle excessivement fragile ? Ou morose, peut-être ?

— Non, seulement timide et gênée que son petit garçon se montre turbulent. Lors de sa prochaine visite, j'essaierai de lui parler davantage.

— S'ils vous laissent l'approcher, rectifia-t-il sombrement.

Mais Audrey refusait d'envisager que le problème persiste, aussi préféra-t-elle changer de sujet :

— Je vais prochainement discuter de l'organisation d'un festin avec Mr Drayton. Auriez-vous quelques suggestions à me soumettre ?

À son ton, elle devina qu'il n'appréciait guère de la voir détourner la conversation, néanmoins, il fut bientôt aussi impliqué qu'elle dans l'organisation des festivités.

Toutefois, ses inquiétudes restaient bien présentes au fond de son esprit.

Le lendemain, Audrey reçut une invitation à se rendre chez Mrs Edgeworth pour le thé. Deux jours plus tard, elle se rendit chez elle avec Blythe, à l'heure indiquée. Sa sœur avait insisté pour lui assurer qu'elle n'avait besoin ni de Molly, ni de Lord Knightsbridge. Audrey s'était donc convaincue qu'elle se rendait à un événement mondain avec sa sœur, comme n'importe quelle jeune femme normale.

C'était une sensation rare et assez grisante, aussi avait-elle décidé de ne plus s'interroger inutilement sur les motivations de sa sœur, ni sur la durée de son séjour à Rose Cottage.

De toute façon, Robert avait dû se rendre à Londres pour affaires, aussi ne l'avait-elle plus vu depuis plusieurs jours. Sa sœur demeurait persuadée qu'Audrey devait passer ses journées à des occupations féminines ou à se détendre, ce qui commençait à l'agacer. Blythe n'avait-elle pas conscience qu'un jour elle aussi aurait sa propre demeure à diriger ?

Mrs Edgeworth vivait dans une petite maison de pierres aux frontières du village. Audrey avait appris de Mrs Sanford qu'elle était veuve et se considérait comme l'une des matriarches. C'était par ailleurs, selon la gouvernante, une femme sévère mais juste, de même que très impliquée dans ses activités de charité. En vérité, Audrey était impatiente d'apprendre à connaître une telle personnalité.

Quand elles entrèrent, il y avait déjà quatre autres dames dans le salon : Mrs Warton, la femme du révérend, accompagnée de sa fille, Miss Warton, récemment fiancée et dont la voix vibrait d'une joie surprise, comme si elle peinait encore à croire en sa bonne fortune. Venaient ensuite Lady Flitcroft, l'épouse d'un baronet local, si discrète qu'Audrey oubliait parfois qu'elle était présente ;

et enfin, Miss Yardley, une amie de Miss Warton qui était impatiente de faire son entrée dans le monde à la prochaine Saison.

Audrey avait senti sur elle les regards curieux lorsqu'elles étaient arrivées, néanmoins toutes semblaient sincèrement désireuses de faire sa connaissance. Son statut de future comtesse aveugle devait être des plus intrigants…

Elle espérait gagner leur sympathie, dans l'espoir qu'une fois ses fiançailles rompues, ces dames soient des amies compatissantes.

La conversation se déroulait agréablement, jusqu'à ce que Mrs Edgeworth ne les quitte, afin d'aller vérifier pourquoi les sandwichs qu'elle avait commandés n'arrivaient pas. Blythe discutait avec Miss Warton, et Audrey, qui était assise à la droite de Miss Yardley, déclara :

— Je suis désolée que Mrs Edgeworth soit ainsi mise dans l'embarras par ses serviteurs. Nous pouvons être tellement dépendants d'eux… Du moins, je le suis.

Miss Yardley baissa la voix et sembla s'approcher :

— Si cela ne vous ennuie pas d'échanger quelques potins sur vos gens, j'avoue être très curieuse…

— À quel sujet ? s'enquit poliment Audrey.

— Eh bien, j'ai entendu dire que Louisa Sanford tentait de faire croire qu'elle a été mariée pendant son absence.

— En effet, on m'a dit qu'elle s'appelait Louisa Roebuck, désormais, répondit prudemment Audrey.

— La gouvernante de ma mère affirme que ce serait là un tissu de mensonges pour sauver sa réputation. Elle n'aurait jamais été mariée !

Miss Yardley parlait avec excitation de ce scandale supposé et Audrey fut prise d'une soudaine nausée.

— Vous voulez dire que cet enfant serait illégitime ?

— Notre gouvernante l'affirme ! Elle a dit que Louisa voulait toujours aller trop vite en besogne et qu'elle avait tristement obtenu ce qu'elle avait cherché. Elle aurait dû quitter Hedgerley pour de bon, mais apparemment sa mère n'a pas voulu la forcer à s'éloigner définitivement, aussi est-elle revenue avec cette ridicule fiction d'un époux décédé.

— Ce serait une histoire fort triste, commenta Audrey. J'espère qu'elle n'a rien de vrai.

Son interlocutrice, qui avait dû sentir qu'elle n'ajouterait pas de quoi alimenter les ragots, se tourna bientôt vers son autre voisine, laissant Audrey à ses pensées troublées.

Était-ce là le secret que les Sanford voulaient cacher, la honte de leur fille ? Pensaient-ils qu'en écartant Audrey de Rose Cottage, Louisa pourrait revenir vivre auprès d'eux ?

Le thé se poursuivit autour de délicats gâteaux et de légers sandwichs, tandis que les conversations s'orientaient sur le prochain bal que la Société de charité des dames donnerait pour lever des fonds.

Enfin, Blythe et elle se retrouvèrent dans la voiture qui les ramenait à Rose Cottage. Blythe semblait enchantée de pouvoir conduire elle-même le petit carrick et Audrey plaisanta en affirmant que la prochaine fois elle se chargerait elle-même de jouer les cochers, sur une route droite et plate.

Elles discutèrent avec entrain des différentes invitées et Blythe sembla sur la réserve au sujet de l'accueil ouvert et bienveillant que sa sœur pensait avoir reçu.

— Je sais bien qu'elles ont dû me fixer. Mais du moment que leurs comportements m'ont mise à l'aise, cela ne me gêne nullement. Je sais que tu as eu du mal à accepter ma cécité, mais cela ne signifie pas que ce soit le cas pour tout le monde.

À sa grande stupeur, Blythe fondit brusquement en sanglots et Audrey se demanda si elle n'allait pas réellement devoir reprendre les rênes.

— Je suis désolée, dit Audrey. Je t'en prie, sèche tes larmes ! Nous devons laisser le passé derrière nous, n'est-ce pas ? Je n'aurais pas dû dire cela…

Hélas, si sa sœur réussit à les ramener à bon port, elle demeura inconsolable et se réfugia dans sa chambre pour le reste de la journée.

Jamais Audrey n'avait soupçonné une telle sensibilité chez sa cadette et elle n'était pas certaine de savoir que faire de cette découverte…

Pour distraire sa mélancolie, elle joua du piano en réfléchissant à ce qu'il conviendrait de faire concernant l'aînée des Sanford.

Elle aurait voulu pouvoir en discuter avec Robert. À vrai dire, il lui manquait bien trop pour une femme qui pensait pouvoir vivre sans un homme à ses côtés !

Devait-elle confronter les Sanford, afin qu'ils sachent les bruits qui couraient à leur propos ? À moins qu'ils ne s'en moquent, du moment qu'ils parvenaient à se débarrasser d'elle, la femme qui avait le pouvoir de tous les jeter à la rue… Si elle agissait ainsi, comment pourraient-ils survivre, qui plus est avec un tout-petit ?

Comme la nuit tombait, Audrey prit finalement la décision de ne rien faire du tout. Après tout, leur déshonneur n'était pas son affaire et puis la rumeur était peut-être tout simplement infondée.

Toutefois, si elle était vraie, elle pourrait expliquer le comportement de ses domestiques… Non ?

Chapitre 16

Le lendemain, avant le souper, Audrey attendait sa sœur dans le salon. Elle se sentait glacée jusqu'aux os par l'humidité qui imprégnait l'atmosphère à cause de la pluie glacée qui n'avait pas cessé de tout le jour. Le grondement constant des gouttes sur le toit finissait par lui porter sur les nerfs.

Heureusement, elle avait pu trouver un peu de chaleur dans la chambre de Molly, où elles avaient passé l'après-midi ensemble, tandis que son amie rédigeait pour elle les invitations au festin qu'elle comptait organiser. Il leur faudrait plusieurs journées pour en venir à bout, car Molly se fatiguait encore vite.

Depuis qu'elle s'était installée au salon, cependant, elle ne cessait de frissonner.

Déterminée à se prouver à elle-même qu'elle pouvait fort bien se débrouiller seule, Audrey s'agenouilla devant la cheminée. Elle trouva sans peine un seau plein de charbon à brûler et du petit bois. Du mieux qu'elle put, elle versa du charbon et parsema le tout de petit bois avant de craquer une allumette. D'une main, elle tentait d'enflammer son fragile échafaudage, de l'autre, elle évaluait, à la chaleur qui émanait de la flamme, si le feu allait prendre. Enfin, elle sentit que des petits morceaux de charbon s'embrasaient pour de bon et poussa un soupir de contentement en sentant une chaleur encore légère remonter le long de ses doigts.

— Ainsi, vous accomplissez désormais le travail des serviteurs…

Toujours à genoux, elle se retourna brusquement et dut poser une main à terre pour ne pas risquer de tomber dans l'âtre.

— Seigneur, Robert ! Qu'avez-vous fait de nos signaux ?

— Il ne me semble pas que nous nous soyons finalement mis d'accord.

— Il reste toujours cette invention fort pratique : toquez.

Audrey avait beau essayer de paraître calme et maîtresse d'elle-même, son cœur s'emballait au son de sa voix, et elle se sentait envahie par un délicieux bonheur. Ce n'était pas bon du tout. Elle était déjà bien trop attachée à lui, à sa présence, à son aide, à son attention sensuelle…

— Je ne voulais pas déranger les domestiques alors qu'ils sont occupés à préparer le dîner. Je voulais me charger du feu.

— C'est une réussite, dit-il de sa voix grave et chaude en venant se placer au-dessus d'elle.

Elle pouvait presque sentir la chaleur de son corps, son énergie, tandis qu'il se tenait si près qu'elle pouvait presque le toucher.

— Je pense que le charbon est assez chaud. Il faudrait en ajouter encore un peu, puis-je ?

— Non, répondit-elle en prenant la petite pelle pour verser une nouvelle pelletée de charbon elle-même.

Elle entendit certains morceaux tomber au sol, mais peu lui importait. Quand elle eut fini, elle se leva et frotta ses mains ensemble pour en ôter la poussière, consciente qu'elle devrait se laver les mains avant le dîner.

— Comment était Londres ?

— Toujours assez vide. Cependant, votre sœur a glissé le mot dans les bonnes oreilles. Partout où je suis allé, les gens parlaient de nos fiançailles. Vous êtes la mystérieuse femme que personne n'a jamais vue et, d'après la rumeur, vous auriez pulvérisé, d'une seule apparition, ma réserve de soldat.

— Quel pouvoir surnaturel on me prête ! s'exclama-t-elle en riant.

— L'un de mes lointains cousins voulait même organiser une fête en l'honneur de nos fiançailles.

Cette fois, son rire mourut dans sa gorge.

— Oh… Je suis désolée, Robert.

— Pas du tout, voyons ! Nous ne nous étions jamais parlé jusque-là. Et puis, accueillir la réception de fiançailles d'un comte, ce doit être là un certain accomplissement.

— Vous êtes tellement cynique. Peut-être voulait-il simplement mieux vous connaître, puisque vous avez été absent neuf ans ?

— Peut-être, admit-il sans conviction.

Comme elle le sentit approcher un peu plus, elle se hâta d'ajouter, afin de ne pas laisser le dangereux charme opérer :

— Les serviteurs ont essayé une nouvelle ruse en votre absence.

— Vraiment ? Laquelle ?

— Ils ont affirmé qu'il n'y avait pas de lait pour le matin, car la laitière avait rencontré des soucis avec nos vaches.

— Audrey…

— Aussi, l'interrompit-elle, je suis allée voir la laitière, qui m'a appris qu'elle avait envoyé les seaux de lait tout frais peu avant l'aube, comme elle le faisait chaque matin.

— Maudits soient ces Sanford, gronda-t-il.

Elle rit de bon cœur.

— En fait, je finis par trouver tout cela amusant. Toujours est-il que je leur ai dit que quelqu'un avait dû ne pas mettre les seaux à leur place habituelle et que je comptais sur eux pour avoir du lait pour le déjeuner. Ils vont devoir faire mieux la prochaine fois.

— C'est à croire que vous finissez par prendre plaisir à ce petit jeu entre vous…

— C'est un défi dont je compte bien sortir triomphante.

— Tenez-vous tranquille, dit-il soudain, bien plus proche qu'il n'aurait dû l'être.

Audrey retint son souffle et s'immobilisa en sentant ses doigts sur sa joue. Il frotta son pouce juste sous sa pommette en murmurant :

— Une trace de charbon.

Cependant, il ne s'écarta pas et elle resta immobile, son visage brûlant appuyé contre sa large paume. Avant d'avoir pris conscience de sa folie, Audrey fit glisser ses mains sur son torse, son cou, jusqu'à sentir ses joues rugueuses.

— Laissez-moi vous voir, pria-t-elle.

— Oui, mais… comment ? souffla-t-il d'une voix rauque.

— Comme cela.

Ses doigts légers parcoururent son front puis les pommettes hautes et altières et les joues fines, son menton carré, ses lèvres qui lui avaient paru si douces contre les siennes – la lèvre inférieure légèrement plus charnue que la supérieure. Son nez était parfaitement droit, à l'exception d'une petite bosse.

— Vous vous êtes cassé le nez ?

— Pas tout seul.

Elle lui sourit en poursuivant son exploration, de ses paupières closes jusqu'à ses sourcils arqués sur lesquels retombaient des cheveux aussi doux que de la soie.

— Vous êtes très beau, murmura-t-elle en ne résistant pas au plaisir de glisser les mains jusqu'à sa nuque.

— Pouvez-vous vous figurer à quoi je ressemble, simplement en utilisant votre toucher ? s'étonna-t-il, le souffle aussi court que le sien.

— Je crois que oui. Mais même avant cela, j'ai toujours réussi à vous imaginer. C'est votre voix, je crois. Elle est tellement évocatrice, tellement… différente.

Robert n'avait rien à imaginer. Il pouvait se repaître à loisir du spectacle de sa beauté tandis qu'il tenait son visage entre ses mains. Ses lèvres pleines étaient faites pour accueillir ses baisers. Quant à ses yeux d'or, ils ne le voyaient peut-être pas, néanmoins ils éclairaient incroyablement son doux visage de cette lueur d'ambre inimitable qui révélait la bonté de son âme.

Ils tenaient chacun le visage de l'autre lorsqu'il se pencha pour prendre sa bouche. Leurs corps s'aimantèrent aussitôt, ses seins ronds caressant son torse, au point de provoquer une brutale vague de désir entre ses reins.

— Oh ! Pardon, je ne savais pas…

Il interrompit brusquement leur baiser pour découvrir Miss Collins dans l'embrasure de la porte, le regard honteusement baissé vers le tapis.

Audrey s'écarta si vivement qu'il dut lui saisir le bras pour éviter que sa robe ne balaye l'âtre.

— Je n'allais pas tomber, se récria-t-elle, le visage rouge d'embarras.

— J'aurais dû toquer, balbutia Miss Collins. La… la porte était ouverte.

Robert lui sourit.

— C'était un simple baiser de fiancés qui ont été séparés trop longtemps.

Devant son naturel, Audrey parut se détendre à son tour et répliqua, moqueuse :

— Je suis navrée que ces trois jours vous aient paru si longs, Robert.

Il lui répondit d'un large sourire :

— Oh ! je sais qu'ils l'ont été pour vous aussi.

Miss Collins fronça les sourcils en avançant dans la pièce.

— Audrey, quelles sont ces taches sur ta robe ?

— Ce doit être du charbon, expliqua-t-elle, légèrement embarrassée.

— Tu es tombée dans l'âtre ! s'alarma aussitôt Miss Collins.

— Pas du tout. J'ai simplement lancé le feu moi-même et, bien sûr, j'ai dû m'agenouiller dans de la cendre.

— Mais enfin, c'est aux domestiques de s'occuper de ce genre de tâches, s'écria la jeune femme, interdite.

— Je peux m'en charger presque aussi bien qu'eux. J'ai apprécié le défi, en vérité.

— Et la saleté ? répliqua sa sœur.

— Je ne suis pas contrainte d'être constamment un fardeau, rétorqua Audrey. Si vous voulez bien m'excuser, je vais aller me changer.

Altière, elle passa devant eux, le dos raide.

— Je n'ai jamais dit que tu l'étais, protesta Miss Collins, l'air triste.

Peut-être y avait-il finalement de l'espoir pour que la relation entre les deux sœurs s'arrange ? La jeune femme, mal à l'aise, alla se poster à la fenêtre et garda les yeux rivés sur la pluie battante, comme si elle allait y trouver la réponse à ses questions. À moins qu'elle ne cherche simplement à éviter de croiser son regard…

— Lord Knightsbridge, demanda-t-elle enfin, avez-vous été très incommodé par la pluie sur le trajet depuis Londres ?

— Mon manteau m'a évité le pire, et puis je suis habitué à subir les intempéries.

— Ah, oui, j'oubliais. Y a-t-il parfois de la neige aux Indes ?

— Dans les montagnes de l'Afghanistan, il y a bien plus de neige que nous n'en voyons jamais en Angleterre.

Le silence s'étira ensuite, jusqu'à ce qu'il demande à voix basse :

— Miss Collins, que pensez-vous de la situation avec les domestiques ?

La jeune femme lui jeta un regard par-dessus son épaule.

— Vous voulez parler de leur comportement fuyant ? Il me semble qu'ils essaient de nous cacher la présence de ce petit qui est venu l'autre jour. Quand l'on songe qu'ils ignorent tout du chagrin d'Audrey à la mort de son bébé, j'avoue ne rien comprendre à leur attitude.

Robert cessa de respirer, sous le choc, et elle porta les deux mains à sa bouche, l'air horrifié.

— Seigneur ! Elle ne vous a rien dit ! Oh ! mon Dieu ! Ce n'était pas à moi de révéler ce secret.

— Elle… elle a perdu un enfant ? parvint-il enfin à articuler, avec l'impression que tout son univers se retrouvait bouleversé. Racontez-moi.

— Non, je ne devrais pas…

— C'est trop tard, alors si vous ne voulez pas qu'elle sache par qui je l'ai appris, dites-moi tout, exigea-t-il.

Miss Collins ferma les yeux.

— J'imagine que c'était trop pénible pour elle de vous en parler. Elle a bien plus souffert de la perte de son bébé que de celle de son époux.

— Elle portait déjà son enfant quand il est parti pour les Indes, comprit-il.

Elle hocha la tête et une larme coula le long de sa joue pâle.

— Dites-moi tout, répéta-t-il de la voix qu'il utilisait pour être obéi de ses soldats.

Miss Collins déglutit avec difficulté.

— Elle a découvert sa grossesse peu de temps après le départ de Mr Blake. Et puis, quelques mois plus tard, peu après la nouvelle de son décès, le travail a commencé, trop tôt, et le bébé est venu au monde sans vie. C'était un petit garçon…

Sa voix mourut et son regard se perdit dans des abîmes terrifiants, avant qu'elle ne plante soudain ses yeux droit dans les siens.

— Notre père a été soulagé. Son attitude… cela m'a rendue malade. Je reconnais que je n'étais pas certaine qu'Audrey pourrait élever cet enfant. Et puis, j'avais peur de ce qui se disait : qu'une femme aveugle risquait de donner naissance à un bébé aveugle… Seulement, il m'a été insupportable d'assister à son chagrin. Sa douleur était si puissante que j'ai fini par m'inquiéter sérieusement pour sa santé, physique et psychique.

Robert se laissa lourdement tomber dans un fauteuil et se prit la tête dans ses mains, les yeux fixés sur le sol.

Les mots de Miss Collins le frappaient violemment, tels les uppercuts d'un boxeur.

— Je crois que cet endroit l'a sauvée, d'une certaine manière. Elle a pu se concentrer sur Rose Cottage et sur sa future indépendance. Même quand père a catégoriquement refusé qu'elle s'y installe, elle n'a jamais abandonné ce rêve.

Elle se tut un long moment. Peut-être attendait-elle qu'il parle, cependant, il était à court de mots.

— Elle ne devait pas vouloir de votre pitié, murmura-t-elle enfin.

De la pitié ? Ce qu'il ressentait en cet instant allait bien au-delà de la pitié, c'était la culpabilité qui l'étouffait.

La décision de libérer les prisonniers, qu'il avait prise ce jour maudit, contre l'avis de son commandement, cette décision qu'il avait crue juste, n'avait pas seulement coûté la vie à trois valeureux soldats, dont le mari d'Audrey, elle avait aussi causé la mort d'un nouveau-né.

Ce n'était pas en lui servant d'escorte et en lui fournissant quelques conseils dérisoires sur la gestion d'un domaine qu'il rachèterait sa faute envers elle.

Bon sang ! Une fois de plus, il n'agissait que dans son propre intérêt, comme s'il savait tout mieux que tout le monde. Exactement comme son père l'aurait fait !

Il donnerait à Audrey exactement ce qu'elle méritait : le mariage et une chance d'avoir un autre enfant. Une véritable union où elle serait admirée et chérie, non considérée avec pitié. Les mariages de la haute société se faisaient souvent avec bien moins.

— Milord ?

La voix hésitante de Miss Collins l'incita à relever le visage. Il se sentait soudain empli d'un sentiment d'évidence qu'il n'avait pas ressenti depuis le moment où il avait vendu sa charge militaire.

— Oui ?

— Comptez-vous lui dire que vous savez pour... pour le bébé ?

— Non. Je veux qu'elle m'en parle d'elle-même, décida-t-il.

— Oh ! comme vous voudrez, répondit-elle sans pouvoir cacher son soulagement, tandis qu'elle essuyait les dernières traces de ses larmes.

Ils restèrent quelques instants silencieux, Miss Collins concentrée sur les gouttes d'eau qui dévalaient les vitres et Robert immobile, luttant pour ne pas imaginer la douleur d'Audrey.

Lorsqu'elle les rejoignit, il ne put retenir un sourire, né de la certitude qu'il ne la laisserait plus jamais seule. Le plus dur serait de la convaincre de rendre leurs fiançailles bien réelles. Par bonheur, il avait le temps de procéder pas à pas. Elle s'ouvrait chaque jour un peu plus à lui, à chaque caresse, à chaque baiser.

Il alla à sa rencontre et prit ses mains, la prenant de court.

— Pardon, s'excusa-t-il en posant un baiser sur sa main gantée.

— Je ne me suis pas absentée bien longtemps, s'amusa-t-elle, sa joie déjà retrouvée.

— Cela m'a pourtant paru interminable...

Et ce n'était que la stricte vérité. En l'espace des quelques minutes qu'avait duré son absence, la perspective de son existence avait changé du tout au tout et il en était sincèrement enchanté.

— Vous devez avoir faim. M'escorterez-vous jusqu'à la salle à manger ? proposa-t-elle aimablement.

Robert s'exécuta de bon cœur et fut heureusement surpris de s'apercevoir qu'il s'habituait à dîner ainsi en compagnie d'Audrey et de sa sœur, dans une atmosphère tout à fait familiale.

Tout en les aidant à s'installer l'une et l'autre, il confessa avec franchise :

— J'ai découvert que j'étais fort impatient de revenir souper en votre compagnie à toutes deux. Les pièces de Knightsbridge sont sombres et caverneuses et je n'ai personne à qui parler.

— Oh ! cela semble affreusement solitaire, le plaignit Audrey.

— Vous trouvez ?

Robert lui jeta un regard étonné. Il ne pouvait pas lui rappeler, devant sa sœur, qu'elle avait eu le projet de passer elle aussi ses soirées seule en arrivant à Rose Cottage. Elle dut cependant deviner où ses pensées le menaient, car il la vit rougir légèrement tandis qu'elle avalait une gorgée de vin.

Après quoi, elle releva le menton avec détermination. Elle n'avait pas besoin de prononcer à voix haute ce qui se passait dans son esprit : peu importaient quelques repas seule, du moment qu'elle conservait sa précieuse indépendance.

Et puis, elle avait Molly. Seulement, Molly voudrait peut-être un jour construire une vie bien à elle. Francis semblait avoir de l'affection pour elle.

— Admettez, Robert, que pendant vos années à l'armée le calme et la tranquillité ont dû vous manquer, répliqua-t-elle.

— Parfois, c'est vrai. Pour autant, j'aimerais que ma maison résonne de rires et de conversations, or, pour l'heure, on n'y trouve que des domestiques impeccablement silencieux… et moi-même.

— Bientôt, Audrey vous y rejoindra, fit remarquer Miss Collins.

— Oui, et j'en suis infiniment heureux, répondit-il tranquillement.

Audrey tourna vivement le visage vers lui, étonnée. Elle ne comprenait pas où il voulait en venir.

— Audrey a toujours fait partie de ma vie, reprit soudain Miss Collins.

Audrey et Robert se tournèrent d'un même mouvement vers elle.

— Je n'ai pas de souvenirs d'avant la scarlatine, si ce n'est l'impression que j'étais tout le temps dans tes bras, poursuivit-elle, le regard perdu.

— Je t'ai appris à marcher, chuchota Audrey. Et tes premiers sourires de bébé ont été pour moi. Je me souviens qu'ils étaient très doux, emplis d'amour.

Une larme solitaire glissa sur la joue de Miss Collins.

— Je me suis sentie tellement coupable d'avoir survécu à cette maudite fièvre sans aucune séquelle, avoua-t-elle tout à coup.

— Oh ! Blythe ! Non ! Au contraire, j'étais si heureuse que tu te sois parfaitement remise !

Miss Collins eut un rire dénué de joie.

— Je le sais, et cela n'a fait qu'empirer mon sentiment de culpabilité quand j'ai été en âge de comprendre. Ensuite… cette culpabilité s'est insidieusement transformée en colère.

Robert savait que sa propre culpabilité était légitime alors que Miss Collins n'avait pas mérité de subir la sienne, mais il comprenait désormais un peu mieux la jeune femme.

— Blythe, reprit calmement Audrey.

— Non, je ne veux pas de ta sympathie, ni de ta compassion. L'attitude que j'ai eue envers toi ne mérite pas de tels sentiments. Je... je ne sais même pas pourquoi je te dis tout cela. Cela ne changera rien au passé. Je... je n'ai plus très faim, excusez-moi, dit-elle en se levant gracieusement.

Sans un regard dans leur direction, elle sortit d'un pas léger.

Robert se tourna vers Audrey qui gardait la tête baissée, les mains à plat de part et d'autre de son assiette.

— Ça va ? s'inquiéta-t-il.

Elle haussa les épaules.

— Je n'ai jamais su qu'elle ressentait tout cela. Cette confession... cela change tant de choses entre nous.

— Vous avez de la chance, vous savez, dit-il doucement.

— Vraiment ? Ce n'est pas ce que pense Blythe, apparemment...

— Je ne parle pas de votre cécité. Non, vous avez de la chance de pouvoir arranger votre relation avec votre sœur. Je donnerais n'importe quoi pour avoir la même occasion avec mon frère, décédé à quatorze ans.

— Vous deviez avoir environ douze ans, non ? Que peut-il y avoir à réparer entre deux si jeunes frères ?

— Je vous ai dit que nous étions systématiquement en compétition sur notre travail scolaire, mais ce n'est pas l'essentiel. Mon père exigeait toujours le meilleur de nous, et il s'assurait que notre précepteur en fasse de même – le pauvre devait même craindre de perdre son poste si nous n'étions pas exemplaires dans nos études. Père tenait absolument à ce que nous fréquentions Eton, pour afficher avec orgueil notre supériorité. Malheureusement, notre tuteur a pris ces exigences très à cœur et il a choisi le pire moyen pour parvenir à ses fins : il nous montait systématiquement l'un contre l'autre, et celui qui échouait, fût-ce sur les plus petites choses, était puni. La compétition s'est peu à peu transformée en rage puis en haine. Même à Eton, nous n'avions plus rien en commun. J'avais l'impression qu'il dressait ses amis contre moi. Je ne sais pas si c'était vrai, je ne le saurai jamais… C'est tout le problème, en vérité. Je ne pourrai jamais avoir d'explication franche et honnête avec Neil. Je ne pourrai jamais l'aimer comme un frère le devrait. En revanche, une chance vous est offerte de réparer ce qui a été brisé, Audrey. De toute évidence, Blythe lutte avec le passé tout autant que vous, et elle veut améliorer votre relation.

— Vous parlez sagement, Robert, dit-elle doucement. Je suis désolée pour votre triste enfance. Pour nos enfances à tous deux.

— Il est possible que Blythe et vous ne partagiez jamais le respect que vous voulez dans une relation. Celui que vous et moi avons.

Quoique surprise par la franchise de cette remarque, elle admit :

— C'est vrai, je suis d'accord.

— Bien des mariages se construisent sur beaucoup moins, poursuivit-il, déterminé.

Elle fronça les sourcils.

— Que voulez-vous dire ?

— Que je veux rendre nos fiançailles bien réelles. Je veux vous épouser, Audrey.

Elle se mit à rire et il n'en prit pas ombrage.

— Vous pensez donc que je plaisante ?

Son rire s'arrêta d'un seul coup.

— C'est assez drôle, en effet, répliqua-t-elle.

— Je ne plaisante pas. Je veux sincèrement vous épouser. Nous avons fait du bon travail ensemble ces derniers temps et nous avons toujours un sujet ou un autre à discuter. Et puis, il y a la passion, aussi…

Il prit sa main qui tremblait dans la sienne.

— Lorsque je suis avec vous, je ne pense à rien d'autre qu'à vous embrasser.

— Robert, arrêtez, le pria-t-elle en lui retirant ses doigts. Quand je vous ai demandé votre aide, l'idée était précisément de pouvoir enfin vivre libre et indépendante, vous le savez. Je ne me marierai plus jamais, je vous l'ai dit.

Il entendit parfaitement les mots qu'elle ne disait pas, maintenant qu'il connaissait la vérité : elle ne souffrirait plus jamais comme elle avait souffert.

— Je sais pourquoi vous parlez ainsi, reprit-elle d'un ton qui s'était durci. Vous avez pitié de moi, parce que vous pensez que je reste impuissante face à mes domestiques.

— Ce n'est absolument pas vrai ! s'exclama-t-il, décontenancé par cette accusation. J'ai parfaitement compris que vous voyiez votre affrontement avec eux comme un défi à surmonter et à gagner. Et je respecte parfaitement votre choix.

— Robert, vous n'avez pas conscience de ce que vous demandez, dit-elle en secouant la tête. Vous êtes simplement ennuyé que la bonne société apprenne que vous n'épousez finalement pas la pauvre fille aveugle à qui vous aviez promis le mariage.

— Je me moque complètement de ce que pense la bonne société.

— Alors c'est la solitude qui vous dicte ces paroles. Seulement, vous ne serez pas longtemps seul, croyez-moi. Attendez que les débutantes londoniennes apprennent que vous êtes à nouveau disponible ! Vous croulerez sous les invitations.

— Vous pensez vraiment que mon intérêt peut se porter sur des jeunes filles à peine sorties de l'école, sans aucune expérience de la vie ? À la première difficulté, elles s'effondreront. Tandis que vous, Audrey, vous êtes une battante. Vous êtes une survivante, et je ne vois pas ce que je pourrais demander de plus chez une épouse !

— Quoi que vous disiez, Robert, vous ne m'ôterez pas de l'idée que ce n'est qu'un caprice passager. Nous ferons comme si vous n'aviez rien dit.

— Je refuse de prétendre que je ne ressens pas *cela*, répliqua-t-il en allant jusqu'à elle pour la prendre dans ses bras.

Il captura ses lèvres en un baiser brûlant d'une passion urgente qu'il ne s'était jamais autorisé à lui témoigner.

Lorsqu'un gémissement de volupté lui échappa, il ressentit une onde de satisfaction dans tout le corps.

Chapitre 17

Submergée par la passion de ce baiser, Audrey entendit vaguement un hoquet de stupeur et le bruit de la porte qui se refermait. Mais tout cela était tellement loin, tellement distant qu'elle ne réagit même pas.

Tout contre sa bouche, Robert murmura :

— Est-ce que cela ne signifie rien pour vous ? Oserez-vous nier que nous sommes irrémédiablement attirés l'un par l'autre ?

— Ce n'est… je…

Elle parvenait à peine à penser, encore moins à exprimer la moindre idée cohérente. Un vertige délicieux la saisissait et elle passa les bras autour de son cou pour ne pas vaciller.

Puis elle eut la sensation que le monde se mettait à tourner follement lorsque Robert la souleva dans ses bras pour l'asseoir au bord de la table avant de la faire s'allonger dessus. Il se tenait entre ses cuisses, et seuls leurs vêtements les séparaient.

Robert déposa une nuée de baisers le long de son cou et sur son décolleté puis sa langue se glissa entre ses seins. Elle ignorait jusqu'alors qu'elle pouvait ressentir tant de passion et de désir, étant donné que son époux ne s'était jamais intéressé à ce qu'elle ressentait.

Elle sentit les mains de Robert se glisser sous ses jupons puis remonter le long de sa cheville, de son mollet, seulement couvert par un bas fin. Malgré elle, ses reins se cambrèrent et elle les pressa contre lui. En réaction, Robert poussa un grondement. Audrey savait ce qu'il voulait, ce qu'un homme désirait faire de ses… hanches.

Ses mains remontaient toujours plus haut et il souleva ses genoux, lui écarta les cuisses, pour placer ses pieds sur la table. L'espace d'un instant, elle se demanda s'il allait la faire sienne là, tout de suite. Pourrait-elle l'arrêter ? Le voulait-elle ?

Elle sentit ses jupes et jupons retomber autour de ses hanches tandis que ses larges paumes s'immobilisaient sur ses genoux.

— Robert…

Sa voix n'était qu'un murmure rauque. Elle était incapable de former d'autres mots. Il se mit à caresser sensuellement la peau fine à l'intérieur de ses cuisses, se rapprochant lentement du brasier entre ses reins. Elle se sentait brûlante, avide et… désespérée, dans l'attente de quelque chose qu'elle ne comprenait pas elle-même.

Et toujours, ses mains bougeaient, la laissant pantelante et tremblante. Enfin, ses doigts habiles effleurèrent son intimité. Rien ne lui avait jamais paru si bon, si délicieux… jusqu'à ce qu'il glisse un doigt en elle. Elle pressa une main sur sa bouche pour retenir un cri.

Sans cesser de la caresser intimement, il se pencha vers elle. Elle sentit ses cheveux effleurer son menton, et sa bouche se pressa de nouveau sur la peau sensible de son décolleté. Puis il glissa sa main libre dans son corsage et tira le tissu pour libérer sa poitrine. Le contact de l'air frais sur ses seins fit se dresser les pointes.

L'instant suivant, sa bouche se referma sur un mamelon, et lécha…

Le plaisir explosa en elle, brutal et ravageur. Dans un long gémissement, elle sentit ses membres se relâcher entièrement. Les lèvres de Robert s'attardèrent sur la pointe sensible de son sein, lui arrachant un dernier frisson de volupté.

Puis il se redressa lentement et elle sentit ses mains abaisser les épaisseurs de tissu sur ses jambes. Ses pieds se posèrent sans force sur le sol tandis qu'il lui saisissait les mains pour la redresser.

Elle ignorait que dire, ne sachant si elle devait être embarrassée ou bien reconnaissante de lui avoir offert cette expérience que son mari n'avait pas même essayé de lui faire connaître lors de leur nuit de noces. À moins que ce ne soit la colère qui l'emporte sur le reste…

Robert n'avait pas fait cela uniquement pour son plaisir, pour lui offrir un cadeau.

— Ce n'est pas juste, souffla-t-elle entre ses dents serrées.

Il prit une inspiration tendue :

— De quoi parlez-vous ? Je voulais seulement vous offrir du plaisir, vous montrer ce que nous pouvions partager à jamais.

— Non, vous vouliez prendre, contrôler…

— Je n'ai…

— Vous avez utilisé mon corps comme un instrument contre ma volonté, l'interrompit-elle sévèrement. Vous saviez pourtant que je ne pouvais comprendre ce qui m'arrivait.

— Vous avez été mariée !

— Vous avez sûrement deviné, d'après les confidences que je vous ai faites, que Martin n'était pas homme à se préoccuper de me témoigner la moindre tendresse une fois qu'il avait obtenu ce qu'il voulait. Mon plaisir ne l'intéressait nullement.

— Je n'en savais rien, lui assura-t-il d'un ton calme.

— Peut-être pas. Il n'empêche que vous n'avez pas bien agi envers moi, Robert. Je ne veux plus jamais qu'un homme s'imagine qu'il peut prendre le contrôle sur moi, puis m'abandonner à sa convenance dans un château solitaire.

— Vous abandonner ? s'écria-t-il avec colère. Je ne suis pas Blake !

— Et je ne serai pas la maîtresse d'un immense château quand je peux à peine évoluer dans ce petit manoir sans aide !

— Ce n'est pas vrai. Vous vous en sortez admirablement bien. C'est seulement cette situation avec votre personnel qui attise vos nerfs. Si vous me laissiez être votre mari, vous protéger et m'occuper de vous…

— Je ne veux pas que l'on s'occupe de moi ! s'emporta-t-elle. Ne voyez-vous pas ce que vous tentez de faire ?

— Je tente seulement de vous demander votre main !

— Et je vous réponds non ! Écartez-vous de la table, s'il vous plaît.

Elle se redressa, mortifiée de sentir ses jambes trembler violemment.

Voilà ce qu'il avait fait ! Il avait pris possession de son corps, au point qu'il lui appartenait davantage à lui qu'à elle-même ! Il savait parfaitement comment la séduire et la réduire à sa volonté, et cela lui était intolérable.

— Je veux que vous partiez, Robert.

— Audrey…

— Laissez-moi quelques jours, je vous en prie. J'ai

besoin de temps pour réfléchir et je ne peux y arriver avec vous à mes côtés.

— Très bien, dit-il enfin avec raideur. En contrepartie, je vous demande de réfléchir aussi à ce que je vous ai dit : à ce qu'il y a entre nous et à ce qu'il pourrait y avoir.

— Oh ! croyez-moi, je sais parfaitement comment les choses pourraient être, répliqua-t-elle amèrement.

Il poussa un lourd soupir.

— Ne faites pas cela, Audrey, je vous en conjure. Ne transformez pas un moment d'émerveillement réciproque en quelque chose de sordide.

— C'est vous qui avez fait cela, Robert, pas moi. Partez, maintenant.

Elle entendit la porte s'ouvrir et ses pas qui s'éloignaient dans le hall.

Audrey était incapable de pleurer. À l'exception des larmes d'angoisse qui avaient coulé lorsque Molly était tombée malade, elle n'avait plus pleuré depuis la mort de son bébé. Elle s'était défendue de se laisser de nouveau aller à ce chagrin destructeur.

Hélas, cela ne l'empêchait nullement de subir de plein fouet la morsure de la douleur et de la confusion.

Robert avait-il vraiment essayé de la convaincre de ce qu'il ressentait en s'exprimant par des gestes, plutôt que par des mots ?

Avant lui, elle n'avait connu qu'un seul homme, et ses paroles comme ses caresses n'avaient été que des mensonges. Comment était-elle censée faire la différence ?

Elle avait demandé à Robert de lui laisser le temps de réfléchir, et était convaincue que c'était nécessaire. Il fallait attendre que la passion et le chagrin disparaissent, afin de considérer les choses de façon rationnelle.

Toutefois, elle se sentait… différente, changée. Et elle n'était pas sûre que ce soit une bonne chose.

Audrey ne dormit pas bien cette nuit-là. Elle se réveilla maintes et maintes fois au souvenir de l'odeur de Robert, de ses mains caressantes sur son corps, si bien qu'elle se sentit triste et léthargique toute la matinée qui suivit.

Elle était frustrée et agacée de constater qu'en dépit de sa volonté elle ne parvenait pas à oublier ce qu'il lui avait fait vivre. Son corps réclamait de revivre la magie de ces sensations.

Dans l'espoir qu'un dur labeur détournerait enfin son esprit de ces pensées troublantes, elle décida d'inspecter la maison pour vérifier le travail d'Evelyn. Elle n'avait besoin pour cela ni de Robert ni même d'une paire d'yeux efficace ! À l'odeur et au toucher, elle sut qu'au moins la maison était correctement époussetée et les meubles nettoyés.

Tandis qu'elle soulevait un coin du tapis du salon pour inspecter au-dessous, elle entendit les pas légers d'Evelyn approcher.

— Quelque chose ne va pas, madame ?

— Je fais simplement une petite inspection, Evelyn, répondit-elle plaisamment. Aurais-je une raison de m'inquiéter ?

— N… non, madame, répondit la jeune fille.

Audrey fronça les sourcils.

— Evelyn, vous savez que vous n'avez aucune raison de me craindre, n'est-ce pas ?

— Ou… oui, madame.

Tandis qu'elle rejoignait le bureau pour y chercher le registre le plus récent, la nervosité de la jeune fille lui restait cependant en mémoire.

Robert avait parcouru le registre qu'elle trouva sans peine, mais elle voulait entendre elle-même les chiffres qu'il contenait. Non qu'elle n'ait pas confiance en lui, seulement, il lui fallait d'abord s'appuyer sur elle-même.

Les bras chargés, elle remonta donc vers la chambre de Molly.

— Je suis levée et en bien meilleure forme, Miss Audrey, la salua celle-ci depuis la fenêtre, si elle se fiait à la provenance de sa voix.

Sa bonne humeur évidente lui rendit un peu de la sienne et elle parvint à sourire pour la première fois de la journée.

— Tu es donc tellement impatiente de reprendre tes tâches ?

— Je n'estime pas travailler quand je vous aide, miss. Qu'est-ce donc que vous avez sous le bras ?

— Le registre des comptes en cours. J'aimerais entendre les dépenses.

— Il n'y a pas de table ici, miss. Mais venez donc vous asseoir au bord du lit près de moi et nous verrons ce qu'il y a d'intéressant dans ces pages.

Audrey écouta Molly lui lire lentement chaque ligne du registre, depuis les dépenses faites chez le boucher, jusqu'à l'achat de l'huile. Quand elles arrivèrent à la rémunération des domestiques, Audrey sentit son humeur s'assombrir d'un seul coup.

— Je jurerais que le chiffre que Mr Drayton m'a indiqué concernant le salaire de Mrs Sanford est trois fois inférieur à ce que tu viens de me lire.

— Ce n'est pas à moi de dire cela, Miss Audrey, mais je trouve également que ces gages sont bien élevés pour la gouvernante et cuisinière d'une demeure modeste.

— Je suis convaincue que Mr Drayton m'a menti.

— Mais… vous avez dit que Lord Knightsbridge avait vérifié ce registre-ci l'autre jour…

— Il ne sait rien des gages habituels des serviteurs. Robert doit avoir des hommes d'affaires qui gèrent ce genre de choses.

Molly ne dit rien, comme si elle savait qu'Audrey avait besoin de réfléchir. Hélas, elle ne parvenait pas à penser clairement, son esprit était en pleine confusion. Qui essayait de la tromper ? Mr Drayton ? Les Sanford ? Que se passait-il ?

Audrey fut debout avant même d'en prendre conscience.

— Miss ? Qu'avez-vous l'intention de faire ? s'alarma Molly.

— Découvrir enfin la vérité, déclara-t-elle froidement avant de quitter la chambre.

Elle trouva Mrs Sanford seule dans la cuisine, occupée à préparer le déjeuner.

— Bonjour, Mrs Blake, la salua-t-elle.

Audrey crut percevoir de la méfiance dans la voix de la gouvernante, mais après tout, peut-être avait-elle deviné, à l'expression de la jeune femme, que l'heure était grave.

— Mrs Sanford, il faut que nous ayons une conversation franche.

— Oui, madame ?

Elle percevait encore un bruit régulier, comme si la gouvernante continuait de tourner une cuillère dans un bol.

— Pourriez-vous cesser un instant ce que vous faites ? lança-t-elle, cinglante.

Le bol heurta la table en bois.

— Pardonnez-moi, madame.

— Que dois-je pardonner, exactement ? Je viens de parcourir les comptes de la maisonnée. Pourriez-vous me dire pourquoi vos gages sont le triple de ce qu'ils devraient être ?

Le silence qui suivit fut tel qu'Audrey put entendre les cloches du village sonner malgré les croisées fermées.

— Mrs Blake, je vous assure que mon travail...

— Inutile de me donner des assurances concernant vos talents de gouvernante, Mrs Sanford. En dépit de ce que votre famille et vous avez fait pour me nuire depuis mon arrivée, je suis tout à fait consciente que vous connaissez fort bien vos tâches. Il n'empêche que la somme inscrite dans les registres est bien supérieure à ce qu'elle devrait être. Aussi, j'exige de savoir sur le champ de quoi il retourne, sans quoi je serais forcée de mettre un terme à votre emploi et à celui de votre famille. Le fait que vous preniez depuis le début de tels risques me prouve la gravité de ce qui se trame.

Elle avait à peine terminé qu'elle entendit Mrs Sanford fondre en larmes et se moucher bruyamment. Audrey ressentit un élan de sympathie qu'elle s'efforça de réprimer.

— Dites-moi la vérité, Mrs Blake. Nous pourrons trouver une solution ensemble.

— Non, Mrs Blake, je ne crois pas que ce soit possible, se lamenta la femme.

Elle l'entendit se laisser lourdement tomber sur un tabouret qui craqua.

— Alors, vous refusez de vous confier à moi ? demanda-t-elle, tout aussi lasse.

— Non, ce n'est pas ce que... Je veux dire... Oh ! Seigneur, c'est si difficile ! J'espérais que vous n'auriez jamais à l'apprendre... Je ne voulais pas que vous ayez à souffrir autant.

— Moi ? Je souffrirais ? répéta-t-elle, interdite, en

posant la main sur la table comme pour trouver un soutien solide. Allons, dites-moi tout, Mrs Sanford. Je dois connaître la vérité.

— L'argent supplémentaire est pour ma fille, Louisa, confessa enfin la gouvernante, dont la voix se brisa. Elle… elle travaillait ici comme femme de chambre. Mais elle ne peut plus. Le petit…

Un autre sanglot l'interrompit. Audrey s'efforça de garder le silence, en dépit de la sourde angoisse qui montait en elle.

— Mr… Mr Blake a dit que l'argent était pour elle. C'est tout ce qu'il a bien voulu lui donner, lâcha Mrs Sanford dans un souffle.

Audrey comprit alors ce que la gouvernante avait si peur de lui dire, et cette information s'abattit sur elle en vagues de trahison et de peine, pourtant, elle ne ressentait aucune surprise. Non, elle ne pouvait plus être choquée par les agissements de son défunt mari. Pas même quand cela impliquait de laisser derrière lui un enfant, à la seule charge d'une innocente domestique ! Le petit Arthur était le fils illégitime de Martin. Et il avait l'âge que leur fils aurait eu s'il avait vécu.

Ainsi, Martin avait fait ses adieux à *deux* femmes avant de partir à la guerre, songea-t-elle amèrement.

Mais était-ce là toute la vérité ?

— Mon mari a-t-il forcé votre fille ? demanda-t-elle, résignée.

— J'aimerais pouvoir vous dire que oui pour préserver notre honneur, répondit la pauvre femme avec amertume, mais Louisa était une jeune fille immature, bien trop flattée qu'un gentleman daigne s'intéresser à elle. À son grand regret, elle a admis qu'elle l'avait laissé faire ce que bon lui semblait. Cependant, elle ne regrette pas l'arrivée du petit Arthur. C'est un si bon petit garçon, Mrs Blake, ajouta-t-elle d'un ton suppliant. Il n'est pas responsable de sa venue au monde.

— Bien sûr que non, coupa Audrey. Et je n'ai aucune intention de les blâmer, lui ou votre fille. Mr Blake n'était ni honorable ni bon. Il s'est servi de moi pour prendre ma dot, et il s'est servi de votre fille pour son plaisir.

La gouvernante pleurait toujours, mais ses sanglots s'étaient apaisés.

— Nous avions si peur, Mrs Blake, reprit-elle enfin, nous ne savions pas ce que vous feriez si vous appreniez la vérité. Seigneur ! Nous avons essayé de vous faire quitter votre propre maison ! Si vous saviez comme j'ai honte !

Comme les sanglots reprenaient de plus belle, Audrey entendit des pas précipités arriver dans leur direction.

— Mère ? s'affola Evelyn en entrant. Que se passe-t-il ?

— C'est Louisa ? Le bébé ? renchérit Francis à sa suite.

La porte de service s'ouvrit vivement, faisant entrer un brusque courant d'air dans la pièce, tandis que Francis appelait son père à travers la cour.

Audrey se sentit soudain submergée par une immense fatigue et elle tendit la main pour trouver un tabouret sur lequel elle se laissa choir. Personne ne semblait prêter attention à elle, alors que les enfants entouraient leur mère. La porte se rouvrit et des pas lourds annoncèrent l'arrivée de Mr Sanford.

— Allons, allons, cesse de pleurer, ordonna-t-il à sa femme avec gentillesse. Que s'est-il passé pour te mettre dans un tel état ?

Un lourd silence suivit, comme s'ils prenaient enfin conscience de sa présence.

— Elle sait…, murmura Mrs Sanford. Madame sait tout. Comment son mari l'a trahie et comment nous avons mal agi par nos mensonges.

Le silence se poursuivit, lourd de chagrin et de peur, si bien qu'Audrey n'y tint plus.

— Ce qu'a fait mon mari n'est pas votre faute, dit-elle lentement. Je regrette que vous ayez supporté le fardeau de son égoïsme. Je suis au moins soulagée qu'il ait songé à laisser à Louisa une rente pour élever son enfant. Bien sûr, cette rente ne cessera pas, de même que votre emploi à Rose Cottage, à condition que vous promettiez de ne plus jamais me mentir.

Mrs Sanford se remit à pleurer de plus belle et Mr Sanford s'éclaircit la gorge à plusieurs reprises.

— Mrs Blake, dit-il d'une voix rauque, nous ne méritons pas votre gentillesse… mais nous l'apprécions grandement.

— Que se passe-t-il ici ?

La question de Blythe prit tout le monde de court. Les Sanford semblaient pétrifiés et Audrey finit par reprendre contenance.

— Je vais parler à ma sœur. Mrs Sanford, je vous laisse terminer les préparatifs du déjeuner.

— Merci, madame.

La sincérité et le soulagement intense qui vibraient dans ce simple remerciement lui arrachèrent enfin un semblant de sourire comme elle se levait pour rejoindre Blythe.

— Allons discuter dans mon bureau, dit-elle à sa sœur qui la suivait.

Elle referma la porte sur elles et s'y appuya, les yeux clos. Elle aurait pu se laisser glisser au sol tant la tristesse et l'épuisement rendaient ses membres lourds. Mais au moins, elle connaissait la vérité désormais, elle trouverait un moyen ou un autre de s'en accommoder.

Elle raconta à Blythe toute l'histoire de Louisa et du petit Arthur. Quand elle eut terminé, celle-ci ne put que murmurer :

— Seigneur…

— Je suis heureuse de ne pas pouvoir lire la pitié sur ton visage, soupira-t-elle. Tu m'avais mise en garde concernant Martin et je n'ai pas voulu écouter. J'étais bien trop enchantée par sa cour.

— Tu ne lirais aucune pitié sur mon visage en cet instant, rectifia Blythe. Seulement de la colère et de la tristesse. Tout homme aurait pu agir ainsi envers une femme qu'il aurait séduite. Ta cécité n'y est pour rien.

Et l'instant suivant elles tombèrent dans les bras l'une de l'autre. Audrey sentit une joie puissante ainsi qu'un grand étonnement à l'idée qu'elle puisse enfin s'accrocher ainsi à sa sœur dans l'adversité.

— C'est une bonne chose que tu aies enfin trouvé un homme digne de toi, murmura Blythe à son oreille.

Audrey ne put que répondre d'un rire amer en s'écartant d'un pas. Cette fois, elle n'hésita pas un seul instant pour dire :

— C'est le plus triste, Blythe… Nos fiançailles n'ont rien de réel. Ce n'était qu'une ruse pour m'éloigner enfin de la maison de père.

Blythe émit un hoquet de stupeur.

— Je ne comprends pas…

— Il n'est pas question que je me remarie. Jamais ! s'exclama-t-elle, plus convaincue que jamais après la révélation de la matinée. Je ne veux plus jamais être soumise à quiconque. Le secret honteux de Martin ne prouve-t-il pas que j'ai raison ?

— Est-ce que ces fausses fiançailles sont une idée du comte ? demanda Blythe, toujours atterrée.

— Quand il est venu m'apporter ses condoléances, il a déclaré vouloir m'apporter son soutien et je lui ai demandé son aide pour m'escorter, me protéger et me conseiller jusqu'à ce que je puisse m'installer pour de bon ici. Les fiançailles étaient selon lui le seul moyen de pouvoir quitter le toit de père sans trop de résistance.

Audrey s'interrompit avant de formuler la question qui lui serrait la gorge :

— Est-ce que… est-ce que tu me détestes pour tous ces mensonges ?

— Te détester ? Comment pourrais-je te détester alors que seuls ces mensonges t'ont permis d'avoir enfin la vie que tu voulais ? Je ne t'ai pas aidée une seule fois ! Au contraire, j'ai contribué à te forcer à en venir à de tels stratagèmes !

— Tu n'avais pas davantage de pouvoir sur père, voyons !

— Peut-être, mais j'aurais tout de même pu te soutenir, essayer au moins de le convaincre ! s'écria-t-elle avec émotion. Au lieu de quoi, je l'ai cru quand il affirmait que tu ne pouvais vivre seule. Je mettais peut-être mes propres faiblesses à ton compte… Oh ! je ne sais pas ! C'était mal de ma part, Audrey, et je le regrette douloureusement.

Elles se reprirent dans les bras et Audrey sentit la brûlure des larmes piquer ses yeux, pour la première fois depuis longtemps. Des larmes de joie, malgré la débâcle qu'avait été cette journée.

Au bout d'un moment, sa sœur s'écarta et posa les deux mains sur ses épaules.

— Concernant Lord Knightsbridge, tu n'as pas vu ce que j'ai vu, la façon qu'il a de te regarder… Cet homme tient sincèrement à toi, Audrey. Et puis, tu l'as embrassé, alors qu'il n'y avait aucun spectateur. Je l'ai vu être là pour toi, presque chaque jour.

— C'est parce qu'il a l'impression qu'il doit prendre soin de moi, expliqua-t-elle sans masquer son amertume. C'est de la pitié, Blythe.

— Vraiment ? Était-ce de la pitié quand notre mère s'occupait de nous, nous chérissait, nous protégeait ?

— Elle était notre *mère !*

— Et elle agissait par amour. Pourquoi le besoin de protection de Lord Knightsbridge ne pourrait-il être aussi de l'amour ? N'est-il pas naturel de vouloir aider ceux que nous aimons ?

Audrey dut ravaler le chagrin qui lui serrait la gorge. Les mots de sa sœur la terrifiaient. Elle ne voulait pas se laisser aller à croire que ce puisse être de l'amour, que sa volonté d'être indépendante avait pu blesser Robert.

— Non, Blythe, Robert ne m'aime pas et je ne l'aime pas non plus.

En prononçant ces mots, Audrey eut l'étrange impression qu'ils poissaient sa bouche, comme si elle était pleine de cendres. Sans comprendre pourquoi, elle eut soudain peur.

— Il ressent de la pitié, reprit-elle précipitamment. Je le sais parce que, depuis qu'il a vu combien j'avais besoin d'aide pour la maison et mes problèmes avec les domestiques, il a décidé que nous devrions nous marier pour de bon.

Blythe garda un silence étrange.

— Tu vois, tu es d'accord avec moi, reprit Audrey en s'efforçant de prendre un ton convaincu.

— Non, non, j'essaye simplement de comprendre. Il t'a donc proposé un mariage bien réel et tu as refusé ? Un homme bon qui tient à toi, un comte, pour l'amour du ciel !

— Tu sais très bien que je me moque des titres. Et tu ne devrais pas t'en préoccuper non plus…

— Je dis seulement que tu ne devrais pas refuser sa demande si hâtivement. Je sais que tu tiens à lui, toi aussi ! Bien plus que tu n'as jamais tenu à Mr Blake.

— C'est différent. Robert et moi sommes… amis.

Blythe émit un claquement de langue dubitatif.

— Je ne veux plus en discuter, soupira Audrey en croisant les bras, les lèvres serrées.

— Oh ! très bien ! Mais tu as intérêt à bien réfléchir à tout cela avant de prendre une décision irréversible !

— Il n'y a plus rien à décider. Je lui ai déjà donné ma réponse et je lui ai demandé de me laisser seule quelques jours.

Blythe émit un gémissement exaspéré.

— Tu es folle !

— Pas du tout, j'ai seulement mieux à faire que de m'occuper de la pitié d'un homme !

— Comme le petit-fils des Sanford ?

— Exactement. Ce garçon est aussi le fils de mon défunt mari.

— Son bâtard, tu veux dire.

— C'est un mot affreux pour un innocent enfant. Il n'est pas coupable d'être né. Je… je ne sais pas si je ne devrais pas en faire plus.

— Que veux-tu faire ? L'enfant est pris en charge par la rente prévue par ton mari. Tu prends déjà soin de toute sa famille en les gardant à ton service, même après tous leurs mauvais tours et leurs mensonges ! Que voudrais-tu faire de plus ?

Elle n'en savait rien, en vérité, pourtant, il y avait, à l'orée de sa conscience, quelque chose qui refusait de la laisser en paix.

La sensation dura tout le reste de la journée.

Au cours de la nuit, pour la première fois depuis plus d'un an, elle rêva de son enfant. Seulement, dans ses rêves, il n'était pas trop fragile et sans souffle de vie, il était bien vivant et riait en se cachant, conscient qu'elle ne pouvait le voir et s'en amusant. Il considérait sa cécité comme faisant partie d'elle, sa mère qu'il aimait, et non comme un triste défaut.

La découverte de l'identité du petit Arthur lui rappelait avec force ce que sa vie aurait été si son propre enfant avait vécu.

Audrey laissa la douleur lui rappeler les raisons pour lesquelles elle ne devait plus jamais se retrouver dans une telle situation, prendre le risque d'aimer et de revivre ce terrible chagrin. Jamais elle n'épouserait Robert.

Chapitre 18

Lorsque Rose Cottage se dessina à l'horizon, Robert enfonça les talons dans les flancs de sa monture, plus déterminé que jamais. Peu importait ce qu'Audrey prétendait vouloir en dépit du bon sens, il ne comptait pas attendre un jour de plus pour la revoir. Parce qu'elle avait tort.

Il comprenait fort bien qu'elle soit effrayée, après qu'elle avait été terriblement blessée par Blake, et il n'oubliait pas sa propre responsabilité dans la mort de son mari et la perte de son enfant.

Mais, quoi qu'elle en dise, il n'essayait absolument pas de la contrôler ! Il était offensé qu'elle puisse penser une telle chose. La toucher, lui procurer du plaisir avait été l'un des moments les plus exceptionnels de son existence – et elle avait essayé de transformer ces instants parfaits en un moment sordide.

Or, il avait bien l'intention de lui montrer à quel point elle se trompait ! D'une manière ou d'une autre, il trouverait le moyen de lui prouver qu'ils seraient heureux ensemble.

Quand Francis le fit entrer dans le hall, il eut l'impression que ce dernier était un peu pâle et évitait de croiser son regard.

— Si vous voulez bien patienter un instant dans le salon, milord, je vais prévenir Mrs Blake de votre arrivée.

Elle le fit attendre longtemps. Quand enfin elle entra, aussi impériale qu'une reine dans sa mousseline aux motifs fleuris, il vit aussitôt que la froideur persistait derrière son expression polie.

Il dut réprimer l'envie de la prendre dans ses bras, afin de poursuivre là où ils s'étaient arrêtés la dernière fois et lui prouver qu'ils étaient faits l'un pour l'autre.

— Lord Knightsbridge, le salua-t-elle, les mains serrées l'une contre l'autre. Je ne pensais pas vous voir avant demain au moins.

Des titres formels, vraiment ?

— Bonjour, Audrey.

Elle inclina légèrement la tête. Les mâchoires crispées, il déclara :

— J'ai pensé que l'invitation de Lady Flitcroft vous ferait changer d'avis.

Son expression se fit confuse.

— Une invitation ? Je n'en ai reçu aucune.

Cette fois, c'était lui qui ne comprenait plus.

— Vraiment ? Pourquoi recevrais-je une invitation d'une femme que je n'ai jamais rencontrée, si ce n'est parce que je suis fiancé avec vous ? Elle ne peut pas simplement inviter un comte inconnu au mépris des conventions.

— Mrs Flitcroft est incroyablement réservée. J'ai pris le thé avec elle chez Mrs Edgeworth voilà quelques jours.

Elle sembla hésiter, puis il vit passer sur son expression contrariée une lueur de compréhension.

— Si vous voulez bien m'excuser un instant.

Elle le laissa seul dans la pièce sans autre forme de

procès, et sa sœur se glissa discrètement dans la pièce juste après son départ.

— Bonjour, Miss Collins, la salua-t-il aimablement.

— Je vous en prie, appelez-moi Blythe, milord.

— Dans ce cas, appelez-moi Robert, puisque vous serez bientôt ma belle-sœur.

Elle leva un sourcil dubitatif.

— Ce n'est pourtant pas ce que m'a dit Audrey. Néanmoins, vous ne seriez pas l'homme qu'il lui faut, si vous n'étiez pas doté de cette assurance à toute épreuve.

— Elle vous a donc dit qu'elle avait changé d'avis sur notre mariage ? demanda-t-il, sans grand étonnement.

En vérité, cela ne faisait que lui confirmer la justesse de sa conviction.

Blythe baissa la voix pour expliquer :

— Elle m'a dit qu'il n'avait jamais été question de véritable mariage. Je suis seulement venue vous dire de ne pas abandonner, car je ne crois pas qu'elle soit réellement décidée.

Un lent sourire lui monta aux lèvres. L'espoir réchauffait son cœur.

— Merci pour vos encouragements, Blythe.

Elle hocha la tête avant de jeter un regard par-dessus son épaule.

— Je dois y aller !

Un instant plus tard, elle traversait le hall en hâte pour disparaître dans la salle à manger. Audrey revint une seconde après.

— Je viens de découvrir que Lady Flitcroft a appris, par ses serviteurs, que je ne pouvais pas assister à un dîner.

— Comment cela ?

— Mes domestiques, qui d'autre ? Toutefois, nous

sommes parvenus à un arrangement, car j'ai enfin découvert ce qui se tramait, je les ai confrontés et nous avons enfin rétabli une confiance mutuelle.

Robert se renfrogna.

— Il y a beaucoup de choses que vous ne me dites pas.

— Vous n'êtes pas mon fiancé, Robert. Je ne dois vous dire que ce qu'il me semble utile de vous faire connaître.

Il serra le poing pour contenir sa frustration. Il savait déjà que la petite guerre qui se jouait entre eux serait faite d'une multitude de petites escarmouches, non d'une seule et vaste bataille. Or, Robert savait se montrer patient.

— Comme il vous plaira. Revenons-en à cette réception. Accepterez-vous de m'y accompagner, et montrer ainsi aux convives que vous êtes tout autant qu'eux capables de vous nourrir ?

Elle hésita. Elle n'était pas douée pour masquer ses sentiments complexes. Il devinait qu'elle avait envie de s'y rendre, mais qu'elle voulait également maintenir une distance avec lui. Hors de question de la laisser faire.

— Très bien, capitula-t-elle. Je vous accompagnerai là-bas.

— Dans ce cas, si vous n'y voyez pas d'inconvénient, je vais de ce pas demander à Francis d'aller chercher les affaires que j'ai emportées en prévision de la soirée.

— Vous étiez tellement sûr de vous que vous avez apporté une valise ! s'exclama-t-elle.

— J'étais plutôt confiant dans le fait que vous ne me feriez pas reprendre la route en me condamnant à un épuisant aller-retour. Bien, puis-je vous apporter mon aide en quoi que ce soit, aujourd'hui ?

— Non, merci. Jouez les invités pour une fois. Peut-être Mr Sanford vous emmènera-t-il chasser ?

— Ou bien, vous et moi pourrions aller pêcher ensemble, suggéra-t-il.

— Pêcher ? répéta-t-elle en fronçant le nez. Je dois préparer une réception pour mes gens, si vous voulez bien m'excuser.

— Attendez.

Robert referma doucement la main autour de son bras.

Elle s'immobilisa, la tête inclinée comme si elle désapprouvait ce contact. Il se pencha jusqu'à sentir son parfum de roses, et pouvoir souffler à son oreille :

— Je ne parviens pas à oublier la sensation merveilleuse de votre corps entre mes bras, la saveur de votre plaisir et votre abandon.

Il la sentit frémir et fut soulagé de constater qu'elle était si vite affectée par sa proximité.

— Robert, vous devez cesser de m'obliger à ressentir plus pour vous que je ne le veux !

Elle s'écarta vivement et il la laissa faire.

— Je n'ai ni le pouvoir ni l'envie de forcer la moindre émotion en vous, Audrey. Vos sentiments existent, tout comme les miens.

— Cela ne signifie pas pour autant que je veuille agir en accord avec eux. Le plaisir est fugace et superficiel. Le chagrin et le deuil, eux, ne partent jamais, pas plus que les regrets qui nous poursuivent pour nos actes impulsifs.

Il demeura immobile un long moment, bien après qu'elle fut sortie de la pièce, méditant la vérité de ses paroles au regard de sa propre vie. Il regrettait tant de choses qu'il avait faites dans l'impulsion du moment, qu'Audrey ait eu à souffrir de certaines de ces décisions.

Pourtant, il ne parvenait pas à souhaiter que toutes

ses erreurs du passé s'effacent, car elles le conduisaient à ce moment. À *elle*.

Cette femme incroyable était devenue le centre de son existence. Cette révélation le cloua un instant sur place. Il ne pouvait imaginer la perdre.

Robert s'enjoignit à davantage de patience. Il savait bien qu'elle n'allait pas tomber immédiatement dans ses bras, en raison de sa fierté, mais aussi du lourd chagrin qui menaçait encore de la submerger.

Néanmoins, il avait espéré peut-être plus qu'une brève étincelle de ce désir qui, de son côté, l'avait tenu éveillé toute la nuit, dans l'attente de la revoir.

Elle était bien là cette petite étincelle, quoiqu'elle essayât de l'éteindre de toutes ses forces.

Patience…

Ce soir-là, Audrey s'installa dans la voiture des Collins, en prenant grand soin de détourner le visage de Robert qui était assis en face de Blythe et elle. Hélas, en raison de l'étroitesse de l'habitacle, elle ne cessait de frôler ses longues jambes et ce seul contact la hérissait et embrasait ses joues, si bien qu'elle était heureuse de savoir que seule une faible lanterne éclairait l'habitacle.

Elle avait été incroyablement nerveuse tout l'après-midi tandis que Molly l'aidait à se préparer. Rester en place quand celle-ci tissait ses cheveux de petites perles avait été un supplice.

Tout à ses questionnements, elle n'avait pas fait attention à la tenue que lui avait préparée son amie non plus, si bien qu'elle avait été surprise d'entendre le hoquet de stupeur puis les exclamations enthousiastes de Blythe quand elle était descendue.

Elle avait touché le tissu et constaté, interdite, que le décolleté était bien plus plongeant que dans ses souvenirs. L'impudente Molly avait travaillé en secret avec son aiguille ! Elle avait été sur le point de remonter en hâte se changer, mais Blythe s'était récriée qu'elles seraient en retard.

Par bonheur, Robert, lui, n'avait fait aucune remarque sur sa robe lorsqu'il les avait rejointes, si ce n'est pour lui dire qu'elle était charmante.

Pour autant, Audrey avait conscience de la quantité de peau exposée, aussi se serra-t-elle dans son manteau. Pourquoi n'avait-elle jamais remarqué toute la place que Robert prenait dans une voiture ?

— Nous sommes presque arrivés, annonça enfin sa sœur. Je vois la maison illuminée à travers les arbres. C'est très joli, en vérité.

— Très campagnard, tu veux dire ? Tu as dû voir de bien plus belles demeures à Londres, répondit Audrey, un peu pincée.

— Sans doute, mais cela ne signifie pas que j'apprécie moins qu'une famille plus modeste prenne soin de son foyer et reçoive élégamment ses voisins.

Audrey manqua ouvrir la bouche de stupeur. Était-ce bien sa sœur qui s'exprimait avec une telle maturité ?

Même après leur arrivée à la réception, sa sœur resta auprès d'elle pour commenter tranquillement ce qui se passait autour d'elles et s'assurer qu'elle soit prévenue de chaque marche et obstacle qui se dressait sur son chemin.

Ainsi, elle fut présentée à chacun des convives qui se trouvait dans le salon et tous la saluèrent aimablement. Audrey n'était pas dupe, bien sûr. Elle savait que le point de mire de l'assemblée était Robert, le mystérieux comte rentré de contrées exotiques, aussi beau que riche et puissant.

Force était de constater qu'il se montrait d'une gentillesse et d'une amabilité irréprochables avec chacun… Elle ne put manquer de remarquer qu'il s'effaçait toujours pour mettre l'autre en valeur dans l'échange, de même qu'il prenait grand soin de l'impliquer, elle, dans chaque conversation.

Lorsqu'un jeune homme tenta d'accaparer sa sœur, qui persistait à vouloir demeurer à son côté, Audrey insista pour qu'elle s'amuse enfin, puisqu'elle avait Robert pour l'assister si nécessaire.

Il se montra absolument charmant tout au long du dîner, au cours duquel il insista pour être assis auprès d'elle.

De toute façon, son arrivée inattendue avait déjà ruiné le plan de table de la pauvre Lady Flitcroft. Cette dernière, toujours très timide, ne cessait de s'excuser de n'avoir pas prêté davantage attention aux besoins spécifiques qui pouvaient être les siens. Audrey la remercia sincèrement pour ses attentions, qu'elle comprenait. Après tout, une hôtesse se devait de veiller aux besoins de ses invités, quels qu'ils soient. Qu'elle soit aveugle ne la rendait pas spéciale.

Avec étonnement, elle constatait qu'elle s'habituait finalement à ce que les gens épient le moindre de ses gestes.

Robert prit soin de lui indiquer où se trouvaient chaque couvert et chaque plat, comme s'il s'était montré attentif au cours des repas qu'ils avaient partagés.

Après le dîner, les invités retournèrent ensemble dans le grand salon dont on avait roulé les tapis et écarté le mobilier afin de le transformer en salle de danse.

En entendant les explications qu'il lui fournissait, Audrey lui dit :

— Voulez-vous me trouver une chaise convenable, Robert ? Ensuite, vous pourrez inviter ces dames à danser. Elles seront ravies !

— Je n'ai pas l'intention de me laisser éconduire si facilement. N'avez-vous pas appris à danser, vous-même ?

Elle hésita, troublée par le brusque éclair d'excitation qui la traversait.

— J'ai reçu des leçons quelques mois avant ma maladie. Mais rien depuis.

La voix de Blythe, qu'elle ignorait si proche, la surprit :

— Ne l'écoutez pas, Robert. Maman et elle dansaient tout le temps ! Je les regardais souvent.

— Blythe, coupa Audrey d'un ton d'avertissement.

— Oh ! s'il te plaît ! Les musiciens s'échauffent avec une valse. Je suis sûre que Robert saurait te guider. J'imagine que la valse se danse également aux Indes ?

— En effet, répondit-il avec calme, comme s'il tentait surtout de masquer un ton victorieux.

Audrey serra les mâchoires, avant de réfléchir.

Allait-elle rester assise dans un coin de la pièce, simplement pour ne pas prendre le risque de se ridiculiser ? Son inquiétude n'était-elle pas plutôt de se retrouver dans les bras de Robert, où elle devrait lutter contre les émotions et la passion que le moindre contact avec lui provoquait en elle ?

Elle devait dominer ses envies, et repousser l'échéance ne ferait qu'empirer les choses.

— Très bien. Je danserai, merci pour votre invitation, milord, dit-elle enfin.

— Parfait ! s'enthousiasma Blythe. Quant à moi, j'ai promis celle-ci au fils du vicaire. Il est bien trop gentil et bon pour moi, mais il a l'air d'être un excellent danseur ! Profitez bien de la valse, tous les deux !

Audrey entendit le claquement joyeux de ses petits pieds comme elle s'éloignait et elle ne put retenir un sourire attendri. Près d'elle, Robert se mit à rire.

— J'apprécie beaucoup la jeune femme que votre sœur est en train de devenir.

— Tout comme moi. Les miracles arrivent vraiment, parfois…, ajouta-t-elle dans un murmure pensif.

— Dans ce cas, j'ai raison de garder espoir.

Elle préféra ignorer cette allusion à leur situation. Comme les premières notes s'élevaient, il prit sa main gantée dans la sienne.

— Vous tremblez, murmura-t-il.

— Je n'ai encore jamais dansé en public.

— Vous réussirez l'exercice haut la main, comme vous réussissez tout ce que vous entreprenez. Jamais je n'ai éprouvé une telle admiration pour quelqu'un.

Elle savait qu'il exagérait, mais ne put s'empêcher de rougir.

— Robert, la flatterie ne vous mènera nulle part.

— Il est recommandé de toujours dire la vérité. Maintenant, venez dans mes bras, Mrs Blake, et laissez-vous porter par la musique.

Comment aurait-elle pu se détendre alors que sa main gantée tenait la sienne, que sa large paume se posait au creux de son dos ? À chaque mouvement, il appuyait un peu plus fermement pour la diriger. Audrey trébucha une fois ou deux sur ses pieds, mais il la soutenait et l'entraînait avec une telle virtuosité qu'elle n'était pas même certaine que quiconque eût remarqué ses erreurs.

— Souriez, lui rappela-t-il à l'oreille.

Malgré elle, un sourire lui monta effectivement aux lèvres.

— Sentez la musique. Je vous ai entendue jouer, Audrey, je sais que la musique fait partie de votre âme.

Elle se détendit enfin, la laissant l'entraîner au milieu des autres danseurs. Elle pouvait sentir l'air s'agiter à chaque fois que les robes des dames tournoyaient.

Elle dansait ! Elle dansait dans les bras du plus bel homme de la soirée ! Un homme en qui elle avait une confiance telle, qu'elle se sentait presque voler.

Elle s'abandonna entièrement, vibrant des sensations enivrantes de la danse, jusqu'à ce que la musique lui paraisse venir de plus loin.

— Robert ? Où sommes-nous ?

— Il faisait excessivement chaud à l'intérieur, non ? J'ai pensé que vous apprécieriez un peu d'air frais, après ce premier succès sur la piste.

— Mais où sommes-nous exactement ?

— Sur la terrasse. Elle est éclairée par des torches. Néanmoins, il y a des recoins cachés dans l'ombre, tout à fait adaptés pour les fiancés qui souhaiteraient… parler.

— Parler, vraiment ? Et de quoi donc voudriez-vous que nous parlions ?

— Appréciez-vous la soirée pour le moment ?

Elle posa les mains sur la balustrade de pierre. Elle tenta d'imaginer la nuit sombre tout autour d'eux. Peut-être la lune brillait-elle juste au-dessus de leurs têtes ? La scène aurait pu être paisible, toutefois, elle ne pouvait être sereine quand la manche de Robert l'effleurait.

— La réception est très agréable, mes nouveaux voisins sont charmants et semblent accepter avec grâce ma différence. Quant à vous… je ne peux pas dire que vous acceptiez facilement un rejet.

Il rit tout bas.

— Je n'ai pas l'intention de l'accepter du tout.

Cette fois, sa main touchait la sienne pour de bon. Elle l'écarta légèrement, mais comme il replaçait la sienne tout contre ses doigts, elle finit par abandonner.

— Votre attitude est tout à fait puérile.

— Je vous fais la cour. Si vous acceptez de me donner un baiser, nous retournerons dans la salle de bal juste à temps pour la prochaine valse.

— Puisqu'il le faut, embrassez-moi, et qu'on en finisse, lâcha-t-elle en soupirant théâtralement.

Il la prit aussitôt dans ses bras et elle sentit ses seins se presser contre les muscles durs de son torse. Leurs jambes s'entremêlaient, et bientôt elle ne sut plus où commençait son souffle et où finissait le sien. Son cœur s'emballa et elle peinait à respirer. Alors qu'il la touchait à peine. Pourquoi ?

Puis il l'embrassa. D'abord douces et délicates, ses lèvres se firent bientôt exigeantes et passionnées. En dépit de sa volonté, elle répondit aussitôt à sa passion par une audace brûlante qui était embarrassante et enivrante tout à la fois.

Enfin, il s'écarta un instant et elle murmura, haletante :

— Nous avons suffisamment scandalisé notre hôtesse, il me semble.

— Je crois plutôt qu'elle doit soupirer rêveusement devant la folle romance de notre histoire.

Il avait très certainement raison.

— Imaginez si nous étions découverts, chuchota-t-il sans desserrer son étreinte pour autant. Il vous faudrait m'épouser pour sauver votre honneur.

— Je suis veuve, Robert, j'ai bien plus de liberté

qu'une jeune fille à marier. Le scandale ne suffirait pas à me contraindre au mariage.

— Ah ! Dans ce cas, nous pouvons entretenir une liaison !

Elle émit un grognement d'exaspération.

— Il faut que vous abandonniez définitivement cette idée de nous voir ensemble, Robert !

— Non.

Il ne plaisantait plus, à présent, animé d'une détermination sans faille.

Avait-il le pouvoir d'anéantir toutes les promesses qu'elle s'était faites à elle-même ?

Elle ne pouvait l'accepter !

— Retournons à l'intérieur. J'ai froid.

Chapitre 19

Robert escorta les deux sœurs jusqu'à Rose Cottage avant de retourner à Hedgerley où il comptait prendre une chambre à l'auberge pour la nuit.

Audrey avait conscience qu'il aurait préféré qu'elle lui demande de venir dormir au manoir et que, si sa sœur n'avait pas été là, Robert aurait sans nul doute tenté de la persuader. Or, à voir la façon dont elle réagissait à son contact, elle l'aurait sûrement laissé finir ce qu'ils avaient commencé sur la table de la salle à manger.

Elle se tendit tandis qu'elle se remémorait le plaisir sauvage qui l'avait traversée, alors même que les serviteurs auraient pu les surprendre à tout moment.

Elle eut la surprise de voir Blythe la suivre dans sa propre chambre.

— Molly, annonça-t-elle, tu peux disposer. Je vais aider Audrey à se déshabiller et elle en fera de même pour moi.

Audrey fronça les sourcils à l'adresse de son amie :

— Tu devrais déjà être couchée au lieu de nous attendre si tard dans la nuit. Tu dois encore te reposer.

— Et j'ai donc sommeillé sur votre lit, assura Molly. Miss Blythe, merci à vous. Je vais prévenir Charlotte que vous n'aurez pas besoin d'elle ce soir. Mais, avant que je ne parte, dites-moi… vous êtes-vous bien amusées ?

— Oh ! Tu aurais dû voir comme elle a dansé avec Lord Knightsbridge ! s'exclama gaiement Blythe. Ils formaient le couple le plus romantique de la soirée.

Audrey se sentit rougir, gênée que son amie ne sache toujours pas que ses fiançailles étaient factices.

— Blythe…, prévint-elle.

— Oh ! Ce devait être merveilleux à voir ! soupira dramatiquement Molly.

— Il l'a même conduite sur la terrasse, ajouta Blythe, aussi surexcitée que si elle avait véritablement cru à une romance.

— Oooh ! s'exclama Molly.

— D'ailleurs, tu ne m'as pas raconté ce qu'il t'avait… dit, là-bas ?

Blythe et Molly gloussèrent de joie. Audrey hésitait. Ces deux-là voulaient tellement croire aux contes de fées ! Mais ce rêve-là ne se réaliserait jamais.

— Assez, toutes les deux ! répliqua-t-elle finalement. Nous sommes épuisées. Bonne nuit, Molly. Et la prochaine fois, préviens-moi *avant* de changer la profondeur de mes décolletés !

— Vous étiez magnifique, n'est-ce pas ? répondit celle-ci sans même feindre d'être désolée.

— Sublime ! confirma Blythe.

— Et Lord Knightsbridge ne devait pas pouvoir détourner son regard de vous.

— Pas une seule fois, confirma sa sœur en écho. Pas plus que les autres hommes de la soirée, d'ailleurs.

Seigneur ! Ne cesserait-elle donc jamais de rougir ?

— Bonne nuit, Molly !

Enfin, celle-ci quitta la pièce et Blythe commença à défaire les lacets de sa robe.

— Les hommes ne me regardaient pas de cette façon, Blythe. Tu le sais. Pourquoi avoir dit cela à Molly ?

— Bien sûr que si, ils te regardaient ! Pourquoi ne l'auraient-ils pas fait ? Tu es magnifique, Audrey. Bien sûr, les regards se tournent vers toi *d'abord* parce que tu es aveugle et ce n'était pas différent ce soir, mais ensuite, ils t'admiraient, tout simplement. Quand j'étais jeune…

— Parce que tu es désormais une vieille femme ? s'amusa Audrey.

— Laisse-moi finir. J'essaie de t'expliquer quelque chose, ou de m'excuser… je ne sais pas.

Audrey perçut le chagrin de sa sœur et se retourna, bien que sa robe soit à peine défaite.

— Blythe, ce n'est pas nécessaire. Je sais déjà combien tu es désolée. Nous commettons tous des erreurs quand nous sommes jeunes. J'en ai suffisamment fait pour en savoir quelque chose.

— Laisse-moi finir ce que j'ai à dire, la pria doucement sa sœur. Je ne sais pas pourquoi je me suis comportée comme je l'ai fait. Cela me paraît tellement ridicule et puéril aujourd'hui. Seulement, je me sentais toujours si triste et humiliée quand les gens te regardaient, toi.

— Tu n'étais qu'une enfant, je ne peux pas t'en vouloir, lui assura gentiment Audrey.

— Même père m'a dit d'ignorer tout le monde. Et ensuite… ensuite, il s'est assuré que nous n'aurions plus à nous inquiéter que les gens te regardent, et, ce faisant, il t'a privée de toute vie sociale, de toute amitié.

— Oh ! non, ne pleure pas, je t'en prie ! s'écria Audrey en prenant sa sœur dans ses bras. Tu as agi sous l'influence de père. Peut-être d'ailleurs pensait-il agir dans mon intérêt, pour me protéger.

— Dis plutôt qu'il évitait ainsi d'affronter son embarras, rectifia amèrement Blythe.

— Oui, je sais qu'il ressentait de la honte à mon encontre, admit-elle tristement.

— J'aurais voulu que les choses soient différentes. J'aurais voulu être plus mature. Nous avons perdu tellement de temps, toi et moi.

Audrey sentit les larmes embuer ses yeux.

— Désormais, nous aurons tout le temps que nous voulons. Cela seul compte. Nous pourrons nous rendre régulièrement visite et passer du temps ensemble.

— Oui, c'est bien, dit Blythe en séchant ses larmes.

Les deux sœurs se serrèrent dans les bras, puis, les membres las et les doigts fatigués, elles se hâtèrent de se débarrasser de leurs robes.

— Bonne nuit, Audrey, murmura Blythe quand ce fut fait. Je t'aime.

— Je t'aime aussi, répondit-elle avec émotion.

Et quand la porte se referma, elle sentit couler sur ses joues des larmes de joie qu'elle ne chercha pas à retenir.

Lorsque Audrey descendit pour le petit déjeuner, le lendemain matin, Robert l'attendait déjà dans le salon. Il se leva dès qu'il la vit descendre l'escalier et l'appela pour lui signifier sa présence.

Elle approcha, affichant une expression réprobatrice qui ne le convainquit guère. Déjà, ses joues avaient rosi de plaisir et il savait que ses attentions lui plaisaient, même si elle aurait préféré que ce ne soit pas le cas.

— Ainsi, vous n'êtes pas rentré à Knightsbridge Hall, déclara-t-elle, impassible.

— Pensiez-vous que c'est ce que je ferais ?

— Non, admit-elle avec un sourire.

— Que faisons-nous aujourd'hui ? Votre festin approche, non ? Toutes les invitations ont-elles été distribuées ? Je n'en ai encore reçu aucune.

Elle secoua la tête, l'air amusé autant qu'exaspéré.

— Molly n'en a pas encore fini avec les invitations. J'insiste pour qu'elle conserve un rythme de travail compatible avec sa convalescence.

— Je serai convié, n'est-ce pas ?

Elle hésita un long moment, mais Robert n'était pas inquiet.

— Vous viendriez de toute façon, n'est-ce pas ?

— Absolument.

— Dans ce cas, vous recevrez une invitation.

— Ce serait de toute façon étrange que votre futur époux, un comte, ne soit pas de la fête.

Avant qu'elle ait pu répondre à cette dernière provocation, Robert entendit le cri d'un petit enfant. Audrey tourna la tête vers l'arrière de la maison, apparemment peu étonnée.

— Diable ! De qui viennent ces cris ? demanda-t-il.

— Inutile de jurer, le réprimanda-t-elle en fermant la porte du salon pour qu'ils soient au calme.

Elle se tint un instant immobile, face à lui. De toute évidence, elle ne savait pas par où commencer, à croire qu'elle n'avait jamais eu l'intention de lui parler du tout-petit. Robert croisa les bras et garda le silence.

— Ce garçonnet est le petit-fils de Mrs Sanford, l'enfant de son aînée, Louisa.

— Qui est veuve, c'est cela ?

Audrey releva le menton et carra les épaules, comme un soldat sur le point de rapporter de mauvaises nouvelles.

— Elle n'est pas veuve. J'ai récemment découvert que ce petit est en réalité le fils illégitime de Martin.

La fureur brutale qui explosa en lui à ces mots ne fut tempérée que par son inquiétude pour elle : combien cette nouvelle avait dû la blesser !

Aussi parvint-il à demander avec un calme relatif :

— C'est donc là le secret que vos domestiques tentaient de vous cacher ?

Elle hocha la tête.

— Martin a égoïstement tiré profit d'une jeune femme qui travaillait pour lui. Je refuse d'entériner ses terribles erreurs en aggravant les souffrances de cette famille. Au moins a-t-il pris soin de prévoir assez d'argent pour l'enfant, c'est d'ailleurs ainsi que j'ai découvert la vérité.

— Qu'avez-vous l'intention de faire, à présent que vous savez ?

Elle battit des paupières, ses grands yeux d'ambre écarquillés d'étonnement.

— Rien du tout. Louisa sera toujours la bienvenue.

— Êtes-vous certaine que ce soit bien sage ?

Comme si elle refusait d'entendre la moindre parole de prudence, elle rouvrit la porte.

— Je ferai ce que j'estime être le mieux, conclut-elle d'un ton définitif. Je vais aller saluer Louisa, si vous voulez bien m'attendre un moment.

Robert n'avait aucune intention de patienter sagement, aussi lui emboîta-t-il le pas. Il s'arrêta dans l'encadrement de la porte pour assister à la scène domestique qui se déroulait dans la cuisine.

Mrs Sanford travaillait à la longue table de bois tandis qu'une large marmite bouillonnait au-dessus du feu. Une jeune femme, du même blond qu'Evelyn, avait pris place sur une autre chaise et tenait dans ses bras un petit garçon qui gigotait en tous sens.

L'enfant avait exactement les mêmes cheveux noirs que Blake, et la même expression téméraire que ce dernier lorsqu'il se lançait au combat, comme s'il savait quelque chose que ses ennemis ignoraient. Heureusement, Audrey ne pouvait voir la ressemblance frappante qui existait entre cet enfant et Blake !

Il regarda Mrs Sanford et sa fille saluer l'arrivée d'Audrey avec une politesse réservée. Néanmoins, il y avait de la peur dans leur regard quand elles l'aperçurent, lui. Il ne dit rien pourtant, content, pour une fois, que son titre puisse ainsi impressionner.

— Louisa, est-ce vous ?

Celle-ci adressa un regard inquiet à sa mère avant de répondre timidement :

— Oui, madame, c'est bien moi, avec le petit Arthur.

Audrey sourit chaleureusement :

— Bien sûr, j'ai entendu son exubérance.

Médusé, Robert se demandait comme elle parvenait à sourire avec une telle gentillesse devant la preuve du mépris que son époux avait eu pour elle. Certes, ce n'était pas la faute du bambin, mais à quel degré de bonté son âme s'élevait-elle pour parvenir à donner toujours le meilleur d'elle-même ?

— Louisa, je sais qu'il est trop tard, mais je tenais à m'excuser pour l'abominable comportement que mon mari a eu envers vous.

La jeune fille se décomposa en un instant et elle éclata

en sanglots, enfouissant son visage défait dans les boucles de son petit garçon, qui s'immobilisa brusquement, visiblement dépassé par ce qui se passait autour de lui. Robert ne pouvait certes l'en blâmer, lui-même se sentait quelque peu décontenancé.

— C'était ma faute, Mrs Blake, balbutia-t-elle entre deux sanglots. J'étais tellement idiote et j'étais désolée pour lui, parce qu'il avait épousé une invalide... Oh ! Seigneur !

Elle porta la main à sa bouche, les yeux agrandis d'horreur devant sa bévue. Mrs Sanford abandonna ses préparations pour prendre le petit dans ses bras et passa une main apaisante dans le dos de sa fille.

— Louisa, je ne vous en veux absolument pas. Mr Blake n'était pas homme à prendre les autres en considération. Il nous a utilisées l'une et l'autre à son seul avantage. Je ne doute pas qu'il ait exagéré la gravité de mon état.

Louisa hocha la tête et laissa enfin ses mains découvrir son visage rougi et strié de larmes.

— Les gens ont toujours tendance à me considérer comme une invalide, et je fais de mon mieux pour leur montrer qu'il n'en est rien. Je n'oublierai pas la dette que Mr Blake a envers Arthur. Je continuerai à veiller à ses besoins. Vous êtes également la bienvenue à Rose Cottage, si vous souhaitez revenir vivre auprès de votre famille.

Louisa releva un peu le menton, l'air hésitant.

— Cela... cela ne vous ennuierait pas, madame ?

— Pas du tout. J'imagine que vous devez vous sentir bien seule.

De nouvelles larmes coulèrent sur les joues de la jeune femme, qui hocha la tête. Toutefois, elle ne semblait pas extatique à l'idée d'être réunie avec sa famille.

— Audrey, puis-je vous dire un mot ? intervint-il.

Mère et fille sursautèrent au son de sa voix, et le petit garçon tourna la tête avec curiosité. Seule Audrey acquiesça sans s'étonner outre mesure de sa demande. Elle le suivit vers le salon dont il ferma soigneusement la porte.

— Je comprends votre compassion pour cette jeune femme et son enfant, commença-t-il calmement. Je reconnais qu'on a tiré avantage d'elle.

— *On ?* Mon *mari* a tiré profit de cette innocente.

— C'est vrai, mais cela ne vous rend pas responsable pour autant. Vous ne lui devez rien de plus qu'une rente pour son fils, prélevée sur les gains du domaine. Lui offrir un foyer sous votre toit me paraît une bien mauvaise idée, Audrey.

— Pourquoi cela ? Sa famille vit ici et elle est condamnée à rester seule, ostracisée. Je sais que la plupart des villageois ne croient pas à son veuvage, ainsi sa respectabilité est définitivement ternie. Tout cela par la faute de Martin, Robert !

— Pas par la vôtre ! Vous saviez fort bien que je n'approuverais pas une telle proposition, c'est pour cela que vous ne m'avez pas parlé de l'enfant !

— Ou bien c'est seulement parce que *vous* n'avez pas votre mot à dire dans les décisions que *je* prends, répliqua-t-elle, sur la défensive. Nous ne sommes pas fiancés !

— Peu importe, c'est une mauvaise décision pour *vous*, Audrey. Vous vivrez avec le rappel constant de l'infidélité de votre époux.

— Croyez-vous que j'aie besoin de rappels pour me souvenir de ce qu'il a fait ? s'exclama-t-elle, stupéfaite. Il a pris tout l'argent de ma dot et m'a laissée sous le contrôle tyrannique de mon père. Pensez-vous que je puisse oublier une chose pareille ?

— C'est pour cela que vous demeurez persuadée que vous ne pourrez jamais faire confiance à aucun homme, dit-il tristement.

Elle parut hésiter, fragile soudain, et cela ralluma un faible espoir dans son cœur.

— Vous devez accepter ma décision, Robert. Je ne vous épouserai pas.

— Je ne peux l'accepter, Audrey.

Tandis qu'il la contemplait, il comprit que la terrible souffrance qu'elle avait endurée était désormais la sienne. Il ne savait pas exactement comment interpréter ce ressenti. Seulement, il voulait faire tout ce qui était en son pouvoir pour faire disparaître cette peine qui l'étouffait. Il voulait la voir enfin heureuse.

— Audrey !

Ils sursautèrent ensemble au cri excité de Blythe depuis le hall d'entrée. Un instant plus tard, elle ouvrait la porte à la volée, les bras chargés d'une boule de fourrure blanc et noir.

Elle lui adressa un grand sourire, puis courut vers sa sœur.

— J'ai un cadeau pour toi ! Tends les bras.

Avec un froncement de sourcils, Audrey s'exécuta, et ses yeux s'élargirent lorsqu'elle sentit le chiot s'agiter contre elle.

— N'est-il pas adorable ? s'écria Blythe. Il est enfin assez âgé pour laisser sa mère. Je crois que tu devrais le garder.

Déjà, le chiot se dressait sur ses pattes pour lécher affectueusement le visage d'Audrey qui se mit à rire, passé la première surprise.

— Oh ! je ne sais pas si je suis capable de gérer une telle responsabilité, Blythe, fit-elle.

— Bien sûr que si, tu l'es. Joue un peu avec lui, tu verras ! J'ai même apporté une corde des écuries que tu pourrais utiliser comme laisse si tu veux sortir avec lui. Et puis, Molly et moi pourrions partager la responsabilité de son dressage avec toi. Toutefois, ce matin, je ne serai pas disponible. Mr Yardley m'attend pour une promenade en calèche.

— Le frère de Miss Yardley ? Tu as fait sa connaissance à la réception des Flitcroft ? s'étonna Audrey.

— Tout à fait. C'est un homme agréable, trop taciturne et trop âgé pour mon goût, néanmoins, je ne pouvais refuser une simple promenade, n'est-ce pas ? Je serai bientôt de retour.

Et, virevoltante, elle lança vers lui la corde, qu'il attrapa au vol, et repartit aussi vite qu'elle était venue, son châle autour des épaules.

Audrey continuait de caresser machinalement le chiot, estomaquée.

— Je… je ne suis pas sûre que ce soit une si bonne idée. Je ne pourrais pas voir ce qu'il s'apprête à faire, ni ses bêtises, ni s'il se met en danger…

— Vous saurez parfaitement l'entendre. Dès qu'il sera un peu plus âgé et entraîné, il sera un bon compagnon.

— Hum… Dans ce cas, j'aurais encore moins besoin d'un mari, fit-elle remarquer avec un sourire en coin.

— Cela ne me fait pas rire.

— Vous voyez comme moi ce que Blythe essaie de faire, n'est-ce pas ? dit Audrey d'un ton las.

Elle caressait la petite tête du chiot, qui essayait de lui lécher le menton.

— Vous offrir un cadeau ?

— Elle tente de me distraire de… de tout. Elle veut bien faire.

— Y parvient-elle ?

— Je crains que ce ne soit une responsabilité de plus face à laquelle je ne suis pas correctement armée.

— Audrey, vous gérez absolument tout d'une main de maître. Et cela, comme le reste.

Le chiot s'agitait tant à présent qu'elle dut le poser à terre. Il en profita aussitôt pour renifler ses jupes, les bottes de Robert, et enfin partit à l'aventure vers tous les recoins de la pièce.

— Que fait-il ?

— Il explore. Je crois qu'il cherche un endroit… précis. Si vous l'emmenez à l'extérieur à heures fixes, il apprendra à faire ses besoins dehors, conseilla-t-il en nouant délicatement la corde fine autour du cou du chiot. Il vous faudra lui trouver un nom ! Je vais aller le promener.

— Merci, Robert.

Malgré ses oreilles qui tombaient presque jusqu'au sol et ses grosses pattes qui glissaient sur le carrelage, l'animal enthousiaste tirait aussi fort qu'il le pouvait sur sa laisse pour l'entraîner vers l'écurie.

Là-bas, Mr Sanford était occupé à réparer une barrière cassée quand il leva les yeux à leur approche. Il fronça les sourcils à l'adresse du chien.

— J'ai prévenu Miss Collins que ce n'était pas une bonne idée, Mrs Blake le renvoie aux écuries, c'est cela ?

— Pas du tout. Je l'emmène juste faire un tour.

Mr Sanford fronça les sourcils.

— Un chiot est la dernière chose dont une dame aveugle devrait s'occuper. Elle vient jusqu'ici pour prouver combien elle est indépendante – ce n'est pas bien d'inquiéter son père de la sorte. J'en sais quelque chose.

Robert considéra l'homme avec étonnement. Il avait beau avoir très envie de le détromper, il s'efforça de garder le silence, curieux de savoir ce que l'homme avait encore à ajouter.

— Elle devrait rentrer chez elle, reprenait en effet Sanford avant de se troubler devant sa propre audace. Enfin, ce n'est pas à moi de dire ces choses. Je vous demande pardon, milord.

Pourquoi évoquait-il le père d'Audrey comme figure d'autorité, et non lui-même, son fiancé ? Décidément, il n'était pas certain qu'Audrey se soit réconciliée avec ses domestiques.

Après que le chiot se fut soulagé, il retourna à l'intérieur. Il lui fallut un moment pour trouver Audrey, parce qu'il ne la chercha pas en premier lieu dans la cuisine, où elle se était, évidemment.

Il la vit, les bras chargés du petit Arthur, en grande conversation avec celui-ci. L'enfant la regardait avec intérêt et sérieux.

Plus loin, Louisa tournait une cuillère dans une casserole en jetant régulièrement un regard par-dessus son épaule.

— Audrey ? dit-il en s'avançant, mal à l'aise.

Elle tourna la tête et lui adressa un sourire désarmant de naturel :

— Avez-vous encore le chiot avec vous, Robert ?

— En effet.

— Je parlais justement de lui à Arthur.

Elle reposa l'enfant sur ses jambes en ajoutant :

— Il nous faut encore lui trouver un nom.

Le chiot renifla les pieds du garçonnet qui se mit à rire.

Quant à Audrey, elle continuait de sourire à son intention à lui. Mieux valait qu'elle ne voie pas qu'il n'avait pas le cœur à lui retourner son sourire.

— Que faites-vous ici ? ne put-il s'empêcher de demander.

Son sourire s'évanouit.

— Vous semblez soucieux. Pour quelle raison ? Je ne fais qu'aider un peu là où on a besoin de moi, expliqua-t-elle dans un murmure discret. J'ai un devoir envers cet enfant, un peu comme s'il était mon pupille.

Robert eut la sensation que ces mots refermaient un nœud coulant autour de sa gorge.

— Les revenus du domaine sont suffisants. Vous ne devez rien de plus à cet enfant.

— Je comprends vos propos, seulement, cela n'est pas suffisant pour moi.

Il savait que c'était parce que son bébé aurait eu le même âge qu'Arthur. Il ne pouvait imaginer la terrible douleur qu'elle avait ressentie, les souvenirs que cet enfant devait faire remonter.

Hélas, il ne pouvait lui parler de cela sans trahir la confiance de Blythe. Or, le moment était fort mal choisi, alors que les deux sœurs se rapprochaient enfin.

— Arthur, viens, appela Louisa, laisse le comte et madame tranquilles.

Audrey tapota affectueusement la tête du garçonnet. Heureusement, elle ne parut pas affectée de rendre l'enfant à la garde de sa mère.

Pourtant, en fréquentant cet enfant jour après jour, elle s'obligeait à ressasser son deuil. Il devait trouver un moyen de lui montrer qu'avec lui elle pourrait avoir ses propres enfants, qu'ils pourraient être heureux comme n'importe quelle famille.

Mais comment lui prouver qu'elle pouvait lui faire confiance ? Mis à part passer le plus de temps possible auprès d'elle.

Robert suivit Audrey le long du couloir, tandis qu'elle riait du chiot qui se jetait dans ses jupons.

— Un chiot ! s'écria Molly en accourant au bas de l'escalier, suivie par le valet. Francis m'en a parlé, mais je peinais à croire que Miss Blythe…

Elle s'interrompit, embarrassée de condamner, devant eux, le comportement égocentrique qu'avait eu la sœur d'Audrey par le passé.

— Il est difficile d'admettre que notre relation a changé du tout au tout, convint Audrey dans un sourire.

— C'était finalement une bonne chose que je tombe malade, du moins à ce moment-là, fit remarquer Molly dans un rire. Ainsi, vous avez pu passer plus de temps toutes les deux !

— Je n'arriverai jamais à penser que te voir malade puisse être une bonne chose, lui assura Audrey. Ce petit chiot n'est-il pas merveilleusement doux ? Il faut absolument lui trouver un nom.

Molly s'agenouilla puis sourit à Francis qui l'observait d'un air attendri. Le jeune homme était visiblement sous le charme de la femme de chambre. Dans la maison de son père, une telle familiarité entre les domestiques n'aurait jamais été tolérée, mais Audrey se moquait des conventions.

C'était l'une des choses qui l'attiraient irrémédiablement chez elle.

— Je vais m'occuper de ce petit amour, Miss Audrey, affirma Molly. Cela me fera du bien de prendre un peu d'exercice en sa compagnie.

— Si tu es certaine de…

— Molly a raison, la coupa-t-il. Audrey, puis-je vous parler dans le salon ?

Elle semblait nerveuse et parla avant qu'il ait pu le faire.

— À propos du festin que j'organise... Il ne s'agit pas seulement d'une réunion paysanne, je vais également inviter les notables des alentours, ainsi vous pourrez renouer des liens avec les jeunes femmes des environs.

— Vous jouez les marieuses pour vous débarrasser de moi ?

Elle battit des paupières, et il espéra de tout son cœur qu'elle prenait conscience, comme lui, de la solitude qui serait la leur si leurs chemins se séparaient.

— Je veux simplement que vous puissiez rencontrer les jeunes femmes qui attendent avec impatience de découvrir l'héroïque officier revenu des Indes.

— Héroïque ? répéta-t-il, écœuré par le terme. Je ne suis pas un héros, Audrey. Je vous l'ai déjà dit.

— Pourquoi paraissez-vous tellement sur la défensive ? demanda-t-elle avec douceur. Vous parlez si peu de votre passé militaire, en vérité, vous n'en avez pratiquement rien dit.

Il sentait qu'elle concentrait tous ses sens vers lui et cet examen le mettait à la torture. Il détestait ce que cela risquait de révéler sur lui.

— Parce que ce n'est pas un sujet de conversation convenable à avoir avec une dame, lâcha-t-il entre ses dents serrées.

Un long silence tendu suivit, au cours duquel il mesura parfaitement l'effort qu'elle fournissait pour ne pas le questionner davantage. C'était bien la première fois qu'il était soulagé qu'elle tienne tant à garder ses distances avec lui.

Toutefois, il comptait lui donner l'occasion d'en apprendre plus sur lui.

— Ce n'est pas ce dont je voulais vous parler. J'ai reçu un message de mon ami, le vicomte Blackthorne, qui m'informe que sa femme et lui me rendront visite à Knightsbridge Hall dès demain.

— Blackthorne ? Ne faisait-il pas partie du même régiment que vous ?

— En effet. Apparemment, il aurait mentionné mon nouveau statut marital à sa femme et elle aimerait nous rencontrer l'un et l'autre. Elle est la fille de notre commandant, un homme que nous admirions tous.

Et dont nous avons causé la mort.

Lui, qui avait espéré maîtriser sa culpabilité en aidant Audrey, mesurait en cet instant la vacuité de cet espoir. Ce sentiment atroce ne le quitterait sans doute jamais. Ce secret honteux hantait parfois ses rêves.

Face à lui, Audrey hésitait encore, aussi ajouta-t-il :

— Blythe est la bienvenue également. Qui sait quel prétendant elle pourrait rencontrer à cette occasion ? J'aimerais sincèrement que vous fassiez leur connaissance, conclut-il avec honnêteté.

— Très bien, finit-elle par accepter. Nous viendrons.

Il fit de son mieux pour ne pas laisser le triomphe transparaître dans sa voix :

— Bien. Dans ce cas, je vais rentrer tout de suite, afin de prendre les arrangements nécessaires. Je vous laisse profiter de votre nouveau chiot.

Robert n'avait pas hésité à la tenter avec des arguments qu'elle ne pouvait refuser. Mais tous les coups n'étaient-ils pas permis en amour ? Du moins, dans le difficile art de la séduction ?

Chapitre 20

Ce soir-là, comme elles s'adonnaient à leurs travaux d'aiguille au salon, Audrey informa Blythe de l'invitation qu'elle avait acceptée.

— Knightsbridge Hall ? s'écria sa sœur avec enchantement. Certaines de mes amies qui ont eu la chance de s'y rendre me l'ont décrit. La résidence est royale, tant par ses dimensions que par son décor !

Ces paroles ne firent qu'accroître le malaise qu'Audrey sentait monter en elle. Allons, elle avait dû affronter et surmonter tant d'épreuves. Ce ne serait qu'un défi de plus, voilà tout.

Elle se concentra sur l'essentiel : Robert tenait à ce qu'elle rencontre l'un de ses plus proches amis… et son cœur n'aurait pas dû s'émouvoir de la sorte à cette idée.

Cependant, force était d'admettre qu'il n'avait jamais montré le moindre embarras la concernant, pas une seule fois depuis leur rencontre. Il avait continué à le lui prouver, jour après jour, en l'escortant au village, à un dîner mondain et maintenant, en insistant pour qu'elle vienne dans sa demeure ancestrale.

Chaque jour où il ne venait pas, il lui manquait. En vérité, elle ne se sentait véritablement heureuse et enjouée que lorsqu'elle entendait de nouveau sa voix. Elle aimait pouvoir échanger avec lui à propos de son domaine, de sa vie.

Commettait-elle une erreur en rejetant sa demande ? Se pouvait-il qu'il ait vu juste ? Qu'à force de se concentrer sur les douleurs du passé et sur les errements d'un unique homme superficiel et égoïste, elle ne sache plus ouvrir son cœur ? Le seul fait que ces pensées lui traversent l'esprit prouvait assez qu'il comptait bien plus pour elle qu'elle ne l'aurait souhaité.

Elle n'aurait pas Blythe auprès d'elle pour toujours, pas plus que Molly qui semblait chaque jour un peu plus éprise de Francis, tandis qu'il l'accompagnait dans sa convalescence. En revanche, elle pourrait avoir Robert, et peut-être même une famille.

Cette perspective la pétrifiait de terreur et cela dut se refléter sur son visage, car Blythe s'inquiéta soudain :

— Audrey, quelque chose ne va pas ? Tu sembles… Je ne sais pas exactement. Oh ! pardon, j'ai de nouveau été affreusement égoïste ! Tu n'as pas envie d'aller chez Robert, c'est cela ?

Audrey passa la langue sur ses lèvres sèches.

— J'admets que je suis inquiète, seulement, je ne t'en aurais pas parlé, si je n'avais pas déjà accepté l'invitation.

— Tu aimes être avec lui, je me trompe ?

— C'est un homme bon.

Pour toute réponse, Blythe se mit à rire et Audrey lui jeta une pelote de laine.

— Un homme bon ? Pour l'amour du ciel, Audrey ! Tu es en train de tomber amoureuse de lui ! Pourquoi serait-ce si terrible ? Il n'a rien de commun avec ton premier mari.

Amoureuse ? Jamais elle ne laisserait une telle faiblesse envahir son cœur. C'était le meilleur moyen de le voir brisé.

— Je sais bien qu'il n'est pas Martin. Simplement, d'ordinaire, je le reçois chez moi, où il est un invité. Toutefois, j'ai assez envie de le découvrir dans son domaine à lui, avec ses amis.

— Eh oui ! Parce que tu envisages tout de même un peu de devenir sa femme.

C'était vrai. Et effrayant. Et… elle ne savait comment l'interpréter. Un peu comme si, enfin en paix avec ce que Martin lui avait fait subir, elle laissait le passé s'éloigner. Enfin, elle pouvait imaginer un avenir qui ne soit pas assombri par les mensonges et la trahison.

Pouvait-elle réellement trouver l'amour – le véritable amour – auprès de Robert ?

Lorsqu'elles arrivèrent à Knightsbridge Hall en début d'après-midi le lendemain, Audrey avait déjà écouté, impassible, la description enflammée que Blythe lui avait faite du cadre extérieur, de ses plus anciennes ailes, aux plus récentes. Pourtant, impossible d'en créer une image mentale.

Tout lui paraissait… irréel.

Comme elles pénétraient dans le hall, elle put entendre l'écho de leurs pas se réverbérer sur les murs, tant la pièce était vaste.

Près d'elle, Blythe émit un petit hoquet de stupeur : c'était tout ce qu'elle avait besoin de savoir pour mesurer la magnificence de lieux.

— Bonjour, Audrey.

La voix de Robert vibrait d'un plaisir évident. Était-ce seulement la joie de la voir, ou bien la satisfaction qu'elle vienne chez lui et mesure tout ce qu'elle avait perdu en lui refusant sa main ?

Ne se rendait-il pas compte qu'une telle demeure serait ingérable pour une femme aveugle ? Certes, elle ne comptait pas prendre de décisions basées sur une maison, pourtant elle se sentait mal à l'aise.

Il y avait tant de pas à faire pour rejoindre le salon qu'elle cessa vite de les compter. D'autant que Robert avait indiqué au majordome de les conduire au « salon bleu », ce qui laissait entendre qu'il y en avait tellement qu'ils les classaient par couleur.

Comme ils avançaient, Robert lui prit le bras et souffla tout bas :

— Je suis heureux que vous soyez venue.

— Pensiez-vous que je ne le ferais pas ?

— Non, je sais que vous êtes une femme de parole. Je veux seulement que vous sachiez combien cela me plaît de vous avoir ici.

— Dans cette demeure où vous pensez que je pourrais avoir ma place.

— Je ne *pense* rien, j'affirme que vous remettriez cette maison sur ses rails en un rien de temps ! Mon majordome et ma gouvernante se languissent de ne pouvoir révéler tous leurs talents, puisqu'ils n'ont qu'à s'occuper de moi, et encore, je viens tout juste de rentrer…

Audrey ne répondit rien, essayant de s'imaginer dans ces lieux où les meubles étaient sans doute si éloignés les uns des autres qu'elle ne pourrait compter ses pas entre chacun d'eux. C'était à la fois terriblement intimidant… et incroyablement stimulant. Or, elle avait pris conscience, au cours de ces dernières semaines, qu'elle appréciait assez les défis difficiles.

— Nous sommes dans le salon, la prévint-il à voix basse. Blackthorne et sa femme sont installés dans le sofa qui nous fait face. Blackthorne est l'archétype du soldat, un type sombre qui n'a jamais voulu autre chose que servir dans l'armée. Aucune ambition.

— J'ai entendu, répliqua l'homme, amusé.

— Dans ce cas, je vais être forcé de vous le présenter, fit mine de soupirer Robert. Vicomte Blackthorne, puis-je vous présenter ma fiancée, Mrs Audrey Blake, et sa sœur, Miss Blythe Collins.

— C'est un plaisir de rencontrer la femme exceptionnelle qui est parvenue à apprivoiser une canaille aussi entêtée ! s'exclama l'homme avec une amabilité qui forçait le sourire.

— *Apprivoiser ?* Je ne suis pas certaine que ce soit le terme juste. Il a au contraire foulé aux pieds la plupart de mes intentions depuis qu'il est entré dans ma vie.

— Je ne suis pas si têtu que vous voulez bien le dire, grommela Robert avant de reprendre avec bonne humeur : Audrey, Blythe, voici Lady Blackthorne, autrefois Lady Cecilia Mallory, fille de notre regretté commandant, le comte d'Appertan.

— Ainsi, vous avez fait connaissance par le biais de la vie militaire. Comme c'est romantique ! dit Audrey.

— Oh ! il n'y avait vraiment rien de romantique, croyez-moi, s'amusa Lady Blackthorne. J'étais surtout désespérée de trouver un mari.

— Et Audrey était désespérée de trouver un fiancé. Vous avez cela en commun, s'amusa Blythe.

Audrey se tendit devant la franchise abrupte de sa sœur. Après tout, Robert ne voulait peut-être pas que la façon dont ils s'étaient rencontrés s'ébruite.

Heureusement, il rit de bon cœur et déclara :

— Asseyons-nous pour échanger nos histoires, voulez-vous ? Nous pouvons faire un sort à ce plateau de thé et de douceurs en patientant jusqu'au déjeuner.

Un valet vint prendre leurs manteaux et Audrey demanda à servir le thé. Peut-être Robert souhaitait-il qu'elle montre qu'elle était presque comme toutes les jeunes dames.

Comme ils sirotaient leurs thés, Blythe fut la première à revenir sur le sujet du mariage.

— Lady Blackthorne, pardonnez ma curiosité, mais comment épouser un héros militaire pourrait-il n'être pas follement romantique ?

La jeune femme soupira, mais il y avait de l'amusement dans sa voix quand elle expliqua :

— En fait, pour de multiples raisons, j'avais besoin d'accéder rapidement à mon héritage et le seul moyen d'y parvenir était de me marier. J'échangeais des lettres avec Michael depuis plusieurs mois, à la suite du décès de mon père et j'ai pensé qu'il pourrait m'aider.

— Vous correspondiez ? s'étonna Audrey. Il se trouvait toujours aux Indes ?

— J'étais présent au mariage, intervint Robert. En Inde. Sans que la mariée ne soit là.

— Vous vous êtes mariés par procuration ! lâcha Blythe, interdite. Mais, bien sûr, vous vous étiez déjà rencontrés par le passé…

— Eh bien, non ! s'exclama Lady Blackthorne dans un rire joyeux. En fait, je croyais même qu'il avait l'âge de mon père…

— Oui, elle espérait que je passerais l'arme à gauche assez vite. Imaginez sa surprise lorsque je me suis présenté à sa porte il y a un mois !

— Et il croyait que j'étais une vieille fille désespérée, s'esclaffa Lady Blackthorne.

Ils rirent tous deux, tandis que les trois autres les écoutaient, stupéfaits et fascinés.

— Ils forment un très beau couple et semblent follement épris l'un de l'autre, glissa Blythe à sa sœur.

— Voyons, Blythe, ils n'ont sans doute pas envie que nous discutions ainsi de leurs affaires personnelles, intervint Audrey.

— Oh ! non, répliqua Lady Blackthorne. Miss Collins a parfaitement raison.

— Nous formons effectivement un très beau couple, acheva son époux, pince-sans-rire.

Cette fois, tout le monde éclata de rire.

— En vérité, nous avons eu énormément de chance de nous éprendre l'un de l'autre, reprit-il.

— Je crois même que le destin a joué son rôle, renchérit sa femme, puisque je n'avais jamais eu l'intention de le rencontrer, ni même de connaître un véritable mariage.

Audrey percevait parfaitement l'émotion sincère dans leurs voix. Elle les imaginait sans peine se regarder amoureusement et son cœur se serra. Tout comme Lady Blackthorne, elle avait décidé de ne plus se marier, cependant, depuis qu'elle avait rencontré Robert, ses défenses étaient tombées une à une, si bien qu'elle se sentait terriblement vulnérable face à lui.

Or, elle détestait se sentir à ce point faible et dépendante. Mais, n'était-ce pas le cas de toutes les femmes quand elles étaient confrontées à leur attachement émotionnel grandissant pour un homme ?

— Je suis certain que Cecilia m'aime, car j'ai gardé ma

charge dans l'armée, ainsi, elle vivra avec moi la moitié de l'année aux Indes !

— N'y avez-vous pas passé une partie de votre enfance, milady ? s'enquit Robert. Je me souviens que votre père parlait souvent de vous, et avec une affection évidente.

— Je vous remercie pour ces mots, Lord Knightsbridge. À vrai dire, tous mes souvenirs de l'Inde ne sont pas merveilleux, néanmoins, j'aurais de quoi m'occuper là-bas quand nous y résiderons.

— Cecilia est bien meilleure que moi dans la gestion d'un domaine, expliqua Lord Blackthorne. Mon frère se chargeait des affaires courantes de mes terres, à son grand dam, désormais, c'est elle qui reprend le flambeau.

Surprise, Audrey ajouta une complexité supplémentaire au puzzle fascinant que constituaient les amis de Robert.

— C'est merveilleux ! s'exclama ce dernier en frappant dans ses mains. Décidément, Cecilia et Audrey ont beaucoup en commun. Audrey a hérité du domaine de Blake et elle le dirige avec succès depuis quelques semaines. J'avoue être impressionné par son aisance.

— Vous m'avez énormément aidée, se récria-t-elle, les joues brûlantes d'embarras.

— Appelez-moi donc « Cecilia », la pria celle-ci. Nous avons tant de sujets passionnants à évoquer !

Tandis qu'ils rejoignaient la salle à manger, Audrey songeait à ces deux militaires liés à des femmes peu conventionnelles, sans pour autant se sentir menacés. Ce genre d'hommes ne devaient pas être légion…

Pouvait-elle prendre le risque de perdre Robert, simplement parce qu'elle avait peur ?

Voulait-elle réellement être seule pour le restant de ses jours ? Lorsqu'elle lui avait demandé de quitter Rose

Cottage et de prendre ses distances, elle s'était sentie affreusement triste et abandonnée à la perspective d'une seule journée sans lui !

Mais peut-être se montrait-elle égoïste. Si Robert avait dit l'admirer et l'apprécier, aucun mot d'amour n'avait été échangé. Elle ne savait même pas si *elle* l'aimait !

Comment était-elle censée prendre une décision qui engagerait leurs vies à tous deux, si elle ne savait même pas lire dans son propre cœur ?

Au cours du déjeuner, Robert s'aperçut que son regard revenait sans cesse se poser sur Audrey qui était assise à sa gauche. Michael était à sa droite et il songea qu'il se sentait infiniment bien, ainsi entouré de deux des personnes les plus importantes de son existence.

Avant l'arrivée d'Audrey, il n'avait pas su comment la rencontre se déroulerait. Heureusement, elle n'avait pas laissé son embarras concernant leurs fausses fiançailles la maintenir dans la réserve vis-à-vis de Michael et Cecilia.

En vérité, la femme de son amie semblait lui plaire tout autant qu'à lui. En ce moment même, Audrey ne cessait de l'interroger sur le domaine d'Appertan que Cecilia avait dirigé pendant les jeunes années de son frère, à qui les terres revenaient.

Pour sa part, il était surtout curieux de discuter en privé avec Michael des circonstances précises de sa rencontre avec son épouse. Il soupçonnait que le récit qu'ils en avaient donné était quelque peu… édulcoré. Étant donné les conditions pour le moins inhabituelles, leur rencontre avait dû faire des étincelles.

Robert profita d'une brève accalmie dans les conversations pour demander :

— As-tu des nouvelles de Rothford ?

— Le duc de Rothford ? s'exclama Blythe, les yeux écarquillés. Robert, comment connaissez-vous tant de pairs du royaume quand vous êtes resté aux Indes si longtemps ?

Robert lui sourit, amusé.

— Rothford est revenu des Indes en même temps que nous, puisqu'il était lui aussi dans le 8ᵉ régiment des dragons.

— Je ne suis pas revenu à Londres depuis notre retour, expliqua Michael, tu as eu plus d'occasions que moi d'avoir des nouvelles…

— Si ce n'est que je ne l'ai pas croisé à une seule des réceptions auxquelles je me suis rendu pendant mon séjour. Je suis curieux de savoir quand il compte reparaître en société.

Robert perçut l'expression intriguée d'Audrey. Quant à Cecilia, elle gardait les yeux rivés sur son assiette, un léger sourire aux lèvres. Michael lui avait-il tout dit des raisons de leur retour ? Avait-elle compris que seule la culpabilité avait motivé leurs actions ? Contrairement à lui, Michael avait tenté de se mentir à lui-même, en prétendant qu'il n'avait rien fait d'autre que prendre une décision nécessaire dans le feu de la bataille, il ne voulait pas se sentir coupable. Cela avait-il fonctionné avec sa femme ?

Rapidement, il détourna la conversation loin de tout sujet compliqué.

Après le repas, Cecilia demanda à faire une visite de la demeure et il obligea ses invités, heureux d'entendre Blythe donner de multiples détails à sa sœur, quand elle l'estimait nécessaire.

Toutefois, l'inquiétude le tenaillait tandis qu'ils évoluaient dans ce qui avait, pour lui, tout d'un immense mausolée. La taille et la froideur solennelle des lieux s'ajouteraient-elles à la longue liste des griefs qu'Audrey tenait contre lui et sa proposition de mariage ? Heureusement, elle semblait intéressée et posait de nombreuses questions sur l'histoire des lieux et de sa famille.

Après ce tour, les dames décidèrent de se retirer pour se reposer un moment avant le dîner et Robert se retrouva seul avec Michael.

— Un brandy ? proposa-t-il.

— Absolument !

Michael le suivit donc dans son bureau, boitant toujours légèrement des suites des blessures qu'il avait reçues quelques mois plus tôt.

— Comment vas-tu ? s'enquit-il en refermant la porte derrière son ami.

— Beaucoup mieux, je te remercie. Je n'ai enfin plus besoin de canne pour marcher.

Robert leur servit un verre à chacun, puis, comme il s'asseyait en face de Michael, il sentit son regard intrigué sur lui.

— Quand tu as décidé de revenir pour aider Audrey, aucun de nous ne savait qu'elle était aveugle..., commença-t-il prudemment.

Robert hocha simplement la tête en sirotant une gorgée. Le brandy lui réchauffa agréablement la gorge.

— Et te voilà fiancé. Cela semble... rapide, non ?

— Autant que ton mariage par procuration ? répliqua-t-il avec un sourire entendu.

— Tu m'as eu ! fit Michael en riant. Plus sérieusement, laisse-moi te donner un conseil, de la part d'un homme qui a failli perdre sa femme, car elle était déterminée à annuler notre mariage…

— Elle a réagi aussi violemment en te rencontrant pour de bon ? l'interrompit Robert, moqueur.

— Écoute-moi jusqu'au bout, tu veux ? Je ne me suis pas montré honnête concernant notre implication dans la mort de son père et du mari d'Audrey, et cela a bien failli me coûter très cher. As-tu tout expliqué à Audrey ?

Robert baissa les yeux et secoua la tête, la gorge serrée.

— Pas encore. J'étais trop occupé à tenter de l'empêcher de rompre nos fiançailles.

— Hum, je connais ça, répliqua Michael avec une grimace entendue. Mais tu dois savoir que confesser notre secret à Cecilia n'a pas été aussi terrible que je le craignais. Audrey semble être aussi rationnelle et compréhensive que ma Cecilia, je pense qu'il en sera de même avec elle.

— Nous avons pour l'heure d'autres difficultés qui sont, pour moi, prioritaires.

— Je n'ai pas à me mêler de tes affaires, mon ami, mais, crois-en mon expérience, le secret ne fera que compliquer les choses.

— Je prendrai ton avis en considération, promit-il enfin. Et maintenant, dis-moi, es-tu bien certain de vouloir ramener ta jolie rose d'Angleterre dans la chaleur étouffante des Indes ?

Michael éclata de rire.

Ce soir-là, lorsque les voisins conviés au dîner arrivèrent à Knightsbridge Hall, Audrey écouta et admira avec quel naturel Robert évoluait parmi toutes les couches de la société, depuis les domestiques, jusqu'à son amitié sincère avec Lord Blackthorne, l'un des plus importants pairs du royaume.

Elle perçut le respect avec lequel il s'adressait aux serviteurs, et le soulagement des voisins qui découvraient Robert. D'après les allusions qu'elle entendit, son père n'avait pas été un maître apprécié, quoiqu'il parût avoir été respecté. Les invités semblaient heureux de constater que Robert était bien différent de son père.

Or, elle savait les efforts qu'il avait fournis pour être meilleur que son père, afin que ses voisins puissent se fier à lui et que ses domestiques puissent vivre sous son toit sans le craindre.

Elle peinait à contenir son admiration pour lui. Une multitude d'émotions se bousculaient en elle, la laissant terrifiée, déboussolée, en même temps qu'impatiente et enivrée.

Elle devait se montrer honnête avec elle-même : l'idée de devenir sa femme lui paraissait de plus en plus séduisante.

Pour parfaire encore l'image élogieuse qu'elle avait de lui, il proposa à Blythe de jouer du piano pour leurs convives après le dîner. Tandis que sa sœur brillait grâce à lui devant la société réunie, Audrey sentit l'émotion lui serrer le cœur devant tant de bonté.

Sa surprise fut plus grande encore quand sa sœur lui demanda de se joindre à elle. Ainsi, elles chantèrent un duo pendant qu'Audrey jouait l'accompagnement. Comment elle parvint à ne pas verser de larmes dans ce moment d'émotion intense lui demeura un mystère.

Grâce à l'aide de Robert, elle avait la vie dont elle avait rêvé et sa sœur était auprès d'elle.

C'est en prenant conscience de tout ce qu'elle avait désormais qu'elle mesura combien elle était heureuse, plus heureuse qu'elle ne l'avait jamais été. Tout cela grâce à Robert.

Elle était irrémédiablement amoureuse de cet homme qui n'avait eu que patience et bonté pour elle. Comment pouvait-elle encore ressentir de la peur ?

Mais… et si lui ne ressentait pas quelque chose d'aussi fort pour elle ?

Quand Blythe se fut retirée pour la nuit, Audrey se mit à aller et venir dans sa chambre, incapable de trouver le moindre repos alors que ses pensées ne la laissaient pas en paix.

On frappa légèrement à la porte qu'elle alla ouvrir, soulagée.

— Toi non plus, tu n'arrives pas à dormir, Blythe ?

— C'est moi, lui répondit la voix grave et posée de Robert.

Elle dut s'accrocher à la poignée pour ne pas vaciller aussitôt vers lui.

— Je…, commença-t-elle en se passant la langue sur ses lèvres brusquement asséchées. Je ne vous attendais pas.

— Je suis venu voir si vous aviez apprécié la journée. Puis-je entrer un instant ?

Audrey se mordit les lèvres. Elle s'était trouvée seule avec lui si souvent, pourquoi, tout à coup, cette idée lui paraissait-elle terriblement scandaleuse ?

Peut-être à cause de l'immense lit à baldaquin qui trônait dans la pièce, ou bien parce qu'elle ne portait rien d'autre qu'une mince chemise de nuit sous son déshabillé ?

Elle recula néanmoins et ouvrit la porte plus largement.

— Je vous en prie.

Quand elle referma derrière lui, elle sut qu'elle venait

de faire un pas vers l'inconnu. Pourtant, elle n'avait plus peur, elle se sentait au contraire envahie d'une étrange impatience.

Elle s'appuya contre le chambranle et lui sourit.

— J'ai passé une excellente journée, Robert. Lord Blackthorne et sa femme sont des gens aussi bons qu'agréables.

— Je vous rejoins sur ce point.

Elle eut un petit hoquet de surprise, étonnée de le découvrir si proche d'elle.

— Mais voulez-vous savoir ce que j'ai préféré dans cette journée ? poursuivit-il d'une voix rauque qui la fit frémir d'anticipation. Vous avoir près de moi. Cet endroit n'a jamais été autant un foyer qu'aujourd'hui, quand vous étiez hôtesse à mes côtés.

— Robert…

Son soupir mourut lorsque leurs lèvres se touchèrent enfin. Leur baiser était empreint d'une passion fiévreuse, et bientôt elle se retrouva pressée entre son grand corps et la porte. Il y avait si peu d'épaisseur de tissu entre eux qu'elle sentit parfaitement les muscles puissants de son torse et les battements rapides de son cœur, à l'unisson des siens.

Audrey avait la sensation de prendre vie sous ses baisers. Il l'embrassait comme un homme assoiffé s'abreuve à l'eau d'une source fraîche et elle fondait de plaisir sous les caresses sensuelles de sa langue.

Bientôt, il enfouit le visage dans son cou et goûta sa peau, jusqu'à la faire se hérisser de frissons délicieux. Puis elle sentit sa main remonter le long de son flanc jusqu'à son sein. Un gémissement lui échappa comme sa paume brûlante en effleurait la pointe sensible. Il continua de la torturer délicieusement à travers la soie de sa chemise de nuit.

Audrey tremblait de tous ses membres. Elle serait tombée s'il n'avait été tout contre elle pour la retenir. Impatiente, elle tira sa chemise de son pantalon pour sentir la douceur de sa peau. Enfin, elle posait les mains sur lui, elle caressait son dos puissant avec la même impatience qu'il mettait pour poser ses grandes mains sur son corps frémissant.

Elle sentit qu'il ouvrait son déshabillé, puis passait les doigts dans ses cheveux pour défaire la natte lâche qui les maintenaient, sans jamais cesser d'embrasser son cou. Puis, lentement, il descendit le long de sa clavicule, entre ses seins dressés. Avec un frisson de délice, elle perçut la griffure légère de sa barbe un instant avant qu'il ne referme les lèvres sur son sein à travers le tissu délicat.

Audrey poussa un cri léger et arqua les reins, impatiente de sentir son corps puissant entièrement collé au sien. Il saisit l'arrière de son genou et releva l'une de ses jambes pour s'avancer contre elle, sans cesser de torturer ses seins de sa langue. Il était fort et chaud contre son intimité, et elle ondula sans honte contre lui.

La chemise de nuit remonta sur sa cuisse, semblable à une insupportable caresse, et ce fut elle qui acheva de la faire passer par-dessus sa tête.

Ses cheveux lâchés retombèrent en pluie sur sa nudité et elle en ressentit un frisson sensuel.

Puis sa peau tout entière s'embrasa, quand, agenouillé devant elle, il se mit à la caresser de ses mains. Des explosions de couleur s'imprimaient sur ses paupières closes, tandis qu'elle s'abandonnait entièrement à la volupté de ses larges paumes qui la possédaient. Ses doigts parcouraient ses côtes, son ventre, l'arrière si sensible de ses jambes, avant de remonter plus lentement entre ses cuisses tremblantes.

Enfin, ses mains s'immobilisèrent autour de ses hanches.

Audrey, haletante, le sentit effleurer son sexe avant que ses doigts ne s'aventurent dans les plis secrets de sa féminité, lui coupant le souffle.

Alors, ce fut au tour de sa bouche de s'approcher de cet endroit secret. Son souffle brûlant la fit gémir avant même que ses lèvres n'effleurent la chair si sensible. La tête rejetée en arrière, les mains crispées sur ses épaules, elle s'abandonna aux sensations merveilleuses qu'il provoquait en elle de sa bouche et de ses doigts. Il la léchait, taquinait sa chair, mordillait, et alors qu'elle sentait monter le plaisir, il se leva et la saisit entre ses bras pour la porter jusqu'au lit sur lequel il la déposa avec douceur. Elle entendit du mouvement comme il enlevait ses propres vêtements et, sans se soucier de le gêner, elle porta les mains à sa ceinture qu'elle ouvrit tout en parcourant du plat de la paume son ventre musclé.

Il était si fort, si doux, si beau sous ses mains qu'elle sentit le désir à peine assouvi renaître au creux de ses reins. Un sentiment de triomphe exaltant l'envahit lorsqu'elle lui arracha un grondement d'approbation en posant la main autour de son membre incroyablement dur.

— Dépêchez-vous, murmura-t-elle dans un souffle pressant.

Sans la moindre honte elle s'allongea sur le lit, le dos arqué, les reins tendus vers lui. Elle se sentait incroyablement belle et désirable, galvanisée par la puissance de son désir pour elle.

Le matelas s'enfonça sous son poids comme il s'allongeait près d'elle. De ses mains puissantes, il ouvrit lentement ses cuisses et glissa entre elles en se soutenant à la seule force de ses bras.

La sensation de son corps souple et brûlant contre le sien

lui arracha un intense gémissement de volupté, juste avant qu'elle ne sente son érection appuyer merveilleusement contre son intimité. Une fois, deux fois, il glissa lentement le long de son sexe, jusqu'à ce qu'elle n'y tienne plus.

Enfin, elle sentit son membre entrer en elle et elle s'arqua contre lui, emplie d'un bonheur intense de savoir qu'ils étaient enfin pleinement réunis.

Chapitre 21

Robert s'immobilisa, au bord de la jouissance. Il ne pouvait que contempler, bouleversé, le beau visage rosi de plaisir d'Audrey, ses yeux mi-clos, ses lèvres entrouvertes sur un souffle erratique.

Jamais il n'avait connu une telle connexion avec une femme. Pas plus qu'il n'aurait pu deviner qu'un tel plaisir put exister.

Cependant, son corps exigeait sa reddition, et, sous lui, Audrey émettait des gémissements de volupté qui le rendaient fou. Il se pencha pour l'embrasser et boire à même ses lèvres ses cris de ravissement.

Lentement, il se mit à bouger en elle. Ils poussèrent un même soupir d'infini plaisir qu'ils firent taire dans un baiser passionné. Leurs langues s'entremêlaient comme leurs corps. Elle referma les cuisses autour de lui pour le maintenir tout contre elle tandis qu'il accélérait peu à peu ses va-et-vient.

Il joua sensuellement avec la pointe de son sein sans cesser un instant de la regarder. Enfin, il vit l'extase l'emporter, son souffle s'arrêter sur un cri muet, sa tête rejetée en arrière, ses hanches levées vers les siennes. Ses muscles intimes enserrèrent convulsivement son sexe et il perdit le contrôle à son tour.

Il laissa enfin libre cours à sa passion et accéléra le rythme jusqu'à ce que la jouissance lui fasse oublier tout ce qui n'était pas elle.

Lentement, le calme revint en lui, un calme pur, parfait, qu'il ne se rappelait pas avoir éprouvé un jour. Avec effort, il se redressa sur ses coudes et baissa les yeux sur le visage d'Audrey. Il ne savait comment interpréter son expression, et songea à ces premiers instants dans la chambre de la jeune femme. Il ne lui avait pas même demandé la permission, il l'avait immédiatement conquise par ses baisers et ses caresses.

L'avait-il séduite pour reprendre le contrôle ? Il n'était pas venu dans sa chambre en toute innocence, après tout. Et voilà qu'il remettait en question tout ce qu'il avait pu faire, comment il lui avait fait croire qu'il lui était indispensable, tout en se persuadant qu'il voulait simplement aider. N'essayait-il pas plutôt d'obtenir ce qu'il voulait ?

Pourtant, Robert demeurait persuadé que leur mariage pouvait être une union heureuse, et ils voulaient tous les deux des enfants. Il pourrait faire en sorte que cela fonctionne.

— Est-ce que ça va ? murmura-t-il, la gorge serrée d'appréhension, avant de déposer de légers baisers sur son front, ses tempes et le bout de son nez.

— Mmh.

Cette réponse peu explicite était heureusement accompagnée d'un sourire satisfait qui apaisa ses doutes et sa conscience.

— J'ai enfin pu voir ces fameuses taches de rousseur, chuchota-t-il.

Elle rit tout bas et ce léger mouvement suffit à le faire durcir à nouveau. Elle le sentit car, avec un petit soupir, elle bougea doucement sous lui.

— Déjà ? s'étonna-t-elle.

— Pas si vous êtes endolorie.

— Oh ! je ne suis pas le moins du monde endolorie, dit-elle dans un souffle rauque qui acheva d'enflammer ses reins.

Avant même qu'il en ait pris conscience, il roulait sur le matelas jusqu'à ce qu'elle se trouve agenouillée au-dessus de lui. Fasciné, il la regarda découvrir l'enchantement nouveau de maîtriser elle-même les mouvements qui lui procuraient le plus de plaisir.

— Oh ! lâcha-t-elle, émerveillée, en se laissant tomber contre lui lorsque ce fut fini.

Quand ils eurent repris leur souffle, Audrey lui dit :

— Si j'avais su que la chambre à coucher pouvait être le spectacle de tels plaisirs, j'aurais été une veuve scandaleuse bien plus tôt.

En réponse, il lui pinça la fesse.

— Vous feriez mieux de prendre garde, veuve scandaleuse. Je connais chacune de ces taches de rousseur que vous vouliez garder secrètes.

Elle rit et s'écarta de lui sans même se soucier de couvrir sa nudité d'un drap. Elle était parfaitement à l'aise avec son corps devant lui et cette idée lui plaisait infiniment. S'il s'écoutait, il aurait pu… mais non ! Il devait restreindre son appétit insatiable.

Il se redressa sur un coude et de sa main libre parcourut les courbes douces de son corps. Ses yeux étaient mi-clos et elle poussa un faible gémissement quand il effleura ses seins.

— Arrêtez, pria-t-elle. Il faut nous séparer. Vous ne pouvez pas passer la nuit ici.

Robert songea au bonheur que ce serait de passer chaque nuit auprès d'elle. Il aurait tant voulu lui rappeler qu'elle n'avait qu'à dire « Oui » pour qu'ils ne soient plus séparés une seule nuit.

Cependant, il ne voulait pas que la passion sensuelle soit la raison qui lui fasse accepter sa proposition. Cela lui semblait être un coup bas de sa part, comme s'il la manipulait par le plaisir exceptionnel qu'ils parvenaient à se donner. Les regrets lui serraient la gorge quand il songeait qu'il avait cherché à la manipuler par tant de moyens.

Il se pencha pour poser un doux baiser sur ses lèvres.

— Il est difficile de vous quitter.

— Mais il le faut, dit-elle dans un bâillement. Vous m'avez épuisée. Comment pourrais-je affronter les autres avec des cernes sous les yeux ? Ils devineront ce que nous...

— Ils comprendront simplement qu'un couple de jeunes fiancés peinent à rester loin l'un de l'autre.

Elle sourit mais ne dit rien, aussi se leva-t-il, le cœur étrangement lourd. Tout en s'habillant, il la buvait du regard. Elle finit par tirer le drap sur son corps nu, davantage en raison de la fraîcheur de la pièce que par pudeur. Il pressentait qu'elle ne serait plus jamais timide avec lui. Elle se donnait trop entièrement, sans fard ni demi-mesure.

Quand il fut prêt, il se pencha au-dessus d'elle et posa une main sur son cou, là où son pouls battait un peu plus vite à son contact. Lentement, sensuellement, il lui donna un baiser profond et intense, sans poser les mains ailleurs sur elle.

— Bonne nuit, ma douce, murmura-t-il contre ses lèvres.

— Bonne nuit.

Il eut l'impression qu'elle était sur le point d'ajouter quelque chose, mais elle garda le silence, ne lui offrant qu'un doux sourire qu'il emporta avec lui.

Audrey se réveilla au matin, détendue et le cœur débordant de joie et de bien-être. Elle était plus sensible à certains endroits intimes de son anatomie, mais nullement endolorie pour autant, et ce rappel de la passion de Robert lui procura une chaleur délicieuse dans tout le corps.

Elle songea un instant qu'elle risquait de se sentir embarrassée à la table du petit déjeuner, mais ces préoccupations futiles disparurent dès qu'elle se souvint qu'elle devrait partir juste après. Cette perspective l'emplissait d'une sombre mélancolie.

Audrey fit de son mieux pour profiter de chaque conversation et faire durer le plaisir du repas le plus longtemps possible. Hélas, il fut bientôt temps de partir.

Devant leur voiture, Robert prit ses mains dans les siennes.

— Je ne pourrai pas venir avant deux jours, mais je serai là au plus tard pour la réception des paysans, je vous le promets, expliqua-t-il tout bas.

— Le temps va me paraître long, admit-elle en serrant brièvement ses mains.

— Je vous manquerai ?

— Vous me manquez à chaque fois.

À sa grande surprise, il posa un baiser sur sa joue devant tout le monde et, plus étonnant encore, elle n'en fut nullement gênée. Au contraire, son sourire s'élargit tandis qu'elle s'installait en voiture et faisait ses adieux de la main.

— Il a encore le bras en l'air pour te saluer, annonça Blythe avec contentement. Je crois qu'il t'aime vraiment, ne crois-tu pas ?

— Je… je ne sais pas quels sont ses sentiments, avoua-t-elle finalement, je sais seulement que je l'aime.

Blythe la serra brièvement dans ses bras avant de se rasseoir sur le banc.

— Je le savais…

Audrey ne put que rire.

De toute façon, elle refusait de laisser ses doutes assombrir son humeur. Mieux valait penser à la prochaine fois qu'elle verrait Robert, et à la façon dont elle lui montrerait ce qu'elle ressentait grâce à son corps.

Elle frémit de plaisir à ce souvenir et un sourire secret monta à ses lèvres. Elle n'avait plus peur.

Les deux jours qui suivirent passèrent bien plus vite qu'il ne s'y attendait. Un espoir nouveau baignait son cœur et Robert se sentit plus chez lui que jamais auparavant.

La présence de Michael et Cecilia n'était pas étrangère à ce changement d'atmosphère au sein de l'austère Knightsbridge Hall, et plus encore l'idée qu'il partagerait bientôt cet endroit avec Audrey.

Il la connaissait désormais suffisamment pour savoir qu'elle n'était pas femme à avoir une simple liaison avec lui. Quoi qu'elle prétendît par jeu, elle n'était pas une veuve scandaleuse…

Dans ses rêves, il voyait son visage la dernière fois qu'il l'avait embrassée pour lui faire ses adieux. Il n'avait pas imaginé l'espoir sincère et la tendresse qu'elle n'avait pas même cherché à cacher sur ses traits.

Quand il ne revoyait pas son beau visage en pensée, les souvenirs de leur nuit d'amour l'assaillaient, si bien qu'il peinait à trouver le sommeil tant il brûlait de la retrouver.

Lorsqu'ils entendirent parler de la fête qu'elle comptait donner à ses gens, Michael et Cecilia demandèrent à l'accompagner, et c'est ainsi qu'ils s'y rendirent tous ensemble, trois jours plus tard.

Dans le jardin, de larges tentes avaient été dressées, abritant des chaises et des tables. Des petits groupes de villageois engagés pour aider aux préparatifs se rassemblaient déjà, dans l'expectative, et l'atmosphère était à l'impatience joyeuse.

Robert eut un sourire d'approbation avant d'apercevoir Audrey, avec le petit garçon de Louisa Sanford dans les bras. Molly était près d'elle, portant le chiot. Brusquement, sans qu'il comprenne lui-même pourquoi, sa hâte de la revoir laissa la place à une sensation glaciale.

— Qui est le petit garçon qu'Audrey tient dans ses bras ? questionna Cecilia comme ils traversaient le jardin.

— Le fils de l'une des domestiques de Rose Cottage.

Robert sentit le regard de Michael se poser sur lui, intrigué. Le ton de sa voix avait de toute évidence révélé son mal-être à son ami.

Audrey dut entendre le gravier crisser sous leurs pas, car elle se tourna vers eux. Le large sourire qu'elle adressait à l'enfant s'amoindrit.

— Bonjour, Lord Knightsbridge, dit Molly.

Aussitôt, l'expression d'Audrey s'éclaira de plaisir et Robert sentit son humeur s'alléger quelque peu. Pourtant, un poids étrange lui restait sur le cœur.

— Robert, le salua-t-elle. Je suis heureuse de vous voir !

— Vous m'avez manqué, Audrey. Mais avant de nous perdre dans le sentiment, je vous ai amené Michael et Cecilia.

— Quelle charmante maison vous avez, Audrey, déclara cette dernière avec ravissement.

Le sourire d'Audrey s'élargit un peu plus.

— Quel plaisir que vous ayez pu venir ! Toute l'organisation se passe à merveille jusque-là et tout sera prêt pour le début des festivités cet après-midi. Molly peut vous accompagner à l'intérieur pour que vous puissiez vous rafraîchir après votre chevauchée.

— Je vais rester avec vous, intervint Robert.

Elle eut l'air intrigué et se tourna vers Molly.

— Peux-tu ramener Arthur auprès de Louisa ? Elle doit être en train d'aider sa mère à la cuisine. Je vais garder le chien. Au revoir, Arthur !

Elle fit un petit signe de la main que l'enfant lui rendit.

Puis tout le monde se dirigea vers la maison, et Robert se pencha pour caresser l'animal.

— Ce chiot a-t-il enfin un nom ?

— Victor, répondit-elle. C'est Molly qui l'a trouvé. En hommage à la reine Victoria.

— Un choix judicieux…

Il se redressa et ils restèrent un instant immobiles, face à face. Il prit le temps de la contempler, oubliant ses inquiétudes.

Elle eut un sourire presque timide.

— Que faites-vous ?

— Je me souviens, avoua-t-il avant de s'éclaircir la gorge. Je me souviens de votre corps nu à la lumière des chandelles.

Elle rougit brutalement et baissa les paupières, mais un petit sourire flottait sur ses lèvres.

— Robert, vous ne devriez pas parler ainsi.

— Hum… Je crois que je vais devoir vous faire l'amour à l'extérieur.

— Robert !

Il rit de bon cœur devant sa mine scandalisée. Il prit ses mains dans les siennes et les baisa, navré qu'elle porte des gants qui l'empêchaient de sentir le contact de sa peau.

— Dans ce cas, permettez-moi de changer de sujet, dit-il, soudain sérieux. J'avoue que je m'inquiète de votre proximité avec le fils de Louisa.

À son grand étonnement, elle ne se raidit pas, mais lui sourit avec tendresse en posant la main sur sa joue.

— J'ai peine à croire la facilité déconcertante avec laquelle vous lisez en moi, Robert.

— Je m'étonne que mes inquiétudes ne vous agacent pas, pour une fois.

— Je les comprends. J'admets volontiers que, dans les premiers moments, je me suis sentie peut-être trop… connectée à ce petit. Après tout, il est l'enfant de Martin.

Elle hésita et il pressentit qu'elle voulait lui parler du bébé qu'elle avait perdu, mais elle sembla se raviser. Il en conçut une brusque tristesse. L'idée qu'elle ne veuille pas partager ce deuil intime avec lui le chagrinait, cependant, comment le lui reprocher, alors qu'il n'avait pas davantage partagé ses secrets les plus douloureux avec elle.

— En fait, finit-elle par poursuivre, j'ai même songé à le prendre sous ma garde, à en faire mon pupille pour lui offrir l'éducation que Martin aurait dû veiller à lui faire donner, mais j'ai compris que Louisa avait peur de me voir m'investir de la sorte. Toute la famille craignait que je le leur enlève. Je n'avais jamais eu un tel pouvoir sur la vie de quiconque par le passé et cela m'a rendue malade de ne pas avoir vu aussitôt à quel point c'était mal. Le retour à la réalité a été brutal, toutefois, j'ai bien compris que je ne pouvais ainsi vivre à travers l'existence des autres.

— Vous n'avez pas besoin de faire une telle chose, Audrey. Vivez votre propre vie, auprès de moi. Nous pourrions avoir nos enfants à nous.

Elle lui répondit d'un sourire énigmatique, presque séducteur, avant de conclure :

— Nous parlerons plus tard. Je dois aller me préparer pour recevoir mes invités.

Comme il l'escortait vers la maison, Robert sentit l'espoir monter en lui, vertigineux. Elle avait fait l'amour avec lui et elle n'avait pas refusé de l'entendre, une nouvelle fois, exprimer son désir de l'épouser.

Pour la première fois, il avait la sensation que tout ce qu'il avait toujours voulu – cette famille qu'il n'avait jamais connue – était enfin à portée de main !

Audrey découvrit qu'elle adorait jouer les hôtesses pour les gens qui dépendaient d'elle autant qu'elle dépendait d'eux. Elle possédait certes les terres, mais c'était leur travail qui les rendait fertiles. Aussi était-elle infiniment heureuse de pouvoir leur montrer sa reconnaissance dans cette fête qu'elle espérait marquer le début d'un long partenariat bénéfique.

Victor passa l'essentiel de la journée blotti dans ses bras, tandis qu'elle allait d'un pavillon à l'autre, d'une table à l'autre, pour saluer et rencontrer chacun de ses gens.

Parfois, Blythe se joignait à elle, parfois c'était Robert qui lui tenait le bras.

Toujours, elle entendait dans les voix de ses métayers le soulagement d'avoir une nouvelle propriétaire qui se souciait d'eux, promesse d'une stabilité bienvenue. Et ce n'était pas seulement grâce à Robert et à son titre, non, elle ressentait chez ses interlocuteurs une sincère reconnaissance face à son investissement et à son désir de participer à leur communauté.

Même Mr Sanford semblait fier de sa maîtresse, ainsi, elle sut qu'elle avait enfin gagné la confiance de ses serviteurs.

Blythe se comporta avec plus de maturité et de grâce discrète qu'elle n'en avait l'habitude. Elle se mêlait à des gens de catégories sociales bien inférieures avec un charme et une joie sincère qui faisaient chaud au cœur.

Comme elle y réfléchissait, Audrey prit conscience que la mauvaise humeur et l'insatisfaction constantes de sa cadette n'étaient advenues qu'après la mort de leur mère, quand la conviction de leur père s'était imposée à tous qu'à cause de sa condition elle était trop embarrassante pour être vue en public.

Désormais, cette sombre période lui apparaissait comme un mauvais rêve, qu'elle aurait tôt fait d'oublier à présent qu'un nouveau monde s'ouvrait à elle et l'accueillait.

Un monde dont Robert était le centre. Même quand il n'était pas auprès d'elle, Audrey entendait sa voix plaisante et grave tandis qu'il échangeait avec les Blackthorne ou le plus modeste des bergers avec une aisance similaire. Comment aurait-elle pu imaginer un seul instant que ce serait finalement un homme qui la comblerait de bonheur ?

Ironiquement, ce bonheur parfait, elle le devait en vérité à Martin, sans lequel elle n'aurait jamais fait la connaissance de Robert. Elle sentait littéralement au creux de son âme un rayonnement puissant monter en elle à chaque fois qu'il était près d'elle.

Elle ne pouvait s'empêcher de lui sourire et de prendre le bras qu'il lui offrait. Ils affichaient leur tendresse aux yeux de tous et elle dut bien convenir que leurs fiançailles s'ancraient dans le réel… ce qui, en vérité, la comblait de joie.

Tout ce qu'elle aurait à faire pour rendre ce bonheur pérenne serait de prononcer un seul petit mot, « Oui. » Oui, elle voulait l'épouser.

Alors, un tout nouvel avenir s'ouvrirait devant elle, auprès d'un mari aimant et peut-être entourée d'enfants.

Audrey sentait une confiance nouvelle prendre racine en elle.

Dans la soirée, une fois que les pavillons eurent été démontés et le jardin remit dans son état originel, Audrey put rentrer chez elle, le cœur content en sachant que ses gens étaient repartis chez eux le ventre plein.

Elle rejoignit rapidement la cuisine où Mrs Sanford finissait le nettoyage. Comme elle lui souhaitait bonne nuit, cette dernière demanda machinalement :

— Mrs Blake, voulez-vous une chandelle pour éclairer votre chemin ?

Audrey se retourna vers elle avec un sourire.

— Je vous remercie, ce sera inutile.

Autrefois, Mrs Sanford aurait été mortifiée par son impair, cette fois, elle se contenta de rire en s'excusant.

Tous les autres serviteurs, de même que Blythe et Molly, étaient montés se coucher et elle rejoignit l'avant de la maison, curieuse de savoir si Robert et les Blackthorne étaient montés dans leurs chambres, eux aussi.

Si seulement elle pouvait se faufiler discrètement jusque dans la chambre de Robert… Hélas, dans son modeste manoir, ce genre d'allées et venues se remarquaient trop. Rien ne lui interdisait cependant d'en rêver.

Comme elle s'approchait du salon, elle perçut des voix graves. Sans bien comprendre pourquoi, elle ralentit le pas, arrêtée par le ton solennel de Robert qui disait :

— Je vais lui dire la vérité, Michael.

Elle se figea complètement tandis que son ventre se nouait. Un instant, elle pensa à monter directement à sa chambre. Après tout, cette conversation ne la regardait nullement. Cette tentation de la lâcheté ne dura guère : elle était forte désormais.

Elle poussa donc la porte entrebâillée et fut accueillie par un silence assourdissant. Pendant une poignée d'interminables secondes, elle n'entendit que le tic-tac de l'horloge et le feu mourant qui crépitait faiblement dans l'âtre.

— Quelle vérité dois-tu me dire, Robert ? demanda-t-elle d'un ton plat.

— Michael, tu veux bien nous laisser ? pria ce dernier, la voix tendue.

— Bonne nuit, Audrey, murmura Blackthorne en s'éloignant.

Elle hocha la tête sans trouver la force de lui répondre. Toute son attention était concentrée sur Robert tandis qu'elle avançait lentement vers lui.

— Eh bien ?

— J'ai deux choses à vous dire, en effet.

Sa voix était si sombre, si grave que la nausée s'empara d'elle.

Elle s'était sentie tellement heureuse jusqu'à cet instant de peur, se pouvait-il que tout cela soit un mensonge ?

— Je dois vous dire la part de responsabilité que j'ai dans la mort de votre époux, de notre commandant et d'un autre soldat de notre régiment.

— Votre responsabilité ? répéta-t-elle faiblement.

— Blackthorne, Rothford et moi partageons cette responsabilité. Je crois qu'il est grand temps que vous entendiez toute l'histoire. Vous en avez le droit et je n'ai que trop tardé, par lâcheté et peur de votre jugement.

— Je vous écoute.

— Nous escortions ce que nous pensions être des voleurs, avec leurs familles. Ils étaient tous affamés. Ils étaient nos prisonniers, mais la situation nous paraissait terriblement injuste. Nous devions les emmener pour qu'ils soient interrogés et torturés, comme c'est hélas souvent le cas dans un contexte de guerre.

Elle referma la main sur le dossier d'un fauteuil, horrifiée par ce que de pauvres gens devaient subir pour se voir arracher une prétendue vérité, qu'ils soient innocents ou non.

— Continuez.

— Nous… nous avons désobéi aux ordres. Nous les avons laissés volontairement s'échapper.

— Pensiez-vous tous trois que vous agissiez bien ? demanda-t-elle lentement.

— Oui.

— Dans ce cas, comment pouvez-vous vous rendre responsable ?

— Vous ne comprenez pas Audrey, lâcha-t-il d'une voix blanche qui lui arracha un frisson. Nous les avons laissés retourner dans leur village, comme si nous savions mieux que nos supérieurs ce qu'il fallait faire. On apprend aux soldats le respect et l'obéissance, la loyauté envers les supérieurs... C'est tout cela que nous avons perdu de vue. Et notre commandant en est mort.

— Alors, il ne s'agissait pas de simples villageois ? murmura-t-elle.

La scène qu'elle avait imaginée – cette horde de malheureux affamés et brisés par la guerre – s'évanouit dans son esprit et la peur resserra son emprise sur sa gorge.

— Peut-être l'étaient-ils, reprit-il d'une voix défaite. Toujours est-il qu'ils sont revenus avec d'autres pour attaquer notre régiment. Trois hommes sont morts par notre faute, dont le père de Cecilia, notre commandant et...

— Et mon mari, acheva-t-elle à sa place.

— Et Blake, oui. Dès le début, Michael a tenté de prétendre que nous n'étions pas si coupables, puisque nous avions pris la décision que nous pensions la meilleure, dans un contexte angoissant. Lui arrivait à vivre avec les conséquences de notre décision. Je ne l'ai jamais cru. Pas plus que Rothford. La culpabilité ne m'a pas quitté depuis ce jour funeste. Elle ne fait que grandir en moi. Alors, quand Michael a été renvoyé en Angleterre pour se remettre de ses blessures, Rothford et moi avons décidé de rendre nos commissions et revenir aussi. Nous voulions faire quelque chose pour tenter de réparer les terribles conséquences de notre décision.

Robert se tut et elle resta immobile, les bras refermés autour d'elle-même, essayant de réfléchir de façon rationnelle, en faisant fi des émotions qui étaient si violentes deux ans auparavant. Elle ne put masquer son amertume :

— C'est pour cela que vous êtes venu chez moi, la veuve de Martin, afin de me présenter vos condoléances.

— Et je vous ai proposé mon aide. C'était le moins

que je pouvais faire après tout ce que vous aviez souffert par ma faute. Et c'était d'ailleurs tout ce que vous vouliez de moi, vous avez été très claire dès le premier instant sur le fait que vous ne vouliez plus vous remarier.

— Parce que vous comptiez m'offrir le mariage ? Vous vouliez vous offrir en... en sacrifice ? s'exclama-t-elle d'une voix horrifiée.

— Je... j'y ai pensé, admit-il, seulement, j'ai tout de suite compris que vous étiez trop fière, trop indépendante pour accepter une telle demande.

— Je n'étais pas indépendante quand vous avez fait ma connaissance, rappela-t-elle, amère.

— Vous vouliez l'être. Et je voulais vous aider à y parvenir.

Audrey garda le silence un instant. Elle devait réfléchir calmement, rationnellement aux dernières semaines. En ce qui la concernait, il avait entièrement raison. Mais...

— Je ne peux pas vous mentir en prétendant que j'aimais Martin et que sa mort m'a causé une grande douleur. Par ailleurs, je suis capable de reconnaître une erreur faite avec honnêteté. Vous n'avez jamais eu l'intention de causer la mort de quiconque, Robert.

Pas même celle de mon enfant.

Les mots la traversèrent de part en part, dans un fulgurant éclair de douleur.

Il prit sa main pour la serrer et ajouta d'une voix émue :

— Vous avez tous les droits de me blâmer pour ne pas vous avoir tout dit dès le début. En vérité, je craignais initialement de vous faire souffrir une seconde fois et que vous refusiez l'aide que j'espérais pouvoir vous apporter.

— Vous craigniez de devoir affronter mon chagrin ?

Il hésita.

— Sans doute. J'ai honnêtement pensé que vous annoncer ma responsabilité dans votre deuil pourrait aggraver les choses, que vous me rejetteriez sans accepter mon aide. Je ne savais pas, alors, si vous aimiez Blake ou…

— Tout cela n'a guère d'importance, l'interrompit-elle, soudain épuisée. Vous avez proposé votre aide et je l'ai acceptée. À présent, j'ai un foyer à moi, j'ai retrouvé l'amour de ma sœur… J'aurais pu rester prise au piège de mon père pour toujours sans vous.

— Ces paroles sont un baume sur mon cœur, Audrey. Il y a une dernière chose dont il faut que je vous parle.

Elle poussa un soupir et ferma les yeux.

— Je suis si fatiguée, Robert, cela ne pourrait-il attendre demain ?

— Je sais pour l'enfant que vous avez perdu.

Elle s'immobilisa, stupéfaite.

— Comment… ?

— Blythe me l'a appris sans le vouloir.

Audrey eut l'impression qu'un grand froid s'emparait d'elle. Enfin, elle parvint à murmurer :

— Quand ? Vous vous adressiez à peine la parole quand elle est arrivée.

— Il y a environ une semaine.

— Était-ce avant ou après que vous ne me demandiez ma main pour de bon ?

Il ne répondit pas et elle n'avait pas besoin de voir son visage pour comprendre.

— Vous avez voulu m'épouser par pitié, pour apaiser votre culpabilité, énonça-t-elle d'une voix désincarnée.

— Non ! J'admirais déjà tant de choses chez vous ! Je ne peux pas nier qu'apprendre la souffrance que vous aviez endurée a changé ma façon de voir les choses, mais mes sentiments n'ont pas cessé de croître et…

— Je ne vous épouserai pas, annonça-t-elle sans élever la voix. Seigneur ! Je me suis même donnée à vous. Comme vous avez dû avoir pitié de moi.

Et dire qu'elle était tombée amoureuse de lui. Quelle idiote elle avait été ! Depuis le premier jour, tout le monde l'avait mise en garde. Seulement, elle avait été tellement persuadée qu'elle ne se laisserait pas avoir par les mensonges d'un homme une deuxième fois !

— Je n'avais pas pitié de vous, Audrey ! Je vous désire, comme vous me désirez.

— Comment pourrais-je avoir foi en vos motivations, Robert ? l'interrompit-elle d'un ton infiniment las. Je ne peux pas avoir confiance en vous. Mettons un terme à cette folie sur-le-champ. Vous avez fait ce que vous deviez, vous avez donné à la pathétique veuve aveugle sa liaison scandaleuse.

— Je ne veux pas d'une simple liaison, Audrey ! s'emporta-t-il en la saisissant aux épaules. Nous nous accordons parfaitement !

Bien sûr, il ne prononça pas un seul mot d'amour.

— Nous portons tous deux un trop lourd fardeau de culpabilité. Vous pour la mort de Martin et des autres, moi pour la mort de mon enfant, quoi que j'aie pu faire pour la provoquer.

— La provoquer ? Seigneur, Audrey, vous aviez appris que votre époux était mort. Le chagrin…

— Quel chagrin ? coupa-t-elle d'un ton déchirant. Après la façon cruelle dont il m'avait abandonnée, je n'avais guère de sentiment pour Martin. Mais peut-être ai-je provoqué la mort de mon tout-petit tellement j'étais terrifiée à l'idée qu'ils me le prennent ! Mon père était horrifié que sa fille déficiente puisse donner naissance à un enfant doté du même défaut insupportable. Mon bébé n'était qu'un objet gênant pour lui. Et quand il est né sans vie, ils ont tous été soulagés. C'est votre tour, à présent, parce que vous en avez bien assez fait pour moi.

— Audrey, ne…

— J'avais raison depuis le début, le coupa-t-elle. Ce n'est que dans l'indépendance de mon statut de veuve que je pourrais trouver un semblant de sérénité. Je ne peux pas me fier à moi-même quand vous êtes concerné. Peut-être que moi, j'allais vous utiliser pour avoir un bébé ? Seigneur, je ne peux plus supporter tout ceci, lâcha-t-elle dans un souffle.

Si elle ne s'était pas ainsi ouverte à lui, elle n'aurait jamais souffert de la sorte. Hélas ! Comment Robert était-il parvenu à lui faire oublier toute prudence ?

Audrey lui retira brusquement ses mains et sortit de la pièce précipitamment.

Enfin, elle atteignit sa chambre. Malheureusement, aucune larme ne monta en elle pour soulager l'insupportable douleur qui lui écrasait le cœur.

Tout en elle était inexorablement froid, inerte… mort.

Chapitre 22

Audrey était assise au bord de son lit, immobile, lorsque la porte s'ouvrit. Elle pria pour que ce soit seulement Molly, venue l'aider à se déshabiller, hélas, elle entendit la voix joyeuse de sa sœur. Elle lui évoquait le pépiement bruyant d'un oiseau, ce qui la fit grimacer.

— J'ai dit à Molly d'aller se coucher directement après s'être occupée de Victor. Je suis donc venue t'aider.

Soudain, elle s'interrompit avant de s'écrier, sans doute effrayée par le visage défait qu'elle devait offrir :

— Audrey ! Que s'est-il passé ?

Quand sa sœur vint auprès d'elle et voulut passer un bras autour de ses épaules, c'en fut trop. Elle se leva brusquement et se mit à faire les cent pas.

— Robert sait pour mon bébé.

Comme elle prononçait les mots, le désespoir fit place à la colère. Elle avait à peine fini que Blythe explosa en sanglots déchirants :

— Tu ne dois pas lui en vouloir, c'est ma faute !

Au moins, elle ne cherchait pas à mentir ou à dissimuler, comme elle l'avait toujours fait par le passé.

— Dis-moi toute la vérité. Je ne supporterai pas un mensonge de plus, exigea-t-elle d'un ton dur.

— Je n'avais pas l'intention de te trahir, je te le jure ! Robert et moi discutions de la façon qu'avaient les domestiques d'essayer de te cacher le fils de Louisa et… c'est sorti tout seul.

Elle se moucha avant de poursuivre :

— Je ne savais pas qu'il ignorait tout. J'ai fait tant d'efforts pour être enfin digne de ta confiance, pour te prouver que j'avais mûri. Après toutes ces années de mon enfance où je t'en ai injustement voulu d'être différente, où j'ai suivi père quand il faisait en sorte que nous te traitions si mal… Mais toi, Audrey, tu étais toujours tellement indépendante, comme si tu n'avais jamais besoin de nous. Pour une fois, je voulais me sentir utile, conclut-elle dans un murmure. Je suis venue en pensant sincèrement que je pourrais t'apporter mon aide, même si c'est père qui m'envoyait.

Audrey se pétrifia, le cœur assailli d'un violent tressaillement.

— Qu'as-tu dit ?

— Il… il pensait que tu voudrais rentrer à la maison. Je devais le prévenir quand tu serais prête à partir. Je devais aussi lui rapporter tout ce qui se passait, mais je ne l'ai pas fait, je le jure ! Je sais qu'il a aussi fait parvenir une lettre aux Sanford par l'intermédiaire du cocher, le jour de ton départ, pour les prévenir que tu ne faisais que te faire du mal et que tu devais rentrer au plus tôt à la maison.

Audrey ferma les yeux, incapable de reprendre son souffle tant la brutalité de la nouvelle l'ébranlait.

— Une raison de plus qui explique toutes les difficultés que j'ai rencontrées avec eux, déclara-t-elle enfin.

— Mais je t'ai vue, Audrey, j'ai vu la force incroyable de ta volonté ! s'exclama sa sœur. Je savais depuis le début que tu y arriverais et je voulais assister à ton triomphe, t'aider à parvenir à tes fins. Je suis désolée, j'ai tout gâché.

— Non, tu n'as rien gâché, répliqua Audrey. Robert s'en est chargé tout seul.

— Robert ? Pourquoi le blâmer quand tout est clairement ma faute ?

— Parce qu'une fois qu'il a appris pour le bébé, il m'a courtisée par pitié. Il m'a fait tomber amoureuse de lui – quelle idiote je suis !

Elle serra les poings.

— Bien sûr que non, tu n'as rien d'une idiote ! se récria Blythe en saisissant sa main. Attends ! Tu dois entendre ce que j'ai à te dire. Tu ne comprends pas…

Enfin, Audrey cessa ses allées et venues.

— Je l'ai vu tomber amoureux de toi sous mes yeux. Il y a tant de tendresse dans son regard quand…

— Tu confonds tendresse et pitié, coupa-t-elle amèrement.

— Le regard peut être quelque chose de très puissant et tu ne peux pas le comprendre. Je sais faire la différence entre la pitié et l'amour. Ne crois-tu pas que je sache reconnaître la pitié après avoir vu tant de personnes poser un tel regard sur toi ? Robert t'aime, Audrey ! Cet amour rayonne autour de lui. Ne peux-tu donc pas le sentir ?

— Non, répondit-elle en secouant la tête comme pour mieux refuser cette éventualité. Et il ne l'a jamais dit. Et je sais que je ne peux pas me fier à mon ressenti. Je refuse de revivre un autre mariage manqué. Je préfère rester seule.

— Comment votre mariage pourrait-il être aussi horrible que le premier alors que tu l'aimes ? questionna Blythe, suppliante.

— Dans mon premier mariage, il n'y avait pas d'amour, pourtant, je me suis sentie trahie quand Martin m'a laissée derrière lui. Puisque j'aime Robert, imagine ce que je ressentirais s'il me trahissait. Je ne veux pas de ce mariage, acheva-t-elle en montant dangereusement dans les aigus.

Blythe se moucha de nouveau.

— Je me sens responsable…

— Tu ne l'es pas ! Il aurait dû me dire qu'il savait dès qu'il a appris pour mon bébé ! Au lieu de cela, il m'a séduite.

— Oh ! Audrey !

Le hoquet choqué de Blythe ne fit rien pour l'apaiser.

— Je t'en supplie, je ne veux pas de ta pitié ! Je ne pourrais pas la supporter ! s'écria-t-elle en cachant son visage dans ses mains. Laisse-moi, Blythe… s'il te plaît, laisse-moi. Je te pardonne, parce qu'il n'y a rien d'autre à pardonner qu'un lapsus malheureux.

— Je ne suis pas certaine de mériter ton pardon.

— Eh bien, cela me rend d'autant plus certaine que je veux te l'accorder, affirma-t-elle avec plus de conviction. Va te coucher. Tout ira bien.

Blythe passa les bras autour d'elle, et Audrey se laissa aller un instant à son étreinte.

Elle allait s'en sortir et, si elle n'y parvenait pas, si elle finissait dévorée par la douleur atroce qui avait pris la place de l'amour lumineux qu'elle avait laissé s'installer en elle, au moins Blythe serait-elle à ses côtés.

Robert fixait sans le voir le mur qui séparait sa chambre de celle d'Audrey. Il se sentait épuisé, frustré et terriblement en colère contre lui-même.

À son grand étonnement, Audrey avait compris et excusé la responsabilité qu'il avait dans le décès de Blake. Elle avait même affirmé qu'il s'agissait d'une erreur honnête, quand cette erreur avait irrémédiablement changé sa vie.

En revanche, il n'avait pas été capable de mesurer à temps la gravité de son silence, combien elle serait blessée qu'il lui ait caché qu'il connaissait le deuil de son enfant. Comment avait-il pu ne pas voir à quel point ce serait douloureux pour elle ?

Tout simplement parce que, depuis le premier jour, il était persuadé de savoir *mieux* qu'elle. Il avait passé des années à essayer d'être un homme différent de son père, un homme meilleur… et il avait lamentablement échoué.

Malgré tout, il refusait d'abandonner. Il voulait encore croire qu'il n'était pas trop tard pour Audrey et lui. Ils étaient faits pour être ensemble, de cela, il était absolument certain. Plus il la connaissait, plus sa force, son courage, sa compassion merveilleuse forçaient son admiration. Il ne ressentait plus ni pitié ni aucun sens du devoir envers elle – comment l'aurait-il pu, alors qu'il était tombé amoureux d'elle ?

À chaque fois qu'il se trouvait loin d'elle, les jours s'étiraient sans but et sans plaisir. Oui, l'existence n'avait pas d'intérêt s'il ne pouvait la partager avec elle.

Hélas, le croirait-elle seulement ? Il allait devoir trouver le moyen de la convaincre que c'était là l'unique vérité : il l'aimait.

Audrey tarda à descendre dans l'espoir d'éviter de croiser les convives à la table du petit déjeuner. Mais, bien sûr, Robert l'attendait malgré tout.

Il l'accueillit d'un « Bonjour » résolu qui ne fit rien pour sa tranquillité d'esprit.

Sa tranquillité d'esprit ? De qui se moquait-elle ? Elle avait à peine pu dormir quelques heures. Comment aurait-elle pu trouver le moindre sentiment de paix quand de sombres pensées l'assaillaient constamment ?

Comme elle ne perçut aucune autre voix, ni mouvement alentour, elle demanda d'un ton impassible :

— Où sont les autres ?

— Ils ont pris le petit déjeuner puis sont sortis pour une promenade avec Blythe. Elle a dit que vous aviez l'habitude de la faire ensemble, mais qu'elle préférait ne pas te déranger ce matin.

Audrey hocha la tête sans ajouter un mot.

— Michael et Cecilia partiront dès leur retour. Comment allez-vous ? demanda-t-il avec une douceur qui lui tordit le cœur.

Elle sentit un effleurement sur son bras et s'écarta vivement.

— Je ne peux pas vous forcer à partir, Robert, cependant, je vous conjure de le faire. J'ai besoin que vous cessiez de me rendre visite.

— Je n'abandonnerai pas, Audrey. Je suis tombé amoureux de vous et je trouverai un moyen de vous le prouver.

— Ne parlez pas d'amour, je vous en conjure. Vous ne faites que me blesser, dit-elle en s'écartant davantage. Vous vous inquiétez seulement qu'un enfant puisse avoir été conçu à la suite de… notre nuit.

— Si c'est le cas, j'aimerais cet enfant comme je vous aime, vous.

Audrey ne put supporter d'en entendre davantage. Elle se détourna vivement et partit vers son bureau avant que les larmes qu'elle sentait monter ne coulent. Elle claqua violemment la porte et manqua se laisser tomber à même le parquet, dévastée par le chagrin et la douleur.

Elle ne voulait pas penser à cet enfant, à *leur* enfant. Si cela advenait, elle n'aurait d'autre choix que de renoncer à son indépendance. Elle devrait épouser Robert pour éviter à ce petit être innocent de subir le sort du pauvre Arthur qui serait toujours considéré comme un bâtard.

Et les larmes montaient, inexorables, car elle avait passé ces trois derniers jours à attendre avec impatience l'arrivée de Robert. Dieu ! Elle avait été si heureuse quand il était arrivé pour partager les festivités avec elle ! Et puis, il avait tout détruit…

Elle s'était peu à peu ouverte à lui en imaginant la solitude dans laquelle il avait grandi, entre un frère qu'on ne lui avait jamais permis d'aimer et un père qui ne l'avait pas plus aimé. S'il avait su qu'elle avait de telles pensées, il aurait sûrement pensé qu'elle avait *pitié* de lui, songea-t-elle avec amertume.

Tout était tellement compliqué !

Lorsque Michael et Cecilia revinrent de leur promenade et s'apprêtèrent à prendre congé, Audrey parvint à se ressaisir suffisamment pour leur faire ses adieux. Elle ne s'illusionnait pourtant guère : nul doute que son visage devait trahir son mal-être.

Elle était toutefois soulagée que Robert parte enfin. Pourtant, il ne semblait pas pressé, et avait même son propre cheval pour repartir quand bon lui semblerait.

Tandis que les hommes échangeaient des adieux chaleureux, elle sentit quelqu'un lui toucher le bras :

— Puis-je vous dire un mot, Audrey ? s'enquit Cecilia.

— Bien entendu.

Audrey la conduisit vers le bureau, curieuse malgré elle d'entendre ce que la jeune femme avait à lui dire.

— Sachez que Robert n'a rien dit, à Michael ou à moi, néanmoins, il est évident que des… problèmes sont apparus au cours de la nuit. Vous sembliez tous deux incroyablement heureux hier encore.

Audrey hésita. Aussi difficile que ce soit d'en parler, elle ne voulait pas mentir – après tout, c'étaient les mensonges qui l'avaient plongée dans cette situation inextricable.

— J'ai découvert… certaines vérités perturbantes.

— Pardonnez mon indiscrétion, mais… ces vérités portaient-elles sur la terrible tragédie qui a pris la vie de mon père et celle de votre époux ?

Audrey hocha la tête sans dévoiler tout ce qu'elle avait appris. Elle n'aurait pu supporter la pitié d'une autre personne.

— Michael vous a-t-il lui aussi caché la vérité ?

Cecilia poussa un soupir :

— En effet. Probablement pour les mêmes raisons que Robert : poussé au silence par la culpabilité et la honte. Je ne crois pas que nous puissions les punir davantage qu'ils se sont punis eux-mêmes.

— Il n'est pas question de punition, mais de confiance.

— J'ai également caché certaines choses à Michael, des secrets douloureux à propos de ma famille et de mon passé. Je me disais que cela ne le regardait pas, que je ne voulais pas revivre ces événements en en parlant.

— Ce qu'il m'a caché me regardait en premier lieu, répliqua-t-elle vivement. C'était mon mari !

Sans parler des raisons qu'il avait eues de la courtiser, par sens du devoir ! Il lui avait caché ce point essentiel à la construction de leur relation !

Certes, elle ne s'était pas ouverte à lui de la perte de son bébé, mais cela ne le concernait en rien ! Et puis, elle avait une excellente raison à son silence : elle avait enfin voulu laisser ce deuil dans le passé, alors qu'elle recommençait une nouvelle existence.

À moins que… Robert pouvait-il être concerné indirectement ? Taire son chagrin, n'était-ce pas lui donner une image partielle de sa personne, lui cacher l'essentiel ? Oh ! Elle ne savait plus où elle en était !

— Audrey, ce n'est pas à moi de vous faire changer d'avis. Je vous demande simplement de bien réfléchir avant de prendre une décision définitive. Je ne peux vous dire à quel point vous rayonnez de bonheur quand vous êtes ensemble. Michael a toujours espéré que Robert trouve enfin la famille qu'il mérite.

Quoique ces mots lui fussent aussi douloureux qu'un coup de couteau, elle s'obligea à acquiescer, touchée par la compassion de la jeune femme.

— Merci pour vos conseils, Cecilia. Je les garderai à l'esprit.

— M'écrirez-vous ? J'aimerais sincèrement vous compter parmi mes amis, Audrey.

— Avec plaisir. Je préfère cependant vous prévenir : mon écriture est atroce !

Cecilia rit de bon cœur et elles s'enlacèrent un instant.

Une fois Michael et Cecilia partis, Robert et Audrey demeurèrent debout dans le hall, pétrifiés et silencieux. Elle entendit tout près les pas de Blythe qui s'éclipsait pour les laisser seuls.

— Audrey, nous devrions parler, proposa-t-il doucement.

— Non ! s'écrira-t-elle en s'enfuyant une nouvelle fois dans son bureau où elle s'enferma.

Tout le jour, Robert demeura à Rose Cottage. Ainsi, elle le croisait sans cesse. Il n'essaya plus de lui faire entendre ses raisons, simplement, il était là.

La journée parut interminable à Robert. Désemparé et malheureux, il ne savait que faire. Il ne voulait pas s'imposer sans cesse à Audrey, aussi se contenta-t-il de partager ses repas. Pour contenir son impatience, il allait se promener dans les jardins.

Il aimait sincèrement ces lieux. Après tout, se pencher sur la gestion de Rose Cottage l'avait aidé à appréhender ce qu'il y avait à comprendre sur son propre domaine.

Surtout, ces lieux étaient une carte de son propre cœur, le centre de son univers, puisqu'ils abritaient Audrey. Il avait même rêvé d'en faire la propriété en douaire de son épouse.

Comme le soir tombait, Robert comprit qu'elle avait patienté tout le jour dans l'attente de ce moment où il n'aurait d'autre choix que de la quitter pour protéger sa réputation. Il n'était en effet pas prêt à braver son honneur pour obtenir ce qu'il voulait. C'était exactement ainsi que son père aurait agi, or, il ne voulait pas être ce genre d'homme.

Son amour pour Audrey lui avait au moins appris cela : il avait encore du chemin à parcourir, mais il apprenait auprès d'elle à ne plus imposer sa volonté et ses désirs.

Le savait-elle seulement ?

Après le dîner, il la trouva seule dans le salon. Blythe avait dû se retirer tôt après avoir passé la journée à les observer.

Occupée à son crochet, le front plissé par la concentration, elle comptait les points qu'elle avait déjà faits. Seigneur ! Elle était si adorable qu'il en eut le cœur serré.

Audrey tourna légèrement la tête vers le seuil sur lequel il s'était immobilisé.

— C'est moi, annonça Robert. Je vais partir, mais j'aimerais vous parler avant.

— Je ne peux pas vous en empêcher, dit-elle en soupirant.

Sans doute méritait-il cela.

Il entra et ferma la porte derrière lui avant de venir s'asseoir en face d'elle. Au moins, elle ne se raidit pas, mais elle n'arrêta pas non plus son travail d'aiguille.

— Depuis que je suis devenu comte, j'ai passé un temps infini à faire en sorte de ne pas devenir comme mon père.

— Je le sais, oui.

— En revanche, vous ne savez pas *pourquoi*. De la même manière que vous ne vouliez pas parler de votre bébé, je ne voulais pas parler d'un autre disparu, une tragédie qui est arrivée avant que j'achète ma commission militaire.

Comme il gardait le silence, elle répondit lentement, comme si elle s'étonnait elle-même de ses mots :

— Vous m'avez parlé de votre frère. Et j'avais déjà entendu parler de votre associé d'affaires qui s'est ôté la vie.

Robert l'observa, surpris.

— Vous saviez donc quelque chose de mon passé et vous avez préféré le garder sous silence, ne pas me poser de questions.

Elle abaissa son crochet.

— Ce n'est pas la même chose, ce sont vos actions,

après que vous avez appris la mort de mon bébé, qui me déçoivent, répliqua-t-elle, tendue à l'extrême.

— Dans ce cas, vous serez encore plus déçue d'apprendre que, impatient d'investir dans les premiers chemins de fer, j'ai manipulé Stephen Kepple à mon avantage. Je voulais sa participation financière, même si d'autres m'avaient mis en garde, affirmant qu'il n'était pas assez solide pour prendre un tel risque. Je n'ai pas écouté. Ainsi, je me suis volontairement lié d'amitié avec lui, je l'ai poussé à investir et cela s'est révélé infructueux. Tout le monde a perdu de l'argent. Et Kepple s'est tué. Je n'ai jamais su s'il avait fini par comprendre qu'il avait été manipulé pour participer à l'opération ou bien s'il avait honte d'avoir perdu tant d'argent. Mais c'est là que j'ai compris que j'étais un tyran et un manipulateur, exactement comme mon père.

Robert déglutit en percevant le pli d'amertume au coin de sa bouche. Le jugeait-elle enfin pour ce qu'il était, malgré lui ?

— J'ai acheté une commission le lendemain du drame, déterminé à devenir le genre d'homme que j'avais tant admiré dans ma jeunesse en la personne de l'officier retraité qui vivait près de Knightsbridge Hall. Il était le seul à s'être jamais élevé contre la brutalité de mon père, sans tenir compte de leurs statuts si inégaux. Dans l'armée, suivre les ordres, puis, plus tard, prendre sur moi la responsabilité du commandement, m'a transformé. J'ai compris ce que cela signifiait d'appartenir à un régiment, de décider en fonction du groupe, et plus seulement de faire comme bon me semblait.

— Et que s'est-il passé quand vous m'avez rencontrée ?

— Vous m'avez demandé mon aide et j'ai été plus

qu'heureux de vous l'offrir. Et puis, j'ai appris à vous connaître. Je suis tombé amoureux. Ce qui ne m'a, hélas, pas empêché de vous blesser. Un homme souhaite pouvoir protéger et chérir sa femme – cela ne peut être entièrement mauvais… C'est du moins ce que je me racontais à moi-même. C'était bien plus simple que d'admettre que j'agissais ainsi uniquement pour moi, parce que je ne pouvais plus vivre sans vous.

Audrey prit une brève inspiration heurtée, mais ne dit toujours rien.

— J'ai commencé par vouloir vous secourir pour apaiser ma culpabilité, mais, en vérité, je crois que c'est votre amour qui m'a sauvé.

Elle leva la main pour l'interrompre.

— Robert…

— Laissez-moi finir, je vous en prie. Je n'aurais jamais pu faire tout ce que vous avez accompli. Quitter volontairement ma famille pour tout recommencer, alors que la société n'encourage jamais les femmes à prendre leur indépendance. Je n'avais jamais pensé qu'une femme puisse être à ce point courageuse avant de vous rencontrer. J'ai vu bien des hommes affronter le combat, pourtant, vous êtes la personne la plus brave que je connaisse, Audrey.

Elle se mordit la lèvre, les yeux baissés. Elle ne disait toujours rien.

— C'est tout ce que je voulais dire, conclut-il en se levant. Pensez à l'avenir que nous pourrions avoir ensemble. Ne m'abandonnez pas, ne *nous* abandonnez pas. Je vous aime.

Le cœur affreusement lourd, il sortit sous la pluie fine. Il avait dit tout ce qu'il avait à dire. Maintenant, leur sort était entre les mains d'Audrey. Il ne pouvait plus rien, sinon prier pour que l'amour qu'elle lui portait soit assez puissant pour combattre ses doutes.

Audrey resta assise, le cœur déchiré, l'esprit en déroute. Une part d'elle-même voulait le rappeler ; mais une autre part était soulagée de le voir s'éloigner, parce qu'enfin elle n'avait plus à écouter ses paroles douloureuses. Dès lors, elle ne courait plus le risque d'être de nouveau attirée vers lui contre sa volonté.

Il avait essayé de changer, tout comme elle. Aucun d'eux n'y était parvenu à la perfection, sans heurt ni difficulté.

Pouvait-elle pour autant remettre son destin entre ses mains ? Lui faire suffisamment confiance pour accepter d'être vulnérable face à lui ?

— Je dois te parler, Audrey.

La voix de Blythe la sortit de ses sombres questionnements. Elle poussa un soupir :

— Tout le monde a quelque chose à me dire apparemment… Tu as écouté aux portes ?

— Juste un peu, et seulement parce qu'il n'y avait guère le choix. Alors, maintenant, c'est à mon tour de parler franchement.

Audrey émit un grognement avant de poser son crochet sur la table devant elle.

— Puisqu'il le faut, fais-le.

— Tu ne vas pas aimer ce que j'ai à dire…, prévint-elle.

— Blythe !

— Je crois que tu as peur d'épouser Robert. Tu penses que ta cécité est une bonne raison de refuser le bonheur qu'il te propose. Mais c'est faux. N'importe quelle femme sur le point d'épouser un homme prend un risque considérable et terrifiant. En cela, tu n'es pas différente des autres.

— Ravie de l'apprendre, répliqua Audrey, non sans ironie.

— Tu sais très bien ce que je veux dire ! Des femmes acceptent de s'abandonner au pouvoir des hommes chaque jour que Dieu fait. Parfois, ce n'est pas un succès, comme tu en as déjà fait l'amère expérience. Parfois, si. Aimais-tu Martin ?

— Tu sais bien que non.

— Il t'a épousée pour ta dot, je le sais. Mais toi, pourquoi l'as-tu épousé ?

— Je..., s'interrompit-elle en déglutissant avec peine. Pour avoir ma propre famille, admit-elle.

— Et ?

— Et pour m'éloigner de père, acheva-t-elle dans un murmure. J'ai utilisé Martin autant qu'il m'a utilisée.

— Dans ce cas, cela fait de toi une personne aussi merveilleusement imparfaite que nous autres... que Robert.

Audrey baissa la tête et fut stupéfaite de sentir des larmes tomber sur ses mains serrées.

— J'ai tellement peur d'avoir mal à nouveau, Blythe. Je n'aimais pas Martin, pourtant, cela m'a presque brisée quand j'ai vu le peu d'égard qu'il avait pour moi. Et puis... j'ai perdu mon tout-petit et j'ai cru que ma vie était terminée. Que le bonheur me resterait à jamais interdit...

— Ce n'est pas le cas, Audrey. Ton chagrin s'est apaisé et tu as pu commencer une vie nouvelle. Robert veut faire partie de cette vie, aussi peu conventionnels qu'aient été vos débuts. Préfères-tu réellement rester seule ici ? Tu pourrais enfin avoir cette famille que tu désires tant.

Pouvait-elle tirer un trait sur la complicité qu'elle avait tissée avec Robert ? Sur les plus doux plaisirs qu'elle ait connus ? Ses baisers lui donnaient la sensation d'être la femme la plus désirable du monde.

Elle l'aimait de tout son cœur et elle aimait la façon qu'il avait de la traiter avec tendresse et respect, avec admiration même. Devait-elle renier l'élan de son cœur ?

Brusquement, elle se leva d'un bond.

— Je lui ai dit de partir !

— Et moi, je lui ai dit de rester le temps que tu entendes certaines choses. J'ai interféré dans ta vie. Tu ferais aussi bien de t'y habituer.

Interdite, Audrey entendit sa sœur marcher jusqu'à la porte et l'ouvrir en grand :

— Robert, elle a encore quelque chose à vous dire.

Les pas si familiers retentirent et elle perçut l'humidité du dehors qui imprégnait ses vêtements.

Tout à coup, elle se mit à trembler d'émotion.

— Je vous laisse, annonça Blythe en refermant la porte.

— Avez-vous froid ? s'inquiéta Robert.

Elle secoua la tête, incapable de répondre. Il s'approcha et elle laissa sa merveilleuse chaleur l'entourer.

— Je n'ai pas écouté votre conversation avec Blythe, si c'est ce que vous vous demandez, lui assura-t-il.

Elle secoua encore la tête, le cœur battant la chamade. Allait-elle vraiment sauter le pas ?

La pièce paraissait avoir pris vie depuis qu'il y était entré. Il était là, tout proche, elle n'avait qu'à lever la main pour le toucher enfin. C'était tout ce qu'elle désirait, tout ce qui la comblait.

— Robert, murmura-t-elle en tendant enfin la main.

Il la prit et elle sursauta. Son gant était trempé. Elle

remonta fébrilement les mains sur ses bras, mouillés de pluie, eux aussi.

— J'étais déjà sorti lorsque Blythe m'a appelé, expliqua-t-il. Elle peut être aussi entêtée que vous quand elle veut quelque chose !

Elle ne put retenir un rire en fermant les yeux pour retenir ses larmes.

— Oh ! Robert…

— Ne pleurez pas, la pria-t-il d'une voix rauque en la serrant enfin contre lui.

Elle se moquait bien qu'il mouille sa robe, et elle passa les bras à son cou. Attirant son visage à elle, elle murmura tout contre sa bouche :

— Ne me laissez plus jamais. Je vous aime.

Dans un grondement de victoire, il prit la bouche qu'elle lui offrait et la souleva dans ses bras, si bien qu'elle n'eut bientôt plus pour seul support que son corps solide et puissant.

— Audrey, je vous aime. Vous me croyez enfin ?

Sans attendre sa réponse, il couvrit son visage de baisers tandis qu'elle imprimait chaque sensation dans son esprit, alors même qu'elle savait qu'elle aurait la vie tout entière pour savourer ces baisers merveilleux.

— J'ai confiance en vous, déclara-t-elle. Et je veux vous épouser. Je suis prête à chercher enfin le chemin de notre bonheur.

— Je crois que nous l'avons déjà trouvé, murmura-t-il tout contre son cou. Mais nous ne le tiendrons jamais pour acquis. Et maintenant, ajouta-t-il en reprenant sensuellement ses lèvres, je vais de ce pas demander une licence spéciale, parce que je n'ai pas la patience d'attendre de longues semaines pour vous avoir enfin tout à moi.

— Je suis déjà à vous, affirma-t-elle en prenant son visage dans ses paumes. Je crois que je l'ai su dès les premiers instants. Je vous promets de ne plus jamais douter.

— Comme si j'allais vous croire !

Ils s'embrassèrent encore alors qu'ils riaient ensemble.

Vous avez aimé l'histoire de Robert et Audrey ? Ne manquez pas celle du duc de Rothford dans *Désirs de duc !*

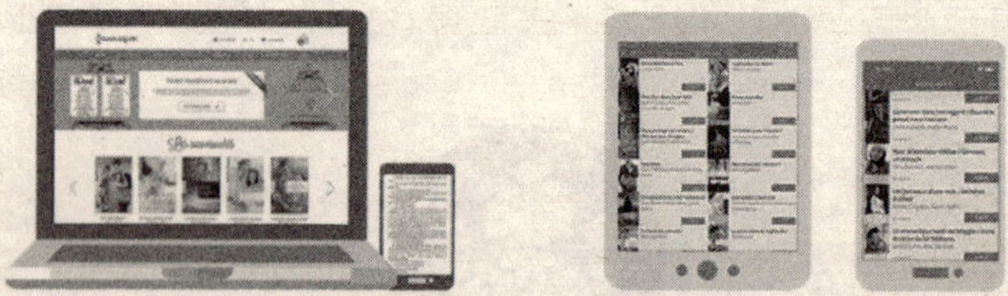